宋振庭

宋振庭／著

文集（中）

吉林人民出版社

宋振庭文集
Song Zhenting Wenji

目 录

中·杂文（二）

宏伟的进军

　　我们伟大祖国30周年庆的盛大节日就要到了。在这节日到来的前夕，我的心绪总是不能平静。今天早起散步归来，痛痛快快地洗了个冷水澡，站在阳台上，望着东方璀璨的红霞，又一次陷入沉思……

　　这时，仿佛有一曲雄壮的乐曲从心底流出，它是如此熟悉，如此使我激动不已，它是什么呢？很像是贝多芬的《第九交响乐》，钟声在轰鸣，广场上万头攒动，人声鼎沸……又像是在硝烟弥漫的巴黎街头回荡的《马赛曲》……渐渐地这乐曲的情绪越来越激越，节奏越来越鲜明，音调越来越高亢，这分明是我们早在战火纷飞的年代就已唱熟了的《义勇军进行曲》呀！我甚至听见了9亿大军步履雄壮的脚步声……于是回身进屋，用微微颤抖的笔，写下本文的题目：宏伟的进军。

　　在本星球，本世纪，本大洲，人类最大的事变之一，就是中华人民共和国的30年。这是翻天覆地的30年，是伟大探索的30年，是克服巨大挫折后重新威武雄壮进军的30年！30年，对我们古老的中华民族几千年的文明史来说，不到百分之一；对几十万年的人类历史来说，更是不足道的一瞬。可是就在这 30 年中，我们确实干出了前无古人的一番大事业呀！鸦片战争以来一百多年屈辱的历史结束了，一个具有高度尊严的中国卓然特立于世界东方。这是无论是敌是友都无可否认的现实！

天亮了，可是仍有阴天的时候。30 年，大约有三分之一的时间我们是在阴云密布的天气中度过的，从某种意义上说，这是不可避免的。因为我们干的是前无古人的事业，没有成功的经验直接供我们学习，没有失败的教训直接供我们鉴戒，路只有靠我们自己在实践中去探索，正是在这样的探索中，我们受了一小撮野心家的骗，使他们的阴谋暂时得了逞。但是，敌人终于灭亡了，以毛泽东、周恩来、朱德等同志为代表的老一辈无产阶级革命家开创的伟大革命事业经受住了考验，现在我们生活在光明的中国。经过这场磨难，我们懂得了过去所不清楚的许许多多价值巨大的真理，这又未尝不是不幸中之幸。

> 方经大雷雨，青云入望时。
> 搏击铁肩阔，晴明立坚石。
> 燕雀空劳啄，雄鹰自沉思。
> 天地苍茫际，东方日迟迟。

这是昨天我为一位画家的《苍鹰图》写下的几句话。不用解释，这是献给伟大的祖国母亲的。

说到这里，不禁想起至今还在摇头叹息的一部分同志，其中包括一部分青年同志。这些同志该是警醒、振奋的时候了。须知，历史永远要向前进，中国必定要强盛，并不遥远的 2000 年在向我们召唤，不要辜负伟大祖国的期望，不要辜负这宏伟的大进军的时代。

当这篇小文将要草就时，住在我近旁的解放军营房里正吹起了起床号。那清脆嘹亮的号音，顿时使这宁静的清晨充满无限生机。新的一天开始了！祖国呵，我又看见你跨出巨大的步伐向前迈去……

选自《宋振庭杂文集》，山西人民出版社，1989 年版

今天的现实大半是前人理想的实现

——谈理想之一

　　我们在谈到理想的时候，总是愿意给它涂上绚丽的、引诱人的美妙色彩。确实，人们对理想都像对自己热爱的、向往的情人那样，总是把她想得比较美妙。尤其青年人的理想，简直像是初恋的情人。理想，特别是千百万人民群众的理想，经过时光的检验，经过人们的努力，许多都会变成现实，而且不少已经成为现实。在我们社会主义的祖国，今天所实现了的一切：优越的制度、既成的生产能力、重大的改革和建设的成就、社会道德规范等等，无一不是我们历代仁人志士前仆后继、英勇牺牲、奋斗的结果。像推翻清王朝，推翻窃国大盗袁世凯，打倒军阀割据，赶走帝国主义，打败蒋介石；像实现了社会主义的无产阶级专政；像取得了这样强大的社会主义的经济基础；像我国人民在世界上能够直起腰来，扬眉吐气……这一切，都是我们前人梦寐以求，付出了说不清、数不完的牺牲和代价取得的。因此，现实的东西，实现了的东西，它不是别的，它本身就是由理想转化的。不过它不只是我们这一代人的理想，而且是我们前人的理想、我们最可爱的、最尊敬的前辈的理想。天安门广场上有新中国成立时毛主席和周总理亲笔书写的丰碑，上面写着：从1840年以来牺牲的人民英雄永垂不朽。我们的国家是由一个英雄的谱系，积累、建筑起来的巍峨大厦，这难道有任何一点可怀疑的吗？所以在谈到理想时不能够忘记，今天的现实大半是前人理想的实现。把这一点首先说一下对于我们谈问题很有好处。这样说来，我们说忘记过去，忘记昨天，忘记前天，忘记我们的现实是前人的理想的实现，那就意味着背叛，这是不过分的。

从这点出发，我们现在回答三个不对头的思想：其一：有理想也生活，没有理想也生活。人们说这句话时首先不要忘记：在今天社会主义的中国，在这么好的社会制度下，才允许你暂时没有理想也能吃饭，也能工作。如果你是在旧中国，在人们现在只能从文学、艺术、电影、历史、老人回忆中告诉你的半殖民地半封建的旧中国，在帝国主义的铁蹄下，你就不会。因为那时，吃饭并不那么容易！其二，我的理想破灭了。我已经逃出了红尘之外！你真的逃出了红尘吗？你既然逃出了红尘之外，为什么还能够照常生活、照常吃饭、照常上班、照常拿工资？就是因为你还是在一定的现实中，你还是立根于新中国，立根于你对它并不满意，但它毕竟是现实的，而且比我们祖国的历史上任何一个朝代都优越得多的历史现实上。如果连这个现实都不存在，你有什么条件谈其他呢！其三，人们有理想也行，没有理想也行。就一个人暂时在小范围里还可以这样说，但是对于一个广阔的时间和历史，对于一个民族来说，那就不行了。我们的民族如果没有理想就没有今天，没有理想就不会翻身，就要灭亡，就会沉沦在九泉之下，做牛做马，任人宰割，就会重现旧中国在上海的外滩公园"华人与狗不得入内"那样的民族耻辱，还得让人家卖猪仔，还得被帝国主义、洋人踩在脚底下。我们今天谈理想，难道离得开我们置身于其中的中华人民共和国吗？因此，谈问题要看在什么条件下，一切离不开时间、地点、条件。现在我们是在20世纪80年代中华人民共和国成立30年以后来谈理想的，这就是我们的现实条件允许我们谈理想，我们有谈这个问题的权利和骄傲的资本。

选自《宋振庭杂文集》，山西人民出版社，1989年版

是理想的挫折，不是理想的破灭

——谈理想之二

　　这次讨论是从对一个很重要的问题的估计开始的，这就是如何估计经过十年浩劫，给我们民族造成的灾难、给国家造成的灾难、给党造成的灾难、给阶级造成的灾难。在 60 年代中期，一些夸张、疯狂的言语鼓吹起来的一些所谓理想，确实是欺骗了当时非常纯真的孩子们。

　　那么多豪言壮语、大话、空话，那么一些错误的估计、错误的口号、错误的许诺，结果不能实现，理所当然地受到了客观世界的惩罚，理所当然地产生了灾难性的恶果，造成了一种严重的心理失衡状态，这就是："我失去了青春"，"我失去了理想"，"我，从梦中惊醒了"，"我失望了"，"我上当了"，"我看透了"，"我看破红尘了"。要承认，这种思想状态这样地提出问题，在相当的范围内并不很少，看不到这一点是不对的。《工人日报》理想讨论严肃地触及了这个问题，提出这个问题，组织这场讨论，是很有必要的。

　　但是，我们首先要弄清楚一个问题：究竟是理想破灭了，还是理想只是碰到了挫折，应该在挫折中取得教训呢？因为破灭是一回事，挫折又是另一回事，二者可不能混淆。我们革命的历史说明，理想从来和灾难是伴侣，没有任何一个理想不是灾难的姐妹，没有任何一个理想不是从同灾难的搏斗中争取自己的生存。理想就是灾难的反面，理想就是挫折的泪水和挫折的苦液灌溉、培养长大的参天乔木。理想如果不是和挫折为邻为友，那么理想也没有什么值得骄傲的，没有什么可以高贵的。因此，理想碰到挫折，一次一次的挫折，甚至严峻的挫折，也就没有任何奇怪，它是古今中外概莫能外的规律。党的60年斗争的历史有过几次大的、灾难性的挫折，甚至有过几乎全军覆没、生死存亡的严重考验。比如第一次大革命的失败多么惨重，"四·一二"反革命政变以后我们的情况是多么严重！第二次国内革命战争中，由于王明"左"倾路线的破坏，使红军由几十万到了只剩下两三万人，白区损失几乎百分之百，那次挫折又是多么严重！那时确实有一些人也说："我没有理想了"，"我的理想破灭了"，"热情成了灰，冷如死冰了"。有不少人就是这样离开革命队伍了。这次我们也是理想遭到了挫折，"四人帮"篡党篡国的反革命罪行，使我们党又遭到一次比以前的挫折更为严峻的生死存亡的考验。在这种情况下，岂止是青年人理想遭到挫折，多少老同志、老党员、老干部也是迷惑不解，陷入迷惘的苦闷中。有的人甚至发了疯，有的被迫害致死，抱恨终天。于是又有人由热情变成冷却，失去理想，陷入虚无主义，变成所谓的"实际主义"。这并不是新鲜的事，不过是历史上多次重复的现象，在新的情况下又一次地重演。

中国小生产者占人口的绝大多数。小生产者的阶级特性之一，就是热起来的时候犹如潮水汹涌澎湃，温度极度增高，甚至达到疯狂的程度；但是，如果遇到残酷的现实，碰了钉子，受到教训，又会走到反面，热度顿然冰冷，由意志消沉到屈服于现实，在现实面前垂头丧气。同一种人，你看他的前一种表现时，几乎想象不到他又是后一种人。但是鲁迅讲得好：热得最快，热得最高的人，也会冷得最快、冷得最低。

我们绝不能把挫折说成毁灭。确实是很多人受了挫折，但是也确有成千成万的人并没有丧失心头的火焰，也没有丧失信心，没有丢掉他们的理想。

相反地，他们在斗争中每得到一点微小的胜利，都激起他们更大的热情，让他们更奋不顾身地去斗争。难道我们许多革命家、许多革命先烈，不正是这样的吗？甚至当他们在极度困难、含冤而死的时候，他们仍然相信明天是我们的，黑夜漫漫总有尽头。"大雪压青松，青松挺且直。要知松高洁，待到雪化时。"老一辈是这样，很多青年也是这样，他们在别人所谓的理想破灭时，始终没有放弃学习，没有放弃劳动，没有放弃坚守岗位，环境不好他们是那样，环境好他们也是那样。各条战线上都有一些"风物长宜放眼量"的人，看得远的人，脚踏实地的人。辽宁省的张志新和吉林省的史云峰，他们在刑场上，在绞首架前，也没有失去信心，没有失去理想，这样的事实，对于"理想破灭了"的说法不是很好的回答吗？难道不应该对比一下，从中有所悟吗？

我们的社会主义国家虽然受了伤，但她不是还健在吗？我们的社会基础虽然遭到了破坏，她不是仍然在那里巍然挺立吗？无产阶级专政不是已经恢复了它的本来面目了吗？我们党虽然党性受害、党风受损，党的组织原则遭破坏，现在不是正在逐步恢复吗？虽然我们的党、国家、社会制度、无产阶级专政、党的中坚骨干、党的传统，受到了损害，受到了挫折，遭到了痛心的损失，但是，全党、全体人民仍然信心十足地在那里奋战，难道这不是事实吗？能说理想已经破灭了吗？不能说。只应该说，确实是遭到了挫折。挫折是前进中的事情，挫折是在实现理想的过程中很难避免的。看不见挫折的严重性是危险的。反过来把挫折夸大了，做了错误的估计，那也是危险的。那就会引起垂头丧气，忧虑不已，不利于战胜挫折，治好创伤。有一个形象的说法说得很好：我们伟大的祖国像一个巍峨得无比巨大的战舰，它在海洋的风浪中触过礁，受了创，但是我们把它修复后，开出了海港，又驶向了海洋。这条修复的船是挫折过，但它不会沉没，仍然以它无比的雄姿，固定的航向，稳掌舵轮，驶向光荣的航程。这说法很对，在这船上的 10 亿人，应该同舟共济，休戚与共，使这条伟大的船舰驶向伟大的航道，走上光荣的航程，事情只能是这样，不能是其他。

选自《宋振庭杂文集》，山西人民出版社，1989 年版

产生这次青年的思想问题的主要教训

——谈理想之三

　　这次思想上的一场混乱，一种信念的摇摆，是谁造成的？当然是"四人帮"等人，他们利用了我们的错误，把它推向了极端灾难的地步。而青年人毕竟是青年，他们纯真的心灵碰到了这样的问题，于是产生迷惑、痛苦、摇摆，产生许多"破灭"感，从热血沸腾的精神状态转为消沉萎靡。有一些青年同志告诉我，他们下乡的时候，是抱着到祖国的边疆去，到最艰苦的地方去干一番事业的信念的。但是后来他们却看到了社会上很多消极的东西，不正之风给他们留下了很坏的印象，从而使他们非常失望。因此，"破灭"也好，"信仰消失了"也好，从青年的地位来说，他们是不负主要责任的，他们是受害者，他们的经历使他们很难承担得起这样巨大的心灵的刺激。作为我们党和国家的各级领导干部，特别是老年人、壮年人，我们有责任同情他们，理解他们，爱护他们，诱导他们，启发他们，和他们交朋友，处在同等的地位共同来探索、回顾、沉思、总结这一段经历。我们没有权利诅咒他们，厌弃他们，把他们提出的问题拒之千里之外，或只是用大原则、大道理来责怪他们，那样是解决不了问题的。当然，大道理一定要讲，但讲大道理时要摆事实，让人服气；对原则问题应该不妥协，不敷衍，不迎合某些青年的不健康趣味，要理直气壮地讲。但是青年人听你讲，听你的誓言、许诺，更多的还是要看你的行动。人们要求共产党员、领导干部带头做出榜样。人们有没有信心，要看领导，看党和国家的干部，首先看高级干部。人民是有权利也应该这样要求的。因此，整顿整个社会必须先整顿党，首先整顿党的各级领导，整顿我们各级的带头人。现在流行一个非常好的口号是：从现在做起，从我做起。从领导和群众的关系来说，应先从领导人做起，从带头人做起。

但是反过来我们也不能不看到，在很长的一段时间里，在青年理想的问题上，我们也是有过教训的。教训是什么？最主要的就是在相当长的一段时间内，我们把理想和现实的问题，把远大理想与直接的、现实的利益，把全党、全体人民、整个国家的理想和具体单位的、个人的理想，没有能够很好地结合起来，往往把它们很机械地对立起来。比如远大理想和个人利益的关系，以前有一种观点，这就是不应该有个人理想，不应该有个人的利益，往往把个人利益、个人要求、个人欲望和个人主义等同起来，结果事情就走向反面。我们共产党人在谈远大理想、长远理想、共同理想的时候，是不是绝对排斥个人的理想、特殊的理想，排斥一些个人的物质利益呢？当然不是。毛泽东同志在《1957年夏季的形势》中有过一段话，就是我们应该追求既有统一意志又有个人心情舒畅的那段话，是处理社会主义社会人民内部矛盾的一个总则。这段话讲得非常好，如果真正按照这段话做，后来许多令人痛心的事情是可以避免的。如果是既有长远又有目前，既有共同又有特殊，既有总的又有个别，把两者尽可能统一起来，又有什么不好呢！可是到了"文化大革命"，却把这说成是刘少奇同志一个重要的罪状，叫作"公私溶化论"。共产主义原则难道就不承认个人的物质利益、不承认个人欲望吗？不是。在共产主义实现之日，应该是个性最发达的时候，它不是铲平个性、不是铲平个人的愿望，来个"白茫茫大地一片真干净"。相反地，由于那时物质生活极大地丰富，它是各尽所能，各取所需。

个性和共性从来是相反相成，互相促进。共产主义者绝不要求只讲共同的、长远的、远大的、集体的，而不承认另外一面。共产主义只有一条原则，而且是最重大的、必须遵守的原则，这就是当个人的和集体的，暂时的和长远的，局部的和全面的利益发生了冲突和对立时，都必须服从集体的、长远的、全面的利益。必要时得牺牲个人。事实上，我们历代仁人志士，革命者，老一辈的革命家，我们无数有名的英雄烈士和无名的英雄烈士都是这样做的，这有什么奇怪呢？

马克思主义者认为什么是理想呢？它由什么做基础产生的呢？什么又是最大的理想？最大的理想就是我们的国家、民族、阶级的最大利益。理想和利益并不是背离的东西，并不是格格不入的对立面。我们共产主义者不是禁欲主义的清教徒，不是那种唯心的理想主义者。我们所说的理想归根结底就是人民群众、国家民族最大的利益、最根本的利益。我们是信念和效果的统一论者，我们是理想和实际的统一论者。从这方面说，我们是实际主义者，从另一方面说，我们又是理想主义者。我们的浪漫主义和实际主义从来是一件事物的两方面。斯大林在《论列宁主义基础》中曾经有专门一节论工作作风，就是讲关于革命的浪漫主义和革命的实际主义的关系，他阐述的列宁主义的特征，既有革命的英雄主义，又有革命的现实作风，理想和现实，雄心壮志和实事求是的精神，始终是融合一致，贯彻始终，成为巧妙的结合。这是我们的唯物主义辩证法。那么，在当前的中国最大的利益又是什么？无疑的，就是争分夺秒早日实现四化。四化是我们整个民族、整个国家的最大利益。从1956年党的八大起，这理想本来是写在我们的旗帜上、纲领上的，这理想如果不受到瞎折腾，早就应该基本实现了。事实证明一个非常确切的真理，就是不用什么高速度，如果没有乱折腾、大呼隆，就按照平常的速度，我们现在的国家就可能已经年产几千万吨钢，我们的四化理想已经得到了确切实现的物质保证了。但是，既然教训已经发生，挫折已经出现，我们是革命的实际主义者，又有什么别的办法呢！你在它面前摇头叹息，畏缩不前，意志沉迷吗？不能够，没有那个时间，那是没有出路的。因此，除了坏人的破坏之外，作为历史的经验教训，我们还要看到思想方法的形而上学。我们过去的某些片面性，在一些问题上处理不当，也不能不说是产生这次思想混乱的另一个历史性的原因。

选自《宋振庭杂文集》，山西人民出版社，1989 年版

划清片面的真理和全面的真理的界限

——谈理想之四

　　《工人日报》上的这次讨论有个很大的特色，就是讨论是心平气和的，是讲理的，是敞开思想的，讨论是由浅入深的。所以能够讨论得起来的原因，就是讲理，循循善诱，说心里话，不回避真实情况，也就是持科学的态度，分析的态度。提起科学的态度、分析的态度来，我们必须尊重一个事实，就是有些话虽然有片面性，不全面，可是它在某一部分还是对的。它不能有最大的、根本的概括性，但它也确实是讲了一些道理，也有它持之有故、言之成理的地方。虽然这个故和这个理归根结底在更远大、更长久、更根本、更宽阔的领域来看，它是不正确的，不全面的。比如某某同志说：我看"干活——吃饭——干活就是主要的"，"有理想也干活，也吃饭，没有理想也干活，也吃饭"，"只要干活好，挣钱多，生活好，就可以了，有理想没理想都可以"。这些话到底对不对呢？作者说，他是有根据的，第一，他有实事、证据，他可以举出这样的人。第二，这种人不做坏事，也做好事，他们能够积极干活，多领工资，多受奖，把生活过得更好一些，有什么不可以呢？第三，作者说，这是符合社会主义按劳分配的原则的，我们不应该加以排斥。能说持这种观点的同志公开地把自己的观点在报上发表，就犯了什么弥天大罪，就应该戴上什么帽子加以批判吗？不能，也是不需要的。但是，作为平心静气的讨论来说，那么我们可以向持这种见解的同志回答以下几个问题：

第一，你说的干活就可以挣到钱，多劳动就可以多得，生活就可以好，这个事实又是在怎样的前提条件下才成为可能的呢？这只能在我们的社会主义制度下，才能做到。离开这些，干活、多劳就能吃饭吗？不能。在旧中国，干活的不能吃饱饭，甚至饿死，不干活的反而要吃好饭，这不是事实吗？这个道理前边已经说过，不再重复。第二，既然干活和吃饭离不开社会制度，在资本主义社会也是干活吃饭，封建社会在一定条件下也是干活吃饭，但是作为主人的工人阶级的干活吃饭和被剥削者的干活吃饭，那是截然不同的。从生活程度来说，即使某些资本主义社会受剥削受压迫的工人可能比自由的中国工人、社员、知识分子的收入要多一些，生活相对好一些，但是，自由的解放的作为社会主人的中国工人、社员、知识分子，和在资本主义制度下被雇佣的人，能是一样的吗？那是不一样的。主人翁的自觉，主人翁的劳动的目的性，主人翁的劳动态度，对于干活、吃饭、干活这个公式不能不参加它的作用，不能不产生它的影响。第三，能不能有这样的人，他只是干活、劳动、收入、吃饭，过好生活，完全一点也不想为谁干活，为什么要劳动，为什么要过好生活？难道他从家门走到工厂，什么也没有看见吗？什么也无所知、无所觉、无所想吗？他甚至连要爱社会主义的中华人民共和国都不懂得么？不会的，这样绝对的人即使有也会是极个别的。虽然在旧社会由于生活所迫，有一些奉公守法、勤勉养家的人，这种人是自食其力的人，但作为革命者，作为先进分子，他们不是。这种人过去存在，现在存在，将来也存在，我们不应该侮辱他们。但是这种人在新旧社会里，他们的性质、作用、客观地位也早已完全不同了。第四，这种人，没有远大的理想，没有更多的动力，只是满足于干活、生活下去，归根结底他还是软弱的。他只能在一个前提下，就是在生产秩序、经济秩序、分配秩序比较好的情况下才能做得到。而生活好、秩序好、劳动条件好，需要许多社会先进分子奋不顾身地为之斗争才有可能。如果碰到很多的官僚主义者，生产一片混乱，他能够"干活——吃饭——干活"吗？那时无活可干，有时并且到了无饭可吃，"干活——吃饭——干活"的公式又怎样实现下去？这时，他也要迷惘，也要悲观，他也得发生变化，而一变就容易变得不如以前。这难道不也是必然的吗？

这次讨论，大家心平气和地指出：没有远大理想，没有优美的情操，没有更大的自觉，只是劳动，只是生活，这并不是我们生活的目的。雷锋说得好：生活一定要吃饭，不吃饭不能活下去，但活下去绝不是为了吃饭。人和动物的不同，分界线也就在这里。人不单是为了吃饭，为了传宗接代。人更重要的是有美妙的理想。马克思说：蜜蜂做的蜂巢是使人叹服的，但蜜蜂究竟是蜜蜂，蜜蜂筑巢是本能，它的劳动是没有目的性的。人的一切劳动，一切活动，是有目的、有理想、有想象力的，是有预期的效果的，人的有目的性劳动，使人的社会和动物的世界分离开来。人要自觉地走向共产主义这个必然的王国，绝不只是干活、吃饭、干活。持"干活——吃饭——干活"思想的同志，虽然对国家、社会并不是有多么大的危害，但是从整个社会来看，是不足为训，不足提倡的。

还有一种观点认为：我热情高，干得好，有理想，是因为我的环境允许，我的领导好，我的单位好，我的运气好。如果环境不好，我的情绪必然不好，因为很难由我的意志决定环境，只能环境选择我，命运是摆布着我的。持这种观点的同志，难道他们讲得没有根据吗？他们是有一定根据的。由于不正之风，有些单位确实是捉弄人，折磨人，甚至残害人，对每一个生活工作在其中的人，都产生很大的影响。但是，如果在更广阔的视野，更长远的时间来说，这一点又是不对的。道理很简单：环境是哪里来的？马克思说："人们常常说环境决定人，这话是对的，但是人们往往忘记，环境正是人实践的结果。环境又是人造的，环境造人，人造环境，环境影响人，人要改变环境。"我们的祖国就是一个大环境，我们的社会就是一个大环境，一个工厂、一个大队、一个车间、一个学校、一个机关，都是一个环境。这些环境往往是参差不齐的，区别很大。究竟处在逆境还是处在顺境，好的条件还是坏的条件，对我们的影响是大不一样的。但是，有志气的青年能够完全被这些东西所决定吗？不能。归根结底，环境还是由人们去改造、去革新。我们的大环境要改造革新，小环境也是需要改造革新，那么，改造革新靠什么？靠我们怀着一颗积极向上的火热的心，靠我们怀着创造一个美好世界的革命的理想。我们的社会所以有出息，中国人所以有前途，我们的民族所以能从灾难深重变成今天这样生机勃勃，就因为我们的理想永不破灭，我们的明天永远在招引着我们。如果环境好你就有理想，你的情绪就高，环境不好你情绪就低，那么环境由谁来改变呢？所以，环境决定理想的说法，应该说是有一定事实根据的，但是道理是不全面的。这次讨论讲出这种意见的同志受到了尊重，在交谈、讨论中他提高了自己的认识，接受了大家的看法，这是非常好的。

还有一种说法，这就是："要实现我的理想已经晚了"。有的同志说得更悲观："我们成了报废品"。他们摇头叹息，认为很难弥补了。这一说法也是有点局部的道理，因为十几年来的挫折，浪费很大，失去了最好的光阴，对哪一代人都是值得痛惜的。晚了是不好，但是既然对于晚了有了觉悟，能否把它转化为更大的勇气、更坚定的信心、更高的自觉呢？在科学史上、文化史上、工业技术史上这样的例子是并不少见的。很多人确实是早熟，年轻的时候就作出了成绩，但是，也不乏大器晚成的人。"好汉英雄出少年"，这是真理，但是大器晚成，经过挫折，经一堑长一智，磨炼越多，灾难越重，觉悟越高，火力越足，这也是事实，也是真理。而且，既然你已经觉悟了，既然你承认了挫折，既然你花了学费，为什么不把它变成更大的动力，更自觉地、更奋不顾身地努力奋斗呢？丢掉时间是非常可惜的，把已经丢掉的东西争取回来，是不是妄想，没有可能？不是的，事实上不是已经有不少人正在这样做，而且得到了极好的效果吗？

毛泽东同志号召过学一点逻辑，是有其深意的。在逻辑学上说，有两种逻辑，一种叫作必然的判断、必然的推理，叫作全称的概括的科学的真理，比如说"凡人皆死"，这是无例外的全称判断。因为我们没有见过，也不可能有一个永远不死的人。但是还有一些判断、一些推理，叫作概然的判断、概然的推理。比如"家贫出孝子，国乱显忠臣"，劳动人民在很长的历史中，总结出这样的格言。因为，越是穷的家庭，儿子对父母、家人的伦理道德越好，越是富贵的家庭，伦理道德就不好。越是国家灾难深重、民族危亡时，忠臣义士层出不穷。但是，能不能说这就是绝对真理、全面真理、必然的真理？能不能把它反逆推理说：家富一定出逆子，国强一定出奸臣呢？也不能这样说。辩证法告诉我们，认识是一棵无限丰富的大树，它有树干、树枝，有大枝、小枝、树叶，认识是一种无限向上、螺旋前进的、无限重复的圆，如果人们只从其中摘取一花一叶、一枝一节，把它引开，离开认识这棵长青之树，离开认识的无限循环往复、螺旋向上的轨道，它要变成直线化，走向斜路，走向泥坑，这就是唯心论、形而上学的来源，也是错误、谬误的原因。所以，片面的真理、局部的真理、部分的真理看起来持之有故，言之成理，但是归根结底来说，它又是不对的，是经不起科学检验的。问题是，即使是这样的真理、这样的见解，我们也应该允许人家讲出来，应该听他说完，应该平等地对待，认真地讨论，像这次讨论一样。而且，由于这样一些言论，这样一些想法，提出了大量的事实，可以使真理愈辩愈明，使真理从另一方面得到补充。认识的前进就是在两个方向中、两极相逢中互相补充。辩证法并不排斥相互对立的两种见解。辩证法就是在对立物的统一和斗争中前进。

选自《宋振庭杂文集》，山西人民出版社，1989 年版

把讨论变为动力，勇往直前！

——谈理想之五

十年浩劫，使我们国家的问题堆积如山。三年以来，特别是十一届三中全会、四中全会、五中全会以来，拨乱反正，处理了大量的冤假错案，使国家、党的生活走上了正常的轨道。但是另外一方面，由于遗留的问题很多，不可能一下子彻底改变，大家还不满足于现在的状况。对于党的决策，大家一方面说非常正确、非常英明、非常好，但是又担心能否兑现。处在这种情况面前更重要的是什么？更重要的决定性的是行动，是行动在先。德国的大诗人也是大哲学家歌德讲了一句话，马克思、恩格斯非常欣赏，这就是"行动在先"。列宁在《伟大的创举》里曾说："少发一些空谈，多做一些切实的建设的行动。"马克思也说过："在某种意义上说，一个重要的行动胜于一打纲领。"这样说来，既要有理想，又要有行动。在理想与现实的问题上，就要"从我做起，从现在做起"。我是主体，天下的事物是环境，是客观。我对环境是有一定的支配权的，但是我最有支配权的对象首先是我自己。对自身行动的目的性我最有支配权。昨天是过去了，明天还没有到，最现实、最有把握的是今天。现在人们普遍的愿望是什么？

就是急于把理想变成现实。既然整个的民族、整个的党、各阶层、各种年龄的人，都有把理想变成现实的强烈愿望，那么它就会像一种原子核的连锁反应，是一股不可抗拒的力量。我们的党、我们的国家正是这样一个沸腾了的原子反应堆。因此，这场讨论应该归结到哪里？答案只有一个，就是：从我做起，从现实做起，从今天做起。如果相当一部分人能够做到这一点，那么我们的社会就会发生根本性的、巨大的变化，我们四化的伟大目标就会早日到来。看来，这场讨论中很多人都有从我做起，从现在做起的要求：有的用自己的沉痛教训来归结出新的决心，有的通过互相帮助、规劝得出了这样的决心，有的师徒共议、共论、共商得出了新的行动方案，有的夫妇之间结成了新的战斗联盟，有的是一个集体发生了新的变化，先进更先进、后进赶先进。

30 年代，我们曾经被俄国伟大的作家高尔基的一篇散文诗《海燕》所感动，这篇短文在黑暗的中国像哲学启示诗那样感召了我们。在这篇散文诗里，把海燕在雷雨中的表现跟海鸥、海鸭以及企鹅作了鲜明的对比，只有高傲的海燕勇敢地自由自在地在泛着白沫的海上飞翔着。海鸥呢？在暴风雨前呻吟着，在海面上窜着，想把自己对暴风雨的恐惧，掩藏到大海深处。海鸭呢？它也哼着，它们够不上享受生活的战斗的快乐，轰击的雷声就把它们吓坏了。企鹅在崖岸底下，畏缩地躲藏着。愿我们都做海燕，不做海鸥，也不做海鸭，更不做企鹅。

青年弟兄！我爱你们，让我们手拉手，勇往直前吧！

1980 年 5 月

信教自由和反对迷信

有人有误解，以为党和国家落实了宗教政策，以为修复了一些著名的文化古迹，包括一些寺院教堂，也允许手工艺制造佛像等工艺品在市场上出售，就以为可以大搞迷信了，甚至以为连共产党员、共青团员、国家干部乃至解放军战士也可以参加迷信活动了。当我看到这么些人在庙里烧香、跪拜抽签时，心里特别不是滋味。

宗教是个复杂问题，对待宗教这个复杂问题不能简单化。正确的方针是允许信教自由，也允许反对迷信、不信宗教的自由，更应宣传唯物主义，宣传科学。在中国的实际情况下，党员、团员、干部、军人，就是可以做到不参加宗教活动，更反对这些人去搞迷信活动。至于外国，情况特殊，这个问题，由人家自己去解决处理，国情不一，我们可以多了解，吸取教训，但以少评论为宜。

尤有甚者，现在有些新中国成立以来几经取缔的会道门，有些恶迹昭著的坛主、道首又出来进行害人的活动，对于这个情况，有的地方也任其自流，这总不是正常的现象吧！修复名刹、古寺非常对；落实对神职人员的正确政策也正确；提倡对宗教的研究分析也应该，做一些仿古的佛像宗教画也应该，这些事不能搞简单化，绝不能再重复毁灵隐寺、毁五台山的蠢事了。但作为共产党员、共青团员，到庙里烧香叩头，参加迷信活动虽未犯国法，却犯了党法。党法、团法要求我们这些人不能再做有神论者，若不然，你就退出共产党，退出共青团，不要脚踏两只船。

笔者前年、去年两次到外国，也参观了不少名教堂，去看过著名的拉斐尔和米开朗琪罗的动人心魄的艺术杰作。笔者和宗教界的一些大师、学者也是好朋友，也愿意逛庙，看文物，也很喜欢阅读一些宗教书籍，但参观是参观，尊重是尊重，热爱文物是热爱文物，第一，决不跪下来给神像礼拜，那是一个共产党员最大的耻辱！第二，任何地方任何时候，不回避说明：我不信教！反对迷信！我的那些宗教界的好友，并不因此就和我断交。相反地，还是互相尊重各自的信念的！

我写这篇短文，给一个朋友看了，他说，得慎重，这是重大原则问题。我说你说得对，这的确是一项重大原则，尤其对外国，对国内各民族地区，对宗教界，历史上有过教训，不可重复。但是，共产党员，共产党的党报，应当宣传战斗的唯物主义。连反对迷信都不敢讲了，那还了得！

我国人民的大团结，包括信教的同胞，也包括不信教的同胞，只要爱国的就是一家人。不能拒绝任何一个不是无神论的同胞，不能再鲁莽地去干对宗教的打砸抢了。这毫无疑问。但永远也不能让党员、团员、解放军战士到庙里或在家里搞迷信活动。对那些利用迷信进行犯罪活动者，就是要严厉打击，绝不手软。

一管之见，有无偏颇，愿与各有识之士共商榷。

选自《宋振庭杂文集》，山西人民出版社，1989 年版

百废待举的辩证法

　　如果用几句话概括我国当前一切活动的本质特征，我想可以这样说：我们的任务是拨乱反正，搞四个现代化，摆在面前的问题是堆积如山，我们要干的事是百废待举，办事的方针是调整、改革、整顿、提高。

　　这里想谈谈的是百废待举，或者说百业待兴。

　　恩格斯在《路德维希·费尔巴哈和德国古典哲学的终结》一文中，论述了整个德国古典哲学从黑格尔到马克思的全过程，但他讲到黑格尔时只是分析了黑格尔的一个命题，就把全书一下子带动了，使恩格斯这个科学著作满盘都活了。黑格尔的命题是："凡是现实的都是合理的，凡是合理的都是现实的。"恩格斯分析了黑格尔的典型性的这句话，因为它代表了黑格尔哲学的全部矛盾性的特征。

　　我们看问题也应该这样，要正视对象，要从各个侧面去沉思一下，想一想对象的较深刻的含义，不要限于表面，不要浅尝辄止。

　　比如当前我国现实中这四个字，"百废待举"，就挺有意思，起码应包含着几层意义在内。

一层，百废待举的前提是"百废"，废得很严重了，不是一废两废，也不是九十九废，而是百废。林彪、"四人帮"的祸害，留下来的不是问题成堆，是问题如山，用"堆"来形容早就不够了，山也不是小山，是大山。

但这句话的重点是后面的两个字"待举"。其中这个"待"字就更有意思，它描述了各行各业，100样、1000样、10000样的事，都在那摩拳擦掌，跃跃欲试想要举哩！

为什么可以待举哩？你以前为啥不举呢？又为啥挤到一块来举呢？这也得有个前提条件。这个前提就是拨乱反正以来全党和全国人民做了大量的工作，有了百废待举的需要与可能，有了解决这个问题的客观根据。

"百废待举"，朝后看，让人着急生气，让人恨透"四人帮"等人这些大祸害。但若朝前看，又让人高兴，让人觉得欣欣向荣，兴高采烈。因为要干哪，要举呵，要兴呵！我们盼望这一天盼望得多久了！

再一层，应该想想为啥是"百废"，而且都在那"待举"，挤到一起来等着人来举呢？这一方面说明问题的严重性、全面性、连贯性，另一方面也说明要办这么大、这么多的事可不能十个手指按十个跳蚤！如果百废待举，你就来个百事并举，不分一个轻重缓急，不排一个先后次序，那就举不了、举不成。因为，有计划按比例的举才有最大的高速度；平分秋色，一样举，就会把事情办坏。你只注意到这四个字中的两个质的方面的矛盾，即废和举之间的矛盾还不够，还得注意它的量的方面，矛盾的数量和状况。

这个废是百废，这个举又是谁都得举，只举一样、两样不行，都在那里吵着、嚷着，要求来举。"百"和"待"这两个字，不是可有可无、全无意义的数词和动词，它的数量状况的限制性，也要人们充分注意。

再进一层，还应该想想，"百废待举"是说的客观环境，说的形势的需要。人们主观上的精神状态是否都已经符合这个需要呢？是不是所有的人都在生机勃勃、思想解放、精神焕发地迎接着重举待兴的事业呢？应该说，有的人是这样，有的人就不是这样。这后一种人，只看见百废，看不见待举，只看见问题的过去，看不见事物的未来，只看见消极的一面，看不见积极的一面。或者只见形势如此，不去想想自己怎么办，在百废待举中应该怎么励精图治，以百倍信心、千倍勇气去投身这一伟大的历史洪流之中。

想了这么几层之后，是不是已经想够了关于"百废待举"的辩证法了？不！差得远。甚至可以说，以上还只是从字面固有的内容中稍微地想了想，更重要的一层意思还未谈到。

应该提一个问题，就是：百废待举是不是全部复兴，全部是老样子的恢复？应该说，既然待举是承着百废而来，其中当然有恢复之意，反正之意。可是，这待举之事，是处在新的基础、新的环境、新的历史条件下，因此就要向前看，多想想新问题。它不会是历史的循环重演，必然是包含着大量新兴内容的新生。我们花了这么大的代价学到了的东西，远比恢复旧观要新鲜得多，生动活泼得多。有些同志说得好：过去的好东西、好传统，一点也不丢，全部恢复；过去的挫折、教训，实践已证明是错误的东西，就绝不要重复、重犯。实践是检验真理的唯一标准。

如果人们一定要问，什么是百废待举的辩证法中最重要的辩证法呢？这就是不但要百废待举，而且要万象更新，以新的姿态实现历史新时期所赋予我们的光荣任务。

选自《宋振庭杂文集》，山西人民出版社，1989 年版

伟大的历史使命

——写在《自然科学概要》一书的前面

自然科学是征服自然、改造社会的重要武器。自觉地掌握科学知识，用科学促进人类的文明进步，使祖国繁荣富强，是历史赋予我们共产党人的伟大使命。

学习和研究自然科学是关系到党和国家的前途和命运的大事。不管从当前还是从长远考虑，都应当对自然科学的学习和研究做出战略性的安排，尤其是安排好几千万干部特别是领导干部的学习。

在这方面党中央书记处给全党做了榜样，书记处请科学家当老师，恭恭敬敬地学习。不懂就学！这才是共产党人的本色。现在，从领导我们这样一个社会主义国家的角度来讲，只有广大干部特别是领导干部有水平，有远见，懂业务，又红又专，有本领来领导这个国家，这个国家才会立于不败之地，才会最大限度地解放生产力，充分发挥社会主义制度的优越性，这个国家也才有可能一日千里地前进。因此有人若问我："你说发展社会主义生产力的关键是什么？"我可以毫不犹豫地回答："从某种意义上讲是真正有水平有本领的好领导！"

现代自然科学突飞猛进，正在向大自然的深度和广度进军，它把人类带进了微观世界，继发现许多种微观粒子之后，转而研究夸克和胶子，揭示了微观领域的规律。借助宇宙飞船，人们云步广阔无垠的宏观世界，成功地登上了月球，正向其他行星迈进。由于观测工具的改进，人类对宇宙的认识，已经追溯到一百亿年以前的时间，扩展到一百亿光年以上的宇宙空间。在生物领域已经揭示了遗传之谜，进一步探索生命的奥秘，为人类改造生物展示出了美好的前景。总之，许多自然科学新成果，都丰富了人类的知识宝库，使人类改造自然的能力空前强大。

随着社会的发展，科学向各方面的渗透，自然科学的巨大作用很快地显示了出来。自然科学不仅通过并入生产过程，迅速转化为直接生产力，而且还以不同的方式通过不同的途径，影响生产关系和上层建筑，带来经济、政治、军事、文化教育以及人们生活、精神面貌等方面的巨大变化，促进人类文明和整个社会变革。事实上，现代科学对于社会的兴衰、国家的存亡，已经起着举足轻重的作用。这迫使每个国家、每个政党，以至各个阶层的人们都不能不重视它，学习它，研究它。

马克思、恩格斯用唯物史观分析自然科学，提出了"科学是一种在历史上起推动作用的、革命的力量"的论断。他们亲自研究了科学，用科学论证和丰富了马克思主义。列宁把科学技术同社会主义、共产主义联系起来，提出了"共产主义等于苏维埃政权加电气化"的公式，认为只有取得全部科学、技术知识和艺术，才能建设共产主义社会的生活。

自然科学是生产斗争和科学实验的实践经验的概括和总结，它正在酝酿新的突破。现代科学在高度分化与高度综合的基础上，走向了整体化，发展成为一个庞大的体系。它包括基础科学、一些新型的综合性的基础理论、技术科学和专业技术等大的门类。基础科学研究自然界各种物质运动形态的基本规律，人们通常把它分为数学、物理、化学、生物、天文和地理等六门。20世纪以来，产生的几门新型的基础理论，有控制论、信息论、系统论等。把基础理论运用于改造自然的实践，应用到工业、农业、交通运输、医疗卫生等领域，便形成许多门技术科学和专业技术。技术科学和专业技术门类繁多，发展得很快，综合性很强。包括新出现的科学技术，有农业科学技术、能源科学技术、材料科学技术、电子计算机科学技术、高能物理实验技术、激光科学技术、空间科学技术、遗传工程及医学科学等。

我这个人，在现代自然科学上是水平非常低的人，但我有一点自知之明，这就是我已经落后于这个时代，倘若生存下去，就得奋起直追，重新学习，当然学成个什么好样子，这是不可能了，但我起码应该和同志们一道跟上时代的步伐，认真地学起来。

《自然科学概要》一书就是同志们按照这样一个线索，这样一个想法编写的，内容如何，读者定可明鉴，我对出版这样的书是非常欢喜雀跃的。让我说几句话作前言，就是以上的如实剖白。

1980 年 10 月

一封和青年同志的通信

丁建农同志：

你的热情，你的鼓励使我惭愧，对于一个有四十余年党龄的老兵来说，做这么一点点自我批评是很不够的、很肤浅的。说实话，我还并未认真解剖自己的灵魂。鲁迅先生说他解剖自己比解剖别人更不留情面。我差远了。你提到的《当领到代表证的时候》那篇短文限于篇幅和体裁，只能明心志、表决心到那样的地步。

承你的不弃，有问于我。说实话这比老师的考试还难办，比宗教的牧师对教徒的考问还难以回答。为什么呢？因为说假话、套话不行，说敷衍话也不行，胡说八道，离开原则和真理更不行。也是鲁迅说的，回答问题，最怕回答老年人的提问，也怕回答儿童们的提问。对于同辈人的提问还稍好些，因为大家"彼此彼此"。

但我终于被你的热情所激荡不安了。斗胆地回答如下：

一、你信奉的格言是什么？

这句话最难答。因为我的 61 年生涯中，这些格言先后的变动很多。一个时期与一个时期不同。到了现在我能告诉你的就很少了，而且难以说是格言。如果一定非答不可，就是如下：

"多做好事，少干坏事，干了坏事知道了就认账，就一定改。"

顺便可告诉你，我给自己刻了一方闲章（铃画用的），印文为："除坦直以外乏善足陈"。我自认为还仅有的一点优点就是这个。当然，就是这一点也得天天努力才能做到。同时，我一生的"倒霉"也就"倒"在这上边了。但对此我是至死不悔的！

二、你最崇拜的人是谁？

我看还是用"崇敬"这个词比较好。我是一个马克思主义者。所有的真正的马克思主义者，我都崇敬。在今天的中国，我和所有的人一样看待我们的领袖人物。我极崇敬鲁迅，因为他是把自己的人格、思想、语言、文章、道义、心灵全凝铸到一起的人。我拿起鲁迅的书就放不下。

三、做人，治学，立志，各自的第一原则是什么？

做人要正直，有爱和憎。愈鲜明愈好。

治学要老实，但也不必胆小，浅薄不可怕，就怕装腔作势。"吾生也有涯，而知也无涯"，只要学到的能有用于己就好。

立志，就是要有雄心大志，他能做到的好事，我为什么不能做到？"见贤思齐"是中国人的美德中最好的一条。

四、用你自己的话概括一下十二大的精神可以么？

十二大的全部精神在邓小平同志的开幕词中全有了。它言简意赅，画龙点睛，是高度凝练的哲理性的短文。但凝聚得如铀 235 一样，包括了极大的容量，非一般言语所可表述得了的。

中国革命和中共党史的六十余年，可分成上联和下联。两联的共性是都经历了千灾万难、巨大的牺牲和挫折，都花了学费，受尽了必然的作弄而后才有了自由。上联是七大以后，下联就是十二大。从三中全会到十二大，我们比较地知道了在我们的国情下，怎么搞中国式的社会主义的规矩。所以，这个从哲学的认识论上所做的概括和结论，我以为是小平同志的开幕词的核心。

五、老干部、老同志最可贵的地方是什么？年轻人呢？

老干部的好处，就在苦头教训多，他们知道今天的一切和现实的成就都来之不易，都是前人做了巨大牺牲才得到的。因此他们知道珍惜，遇事能舍己甚至舍身以赴。要想使他们的理想轻易就破灭就动摇，那不可能。不信请看十年动乱，死了多少"老家伙"（爱称）。但又有几个叛离自己的信念的？有几个叛国叛党的？没有！说得再难听点，老就老在教训多，犯错误多，跌跟头多！这也就是他们的优点的所在！

青年呢？好就好在框框少、胆子大、热气高。特别是可塑性大。能改变、能回炉再造。比如，我这个年纪，回炉再造就不行了，除了改正现在的缺点外，只能火化了！

六、你能做我的老师么，能和我通讯么？

我能做你的好同志、好朋友。至于老师不老师，咱们谁有长处就学谁的。

通讯可以，但不保证有信必回。不回时请不要生气。另外我是个书呆子，谈书可以，别的办不到。如说有信就回，那也是空话、假话。如果这么订下来算不算"不平等条约"？

这算不算回答。对你有用么？

1982 年 9 月 18 日

学习和坚持马克思主义的世界观和方法论

马克思还在青年时代，在《〈黑格尔法哲学批判〉导言》中，这位新世界观的创始人就写道："哲学把无产阶级当作自己的物质武器，同样地，无产阶级也把哲学当作自己的精神武器；思想的闪电一旦真正射入这块没有触动过的人民园地，德国人就会解放成为人。"每当我读到或想起这段话，都不禁浮想联翩，感慨万千。从巴黎公社的英勇斗争到俄国十月革命的大炮轰鸣以及中国革命斗争的伟大胜利，一百多年来的历史雄辩地证明，无产阶级革命事业取得的每一步进展和每一个胜利，都是马克思主义哲学和无产阶级革命人民的斗争相结合的结果，也就是说，无产阶级和革命人民只有运用马克思主义的世界观和方法论指导自己进行斗争，才能推动革命事业前进和取得胜利。

这是读过马克思主义的人都知道的常识。但是，在今天，我觉得还要讲，多讲讲，大家都讲讲，很有好处。马克思主义和各国无产阶级、革命人民的斗争相结合，这句话说来容易，但真正能做到结合，并且结合得好，却是件相当复杂和困难的事情。就以我们党在新民主主义革命阶段的 1927 年、1934 年两次严重的失败和在新中国成立以来所发生过的几次严重失误来看，就可以知道，结合得好是件多么不容易的事。曲折的历史一再地教育我们，辩证唯物主义与历史唯物主义思想，是我们须臾不可离弃的精神武器。

学习和坚持马克思主义的世界观和方法论，必须认真学习马克思主义宝库中的重要经典著作。毛泽东同志是伟大的马克思主义者，是伟大的无产阶级革命家、战略家和理论家。以毛泽东同志为代表的中国共产党人，根据马克思主义的基本原理，把我们党长期革命实践中的一系列独创性经验做了理论概括，形成了适合中国情况的科学的指导思想——毛泽东思想。毛泽东思想是我们党的宝贵的精神财富，它将长期指导我们的行动。毛泽东哲学思想是毛泽东思想的理论基础，毛泽东同志把辩证唯物主义和历史唯物主义运用于无产阶级政党的全部工作，在中国革命的长期艰苦奋斗中形成了具有中国共产党人特色的立场、观点和方法，丰富和发展了马克思列宁主义。我们不仅要从《反对本本主义》、《实践论》、《矛盾论》、《中国革命战争的战略问题》、《抗日游击战争的战略问题》、《论持久战》、《战争和战略问题》、《新民主主义论》、《论联合政府》等著作中学习这一思想，而且要从毛泽东同志的全部科学著作中，从中国共产党人的革命活动中学习这一思想。

学习毛泽东哲学思想，要注意掌握毛泽东思想的活的灵魂，要注意从根本上即世界观和方法论上解决问题。只有在世界观和方法论上打下深厚的根底，才能真正接受历史挫折的经验教训，才能真正纠正错误，包括纠正"左"的和右的错误。延安整风，反对主观主义、宗派主义和党八股，就是从根本上而不是从枝节上解决问题的。当前，我们学习毛泽东同志的这些重要著作，主要是学习毛泽东同志是怎样运用辩证唯物主义和历史唯物主义来分析和解决中国革命的实际问题的，从这个典范中学到马克思主义的立场、观点、方法，掌握正确的思想路线，提高执行党的十一届三中全会以来的路线、方针、政策的自觉性，为党的奋斗目标和各项任务的胜利实现而加倍努力。

1981 年 12 月 20 日

时逢甲子感言

　　古人迷信，对干支纪年很看重，其中的一个主要哲学思想是来自五行生克的理论。其实，用这个理论，解释人体的脏腑的生克关联，生理病理的机制，在中医上是有成果的，运用得也很微妙，但以之解释社会历史则是臆想的胡说。

　　古人也有许多人早就不相信这一套了。汉之王充，就是一位典型的驳斥这一套理论的代表人物。主张历史以人胜天，以势胜敌的项羽，也公然怀疑这一套。京剧《霸王别姬》的台词中有他反对虞姬以"天心示警"的谏净，他说："纣以甲子而亡；武王以甲子而兴，何验于彼，而不验于此！"项羽的失败，原因很多，他的刚愎自用固然是很重要的，但他上边这个言论却并未说错。

　　但干支纪年法，在全世界的计年和史学上，却是我们老祖宗的一大发明，六十年一甲子，对记述历史有很大的好处。比如，甲午海战，庚子之耻，辛丑条约，中国人就永远不会忘怀。郭沫若的《甲申三百年祭》的文章，在警告即将得到全国胜利的中国人民和其领导者，勿蹈明代李自成进北京的覆辙，以历史教育人，是一成功的范例。

尽管道理很明白，但处在"历千劫而不覆，运万福而长今"的中华民族有了今日，中国人扬眉吐气了，甩掉了东亚病夫的帽子，当一个中国共产党的党员，虽已年老，身居二线，瞻前顾后，思绪万千，在这一甲子即将到来之时，能不在心深处掀起很大的波澜呢，即使自己，再逢甲子，起码得活足了60岁，想想许多老战友，并未活到今天，赍志终天去见马克思了。我自己，几次去马克思那里报过到，他都说："你来没用，回去！"所以，我还活着，还可以写杂文。

辽沈战役，天津战役后，顺理成章地得出了北平和平解放的顺利形势，然后在淮海的一场决战中，终于解决了中国历史上光明与黑暗的大决斗。以后的渡江战役南下进军、西下进军，都是宜将剩勇追穷寇了。

邓小平同志这位革命家、战略家，淮海战役的前委主持人，还健在，还继续为我们的党和祖国献上最重要的决策，这是很值得欣慰的。

天津是北京的大港，首都的门户，在中国近代史、现代史中这里都扮演了一个主要的角色，两次鸦片战争，一部帝国主义侵华史都离不开天津这个场景。当纪念《天津日报》创刊35周年之际，又时逢甲子，天津人的感慨，我这老年人的感慨，足足是一个历史的感慨，所以我写了这样一段散记。

干杯！战斗中的天津人！

选自《宋振庭杂文集》，山西人民出版社，1989年版

历史的启迪

——谈话剧《孙中山》的演出

由长春话剧院编写和排演的大型话剧《孙中山》，最近来首都演出，引起了各方面的注意。这出话剧把伟大的革命先行者孙中山先生的形象搬上舞台，并且取得了成功，令人感到兴奋和欣慰。话剧《孙中山》的上演，对于向人民群众特别是青年一代进行革命历史教育，做了一件很有意义的工作，这是值得肯定和欢迎的。

中山先生自己说："余致力国民革命，凡四十年。"这四十年波澜跌宕的历史，从同盟会成立前后，到辛亥革命推翻封建帝制，到国共第一次合作，究竟取材哪一段来反映历史最有代表意义？话剧《孙中山》剪取了国共第一次合作这一段来反映，可谓恰到好处。当然，中山先生一生的光辉历史都应该反映，但在他一生中最有声色，对后人教育意义最大的还是这一段历史。俄国十月革命成功，使中山先生看到了希望的曙光；中国共产党出现在中国历史舞台上，给他带来了信心和力量。他排除了国民党内的各种阻力，毅然决然"以俄为师"，采取"联俄、联共、扶助农工"三大政策，实现了同共产党的合作，开创了中国革命崭新的局面。话剧《孙中山》通过艺术形象，真实、生动地再现了这一伟大的历史转折，这在今天仍有着深刻的认识意义和教育意义。中山先生曾说："世界潮流，浩浩荡荡，顺之则昌，逆之则亡。"中山先生通过他一生的曲折的经历认识了这一真理，认识了只有同新兴的无产阶级政党——共产党合作，革命才有成功的希望。话剧《孙中山》形象地再现了这一段历史，给人们上了一堂生动的革命史课。

在话剧《孙中山》里，挫折、失败接踵而来，然而中山先生从不曾有丝毫的动摇。他革命一生，四海飘零，最后弄得无立锥之地，但他仍然勇猛刚毅地奋斗下去。有人看过演出后，觉得陈炯明叛变后的中山先生有些"可怜"，然而透过这"可怜"，我们更觉得这位历史伟人可爱，可钦，可敬。在任何困难面前，他都不气馁，不妥协，不断地探索，不断地追求，只要一息尚存，就顽强地奋斗下去。任何革命，都避免不了挫折和失利。翻尽中外历史，不经挫折和失败而成大事业者，没有先例。这出话剧表现了中山先生在革命接连受挫的严重关头，能够勇于进行自我检讨，认真总结失败的教训，不墨守成规，大胆探索新的道路的韧性斗争精神，这对我们今天的人也是一个重要的启迪。如果遭到一些挫折就怨天尤人，就心灰意懒，就一蹶不振，那还称得上是什么革命者？

历史唯物主义认为，伟大的历史人物都是在一定的历史条件下产生的，要从他们当时对历史发展所起的作用来判定他们的历史地位，而不能简单地根据他们从属的阶级来决定褒贬。这本来是历史唯物论的常识，也有必要拨乱反正。孙中山、宋庆龄、廖仲恺、何香凝这些人，那时并不懂得马克思主义，也不具备科学社会主义世界观，但他们热爱祖国，热爱人民，全身心地投入了救国救民、振兴中华的革命事业，就他们的个人品质而论，都是非常纯真、高尚的，当得起玉洁冰清、高风亮节的称誉。今天我们整顿党风，整顿社会风气，提倡廉洁和道德，讲求人格和国格，难道不可以从中山先生等革命先驱者的品质中学得一些东西吗？至于他们在危难关头挺身而出，不惧鼎镬斧钺，置个人生死于度外的牺牲精神，就更值得我们学习了。中山先生在他关于家事的遗嘱中说："余因尽瘁国事，不治家产，其所遗之书籍、衣物、住宅等，一切均付吾妻宋庆龄以为纪念。余之儿女已长成，能自立，望各自爱以继余志。"对照这个遗嘱，看看现在某些人的所作所为，难道不应当惭愧吗？为了整顿好我们的党风和社会风气，我们要继续发扬党的一切优良传统和作风，同时也未尝不可从革命先驱者们那里取得一些有益的借鉴。

《孙中山》的创作和演出是成功的。当然不是十全十美，还大有丰富和提高的余地。在现在的基础上，广泛听取各方面的意见，再加磨砺和提高，是很有希望成为一出更出色的话剧的。

1981 年 12 月 5 日

由小见大，联想甚多

　　清晨在北京街头公园，见老年人的体育活动，愈来愈活跃，练功、太极拳、十八法、八段锦者，到处是一群群、一队队，看那严肃认真、高高兴兴的样子，真令人赞羡不已。

　　这几天，我更看见了一个让人又好笑又惊喜的特别镜头，就是二十几个白发如银的老太太们，天天一早就群集于颐和园长廊前，有的爬树，有的在树上攀杠子，还有缠过足的老奶奶在"号腿"，像要练武生似的！我很后悔未带照相机，失去机会，未抢下这个镜头来。

　　由于这个印象的强刺激，我一边散步，一边想，走着走着竟然忘了路之远近，一直到了十七孔桥，走上了湖心岛。此事虽小，但让人深思之处却小中见大，起码这是中国人，中国人的祖国，中国的老年人的生活趣味，那生命的活力、生命之火在熊熊地燃烧着。

　　中共关于新中国成立以来的若干历史决议中就写过这样的话：

　　"城乡人民健康情况大大提高，平均寿命大大延长"。

　　不错！中国人今天的生活并不富裕，平均收入在全世界来说也不高，但中国人活得很有劲！不信你想想我说的上边这个镜头，你在中国城乡到处可见。

现在人们在口头上正流行一句新词，"五十不卖老、六十正当年、七十老来少、八十乐颠颠"。在中国，年龄的尺度在上涨，老年的规格在提高。

走着、走着，我忽然想起陆游来。放翁是高龄、多产诗人，在中国诗人里，传世之诗作没有第二人能比他再多的了，但他晚景很凄凉，处在南宋灭亡之前夕。他的最后一首诗："王师北定中原日，家祭无忘告乃翁"。竟成千古之终痛。

但此老不愧名为放翁，放达得很，他也有上述老太太爬树、攀杠子的动作，当然，那心境却无法和今天的中国的老年人可比了。他在绍熙三年（1192）时有一组名为《书适》的诗中这样描写了自己的返童的内心悲苦而强笑为欢的心境。

老翁垂七十，其实似童儿。
山果啼呼觅，乡傩喜笑随。
群嬉累瓦塔，独立照盆池。
更挟残书读，浑如上学时。

他说的"乡傩"（意即趋邪的舞蹈人），其实正是他的同乡鲁迅先生所说的社戏，五猖会一类的活动吧！但累瓦塔不知浙江的孩子们还玩不玩，我们小时候玩的打瓦，可能和这个不一样。更叫人好笑的是此老描述自己"浑如上学时"。

我坐在铜牛边的供游人休息的椅子上，坐望晨曦初照的昆明湖，想着，想着，想到了老年返童心是人之常情，但小中见大，没有社会主义，没有新社会制度，老太太怎么会爬树！

1982 年 9 月 20 日灯下

杂文的好处、难处和对它的希望

今天我谈三点：杂文的好处、杂文的难处和对杂文的希望。

第一点，杂文在我们党的创建时期，在民主革命时期，是立过功的，应在革命历史博物馆占一席之地。在最黑暗的年代，最艰苦、最需要战斗的日子里，杂文起过它特殊的战斗的作用，是文艺队伍里一个光荣的、战斗的兵种。

鲁迅和瞿秋白都是著名的杂文家，我们现在已经知道署名鲁迅的杂文有几篇是瞿秋白写的，如《错误的来年》、《大观园的人才》、《透底》等。陈独秀主编的《新青年》，从第六期起，就刊登杂文。李大钊、蔡和森、周恩来同志，都在《新青年》上发表过杂文。毛主席在抗日战争时期、新中国成立以后，写过很多杂文，毛主席亲自写过许多战斗性很强的短文章，应该说也是个杂文家吧！革命导师马克思、恩格斯，早期写过相当数量的政治性杂文，从全集里我们都看到的。列宁可以说是个大杂文家，他填写的党员登记表，在社会职业一栏中写的是："政论家"、"专栏作家"。

我国自古以来杂文的传统源远流长，从先秦到两汉，到唐宋八大家，直至清末，杂文的发展经久不衰。如韩愈的《师说》、《原道》、《原毁》，柳宗元的《永州八记》、《三戒》等等都可算作杂文。王安石写的杂文也很多，很精辟，又短又有力，逻辑性又强。他们力反六朝绮靡的文风。所以说，杂文在我国文学史上，在散文中，从来是放特殊光芒的。而且，大思想家往往是用杂文形式写作的。其中特别是柳宗元，他写过好多性格很强的很短的杂文，含义非常深刻。譬如他有一篇《贺进士王参元失火书》，王进士家里失火，按一般情理，应该表示慰问，他却写信表示祝贺，而且说烧得愈光愈值得祝贺。正如毛主席说过的，人死了不一定都开追悼会，应该开庆祝会，庆祝他一生所取得的胜利。像这类辩证的思想通透了悟的大哲理，通过杂文形式表达出来，思想光芒是比较强烈的，特别是他们用了高度概括的艺术语言，才形成杂文。杂文是文学、艺术、思想、哲理的浓缩物，像原子能、原子核、铀235高度浓缩那样。因此一篇好的杂文，抵得上几篇长文章，更不要说那些空洞无物的八股了。长文章人们可能忘记，但一篇好杂文往往流传百代，这都是文学史上的事实，我国文学史，从先秦《左传》、《国语》、《国策》、诸子散文起，这是非常光辉的传统。

现在，刊物如林，大家又都很忙，报纸杂志的文章很多很多，短文章就更显得可贵。无论对青少年，还是对中年、老年来说，有思想性、知识性，引人入胜，引人深思，有力量的杂文是受人欢迎的。《新观察》复刊两年来，文章的深度、广度是比较讲究的。它能顽强地坚持自己的品格，坚持严肃的风格、艺术的良心，不趋时，不捧场，不登乌七八糟的东西。当然，有一段时间观察得不那么尖锐有力，有些文章的思想性、艺术性不足。

第二点，说说杂文的难处。过去，写杂文难，给杂文罗列几条罪状，动辄上纲上线，一棍子打死。这样的时代当然是过去了。除此之外，另一个难处是杂文既要有知识性、趣味性，又要有思想性，更要有针对性，有的放矢。说鲁迅的杂文是匕首、枪，就因为他攻击时弊，矫正恶风。另外，还要讲究艺术性，又必须在千把字左右拿下来。请问，这几个性加在一起，还要人家喜欢看，谈何容易？可是言论界、文艺批评界这几年对这几个方面说得不透，宣传鼓动不力。由于受"左"的影响，对待杂文，对待杂文作者还有某些欠公道的表现。比如，有一个不好的称呼，称杂文作者为"杂家"。所谓杂家，就是没啥专长，没啥能耐的人。再举个小例子，编辑部给稿酬也不公平，文章越长稿费越多，这是傻瓜买甜瓜，拣大个儿的拿。杂文写的短，稿费也就少。各类文艺创作都有评奖活动，唯独没有杂文的份儿，或者说得厉害点，它只有挨批的份儿，这公平吗？

写杂文难，还有一点，杂文作者的确必须是个"杂家"，必须有文学、艺术的素养，有历史知识和科学知识。如果不是一个小百科全书家，你写篇"小"杂文试试，一笔一个笑话。现在这种笑话多得很，报刊文章中到处可见。

党的十一届三中全会以来，党中央做了大量的工作，拨乱反正，不仅把十年内乱的账，把几十年积存的老账都还了。把建党以来的是非分得清清楚楚。如果说把遵义会议到党的七大比作上联，那么党史的下联就是三中全会到党的十二大，社会主义这一联，上下呼应，前后辉映，从此走上了正轨。现在全国人民目标一致，向着四个现代化迈进。宣传十二大，是我们的总任务，十二大文件上写的清清楚楚，你写就是了。这样说来，杂文好像容易写了，其实不然，拨乱反正时杂文不好写，今天的杂文更不好写，为什么呢？

我们都知道，我们党从来都希望有出息的宣传家，有出息的文学艺术家，不要背诵党的决议，要用真实的思想感情，调动各种艺术手段，引人入胜地进行宣传。要用艺术性、战斗性很强的杂文，使十二大的思想深入人心，这才是杂文的本色。按此要求写杂文，的确是更难写的。

第三点，谈谈对杂文的希望。党的十二大开过之后，总的来说，拨乱反正时期过去了，整个文学艺术包括杂文的目标更加清晰，繁荣杂文创作是大有希望的。

十二大文件指出：要争取三个根本好转，即财政经济、党风和社会风气的根本好转。也就是说党指出这三个方面还没有根本好转，要为争取根本好转而努力奋斗。现在，农村形势一片大好，工厂也在进行改革，社会风气比过去是大大好转了，但离根本好转还有距离。比如，我们文艺界的坏现象也不少，有一条叫精神制品的商品化，艺术品、美术品商品化，人格也有商品气。评论一个人，评论作品在某种程度上广告化大于科学分析。写传记也广告化。我们知道，就是做广告也得有良心，也得有信誉，不能随便瞎说。鲁迅是为自己的书做过广告的。他是怎样做的呢？他大致说，这本书有多少字，什么情况，有几篇文章还可以看一看，愿意看的可以买两本。绝没有说这篇文章是笔下生花，"文起八代衰"，"此文不能不看"。那种好莱坞式的电影广告，那样的吹捧，甚至把人格也广告化，我们绝不能让它泛滥。可是，我们的报刊上，现在仍有这种拉帮结伙、自吹自擂的坏风气。甚至拉上一帮，互相吹捧，你的朋友捧他，他的朋友捧你，这是十年动乱中遗留下来的恶果，在文艺界还没有完全肃清。吹捧演员也是这样，明明是好戏，有人硬说不好，从中挑一点小毛病，攻其一点，不及其余。有的一出戏本来不是那么好，偏偏要说得天衣无缝。最近看到关于李白的电视节目，编到什么程度呢？甚至让杨贵妃和李白吊膀子，真使人起鸡皮疙瘩。又如把宋朝以后的诗，写到唐朝人的嘴里，连外国的汉学家看了，也会笑掉大牙。甚至写汉朝故事，说有人读"四书"，这真成了大笑话。当然，我在这里丝毫不是说不要搞这类东西，电视剧这个武器锋利得很，普及文学、普及艺术、普及戏剧，还有比这样的形式更好的形式吗？但是既要搞就要讲究真实，不要胡编。

总的来说，十二大以后，杂文的战斗目标是明确的。在十二大精神指引下，有更多的文章可做，更可以发挥杂文的战斗性。但是，我说也有另外的难处，是要求更高了。我们不要低估这种困难。要把新的难度变成动力，写出好杂文来。

最后再说三个问题。

一、关于第一人称和以我为中心的抒情问题。这个问题，杂文作者经常会遇到，因为散文带有抒情性。夹叙夹议，"我"字就往往出来。我看不必都用第一人称，我们的主张是听其自然，只要不存心自吹自擂、自作广告，用第一人称也行。

二、关于历史题材。吴晗在世时讨论过历史剧，我们当时就主张老戏可略加整理，新编历史剧基本上符合历史，一定的艺术加工和虚构是允许的。但总不能完全违背历史，与历史对着干、顶牛干，新编历史剧不能丑化、歪曲历史。

三、这个座谈会开得好。希望《新观察》在我国目前的刊物之林中坚持自己的风格，在党的十二大精神指引下，把这个刊物办得更出色。要表扬就像个表扬样，要批评就像个批评样，要战斗就有个战斗样。要有艺术性、知识性、趣味性。

选自《宋振庭杂文集》，山西人民出版社，1989 年版

十二大将使在深圳工作的同志
更加坚定和清醒

鲁迅说过，真该佩服第一个吃螃蟹的人，那样一个东西，他敢吃。

从人类文化史的长河来看，凡是先行者、先驱者，都是这种人。也还是鲁迅先生说得好：地上本无路，"路是人走出来的"。一些新药、新疫苗、抗毒制品的发明家，就是先给自己注射疫苗的人。我讲这些干什么？我是想说，在特区的工作者，就是这样一些事业的试验者。从有社会主义国家以来，还未听说办过像我国深圳、珠海特区这样的事，这就是一种很新、很复杂，也很有一点风险的试验。也真像第一批敢吃螃蟹的人。

事实已证明，深圳的特区建设取得了很大的成绩。特区前途的轮廓业已日渐清晰显见。凡到过特区的人都可以心服口服地证明这一点。

但是，特区确实有其内在矛盾，一方面，和资本主义打交道，和洋风打交道，如果立场不坚决，脚跟不稳，方针政策含糊不清，那就要出乱子，受污染，有的人确是被花花世界的花花洋风污染了、堕落了、拉下水去了。这不必隐讳，这是事实，从这一点来说，十二大讲得非常明白，我们中国人、中国共产党员、中华人民共和国的干部、特别和外人打交道的干部，更要有自尊心，绝不做崇洋媚外、自降人格的或有损国家民族声誉的事。事实更证明，特别是在沿海地区的党组织、干部、人民群众中，已大量地出现"久在河边站，就是鞋不湿"的好样子、好典型，而且这样的单位和个人正在愈来愈多。另一方面，绝不能由于怕污染，怕有人被拉下水，就对特区、和外人打交道、对开放的经济方针动摇悲观。如果说和细菌打交道就一定要中毒的话，人类就不会有卫生事业，更不会有抗毒药品。不信你到医院问问，名为卫生单位的医院，尤其是那些传染病医院，你问问他们整个社会属哪里最不卫生，哪里的细菌病毒最多，不用怀疑正是这些地方最不卫生，细菌病毒最多。那么是否我们的医生、护士、医务人员全都命里注定地被传染上疾病呢？不！虽有些危险，但他们抗毒力、免疫力也最强。这难道不是人尽皆知的事实么？

我虽不在特区工作，也没有做多少调查研究，去过深圳一趟，只走马观花，但我确是很开脑筋，受益匪浅。按照老习惯，我当时嘴里没说，心里为特区的工作人员捏着一把汗，这要在三中全会以前，在那些僵化的思想的"左"倾顽症的时候，这些同志确实"险哪"！但我又想到，办这个事绝不会一帆风顺，前途道路一定坎坷不平，因为道理很明显：第一，此事太新，无前例可循。第二，此事危险，有被污染的可能性。第三，此事太复杂，牵连的问题、要碰到的环节很多，特区不大，但"上边千条线，下边一根针"，如无过人的胆略和极大的创业的气魄，如无清醒的头脑、坚定的立场，特区的干部、工作人员就会像唐三藏进入女儿国一样，如没点真道行，那是会被打入轮回地狱，跌入万丈红尘的。

在参加十二大会议时，我的疑虑完全解决了。党的十二大，制定了，阐述了坚定明确的我党我国的外事方针政策，进一步肯定了国内经济政策，对自力更生和欢迎外资有了进一步的规定，对特区有了明确的指示，十二大是全党一切工作的指南，也给特区的工作做了坚定的长远的指示。深圳特区是社会主义中国的特区。和全国一样，它从里到外，从基层到上层建筑全是社会主义的，从这点说，它没有什么"特"的地方，它是全部执行着我国社会的普遍的社会主义原则，而且党章的要求，对党员干部的要求，在特区应更严格一些，从这点说，它不"特"，如果谁企图把特区引向全盘洋化，连同那些资本主义的全部丑恶的腐烂货全在这里"特"起来，那是痴心妄想，中国人民绝不会答应。但从另一方面，它确是有特别的地方，在这些地方就是要"特"起来，而且要坚定地言而有信、取信于国人，也取信于外人。如果不该特的特了，那是犯了错误，本来该特的又不特，又一般化，那也是失职，违背了国家建特区、试验特区的初衷。

如果就全党全国来说，对新形势新情况新问题要求所有的革命者既坚定又清醒的话，我就更想到深圳，想到了这个要求更适合特区的工作和工作者！我坚信，十二大一定会使特区的工作同志以更大的力量，使他们成为既坚定又清醒的革命者。

1983 年 9 月 15 日

0：3和3：0

——从女排想到的许多事

我心脏不好，好激动。中美女排一战，我心里紧张，不敢看。球打完，听孩子们说，以0：3输了。我心里犹如压上一块石头。但我又心问口，口问心：这一定不好么？回答是，不！也许这是好事。

女排的首战失利，和我们国家的许多战线的许多事情有相似之处。记得那几年，有的工厂，闹得产品积压，甚至开不出工资来；有的生产队，竟弄到一个劳动日不够一枚鸡蛋钱；有的学校，教出的学生和文盲差不多；有的艺术制造品（如有的电影），低劣得叫人吃惊……这些是否也全是0：3呢？当然，这和女排不能比，女排是英雄，她们的0：3不过是角战的首场失利，是一时的挫折。但毕竟也是很压人的一个挫折。在这一时的挫折上，它们有某些相同之点。

中国人的内涵的容量和气度就是中国人自己的国宝。胜不骄可以做得到，我们也常讲，但更宝贵的是败不馁。灾难深重的中华民族，千锤百炼的中国共产党人，最懂得失败和挫折的教育意义。

"军败而更可言战。"全部军事学，从步兵单人动作，从战术学的第一条开始就讲道："发扬火力，掩蔽身体，消灭敌人，保护自己。"全部军事科学就从此开篇。战争学就是又要消灭敌人，又要自己保得住。敌人那一边呢？也不例外。文章就是这样做的。但世上无绝对的常胜将军，只有相对的多胜将军，说某位大英雄一个败仗全没打过，那不可能。至于有些多胜将军之所以多胜，至少也是总结他自己或前任跌跤子、吃败仗的教训。成语说：吃一堑，长一智，"失败是成功之母"。母是什么？母是胜利出生的妈妈。

人不能一朝被蛇咬，十年怕井绳，对什么都忧心忡忡。0：3那天，也有人心里太悲伤了，又有点泄气似的。但中国姑娘们怎么样？好样儿？愿人们多想想那天的心境！

假如一切中国人，一切中国共产党员，共青团员，一切单位，都不怕0：3，正视0：3，总结0：3，从0：3动员起来，那么，3：0就会来的！

为了3：0，要睁着眼看0：3，别闭眼！

1982 年 9 月

漫谈关羽

前几天，看了著名武生姜铁林的《走麦城》，戏演得很精彩，既有工架，又得红生的气度，可以说，在今天很难得一次过戏瘾的欣赏了。

但多年来，好翻翻文史书，对于"关夫子"的事想了不少，这里想评论一番。

说老实话，我对此人很不"感冒"，印象好的少，坏的多，因此，这篇文章很可能写成对"关羽的批判"，弄不好，会成为对此公的大字报，好在，历史人物的批判、毁誉是可以争鸣的，而且又不会马上到法院去做判决，在刊物上，大家写写、谈谈，好处多，坏处少。

一、揭开关羽一直大走红运的谜底

一提此关羽来，好家伙，真正超凡入圣了，在中国历史上，这样得宠，大走红运，历久不衰，别人很难和他相比。

其实，关羽和"文圣人"孔丘一样，也是"圣之时者也"。这在香港这好解释，就是"永远摩登的圣人"。啥时候，他都吃得开，"三开"、"五开"、"八开"不行，他是一直"吃得开"的，十开人物。

第一，此公身价，武庙对联上就惶惶然写着："汉封侯，明封王，清封大帝"。

第二，此公脑袋上的光环，一直在发光，武圣人，武财神，哥佬会，一切山堂会水，黑社会的尊神，佛教寺院，尤其法华宗（天台宗），他都是护法尊神，甚至取了华佗的地位而代之。

第三，在行会组织中，行会的重义气的哥们姐们，基尔特主义性质的思想中，关羽就是"义"字的化身，"大义通天"、"亘古一人"到今天，前几年大动乱中"红卫兵"那一套哥们儿义气，如探源发微，实际上也得从这个姓关的，和对这个姓关的崇拜说起。

第四，此公正式的身份是武圣人。而且祭武圣人时，即祭关岳，岳飞还得屈居第二位，拉第二把小提琴，至于在中国戏的舞台上，红生、红净不能随便说，得说"关老爷"，或者直称"老爷"戏。而且先前在戏班里，上演老爷戏时那规矩蛮多的，演员得先揣上神符码子，给"老爷"神像先磕头，扮上了以后，也得规规矩矩，不能再乱说乱动了。

第五，文学、戏曲中，对此公从来是不吝啬笔墨的。唐时还差一些，自北宋起，此公即大起身价。到了南宋就名声大噪，到了清朝达到了登峰造极的地步。自从四大徽班进北京，特别是程大老板程长庚亲自主演"关老爷"以来，宫墙内外，此公雄霸戏剧舞台，无人可比。

若问：这样一个刚愎自用，毫无政治头脑，对三国时的政治军事大局起了倒退败坏作用的一勇之夫，为什么值得偌大的尊敬，混得如此一身的经历了几千年而不衰的荣耀，岂非一件怪事？

我可以这样说，这里边有一个谜底，就是关羽适合了社会思潮，一种极大的社会势力的需要，他是宗派行会主义，基尔特主义的绝对需要的圣灵、圣子并"圣体"。他是适合了一部分封建统治者——皇帝的特别需要，隐秘地和这些皇帝的统治心理有直接的"心有灵犀一点通"之处。爱新觉罗氏统治的清朝，在入关以前，对汉文是不通的，经史子集一概乌黑，就是《三国演义》作者罗贯中先生何曾想到，我们现代的中国人，谁又知道！这部文艺历史演义小说《三国演义》成了清朝开国大人物的政治教材，也是军事课本，他们办许多事都首先来请教这部书。如清初的摄政王多尔衮，就是一个特别精通此书的大军事家、政治家和开国元勋。为了消除民族抵抗，减轻仇视，清朝的统治者一方面在文化政策上，尽量删除涂改有民族意识的书籍，如清朝修的《四库全书》的个中隐秘的实质，就在于此一举可一网打尽反满意识，如果说"明朝人好翻刻古书而古书亡"，那么清朝则一修《四库全书》，而把书籍来了一次大清洗和毁灭。与此同时，他们费尽心思抬举关羽，以抵御岳飞、宗泽等抗金名将，他们明白，金就是清，清就是金，而金是清的一音之转，这是第一个投降清室的大官的范文程的一箭双雕的妙主意。清字的水字边，大可灭火，即以火德得帝位的老朱家，可取得明室的天下，另外更要紧的是避免和岳飞等抗金名将所痛恨的完颜宗弼（即金兀术）划清界限，避免由此使清朝王室处于不利地位。说来好笑，清朝人大加倡导祭关岳，但那岳飞不是外人，就是骂他们老祖宗要"壮志饥餐胡虏肉，笑谈渴饮匈奴血"，要直捣一直是清朝老家黄龙府的死对头。他们在武庙里跪拜时，心里明白，这是政治上的需要，这杯苦酒得先吞下去。可是，这时又有一个不讲忠、多讲义的大有可用的姓关的就暗暗地使他们欢心了，于是就有一位请封大帝、都天护法尊神出现了。关羽就大走红运起来。

我的故乡在东北，这是清朝的发祥之地。我自幼就知道流行着的一个神话，即清圣祖康熙皇帝是刘备转世。那故事说，清康熙早期总见一金甲武将在殿前，于是壮着胆子呵了一声"殿前何人"，那神灵应声答道："二弟云长！""三弟何在？"皇帝又发问了，"镇守辽阳！"因此，康熙帝连夜发玺书调辽阳守备进京，孰知此人，一时吓煞，吞金而死。

清宫里，护宫的总司令不是外人，绝不会是岳飞，就是这位姓关的。紫禁城里到处是关羽的庙，而且溥仪先生自己也说，清宫里的安静药片，能使统治者应得的恐怖胆怯症稍得安慰的也还是这位关老爷。

揭破这个谜底，对知人论世，全面评价历史人物关羽有好处，当然，批评也不能一棍子打死，但批评的开头处，少不了的一道手续，是先揭去这位不可侵犯的神灵蒙面的面纱。

二、关系三国鼎立三足总战略的败坏者，罪魁祸首

最先把三国鼎立格局，做了科学预见的人，是个青年人，二十几岁的诸葛亮。有名的《隆中对》，确系历史上难得的名篇，也是讲战略学的光辉典范。

这位青年，在世道尚乱纷纷中，就自比管乐，看出了可能发展到的三分的鼎业，并"沽之哉，沽之哉，余待价而沽者"。这位青年自负地写道："先帝不以臣卑鄙，猥自枉屈，三顾臣于草庐之中，咨臣以天下之事，由是感激，遂许先帝以驱驰。"

什么是未出茅庐，已定天下大事的《隆中对》的基本战略思想呢，多引原文太烦絮，也不必要，但少引几句，也实在必需：

"将军（指刘备）即帝室之胄，信义著于四海，若跨有荆益，保其岩阻，抚和戎越，结好孙权，内修政治，外观时变，则霸业可成，汉室可兴矣！"

请看说得多么清楚，这个高著多么厉害。政治、军事、内外政策、方针，特别是"东结吴盟，北拒曹氏"，这又是这个战略的支撑点。所以《资治通鉴》接着写道："备曰，善！遂与亮情好日密。"可是，桃园弟兄，第一次进来了一个第四者，而且是以后的军师大人，宗派主义就发作了，而且以后，一直要发作并种下了祸根，这就是下文："关羽、张飞不悦"。

这些事，人尽皆晓，关羽是不悦的头子，但他不如快人快语的张飞先生，总把这个"不悦"常常说出来，所以刘备出兵时他闹情绪，"何不派水去"！这水字就是刘备说的"吾得孔明，如鱼得水"。

贯穿三国的演变全局就是这个《隆中对》所预测的格局，这个格局是由许多战役来实现的，北方曹魏一方，有破黄巾的青、徐、兖战役，徐州馆陶之战，特别是以少胜多，决定曹氏大局的表曹之间的官渡、白马战役，

以后的渭水战役、汉阳战役，等等，孙吴一方，有孙策"坐大江东"破严白虎等取江东六十四郡的统一吴越的各战役；刘蜀一方，是东逃西窜，到处流浪，寄人篱下，然后再是谋取同姓同宗刘表、刘璋的荆益二州。但决定整个三国局势命运的要算两个战役，一个是吴刘联合（实际上是刘琦的一万多兵力）。在赤壁一场战斗中，使曹氏烧船北还，这样形成了三国，三股势力的瓜分局面。而从根本上破毁了这个格局的决定性战役是吴蜀背盟，自相攻杀，两败俱伤的猇亭秭归战役。先是吕蒙袭荆州，杀了关羽，后来引起的火烧连营的大火并。至此三国也就完蛋了，必然造成司马氏坐得一统天下的归宿。

对于这个败局已定的形势，看得最清楚的不是外人，仍然是那个作《隆中对》的诸葛亮。他心里明明白白地"不伐贼，王业亦亡，孰若伐之"。

《后出师表》里是这样写的：

"夫难平者，事也，昔先帝败军于楚，当此之时，曹操拊手，谓天下已定。然后，先帝东连吴越，西取巴蜀，举兵北征，夏侯授首，此曹之失计，而汉事将成也。然后，吴更违盟，关羽毁败，秭归蹉跌，曹丕称帝，凡事如是，难可逆见。"

我不是平白无故地批判关羽的。因为诸葛先生一生心血，毁在一人，此人非他，就是这个姓关的。

"桃园弟兄"，从来搞小团体主义，不搞大团结，这比知人善任、宽怀大度的曹氏父子、孙氏弟兄差远了。连个赵云都不能容，所以宋修武庙时，赵云"罚站于殿外"。马超更是寄人篱下，难得相容，而封五虎上将，封到立下特大功、即定军山斩了夏侯渊的老将黄忠，此老将立此大功几乎使"汉业得成"。但桃园弟兄容不得人。《资治通鉴》引此事时记道：

"羽闻黄忠位与己并，怒曰：'大丈夫，终不与老兵同列。'不肯受拜。"这一点早在诸葛亮预料之中，所以亲自写信，亲自派人来荆州给关羽戴高帽，安抚他。戴了一大串高帽，如："汉中如与君侯形同一体，岂黄、赵、马可比"。《三国演义》才写道："关羽笑了说'孔明深知我心'。"

是的，这个鞠躬尽瘁、死而后已的孔明，早就明白此人之心，这心不是别的，就是桃园主义，小团体主义的极端宗派主义，由于这个主义，毁败了一切，到后来，"蜀中无大将，廖化作先锋"。吴蜀失和责任在谁？吴方，周瑜，尤其大战略家鲁肃，孙权是深知此事的利害的。对白白失了荆州一事，虽然难以下咽，一直耿耿在怀，因为荆州归刘蜀，这个突出地带，就使长江上下游两家共之。但为了共同对付强大于两家的曹魏，只能做相互容忍的战略上的联合，切忌火并，使渔人得利。

还引《资治通鉴》吧！

"鲁肃尝劝孙权，以曹操尚存，宜且抚辑关羽，与之同仇不可失也。"

我从前看"草船借箭"、看"单刀会"，就一直不明白这个鲁子敬怎么这么忠厚，这么傻，这么软弱。后来才明白，他哪里是傻！是个真有远见的大战略家。孙权又如何呢？这个吴大帝真了不起，知人善任，史称仅有。曹操都说"生子当如孙仲谋"。他对这个白白占了荆州的关羽如何呢？《资治通鉴》记载：

"权尝为其子求婚于羽，羽骂其使，不许婚，权由是怒。"关羽是怎样骂的呢？《三国演义》写道："虎女焉嫁犬子。"这骂得多么狠，多么自负，忘记了当年十八家诸侯会于虎牢关前时，你不过是平原县令手下的"马弓手"了。而此事，岂止是婚媾之事，这个有政治远见的孙权，妹妹嫁了刘备，亲生女要攀亲于关羽，但结果却落得挨了一场骂。

关羽毁败，吴蜀失盟，责在关羽，这在当初刘备差派关羽接荆州大印时，诸葛亮就明白了，《三国演义》写得很生动，孔明问："吴魏合兵来时，你怎么办？"关羽说："分兵拒之。"孔明说："如此，则荆州危矣！"又说我告你八个字是总决策，"东和孙权，北拒曹操"。其实孔明心里也明白，说只管说，关羽一定不能用，但自己是客卿，怎么能置身于人家桃园弟兄之内，也是干着急，干上火。

鼓动袭杀关羽，重得荆襄的是吕蒙，但祸根仍在关羽。而关羽毁败，已铸成大错，刘备又错上加错，倾巢出动和孙吴拼命。到此时，除桃园小宗派外，谁都明白，这事可千万干不得。《资治通鉴》记到此，写道：

"汉主耻关羽之殁，将击孙权，赵云曰：国贼曹操，非权也，兵势一交，不得卒解，非策之上也。"

赵云、孔明苦谏之后，结果如何呢？二人罢任，刘备自己挂帅，闹得个被陆逊烧得个精光，退守于白帝城，虽又有托孤时的死前悔过，但三国大局完蛋了！

这个姓关的，就干了这么一件大事，而此事是关系着历史的全局的。

三、义字大旗下的罪恶

或曰：这位关夫子没什么优点么？怎么能一棍子打死呢。

公道地说，关羽一生可吹嘘的只有两个字，一个是"勇"，一个是"义"。

关羽的勇，这是的的确确的，所说的于百万军中取上将之首如探囊取物的话，于史有据的，还举《资治通鉴》比较省事：

"操乃引军兼行驱白马，未至十余里，良（颜良）大惊，来逆战，操使张辽关羽先击之，羽望见良麾盖，策马刺良于万军之中，斩其首而还，绍（袁绍）军莫能当者，遂解白马之围。"

这就是关羽之勇的实事。

再看关羽的义。

"初，操壮关羽之为人，而察其心神无久留之意，使张辽以情问之，羽叹曰：吾极知操公待我厚，然我受刘将军厚恩，誓以共死，不可背之。吾终不留，更当立功以报曹公耳。辽以羽言报曹，曹义之，及羽杀颜良，操知其必去，重加赏赐，羽尽让其所赐，拜书告辞，而奔刘备于袁军，左右欲追之，操曰：彼各为其主，勿追也。"

这就是关羽的义的纪实。

但是，即使如此，关羽之勇乃一夫之勇，史家所谓匹夫之勇，非真勇之勇也。如张良、韩信，状如妇人女子，手无缚鸡之力，终以破三齐下赵国败项羽，这才是真勇呢。至于义字，尤其为关羽鼓吹了几千年来，到底该怎么看待呢？

我们知道：忠、孝、节、义，都是历史性的道德范畴，忠即忠君忠国，孝即孝父母，节是女人服从丈夫，贞节于其夫，义是朋友之道，信守的规范。

躲在这些范畴的大旗之下，历史人物的道德行为要做具体分析，不能只因全是封建主义的历史道德规范，就一举抹倒，如忠字可扩展为忠于国家、民族，甚至扩展到忠于职守忠于人民，这就不同了。孝也是，如单作敬重父母，老年人，尽人子之责，当今现在也要提倡。节就应是双方的，不应是片面的、单方面的，夫妇要贞操，得两边都信守，才能家庭幸福，夫妻和睦。这义字呢，相互守义，重然诺，友爱，也是可取的。

但，在封建社会里，旧社会里，这忠孝节义四字，四个字四面大旗可以掩盖多少罪恶。不说前三个，单说一个义字，它又如何呢？

第一，义讲的是双边关系，你对我好，我就对你好。至于"你"和"我"是什么人，就不用多管了。这样一来，一些狡狯的有势力的人物就可以市义、市恩，取得这个不等价的交易物，如史称的战国四公子，即孟尝、春申、信陵、平原四君子，就是可以用义字买了许多性命的人。这四人买动了不少人为之赴死争义。这四公子还不算大坏人，可是大坏人呢，一样可以小恩小惠买恩、买义，弄得一些人给坏人作工具，为汉奸当走狗，替土匪头子去卖命，替特务去干伤天害理的事，替黄金荣、杜月笙、五小籁去干青红帮的黑社会打手，替打砸抢的造反派头头的哥们姐们义气去摧残老干部，自毁国之栋梁柱石。今天，更可为一些经济犯走私犯所收买去干犯罪犯法的勾当。

第二，片面夸张这一义字的人，总有一个别有用心之处。这里举三个例子：一个前边已经讲过的，把关、岳强拉一块，抬关抑岳，这就是清王朝政治用心处，也是关羽之义字大可利用的行市行情之高涨的内因，汪精卫等汉奸在世时，大讲曲线救国论，也是以义字来团聚部队下属的。这些人讲，不忠不孝不要紧，但哥们义气少不得。此外，凡是军阀部队、山堂会水的黑社会都得用这个义字去收买拉拢哨聚一帮同伙，山东郓城小吏宋江，赢得偌大功名，靠什么呢，为什么使李铁牛那么心服口服，最后被宋江拉住一块喝毒酒，"到地下也扶持宋大哥"呢，原来为此！

第三，就以关羽而论，那些封建的布道者就自相矛盾，比如曹操乌林、华容之败，这是于史有据的，但如真有华容道关羽义释曹操，这怎么可以再加回护呢！曹操是什么人！按说不是头号的国贼，有弑父弑君，不共戴天之仇的么？对这样的仇敌，甚至应大义灭亲呢，怎么可以以昔日你待我好，我今天有权，狭路相逢就可卖放呢！如果换了一个人那该下什么判词和恶谥呢？可是偏偏到了关夫子身上，连跳蚤也成了双眼皮的了，就成为"千古美谈"，难道这不奇怪的么？公平的么？

第四，不要忘了，义字乃小团体主义，不是大团体主义，既然是小团体主义，就既有排内性，更有排外性。以刘蜀集团来说亲敬如诸葛亮，重之如赵云，勇功如黄忠，也要排斥在圈之外，有时卖卖乖，舞台上也叫声"四弟赵云"，但张飞就破口大骂了一番，如鱼得水的孔明，有时也弃置一旁不用其人。排外更不用说了，荆襄旧部、刘璋旧部、归顺的苗夷羌各族，也是面和心不和，这种小团体主义，用之于工人阶级，则腐蚀工人阶级，用之于国家则害国家，用之于社会则社会之公害，刘蜀之必败，就败在这里，所谓刘备和其正相反，比起战将如云、谋臣如雨的曹氏，比起囊括江东英俊之孙氏，桃园小宗派可差远了！嗟矣！其可不亡耶！

关羽有勇，这是真的，但非大勇之勇。

关羽重义，这也不假，但害得一片大业付之东流，这也是事实。

这样说，也不算一笔抹倒此公吧！当然，这是毫不容情的批判。

四、结论：油彩过重，应该洗去

漫话关羽写得长了，不应再写了。临了想起鲁迅一句话："读经不如读史"，由此想到看戏也不如读史，经、史、戏，三者相比，史还稍可靠些。

比如这位正人君子的武圣人，关老爷好色不好色呢？是于史无证，不敢诬古瞎说。有人就不信美女十名，俱都不要，还有甚者，有人怀疑秉烛达旦，这些都可不论。偶一翻检《三国志》，在裴松之注中看见一条记载：

曹操破秦朗之父，俘得秦朗之母，甚为美人，关羽请求曹氏，要这个美人为妻妾，曹操一看之后，没有同意而"自纳之"。这样一条裂缝，透出了一点实情真况，第一，曹操看重关羽是真的，但见了真美人，也不客气，要"自纳之"了。另也证明说：关羽不好色倒确是胡说八道，而真情是想得一美人而未到手。真真难煞"关老爷"了。

这条裴注，人们不多注意，但对此公脸上的油彩，难免冲洗了一下！

1983 年 2 月 2 日

一出简净、和谐、风趣的好戏

——喜看吉林市评剧团演出《邻居》

　　评剧《邻居》是一出写生活中矛盾的戏。在一幢新楼的一个单元里，三户比邻而居的人家为了收电费等琐事发生纠纷，搞僵了关系。后来，又在互相帮助中，捐弃前嫌，其中两户还结成了儿女亲家。在当前的戏剧舞台上，它以简净、和谐、风趣的特点，受到观众欢迎。

　　简净、不拖沓、不杂凑，是它的显著的特点。剧情并不曲折离奇，平凡得和一首七言绝句一般。看起来容量似乎不大，可是你细咀嚼一下，又觉得余味在口。上场人物八个，没有多余的人。看来应该是出独幕剧，但演上两个多小时，人们并不疲劳，可以坐看到终场。全剧只一场景，各场不同的只有那个月份牌换换字。整个戏的舞美，完全是我国传统的戏剧置景，三块转门代替了"一桌两椅"的旧套子。这正是洋大师布莱希特所追求和理想中的中国戏的场景。

　　这出戏没有多么大的起伏波澜，但剧情的发展，人物的心理特征，唱、念、做、表之间，形成了和谐、流畅的风格。

　　这是一出风趣的喜剧，但并不喧闹，活泼而不过火。尤其是张桂秋饰演的叶丽宵——"铁辣椒"，如果归行当的话，本来应归到彩旦、泼辣旦和彩婆子的框子里去，但似是又不是，完全是一个雅净了的、再现了的、有自己独特生命、有血有肉的"这一个人"。她演的是人物，是你似曾相识的人，但又不和行当类的概念雷同。有的同志曾提到她的化妆是否年轻了一点，我想这可以考虑；但要注意，千万别又归到彩婆子的行当中去。

为什么这个戏从思想内容到艺术形式具有这些特色呢？关键在于人物的生活根基扎得住。叶丽宵这个人，确有一身毛病，也确是在那个大动乱年代里心灵上被污染了的一个女刺儿头。她雄压一条走廊，里里外外都得当一把手。这个人物，我们在生活中——商店、街上、邻居、熟人中，处处都可以见到。她是我们的朋友，内心里也有美好的一面：她赤诚地爱丈夫，她慈爱地爱儿子，她为儿子的婚事可以豁出一切。喜剧正是在这个生活的矛盾中展开的。最后，当她认识到自己身上的毛病以后，脸上发热，面子不好转，所以后来当她见常大嫂时，很自然地出现了那个慢镜头。这样的艺术处理，非常恰当。但这和相声里讲的"追求就是追得像球似的"那一套炒冷饭是有分别的。

看完戏离开剧场时，《工人日报》的同志说，他们很想把这个戏推荐给工人观众，并约我写几句剧评，我很高兴。这出戏是一剂带有芳香气味的"洗衣粉"，它所洗涤的正是"四人帮"和旧社会遗落给人们的心灵上的灰尘。我们完全应该欢迎叶丽宵和我们站在一起搞"五讲四美"。别忘记，这位女士如果归上正道，也是一个不可多得的人才，而且能耐可大哩！

1982 年 5 月 1 日

胜不骄败不馁

中国人现在才是大雪耻、大争光的历史年头。我们历代的仁人志士，等着的就是这一天的到来。

女排得胜，举国欢腾。这是有道理的，我们的人民有理由庆幸自己应该得到的光荣，雪去"东亚病夫"的国耻。亚运会得了金牌总数的第一位，这也仍是小试其锋。中国人应该把眼光看远些，有迎接更大的民族光荣的精神准备。

凡是真理都有个特点，那就是它非常朴素。如"满招损，谦受益"。这话中国人说了两千多年了，但它仍然是真理，一旦忘记，或稍有疏忽大意，就得吃苦头。又如"胜不骄，败不馁"、"谁笑到最后，谁笑得最好"、"军败更可言战"、"失败是成功之母"等等，比比皆是。

去年10月，中国男排从世界锦标赛归来，由于女排抱回来的是冠军杯，男排只得了个第七名，这就惹恼了一些人。当然广大的人民群众是通情达理的，纷纷写信安慰、鼓励男排，激励他们卧薪尝胆，以求再战之来日。但这些生了气的同胞，竟有人在信封里寄来13只死苍蝇，其意不外是说，

12名队员连同教练1人如苍蝇一样。这些事情不但效果很坏，未能鼓励士气，反而使得了冠军的一些运动员、运动队，也忐忑不安，不寒而栗。要知道，女排的冠军杯也是多么险哪！这样一来，女排的姑娘们也要"后怕"起来，若都这么对待未得冠军的归来者，今后还让健儿们怎么下飞机？这道理很明显，如果一个国家，一个民族，让自己的比赛队只许胜、不许败，一胜就是一捧三丈高，一败就要向他和他们吐唾沫，那谁还敢再去出战？

体育是门科学，它并非赌博，撞大运。过去的落后，今日的小试其锋，崭露峥嵘，并非偶然，这里边需要的是信心和冷静，思得胜之理，觅失利之因，百家争鸣，献计献策。一场球，一次比赛，导致胜败的因素很多，很复杂，诸如：场地、气候、天时、地利、临场时的精神状态、体力积蓄、竞技水平的发挥等等。看人家得冠军，固然该羡慕，但更要学习和思考，取他人之长，以补我之短，眼光放大放远，才是真的雄心壮志。中国人之沉潜、含蓄、宽怀大度、厚人薄己、公道正直，是载誉全球的。我们应当看到，我国三大球之大胜、全胜，田径之差距大大缩短，并非一蹴而就的。此事甚为艰难，天老爷不会平白无故地掉下馅饼来，抱回冠军杯，抱不回冠军杯，不但体坛的运动员、教练要清醒，凡我国人，凡我同胞、同志，也得清醒、冷静，这才是干大事、有志气、有心劲民族的精神状态。

就以男排来说吧！我对体育是彻底的外行，没有发言权，但为了写这几句公道话也得打听打听。打听的结果如何呢？结论是，这支劲旅，应该得到谅解，得到同胞的温暖和力量，而不该得到羞辱、咒骂。

第一，此队1976年建立，到1982年亚运会，共进行国际比赛二百多场，胜多负少。

第二，此队，以前的战绩，最好的只是名列第九至第十五名。但1977、1981年世界杯赛得了第五名，1978、1982年世界锦标赛得了第七名。

第三，仅1980年此队出访巴西、阿根廷、日本、墨西哥22场比赛，得过全胜。

第四，1979年第二届亚洲排球锦标赛取得了参加1980年奥运会的代表权。

单就以上所述，足可看出我男排的进步。对于失败，也应作具体分析。在那次亚太区预选赛时，在0：2的不利情况下，连胜三局，终以3：2扳回，才获得亚太区冠军。那一夜，全国各地举行游行，纷纷祝贺，喊出了"振兴中华"的口号。可是到了世界杯赛时，连出意外，最后得了第五名。对于这样的队，我认为还是应该给他们鼓气，勉励他们在认真总结经验教训的基础上，发愤图强，克服自己的缺点和不足，苦练过硬本领，以待雪耻于来日（如，这次召开教练座谈，公正地指出此次出战失利的经验教训，这就很好），而不应是给他们羞辱。亲爱的同胞，你的心和我的心一样，那场球，我心脏不好，看都不敢看，但又不能睡觉，躺在床上，等"战报"消息，为之惋惜之心，咱们举国上下都一致。可是，在惋惜之余，大家都想想如何鼓励和帮助他们更快地进步，重整旗鼓，为国争光，这才是正确的态度啊！

人口普查，中国人寿命平均数大长；人体普查，中国人的身高普遍增高；健康普查，死亡率、发病率大大下降。这，不但国史纪录空前，在全世界也已进入前列。体坛竞赛，捷报频传，锥处囊中，不说别的，单就以此为例，不就证明如果没有社会主义，这一切从哪儿来？有少数人还说什么"资本主义比社会主义好"，不该反思自责么？但中国人在一切战线上的苦斗、恶斗、大战还待来日，现在还不是会稽山阴破吴而归，全胜凯旋之日，距离那个日子，中国人还得实干苦干多少年，甚至到本世纪末才可初见分晓。当此关键时刻，中国的各条战线的情况，大半和男排的状况差不多，这就是曙光在前，胜利有望，但须下决心艰苦实干，吃大苦耐大劳，要付出大量的辛劳的汗水。这已是命里注定了的，并经科学论证有据的事实！

1983年1月30日

愿延边朝鲜族自治州在物质文明和精神文明上皆为前驱

——祝延边朝鲜族自治州成立 30 周年

时光过得很快，延边朝鲜族自治州成立已到了 30 周年了。作为一个延边土生土长并由人民哺育成长的中国共产党党员，作为一个曾在这里战斗过的工作者，当这个好日子来到时，怎能不感到格外的高兴，格外的亲切！

我爱延边，并不是只出于我的乡土情思，一己的私情，虽然每个人对于故乡都容易有这种怀恋，桑梓之情，人所共有。但延边的可爱，却有它公认的客观理由。

首先，这里曾是中共党史上许多有光辉历程的老革命根据地之一。从第二次国内革命战争开始，21 世纪的 20 年代末到 30 年代初，这里就有了中国共产党的组织和共产党人的活动。延边是反帝斗争和反对军阀地主的阶级斗争在祖国国境边区的堡垒之一。日伪时期、抗日战争时期，这里又是抗日联军活动的游击根据地。古语称："会稽（今之浙江绍兴一带）乃报仇雪耻之乡，非藏垢纳污之地。"我们延边的人民是有革命传统的人民，这里是浩然正气的乡土。

在全国解放战争时期，延边的历史更为有声有色、辉煌赫赫。在党中央"让开中心，争取四边"，然后包围蒋军，首先在东北打败蒋军主力、夺得辽沈战役的胜利、然后四野大军挥师入关、配合各野战军解放全中国的战斗中，延边一直是党在"东满"的巩固根据地、巩固的后方，给全党全军提供了大量的战争物资和兵源，在殊死战斗中立过汗马功劳。

延边，从来就是由于革命的斗争，把各族人民联系起来、团结起来的模范的民族大团结地区。虽然历代的反动统治者，当时的日本、军阀和当地的地主、官僚，总是想方设法造成民族隔阂，挑起民族仇恨，但是，在共产党的领导下，在民族解放和争取中国的社会主义的斗争中，把民族团结成兄弟手足，特别是汉族和朝鲜族以及满族、回族等民族紧紧地携起手来。在斗争中，各族人民的子弟儿女是把血流在一起，有难同当，有苦分尝，生死与共的盟友。

延边的土地改革时期，是在一个不大的几县之内，党中央和东北局派了大量的老干部和当地的革命骨干在一起干的。仅仅延吉一个县，土改时就有从关内来的老干部七十余人组成工作队，一个乡一个乡地发动群众，由于土改、由于翻身农民的觉悟，延吉一个县就有几万人参军，这些人成为解放军的主力，也成为后来抗美援朝的部队主力之一。

延边气候温暖，有张广才岭、老爷岭的阻隔，受海洋气候的影响，地方性气候很适合林木和农作物的生长，这里大半的土地是肥沃的，山区、半山区很多，矿产丰富，交通条件也很好。

至于延边人民的文化水平，更是在全国名列前茅，这里是全国第一批首先普及初中、以后又提出普及高中的地方。我们的朝鲜族弟兄姐妹不仅有豪情壮志，又是能歌善舞的。

林彪、"四人帮"曾百般挑拨、污蔑、造谣、怀疑这里的民族团结，造成了骇人听闻的冤案，但历史检验的结果是什么？是不管经过多大的挫折和失误，经受多少委屈，延边的民族团结，是打不垮、拆不开、离间不了的，各族人民是忠于统一的祖国，忠于全国各兄弟民族在中国共产党的领导下的大团结的。十年大动乱，那样的曲折复杂，我们祖国的东北部的这个边疆，一直是安如磐石。

谁见过有几个人叛离祖国，谁又见过有什么了不起的边境民族纠纷，谁见过坚强的民族团结有什么动乱，这不是再好不过，再真实不过的历史考验吗？说到这里，我不能不十分怀念朱德海同志及上百、上千、上万的这些延边的老骨干、老中坚，怀念那些曾一时蒙冤而死的同志和战友。这块地区的革命根基在全国是打得最深、最牢、最坚固的革命老区之一。只要人们尊重真理，没有私心，不跟着野心家胡说八道，这就是铁的事实、颠扑不破的证据。

是的，我们共产党人，我们说话要直爽坦白，应有自我批评精神。按照天时、地利、人和，延边早就应该有一个大发展、大繁荣，在物质文明精神文明上成为全国、吉林省各地区的前驱之一。由于种种原因，延边的发展还不算快，不算大。但我听说，王恩茂同志离吉林去新疆之前，在延边做了很好的调查了解工作，强晓初同志一到吉林之后就做了深入的调查研究，现在的中共吉林省委、延边州委，在党中央三中全会以来的正确路线指引下，在十二大的大会之后，我坚信一个新延边定会出现在人们的面前。无论在物质文明、精神文明上都会成为各民族地区先进的前驱者之一。

"九三"这个盛会，我是多么想去参加！但由于有事离不开，不能去了。我东看云天，无限情深，遥祝故乡前程光辉无限！

1982 年 8 月

给批评落实政策

拨乱反正者，凡是乱的就得拨，指出他为什么不对。凡是正确的，合理的，合于原则的，就应该坚持，应该发扬，使之归于正。

给人和事要落实政策，给事和理也得落实政策，给理和名同样也得落实政策。十一届三中全会以来，我们做了多少工作啊！简直得用电子计算器计算了。

比如，"批评"一词，就被"左"倾思潮给弄得一片乌黑，面目可憎。那时候，"批评"就是"打倒"，就是"全盘否定"，甚至于说某人某事"挨批了"，也就等于说其人其事"完蛋"了，"垮台了"。

科学的批判是什么？就是分析，讲道理，要条分缕析。对的讲对，讲出对的道理；好处讲好，讲明白什么是好，为什么好。不对的就讲出它不对的所在，并说明为什么不对。批判可以有个结论，或概括性地鉴定，大体上不外是基本肯定，大部分肯定，一半肯定或基本否定，局部否定，一半否定。有时也不见得全得下定论，只指出该人该事该理的矛盾性、复杂性，让人们继续研究探讨，并不作出什么判决词，而且只提出问题，并不戴帽子，也不加褒贬。

全盘否定的批判有没有呢？有的，甚至成了攻击和污骂，一棍子打死。这古已有之，比如：孟子之"辟杨墨"，对杨朱和墨子，那批判就有点不讲道理，武断得很，所以后人就不服气。等而下之，陈琳写文章骂曹操，不但未气坏曹操，反而给他治好了一次头痛病。骆宾王的讨武氏檄文，武则天看了，只是笑了笑，说"这小子倒是有点歪才"。但"有文事者，必有武备"，这帮人成不了什么气候。更不用说许多人都认定的假托苏洵骂王安石的伪制品《辨奸论》了，说了半天，奸在哪里呢？就在于他不讲卫生——"囚首丧面，而读诗书"；就在于他不讲"人情"，不合作者所说的"天性"，简直是强词夺理。（当然，关于此文是否苏洵之作也有不同说法。）

大字报也并非新发明，远古的有政府的公文布告、路布。个人的、民间的也有，那时叫"揭贴"，如南明复社诸公子骂阮大铖的大字报，就叫作"留都防乱揭贴"。不过，这个大字报也并不解决问题，南明时的书呆子们，于国于家无望，是很不争气的。这是朱元璋的兴八股、办科举、讲义理之学、尚空论的活报应。

全面肯定，不留余地的批评有没有呢？有，更多，这在史家是有专门名词的，叫"谀词"，叫"溢美"，说明白点就叫拍马屁，捧臭脚。一般的人不用说了，如扬雄吹捧王莽，弄得千古留骂名，实在可惜。韩愈的《平淮西碑》就很不公正，柳宗元就针对性地写了《平淮夷雅》。我们敬爱的郭沫若同志，整个来说，治学是大胆的、谨严的，但《李白和杜甫》一书就不足为训，如以"三重茅"、"万竿竹"来计算阶级成分的方法就不算科学。这只是智者千虑，难免一失之疵。而且那又是在非常特别的历史情况之下。这情况的特殊，我们都经历过，都明白。

我所以举这些全盘否定、全盘肯定，一点不留余地的批评，更不用说一下笔就想置人于死命的坏心眼了，其结果和影响全不好。真正的批评和自我批评，就是科学的态度，老老实实的。"好处说好，坏处说坏"，鲁迅就是这样给文艺批评下过定义的。

但，批评者，从来就得允许反批评，也得让人"留头说话"的。在批评上并没有什么最高审判权、"上帝无谬论"的教义。在这里也搞不得"两个凡是"。别的不说，鲁迅是我们时代的圣人，这是千真万确的，但也不见得他说的话，一句动不得，句句是真理。比如：他批评过成仿吾同志，但到了处境极坏的地下工作时，他见过仿吾同志，而且真诚地赞美成仿吾苦干实干，两人成了好友。再比如由于当时的历史情况不同，他论京剧和梅兰芳，他对中医和中药就有他个人的偏见。对于这一些，他自己也多次声明"只是我自己的看法"，并不想强加于人。今天，过了几十年了，如有人引证鲁迅的话攻击京剧和中医，那就不但是不老实，而且是存心糟蹋这位大思想家的光辉的名字。

至于现在报刊上的一些所谓的"批评"，那种广告化、绝对化，以私见代替公论，以远近亲疏为是非的文章，也正是应继续扭转的不正的社会风气的余波。对此，我也想说几句，但是只好下回分解了。去年，在八宝山参加了一个同志的追悼会，在悼词里，他的好友的手笔，竟写出死者还有什么什么缺点！这真新鲜！也真令人敬佩，不但敬佩那生者、作祭文的人，更羡慕那死者，他能有这样的净友和挚友。因此我死了以后，希望骂我的人尽管继续骂。不必因为人死了，就一切都饶恕了！但对别人我相反的是希望对死者更宽大些。

1983 年 1 月

人物三界

先得破题，不然会引起误会。这里想说的人物三界，是指"历史人物、文学人物、戏剧人物"，非其他的三界，如佛教说的"色界、法界、欲界"，或王国维讲的作学问的三种境界，等等。

比如，曹操是个历史上的大人物，他是军事家、政治家、文学家，还是个文学人物，《三国演义》就以大量篇幅写了他，在这里他是个"治世的能臣、乱世的奸雄"。关于他的戏很多，是个白脸，但当他以三副嘴脸出现时，矛盾很大，文学和戏剧把他诬陷了一番，而且铁案如山，他自己又无法申诉。虽有郭老为之翻案，但积重难返，而且也不必太着急给他落实政策。另如东汉光武帝刘秀也是个历史人物，他从王莽以后，在农民大起义和分崩离析的西汉王朝废墟上，建立了中兴的东汉王朝，确系政治家、军事家、皇帝中的上品。别的不说，他和南阳的布衣旧交，总算全始全终，基本上做到了宽怀大度，不杀功臣。他在南宫云台保留着二十八将的画像，甚至对强项令的董宣，也能纳谏如流。可是京剧《上天台》、《打金砖》却着实污蔑了他，把他给演成了一个酒色昏庸的皇帝。近来，有人以"汉宫惊魂"的形式，重新改编了此剧，给他稍许作了一些平反，总算在舞台上有了点落实政策的希望。以上讲的是文学戏剧和历史打架，文学和戏剧有诬古之误的两例。

反过来，又有文学戏剧大加褒扬，而其实又犯了溢美古人的错误。远的不说，京剧中《打严嵩》里的邹应龙、《审头刺汤》里的陆炳两人就被演成正人君子，像个了不起的大清官，几乎可以和包拯、寇准齐名了。其实此二人在历史上，只能算是"风派"小人，不过贪污得更巧妙些，看风使舵来得更快些，陆炳在《明史》上名列《佞幸传》。那个邹应龙，向严府拜谒，每次都要掏红包钱，疏通收买严府大管家。他同时再花一份钱，又把名帖买回来。所以严嵩垮台，严世蕃被处死时，查起档案，他竟不算"严党"，还算第一个揭发人。只此一端，足见心机多诈的风派人物，古来就有的。而且这号人，常常在风云变幻中，不但不受牵连，反而能像个不倒翁一样，"好官吾自为之"。

把三界人物全做到基本一致，这在中国可太难了。因为第一，历史太长，咱们又太忙，活人还平反不完呢，何况对这些古人。第二，中国历史上诬古和溢美之事，已司空见惯，疑案很多。现在，重新复查，更排不上号。第三，文学、戏剧塑造人物，允许虚构和夸张，更不必尽合历史。只要别把历史和文学混淆了就行啦。

但是有三件事值得提倡一下：第一，希望大家多读点书，无论历史和文艺的知识全要具备点。第二，新编历史剧要力求别再"诬古"和"溢美"，少造些新冤案，给后人又增加落实平反的债务。第三，从这三界人物中，也可照照镜子，长点知识。鲁迅说得好，"读经不如读史"，读点历史就可聪明一些，少上点当。比如，近年见过的一些帮派骨干分子，风派大人物，政治舞台上一些五光十色的行当角色，古人早就恰如其分地以生、旦、净、末、丑记在那里，所以人们一提起这些人，就不由得联想到李莲英、安德海之流来。这也是没法子的事。

1983 年 1 月 31 日

关系学定律的阐明者

革命者从来重视反面教员的作用。从敌人那里学来的，当然是要"以其人之道，还治其人之身"的。

好久以来，我听说有一门学问，叫"关系学"。但总弄不明白，这门学问的堂奥之所在。记得一个青年小友对我说："啥叫朋友？就是看他对我有用没用，有用的多交，用处大的重点交。"我听了，心头为之一震，老实说，也吓得够呛，不由得产生了些凄凉的哀愁。

这回，读了一个经济犯在被处决前的一段供词，可真又令我毛骨悚然。他的话实在够得上一针见血。那警句比起我们自己的人写的文章要透辟并确切得多。

他供称："我只用一点钱，买下了'他们'手里的权，然后再用'他们'的权，赚更大的钱。"

你看，把这个公式弄明白不比学经济学、社会学、犯罪学等等许多的学问都高明吗？真是听此一番话，胜读十年书啊！

这供词很短，如同一般的公式定理都不长一样，既简单又直接，那关系却阐述得再明了确切不过了。

第一，钱和权交换，权和钱交换，二者有交换的实用价值。

第二，权之为物，比钱的使用价值大，可以使价值增值。所以用一点钱，买到权以后，就能变大钱。

第三，问题在于有权的人，也即犯人供词中所说的"他们"，肯不肯把手中的权变成钱。

第四，有权的人不仅限于当官的，因为现官不如现管。可以用来交换的"权"很多。比如打戳、开发票、记账、把门、站岗、发通行证等都是。

这个死因，是个了不起的"聪明人"，又把关系学讲得那么"透"。但他忘记了一点，就是任何一个有良心的正直的中国人都不会以手中的权去进行交换的。我相信尤其是当人们听了这位反面教员的交换公式后，会更清醒起来。

善良的人们，当心呀！

1983 年 2 月 7 日

真理是朴素的，历史是无情的

——为严慰冰同志的长诗《于立鹤》再版说几句话

　　摆在读者面前的这本长诗，或者说这本书连同作者自身的苦难的历程，是叫人不由得想起许多事，有许多当然的感慨。

　　作为十年动乱的前奏，严慰冰同志遭到迫害。"严案"是十亿人口的中国妇孺尽知的大案要案，而那罪名又吓死人，叫作"要谋害副统帅"的"现行反革命"。是怎么"谋害"的呢？据说就是写信揭发林彪的妻子叶群的真面目。人们都长着一个脑袋，这脑袋里有个大脑，它让人会思想，人们可以不说话，不敢或不能说话，但若想让人不想，这办不到，谁也没这个能力。当此之时，人们就想："这个严慰冰可真怪，她怎么得了这样的偏执病，偏偏要倒捋虎须，偏偏要去自己找死？"

　　我虽是从新中国成立的第一年起，就在一个省做省委宣传部部长，陆定一同志是老上级，以后在地方上我也是以"阎王殿"加上"三家村"的致命株连罪名被关押的，但可怜得很，我却不认识严慰冰同志，这在许多人也许会奇怪。在我们那一辈人，这倒十分正常。那个年代的同志关系就是这样："君子之交淡如水"。谁也不大理会到公馆拜谒这一套"关系学"。但，我自己每每想起"严案"，就觉得此人真有些"怪"，有些非一般"常人"按"常理"可以衡量的品格。随着历史的表演的进展，随着事物真相和谜底一一暴露，就愈来愈让我对这位女同志起敬。我也想过，这个虔诚的殉道者，所以敢做这样的事，她一定是个虔诚地愿以己身作祭品和牺牲、供献给真理的祭坛的人。

长诗《于立鹤》，我没有读过，这主要由于我的读书的爱好不同。我读过的中国人写的长诗，除《王贵和李香香》和郭小川同志送我的一本以外，记不得还读过什么了。这次，有机会读了作者的手稿，使我以上这些脑袋里曾经转过的念头，自己认为总算找到了答案。

作者和作品，使我回想到我们这一辈人的某些共同的时代特征，共同的品格。现在在60以上至70以下的这一辈人，即所谓的老"三八"式和"两万五"相衔接的这一代，是在中国历史上很特殊的历史条件下生长和走了过来的一代人。这一代人，是在风雨飘摇的民族危急存亡之秋，是在烽火连天、战马咆哮中过来的。为了不愿做亡国奴，不愿做蒋家王朝的奴仆，人们奔向延安，寻求真理，投身在共产主义的旗帜之下。而亲手把这个思想、道德、品格、党性传给我们的老师，有"两万五"穿草鞋和会打草鞋的人，也有在国民党监狱里绝过食，戴过死囚镣铐的老共产党人。如果按基督教的使徒列传说，我们这一代，当然还比不上大彼得和保罗，但那虔诚的程度却不在马可、马太以下。我们多数人，文化程度不高，念过大学的是少数，多数是中小知识分子，但那求知的渴望，却像一块干渴的海绵，我们都是主要靠自学读书和生活实践来辨别真理的。对旧社会见是见过，但并不理解，一到了自己的队伍中，就天真烂漫得很，虔诚到了家，对自己的领袖人物更是从心里往外热爱他们，一提起烈士，就肃然起敬，每当唱国歌时，就会想到自己的入党宣誓。

新中国成立以来，人们更"脚打后脑勺"，但对于还得来一次十年动乱，自己还得再受审查，关牛棚，甚至还得住一住自己的监狱，还得让江青、张春桥再按解放人员"解放"一次，可实在没有这种精神准备，但是，天啊！谁知历史却偏偏要领着我们经过这"九九八十一难"的全过程。

党的十一届三中全会以来，党得重兴，国得重兴，真是喜出望外，但我们这些人又到了老年了，该退出第一线了。对于这一条，我们是有十足的精神准备的，深知为祖国和江山大业，付托匪人，那可比什么都可怕，而付托的人，就要大家来关心，动手动脑帮党组织选人，选贤。在这个时候，我们这些人，历史给出了一道考试题："你以什么贡献交给新的一代？"

我上边的话，说长了一点，好像和作序的话离了题。但我想说：关于长诗的自身的艺术成就、思想成就，我不想多说，读者自会判明，我只想说作者和再版的这部长诗作品，正是对历史给我们一代人的考题的最好的回答。写烈士的人，得有一点发言权和资格，起码作者的自身，使人不会把作者和作品看成不协调的结合，只有一个纯净得有如殉道者的品质的人来写上一代的殉道者，那才有说服力。

严朴和于立鹤是这本书中的主角，这在今日的中国也是应该真正地树碑立传的人。江青等人，到处骂人"树碑立传"，他们真的反对树碑立传吗？不！他们想这件事都想出神经病了，单相思到了疯狂的地步。江青给自己立了一个"伟大旗手""国际歌以后的第一人"的碑和传，但结果如何呢？人们在口碑上给她立的真是万劫难复的责罚。而对我们光辉的中国人的祖先，仁人志士，中国人塑像、雕刻、丰碑、画像、传记还太少了，太少了，和历史太不相称了。

1982年冬，我有幸访问了一次意大利。意共的同志送别我们的晚餐，就在布鲁诺广场对面一家餐馆里吃的，即当年烧死布鲁诺、以后竖起布鲁诺的大理石座的铜像的地方，我们的座位，面对着布鲁诺的像。主人，意大利的共产党人对我说："你看！他的目光在说话！"我说："是的！他在说：'人们！只需相信真理，只需相信历史。真理最朴素，历史绝不饶人！也不骗人！'"

1983 年 2 月

关系学原是市侩学

在《北京晚报》上，笔者写了一篇"关系学的定律的阐明者"杂文，现在，言犹未尽，又到《新民晚报》上来饶舌。可见，想了解点什么"学问"都不易，而且我对"关系学"的调查研究还正在启蒙阶段。

如果"关系学"、"生意经"、"升官诀"、"终南捷径"都算"学问"的话，那么，把它列入"学"、"经"、"诀"、"捷径"之内，不算过分。当然，这是丑恶的学问，是反面教材，只在"以其人之道还治其人之身"时，我们才学学这门所谓的"学问"。

我想（因初步了解，只能是自己想的）"关系学"之要点有四：第一，崇拜"关系"之灵效，把它奉为上帝和神灵一般，也算是一种拜物教。第二，"关系"就是"有用处"，即有"使用价值"。关系的大小，看用场之大小，用场最大的关系即可以豁出一切去结交，去拉，到这时什么人格、道德，甚至国格都在所不顾，急了眼，岂止老婆、孩子，甚至自卖自身都行。第三，"关系学"不讲正当的社会关系、伦理关系，社会主义、共产主义人和人应有的关系，它专讲究和社会主义原则、和好的道德伦理关系对着干！因此，不算上纲上线，"关系学"的专家、博士、院士，其结果都是犯罪分子。所以，也可以说"关系学"是反社会主义的犯罪学。第四，"关系学"的老祖宗，祖师爷并不新鲜，就是旧社会、旧关系，不信，到图书馆去找找，如《二十年目睹之怪现状》、《官场现形记》、《上海——冒险家的乐园》等书，已经老早申明了这门学问。

"关系学"有自己的哲学世界观，那就是实用主义，效用哲学；

"关系学"有自己的社会学，也就是市侩主义；

"关系学"有自己的技巧、工艺，那就是钻营术，钻狗洞的能耐；

"关系学"还有自己的道德原则，这就是"哥们"、"姐们"、"够意思"，什么"意思"？他们自己明白。

该动员整个社会来一个"武王伐纣"啦，让"关系学"老鼠过街，人人喊打。

所以，我这喊法，就从《北京晚报》喊到上海来了。因为上海固然是一个有革命传统的大城市，但也不应该忽视它曾是"冒险家乐园"，从历史上说，旧上海变成新上海也正是一部中国现代史的缩影。现在，上海又到了中兴和大震其革命声威影响的时候了！

1983 年 2 月 10 日

新的国粹观

　　一切社会性的名词、范畴（这里是不论自然科学的）都是历史的，但在不同的时代，其含义有很大的不同，甚至可以说直接相反。

　　我们革命者，当国民党反动派大谈其国粹时，大谈其所谓的"国粹救国"时，当然要进行针锋相对的斗争。比如长辫子、小脚、太监、鸦片就非但不算国粹，还得算国耻。有些虽确系国宝，但也被反动派加以丑化歪曲，使精华和糟粕混淆、玉石不分的，我们也应加以澄清梳理。

　　我觉得在今天的内外形势下，我们倒真应该珍惜爱护我们的若干国粹，或不妨也叫国宝。比如，中国手工艺、中医中药、中国画、中国菜、中国戏（尤其是京剧）、中国特有的名胜古迹等等全是。

　　现代化和国粹并不互相排斥，提倡和爱护传统的国粹和顽固保守的国粹主义也不是一回事，要具体问题具体分析。一时做不出结论，可以百家争鸣，看看再说。如提倡中国菜，并不见得要满汉全席；提倡手工艺，也不见得要仿制清宫的造办处；提倡中医中药，也不必搞神秘主义，当然更不必连蟋蟀也得是原配夫妇。

那么，在今天的实际工作中，虚无主义和保守复古主义哪个更可怕一些呢？在以上所举的单就传统的国宝来说，两种倾向都有，都应防止。因为苦头和教训已经不少了。但十年内乱，拦腰一刀，中断传统的危险、青黄不接的危险更可怕一些。赶快抓紧时间、时机，别使这些国粹在我们这一代中断，这是十分紧迫的事。所以，这就发生了"救救这个"、"救救那个"的呼声。

抢救和珍惜绝不是保守顽固的复古。如果一提倡国粹就又再来一次新复古运动，那才是再蠢不过了。可取的是一面认真地批判地挖掘、继承和发扬传统，一面又要采用新技术、新手段使古物更新。笔者不久前曾看到意大利的科学家，以新技术使古油画，拉斐尔和达·芬奇的珍品得到更新，就很受启发。

时代变了，对国粹或国宝问题也要有一系列的新观点、新态度，并制订一套切实可行的措施。对此，我想提出"新的国粹观"，就教于群贤和师友。

1983 年 2 月 16 日

明白人当家是最大的生产力

"明白人"就是"内行"，他的反面就是"外行"。最不好的外行又叫"瞎指挥"，用句文言文说，就叫"颠顸无能"而又"刚愎自用"。

新中国成立初期，我们曾批评过"外行不能领导内行"的言论。那时有那时的情况。针对一些人说共产党不能领导一切的言论，我们用历史证明，中国不能没有共产党的领导，共产党人只要好好学习，是可以领导一切的。但我们那时也同时强调要从外行变成内行，绝不能甘居外行，或以当外行为光荣。现在过了三十多年了，情况在变化中，现在的社会主义的现代化大业，使人焦急迫切地感觉到，只有真正的内行，精通本门业务的领导人才能办好这门子的事，不能一切都束手无策。这就是历史发展的辩证法。

说明白人当家就是最大的生产力，可能包含两层意思。一方面，从生产力的内部结构上说，应有这个内容；另一方面，从生产关系促进或限制生产力的作用上，也包含着这个意思。反正这句话，我想是合乎马克思主义的历史唯物论的。什么是生产力？不说那么复杂的话，简言之，即劳动和生产手段相结合，生产手段又是劳动对象（即原材料等）和生产工具相结合。明白人是什么呢？明白人是劳动力，也是整个劳动力中起劳动带头作用的重要力量。因此他应该是劳动力的带头人，本身就是个最好的劳动力。在个体劳动中，这一点看得更清楚，其本人就首先是劳动力，甚至是唯一的劳动力。什么是生产关系呢？就是以生产资料的占有关系为主要因素的社会生产中人和人的诸关系（包括生产、交换、分配、消费），而财产关系又是这种关系的法权形式。那么，"明白人"又是啥呢？或者说当家人又是啥呢？他又是整个生产关系中起主导作用的支配人、调动人。由明白人来当家，这种生产关系就一定促进生产力的发展。反之，他就限制生产力的发展，成为消极因素。

明白人上哪里去找呢？第一，要从群众中找。"三人行必有我师"，"十步之内，必有芳草"。第二，得培养。现在又叫智力投资，而且是最大的智力投资。"三军易得，一将难求"。这就是说是否是个"好将"，那关系甚巨。第三，整个社会都得支持明白人来当家，深知其利害，都给明白人开绿灯，不然明白人也得"骈死于槽枥之间"。

写到这里，重看一遍，不像杂文了，像个政治常识讲稿。可是，我又想说，这已经是常识，可是，就是有些人要和常识决斗，要"顶着干"。另外，这又是当务之急的常识。赤壁之战的开头处，诸葛亮就和刘备说："事急矣！"所以就请行，去东吴游说，结成孙刘联盟，组织了那场决定性的战役。

现在正是："事急矣！""吾往矣！"

1983 年 2 月 25 日

听悄悄话要当心

中国人一些传统谚语中，包含有大量的辩证哲理。比如"言之大甘，其中必苦"。《老子》一书中有"信言不美，美言不信"。老百姓还说："见善灌米汤的人，你可要小心他的刀子。"

十年内乱中，人和人的关系有一些远近亲疏的新变化。我们的一些同志，尤其被当作"走资派"冲击过的人，总会有几个知心的朋友。"人在难处拉一把"，在"牛棚"的岁月中，是可以看出一些世态炎凉、人心真假的，这是事实。但环境变了，人也在变，当你重新担任负责干部时，对朋友也得责之以道义。做君子之交，听其言，察其行，要认真地对待常来常往的"心腹人"。

分辨人实在不容易，考察人也最复杂。别的不说，有一条你总得注意，这就是，当你的面，不顾一切地肉麻地吹捧你，高帽子一个一个地往你头上戴，悄悄话又特别多，甚至为了你的事，他可以慷慨大方到不合情理的地步。比如，齐桓公身边的易牙，可以把他的孩子杀了，蒸熟了给齐桓公吃。对这种"义举"，你总得头脑冷静冷静吧！

"岁寒知松柏"，有骨气的人，有恩于人的人总是不望报答。君子之交淡如水。因为交友之道贵在道义，也就是有原则性，有道德之美。如有人说，我保过你，咱们够义气的，你重新上台了，就一定得照顾照顾哥们姐们！这个事你可要认真而耐心地向你的朋友解释解释。

凡真理都有个特点，就是它都十分朴素。比如，好说悄悄话，善灌太甜米汤的人物，你就该小心一二为是！

1983 年 3 月 3 日

笑话的威力

有时候，一篇论文、一部教材的作用不如一个笑话。信不信由你。如关于"颟顸无能"、"蛮不讲理"、"主观主义"、"瞎指挥"，文章讲了多次了，但不如一段相声：《关公战秦琼》。一听到这个笑话，人们就想起了多少个韩复榘的老太爷以及他的同类。

曾有一个身居要职的人，在一次会议上，硬问："李时珍到会了吗？"如我当时在旁边（这是不可能的，我当时正被关着），也许会回答："没来，因为隔着四百多年，一时赶不到！"

还有，某单位在一次领导干部考试中，有一道试题：《资治通鉴》的作者是谁？一同志答："马克思。"我说，这张卷子可以给三十分，理由有二：第一，《资治通鉴》和马克思的《资本论》，书名的第一个字总算对了；第二，司马光、马克思，二人名字里都有个"马"字。至于国籍，年代，书的性质不对不要紧，那扣七十分。

……

大笑之后，心里有说不出的滋味，有酸，有辣，还有苦。

酸的是，我们干部的文化知识不适应工作需要，早就非一日之事了，十年动乱时期更为严重。

辣的是，这个讽刺，如这类"硬点戏"、"硬配对"、"硬胡说"等以上级指示口吻在那里滥发命令的人和事，现在并未完全灭绝。

苦的是，新中国成立以来，我们在一件事情上失误了，这就是中华民族的许多历史巨人、伟人，我们一直很少以雕像、塑像、文艺绘画等方式加以宣传展览以及在国民教育中进行普及。这个问题，直到如今仍未解决。也是信不信由你。我在公开场合就听见有小青年谈论："天安门对面那个老人像，一过节就出来，那是谁呀，又不像外国人！"

同胞们，不是大讲精神文明吗？事情就是严重到了这个地步，心所谓危，不敢不言呀！

如若身居要职的人不知道李时珍，领导干部说《资治通鉴》是马克思所著，中国人不知道孙中山，这还怎么交代！

但愿这类笑话早一天成为历史的陈迹！

1983 年 3 月 11 日

我听见了历史进军的脚步声

——纪念马克思百年祭，欢呼青年中的理论学习热

放在读者面前的这本书①，我读了后，不由得想起了许多往事和新事，想起了祖国的几代人，特别是正在青年朋友中兴起的极为宝贵的马克思主义的理论热。这一热潮来势汹汹，预告着一个新时代的到来，一代新人的出现。它也使我想起那场灾难性的大动乱和继之而来的以党的十一届六中全会《关于建国以来党的若干历史问题的决议》为标志的整个民族的哲学总结。而这一热潮，这一场理论热、读书热，完全是由历史自身的客观规律决定的、必然的历史行程，它预告着一个伟大历史变革的进军脚步声，一个人欢马吼的时代正在日益接近。正如贝多芬《第九交响曲》的演奏，使我听到了一个新时代的钟声。

恩格斯对自己的祖国德意志的评价，有时是十分严峻的。常常针对时弊毫不容情地加以批判。当法国人正忙于演出大革命的威武雄壮的历史剧时，当法兰西笼罩在断头台把许多人的生命送到地狱里的恐怖时，德国的

---

①指反映青年学哲学的《最美的花朵》一书。

资产阶级却在进行着"跪着的造反"。这个造反的代表者就是创造德国古典哲学的那一批人，从康德开头，经过费希特、谢林到黑格尔，又经过黑格尔学派的内部分化，从费尔巴哈到马克思。巴黎下大雷雨，柏林却在"细雨微风岸，危樯独夜舟"。法国人是以明快的卢梭、马拉"公民"的语言在说话；而德国人却以贝多芬、莫扎特的交响乐在发言。法国资产阶级以自己的方式登上了历史舞台，掌握了统治权；德国的资产阶级却羞答答地和容克地主阶级携手，偷偷地、悄悄地以俾斯麦的方式完成了同样的历史课题。恩格斯说："德意志是一个深深浸入哲学苦思的民族，懂得哲学的深沉的民族。"难怪这个民族为人类提供了那么多伟大历史人物和人类的天才（当然也提供了一个奥地利上士、人类的灾星阿道夫·希特勒）。

法国人打着三色旗在打仗，向世界横扫过去，德国人却高谈哲学，演奏交响乐。形式是多么的不同，然而，两者却殊途同归，完成着人类共同的历史课题。

我的祖国，我的母亲，不同于德意志，也不同于法兰西。因为她太大了，历史太长了，传统太多了，灾难太重了，而落后、受气、被折磨、贫困和苦难教训了四分之一的人类。她是一个非常矛盾的人类智慧和良心的故乡。她又贫穷又富有，又落后又先进，又文又武，东方不亮西方亮，黑了南方有北方。俄罗斯诗人涅克拉索夫叫嚷着："俄罗斯啊，我的妈妈！"这个"妈妈"产生过十月革命，产生过列宁。但也产生了在布拉格开坦克，在喀布尔入侵的十万大军。

可是我的祖国由于难以忍受的历史苦难，由于过于曲折的历史行程，这个民族的几代人在沉思苦想，在探讨，在总结。而这一切都是在马克思主义的历史真理的绳索上攀登的。

在愚昧盛行时，一些人由于不读书、不看报、不会思考，只会在那里大吵大嚷，什么"新思想"呀，"破天荒"呀，"新主义"呀！可是，还有更多的人沉潜地用苦工，在那里像伽利略一样虽是跪在教堂里做弥撒，却望着头顶上的灯而深思出神，由这个灯的摆动想到了地球是圆的，这个天体的中心并不像托勒密和主教们所胡说的地球，而是太阳。参观比萨斜塔的人成千上万，唯有伽利略才去做实验，才悟出重力定律。

我的祖国，每逢历史的大转折，每临伟大进军的前夜，作为她的先行和前导，总是要沉浸在哲学的深思之中，在一整代人的头脑中必将卷起历史的巨涛。远的洪秀全、谭嗣同、孙中山和邹容不用讲了，就说我们这同辈人，就是唱我们现在的国歌《义勇军进行曲》和《五月的鲜花》的这一辈，当年也是小青年，都是鲁迅的书和《大众哲学》的读者。虽然有的人学问深一些，有的人学问浅一些，但哲学热、革命文学热，却是共同的时代烙印。新中国成立以后，50年代初，全中国都学习"猴子变人"，这个学习开创了新中国成立后第一个黄金时代。

"什么是人？一半是野兽，一半是天使。"这是马克思引用别人的话，批判资本主义世界的人。但这一分为二，却适用于每个历史时代，每个国家，每个民族。虽不能说"一半对一半"（那太悲观了），只能说大多数是天使，一小部分或更少的一些人带有兽性。现在，全世界都在经历着一场深刻的危机。有人说这个危机比1929年那场世界危机要深沉得多，因为这次不但是经济危机，而且从里到外，从上到下，从一国、几国到全世界，包括政治危机、信仰危机、思想道德危机、青年危机、心灵危机、家庭危机，比如什么"性解放呀"，什么"吸毒浪潮"呀，什么"嬉皮士"呀，什么"存在主义"呀，扎上海洛因在马路上发狂呀，等等，无所不包。这是随处可见的世界性的风景画。可是，十一届三中全会以来，到了十二大以后，我们的祖国正在大搞精神文明的新建设。人们尤其青年小友，发生了深刻的变化。当然，见了洋人、录音机、电视机两眼发直，迈不动步的人是有的；不顾人格国格，一心想当西崽的人也是有的。但更多的青年小友却兴起了一个新的巨大的潮流，那就是以理论思维深刻地重新学习的运动为标志的一个伟大进军在日益临近。在前年还发生过有人高叫"我不是党员、团员，六亲中无党员"，并以此为荣地进行竞选演说，如今却是完全相反的景象，除了紧张地上课外，马克思主义的读书班、学习班和讨论会、研究会，如雨后春笋，蓬勃兴起。不禁使人们联想到50年代的学习热，真令人神往啊！这使我想起了大病之后、大瘟疫之后，华陀、孙思邈、李时珍尝百草为药，写《青囊书》、《千金要方》、《本草纲目》的历史，真让人折服！我们的祖国、伟大的母亲如此地关怀和信赖青年，他们是决不会垮掉的。张铁生是跳蚤，而整个一代青年却是龙种，是龙的后生！我骄傲地宣布说：我是这个灾难深重的民族的一个子弟！

"拨乱反正"四个字，说起来容易，倘若真要计算拨了什么乱、反了什么正？我想用最高倍的电子计算机也算不清的。六十几年的党史，三十多年的社会主义新中国史，全部的旧案都在重新拨、重新正。

"四化建设"四个字，说起来容易，但四化为的是什么？它从属于一个伟大目标，一个总纲领，即建设一个繁荣富强的高度民主、高度物质文明和精神文明的社会主义国家！而这个纲领的起步点，就在于全民族的沉思，全民族总结的历史经验教训，全民族共同地"上下而求索"。

正当纪念马克思逝世一百周年的时候，正当十二大之后揭开新的篇章的时候，正当理论学习、精神文明的新风传来的时候，这本《最美好的花朵》要出版了，邀我写篇序言。如今我在大病之后，作了开腔破肚大手术之后，本来已属于"生前友好"的一种人，不由得还起了个大早写这篇文章，是否算作序，有书在，大家将来可以看，而且都在想，请作者、读者一块谈谈吧！我的序不过发言早一点，只是半块引玉之砖。

写于昆明湖后中央党校

选自《宋振庭杂文集》，山西人民出版社，1989年版

接下页和隔一行

十年内乱时，兴起一股凡讲话都得照念预先准备好的讲稿的风气。有同志讽刺说，看来以后谈恋爱也得请秘书起稿了。此事并非笑话，我就听说真有这类事，虽非秘书代劳，反正是请人先打稿才去谈的，结果闹出一场大笑话。

我自己亲身经历，耳闻目睹，是如题所述。曾有两位同志讲话时，一位是讲着讲着居然冒出一句"接下页"；而另一位则是讲着讲着夹进一句"隔一行"。开始我怀疑自己的耳朵，觉得是否也听错了，问问别人也都听得千真万确。后来，看他念得脸红冒汗，句句吃力，才明白，这是秘书做的注解，"接下页"、"隔一行"都是秘书提供给他的备忘录。可是首长呢？如秀才念"四书"，连注也一块给念了出来，于是，人们私下给二位每人送了个绰号，一位叫"接下页"，另一位就叫"隔一行"。

这个故事不是我编造的，都是事实。这两位同志并不坏，都是好同志，和我们都谈得来。可是，这个缺点，一来是当时的风气所致，二来是自己的惰性所为，才闹出了这样辛辣的轶闻。

　　我想，可不可以，除少数特定场合非念稿不可外，今后凡讲话尽可能不要念稿，备好个提纲就可以了。你一照本宣科，人们听起来仿佛隔了一层膜，那效果就差了不少。

　　我还想说，除极必要外，最好是首长自己动脑、动手、动笔、动嘴。秘书重要，但秘书只应做辅助性的工作。

　　凡讲话、作文必得由秘书代劳的，能否开通一些，何必偏要自己去找罪受——想点更好的办法吧！

1983 年 3 月 14 日

野蛮不是勇敢

长住北京的人，都知道，过去老北京人特别是北京的姑娘、媳妇们，很少说脏话或人前撒野。我们来自外地的人那时就发现，当年的北京人，即使吵架，也"您"、"您"地，只不过话声很大，围着一堆人在劝，这就算打架了。我们都说，北京人不会打架，那种一翻脸就拳头巴掌上来、祖宗三代地骂起来，在北京少见。

北京民风的这个特点，历史渊源很长，统治阶级说是"首善之区"，"天子脚下的教化所致"。其实，这倒不见得。但北京是文化古都，这里人不管长衫、短衣，比较有文化、讲礼貌，这倒是事实。前门外八大祥大绸缎店，那是顶大的商号了。一般地说，那里是势利眼的所在，但即使在那里，一定的分寸和礼貌也是讲究的。

解放后，新中国的北京就更好了，出现了多少文明胡同、文明和睦的大杂院。北京语言大师老舍先生的《龙须沟》、《方珍珠》所刻画的北京新人，是活灵活现的。

可是，这一切"造反"一来，来个大头朝下，天翻地覆。什么怪事都出来了。在北京你可以常常看到粗野地骂人，一言不合就打一场，更特别叫人寒心的是，十几岁的姑娘，嘴里冒出的脏话，让你听了不寒而栗，从心底凄凉起来。

大概这就是江青的造反派脾气吧！这就是造反的业绩吧！这就是"批儒批周公"的了不起的成就吧！这就是"和旧社会彻底决裂"了吧！这就是"打翻在地，踏上一千只脚"了吧！可是，天呵！这一筋斗翻到哪里去了，请原谅我直言，这是退回到野蛮时代。

现在有一种可怕的勇敢，这就是说脏话不脸红，损害公物不脸红，为个人大吵大闹、拍胸脯骂人的不脸红，公开声明"有权不用，过期作废"的也不脸红。

是的，这仿佛也得叫勇敢。但有句现成的话这里正好对号入座。这就是"知耻近乎勇！"

我们花大力气，又在大搞"五讲四美"活动，又大力推广学雷锋的精神。我请那种不懂得羞耻，不懂得知耻才近乎勇的人，认真想一想，道理太简单了，你是人，你是中国公民，别的不说，这是做中国人起码的尊严，总不该再"勇敢"地抛弃了！

1983 年 3 月 21 日

杜拾遗和员外郎

如题所述，这都是大诗人杜甫曾当过的官职。

左拾遗，右补阙，意思是在皇帝跟前，捡漏讲话，及时进谏，属于言官一类，按今天说，有点像监察人员。员外郎是尚书、侍郎等正职大员以外的一类助理人员。杜甫的工部员外郎，也就是这么一个官。

前人笔记中，有对此两官职的笑话两则：一条是说钱塘江边居民，有供奉伍子胥和杜十姨老两口儿的祠堂，有人不解，进祠堂细看，原来是伍子胥和杜甫二人。不过伍子胥是大胡子，杜甫已作女妆，嫁给了伍子胥，作了伍夫人。另一则是说一大阔佬，家里的白狮子猫被狼咬死了。阔佬怒责家人说："狼圈关得好好的，怎么会跑来咬死猫呢？"家人一时害怕，回禀道："不是家里养的狼咬的，是园外狼咬的。"

因事设官，因人设职，随势演化，新旧交替，这是政权机构的特性。

"老同志离休，是新的革命起点。"这话很好，既肯定了离休制度，又指出新老之间衔接合作的关系。我们的一些老同志退出第一线、第二线，做一些不在位的拾遗捡漏的事，当点不在编制的员外郎的差，干些力所能及的事，是老革命者都心甘情愿的。

笔者写《湖后居客话》，也有个傻想头：就是看见了一些现象，觉得有叫嚷一下的必要。遇有好人好事，歌颂赞扬；对不好的事、怪事、丑事，加以针砭，甚至鸣鼓而攻之，我自己认为这也是对社会做点拾遗捡漏的事儿。

但笔者给人家拾遗，自己也出纰漏，也有记错了、写错了的。所以"打人者人恒打之"，这是天公地道的。可属于争鸣的这里不说，因这类公案，"小孩没娘，说来话长"。纯属笔者笔误的也有。比如把朱云折的事，错记在刘秀的账上，印出来才发现，但已经晚了。这里笔者应登报自谴。至于用词不当，引文失察的事，也是有的，看起来，"前边人走路，后边人拣漏"，天下事大抵如此。当然，前边人应尽量少遗少漏。

一个健康的社会，健康的国家，健康的社会风气，健康的写作者，不怕人拾遗补阙，也需要拾遗补阙。从振兴中华来说，拾遗补阙是大好事。

1983 年 4 月 1 日

想想再说

有些事，有些话，初听初见，觉得很简单，理所当然。但如果再品品滋味，琢磨琢磨，就会发现得且慢表态，这里边还大有学问。

比如说，一个领导班子讨论问题时，产生了相反的意见。作决议时，出现了反对的意见。比如，选举时一向都得全票的人，却意外地有人弃了权甚至投了反对票。再比如，人尽交口称赞的文艺作品，却又有人摇头撇嘴谓之："不尽然"。对这种情况，喜欢按"一片红"办事的人，就会慌手慌脚，甚至动怒反感。

其实，一个人，无论政治家或艺术家，若说他必得时时、处处、事事全得"满堂彩"，听不到一点不同的声音，这到底好不好？如果一个人，有70%的人赞成，30%的人反对，这30%人中甚至还有反对得很厉害的，此人是否就一定不好？相反，另一个人，人缘倒是不错，从来没人骂他，他为人处世"不说好，不说坏，谁也不见怪"，遇事不表态，有矛盾就绕开，得罪人的事永远找不到他，选举时能得全票，这个人就真的好吗？

说老实话，民主生活、法律制度如果真正健全的话，如十一届三中全会以来，十二大以来我党和我国正在逐步形成的今天这种情况，倘若对任何个人不管什么事，时时处处社会上都是一个调、一声雷，凡事走过场，图热闹，无人反对，都是全票，我想那倒是怪事了！一个人，有人反对并不见得不好。如果他对任何人都无干涉，对任何事全无异议，这个人就值得研究研究了。

鉴于此，我劝许多同志今后不管遇见什么事，什么问题，如对作品进行评价时，都稍加思索，不妨三思而行，对有些事连鼓不鼓掌，笑不笑，表态不表态，最好都通过第二信息系统，想想再表态。不要按过去的习惯，一声雷响了，一触即发。那种本能的条件反射危险得很。

应该说，中国人，中国同志，在这种事上的代价够沉重的了！经验是够充分的了！事不过三，不妨三思而后行。

选自《宋振庭杂文集》，山西人民出版社，1989 年版

想到了活国宝

"侯老走了!"2月23日晨,我接到一位京剧界朋友的电话。在电话上,我连连地唏嘘了几声:"唉!唉!""那么,只剩下一个了。"侯喜瑞、李洪春老先生,京剧界公认的老前辈、老师长,如今二又去其一了。

早先我和侯、李二老并不认识。但我在调到北京工作后,却有两三次机会到二位老先生家去拜访。我第二次去侯老家,给他带了一瓶茅台。因为上次我问他:"你想吃啥呀!"他说:"就想喝好酒。""啥酒对口味呀?""都行,好的更好。"这次侯老说:"你这个当首长的不简单,还懂得这里的事。"我说:"侯老,以后不要再叫我首长了,首长都让江青给叫坏了!"侯老大笑了起来。

侯老走了,但他的音容笑貌,历历在目。我因有这两次见面,还填平了不少心头的遗憾。记得有一次,我约吴素秋、姜铁麟去看秦风云(河北梆子的著名老演员),因为临时有事,没有去成,可是过了不几天秦老就过世了。对此,我总认为是难以补偿的损失和遗憾!侯老高龄,就人生旅途于他一生的成就而言,已无遗憾了。但现在的多数观众,对京剧花脸,只知道一个裘派。至于什么是京剧花脸的表演艺术，却是多数人都不明白的。虽然史料上也记着"黄三以后无花面"的说法，但这话现在证明既不符合事实，也不合乎"青出于蓝而胜于蓝"之理。黄润甫之后，花脸出了裘桂仙、郝寿臣、侯喜瑞、金少山、裘盛戎、袁世海。可以断言："黄三之后胜黄三。"但值得注意的是花脸一行的千花争耀、万花竞放的传统，实在不可丢掉。

在悼念侯老时，不由得激起我一个想法，那就是中国人对人才一般是活着时候不太重视，一死就身价百倍。比如李少春，得了癌症，这时候想起来了，有人抢救了，但太晚了。这类事是不少的。

为什么人才一定得死后才享殊荣呢？这也不无原因，一来对活人就是得慎重些，他尚未盖棺定论，还会变成什么，很难说；二来有些人如康生之流，活着的时候，由于自吹和被吹捧过甚，死后就露了真相，让人不能不觉得心寒意冷。但这多半是指政界或其他方面说的，至少学者艺术大师、工艺师，不存在这个问题。如徐悲鸿、齐白石、傅抱石活着的时候，人们已一致承认是人才。梅兰芳、泥人张又何尝不是呢！但是十年动乱，拦腰一刀，这个问题就乱了。不要说什么人才呀，连是好人坏人，都得从头说起。

侯老走了，京剧界尚有"李洪爷"（内行的称呼）在，李洪春老先生虽人还硬朗，健谈好客，但也是"老健春寒秋后热"。由此想到各行各界都有自己的活国宝尚在，再也不能"活着不关心，死后瞎吹捧"了。这不是我们这个伟大民族的精神传统，也不是党中央的如此重视人才的政策。

别的不说，就以中国国画来说，这总算是中华民族特有的、足以自豪的文化艺术之一吧！但现在老的一个个走了，齐白石、傅抱石、潘天寿、王雪涛，都已作古。但刘海粟、李可染、吴作人、李苦禅、钱松喦、叶浅予、蒋兆和等大师都在，当然大都七老八十了，在世界上名声是很大的。整个来说，我们国家对这些艺术家是重视的，只要财力物力许可，便尽可能地为他们创造良好的工作、生活条件。但是，毕竟有关部门还没有一个对待人才的明确的方针政策。日本人把平山郁夫定为活国宝；西班牙人那么重视他们民族的精神旗帜毕加索，迎接他的一张画回国，用了那么大的场面，花了那么多的人力物力，这一点是令人生敬意的。

一个民族，一个对自己的人才真正怀着深沉敬意的民族，才是自重并值得别人敬重的民族。不然的话，就会像列宁曾讥笑过不少波兰人不知道大作家显克维支和美国人不知道华盛顿那样，会受到历史的讥笑。

愿侯老和像侯老一样的人才更被人重视起来！

1983 年 4 月 1 日

精神产品不能一律商品化

本文想就精神产品的特性，就当前社会上某些精神产品的商品化、广告化，对人、对事、对作品的评价也沾染了广告化、商品化的风气提出几点看法。

精神产品和任何人类的劳动产品一样，它不是大自然的赐予，也不是动物的本能的结果，它是人的有意识、有目的的劳动的产物。木匠做桌子，可能不如蜜蜂做六面体的蜂巢那样精致，但木匠在选桌子前就和蜜蜂不一样，他已经有了桌子的图像和预订的劳动目标和劳动程序。

但是，精神产品和普通的劳动产品的差别很大。我看，至少在如下几方面，它们之间是不同的：

第一，精神产品是由复杂劳动产生的。物质产品的产生虽然也有复杂的劳动（如一些手工艺品就包含简单的劳动和复杂的劳动），但就多数来说，这种复杂劳动，同生产精神产品的复杂劳动相比，还是要简单些。

第二，精神产品和任何人的劳动产品一样，开头并不是商品。只是有了剩余劳动，有了交换现象的产生，才有了商品的属性。未来的共产主义社会，不论是精神产品或物质产品也都不是商品。在社会主义社会，我们有意识地用商品生产的形式，推动社会物质财富的增加，这已经不同于旧社会的商品生产了。它已经受社会主义的生产方式的性质所制约了。

但物质产品的大多数可以作为商品参加交换，而精神产品只是其中的一部分可以当作商品来交换，此外好多精神产品是不能当作商品的。

比如，牛顿的力学，爱因斯坦的相对论，杨振宁、李政道对物理学的新贡献从来就不是商品。

比如，李白、杜甫的诗，本来就不是商品，屈原写《离骚》时，肯定未想到发表时给多少稿费。

比如，鲁迅写《狂人日记》，郭沫若写《女神》，都不是为稿费而写作的。如以金钱计价，《鲁迅全集》得给多少钱才合适、才等价？这个数字不但人算不出来，电子计算机也算不出来。

再比如，中华民族精神财富的骄傲——故宫博物院珍藏的艺术品，请问要卖多少钱？应该说给多少钱也不卖，哪怕天文数字的货币，中华民族也不能出卖国宝。

如按商品的交换法则来衡量，我们社会主义国家的许多精神产品是赔本的生意。比如经典著作，学生用的课本教材，教育经费的投资，重要的艺术教育和艺术制品，全是赔钱的、"倒挂"的。不但社会主义国家，就是资本主义国家，为了保持和发展自己的艺术品种，也是花了大量的金钱的。歌剧、芭蕾舞、古典音乐，如以票房价值来维持生存，它们早就灭亡了！达·芬奇、拉斐尔、米开朗琪罗的美术作品，开头也并非商品，现在要估价也无法估，除非人们发疯才去问一问拉斐尔的"基督升天"一画要卖多少钱。

精神产品中，是有一部分参加了商品交换。文章有稿费，教员有薪水，剧团要卖票，电影有场租，图书可以卖，视其高低优劣，美丑精粗，也可以按质论价。但即使这一部分精神产品，它们和萝卜、白菜、沙发、暖水瓶也不一样，它的价格并不能说明它们的真正价值，它们参加交换的目的并不全在于经济的目的。如全按发财的生意经来对待以上产品，来估价这些商品，那就要毁灭社会、毁灭社会主义。而且在一些特定的历史条件下，这些精神产品的市场价格，更是不正常的。比如，出版过多的《七侠五义》，其发行量大于许多书的发行量，鲁迅、郭沫若、茅盾的作品都不在话下，这能算正常情况吗？

第三，精神产品的价值和物质产品的价值之所以有如上的差别，其根底更在于消费这些商品时，消耗的情况完全不同。凡物质产品，不管多么结实耐用，它终究要折旧，要消耗掉，但爱因斯坦的相对论，你怎么消耗掉？李白的诗，什么时候消耗完？我们不承认绝对的永恒。宇宙也有尽期。如果我们这个太阳系灭了，当然李白的诗也就没有了。但这一天是什么情况，现在不必去想，也不必去设计。

农村土地承包给我们的启发太大了。带来的好处，连最保守的同志现在也接受了。要开创就得改革，就得创新。要创新就得打破一些不合时宜的旧框框、旧规章。比如香臭不分、好坏不分、质量高低不分，都一律给同样的报酬，这种"大锅饭"就不是社会主义的必然的内涵，相反，它是阻碍社会主义社会前进的因素。

因此，我们完全拥护文化、教育、卫生、艺术工作的改革。但这种改革绝不是为了一切向钱看，而是为了克服吃"大锅饭"的平均主义，是为了人尽其才，艺尽其创造，提高质量，满足人民精神生活的需要。钱当然要想到，要计算，不能当败家子，大把大把地往外扔。但多卖票，多赚钱，绝不是这次改革的目的，至少不是主要目的。

可是，现在出现了（正确地说，早就出现了，现在还残存着）一些精神产品盲目商品化的现象，这种现象不利于精神文明和物质文明的建设。

第一，要区分文学艺术的批评、评价、争鸣和广告的差别。我们的社会制度可以有广告，原来不许搞广告，不让搞商品宣传竞争，这不利于生产。但我们的广告和资本主义的广告有本质的不同。至少"童叟无欺"、"真材实料"是社会主义的商品宣传的原则。可是，文学艺术的批评、争鸣却不是广告，也不能光从广告的价值上来对待文艺批评、表扬和争鸣。是否有的报刊、有的人混淆了这两者之间的差别呢？我看有，而且还不少。如《御香缥缈录》、《清宫秘史》之类的书，旧中国文艺批评也从不认为是有多大价值的书。可现在呢？好家伙，神乎其神了。

有没有自己搞精神产品，自己叫卖、自己吹捧呢？更有自己的至亲好友、后门关系代为吹捧呢？

报纸、刊物内部有没有不正之风、取舍稿件的标准有没有一种报刊的"关系学"呢？有没有商品的后门交换呢？说有，我是不怀疑的。

第二，对艺术和新闻中人物的动态报道，我们过去是搞得太死了。文艺中很少有"我"和第一人称的抒情议论，在"宣传活人"上面更是"慎之又慎"，除了党和国家的领袖人物之外，很少宣传。现在打破了这一禁区，使人民关心作家、诗人、画家、演员、明星、运动员、社会活动家的动态情况，这很好，今后还要认真地做。但有没有不是很公道的宣传，或溢美，夸夸其谈，甚至可以说是无边无际地乱捧呢？我想也有。现在大字眼，什么什么家多起来了。称号、桂冠也不少了。这当然是好事，过去就不允许这样干，在宣传介绍中可否慎重一些呢？可否多讲事实，少戴高帽呢？

第三，稿费、美术品的国际市场和国内市场不一致，这是事实。即使在国际市场上我们的一些可以估价的精神产品也作价太低，一般地低于国外，这方面要改革。看见一些人收了点稿费、画酬，就嫉妒起来，这不好。这方面可做该做的工作，甚至一些急迫性的改革方针还得落实。但还是要从两方面看，作为生产精神产品的个人，为什么而生产？存心如何？这是要严肃对待的。单纯为了赚钱而粗制滥造，不但要毁灭自己，也会危害民族和国家的荣誉。

我主张在精神产品的待遇上，可以论质论价，要拉开距离。但要和物质产品一样有严格的检验标准，有艺术的良心，那种不纯正的精神产品的制造心理应当改正过来。

临了，再说一句，坚持改革，但要具体情况具体分析；说做就做，不要迈不开步，但也不要一窝蜂，一刀切；坚决鼓励精神的美化劳动，不惜给以较高的酬劳，但不能使精神产品一律商品化。

1983 年 4 月 15 日

精神产品的价值和用黄金修厕所

黄金是人类历史上比较宝贵的东西，因此把它作为衡量价值的尺度。人们说什么东西贵重，就常拿黄金来比较，比如"寸金难买寸光阴"。可是，这只是在人类历史长河中一个短暂的过程，从长远来说，黄金这个金属的贵重程度并不算太高，所以列宁曾说过，到了共产主义社会实现的时候，我们可以用黄金修个厕所。

前些时候，我们几位文物专家提醒人们说，我国的一些宝贵的文物，要比黄金还要贵重。我是很赞成这个意见的。但我可补充说，若谈贵重，黄金还很难作尺度，比如，大诗人李白写的诗卷墨迹《上阳台帖》，你说到底怎么估价？多少钱才卖，我们说，它没有价，而且永远不会以黄金来计算它的比价，因为民族的荣誉、祖国的荣誉，能以黄金去计算吗？

精神产品里，有不少可以作为商品，以商品的形式拿到市场上去出卖、交换，但它的交换价值和它的实际价值之间，并不能画等号。七角钱能买一场音乐会的入场券，但听众的所得，能用七角钱去计算吗？同样用七角钱买一本书，他们之间能是等价的吗？说等价只是从所用的纸张、印刷费等方面说的，不能以内容来论定。

可是，现在确有人见钱眼红，不顾一切，把自己的精神产品拿去作低劣的次品，甚至是冒牌货去骗钱了。而且，如果只是低劣、粗俗、质量不够，如卖点心的缺斤少两，事也还小，更糟糕的是，它散布了有害的东西，散布了妨碍健康、污染环境的东西。这又怎么只用几角钱来计算呢？

说得再严格一些，或是更刻薄地发问：一个艺术家或艺术工作者的人格值多少钱？他们的良心值多少钱？党和人民在培养你成才，朋友、师友关注你成长的历史又值多少钱？

听说，我们一位琵琶演奏大师，宁肯不演出，也不去迎合低级趣味；听说有的很著名的演员放弃出国演出的机会，却深入到青年中去教学生；还听说，有的国画家，出口商向他买画，他说，我的画不是商品，请你到专卖洋货的画家那里去买吧。我看这些就是让人尊重的有国格、有人格尊严的言行。

新中国成立以来，以表演艺术来说，一直有一个票房价值问题。如果只讲艺术，全然不顾经济收入，一味地大把大把地花钱，要许多国家补贴，那当然不对，但一切朝钱看，单以票房价值来估量表演艺术，就从来没有好结果。现在的问题是，昨天的单纯票房价值，大半还讲的是国营和集体，现在却又出现了"私营"、"跑单帮"的票房价值问题，这就把问题更加复杂化了。如果说手工艺的土特产，说书艺人，流动曲艺人员，到一个茶馆去演出、献艺那还另作别论，现在是打着中国什么什么剧院、公司、院校的大招牌，打着什么什么明星的招徕广告，却为的是打快拳，捞一把！看来，有的人真到了饥不择食的地步了。

各项工作都要创新局面，剧团的改革是势在必行，也不能因为出现了一些帮倒忙的事情，就怀疑改革的正确性，就说"全是剧团改革闹的"。但为了改革的健康进行，及时地指出这些打大旗以营私，为了得几个钱，什么都可以出卖的鄙劣，为了警醒那些给改革帮倒忙的人，我良言苦口地说了以上这些话。但愿这些人们能冷静下来，听听这样的"进谏"！

选自《宋振庭杂文集》，山西人民出版社，1989 年版

应该有什么样的趣味

文学、艺术作品以至于报纸、电视和刊物都得有趣味性，使人爱看，吸引着读者从中认识真理，获得知识，潜移默化，培养高尚的情操。

趣味有高下、雅俗之别。但啥是高和雅？啥叫粗和俗？规定一个统一的标准并不容易，既不能以少数人的口味来定调，也不能太求全责备。不过，虽然众口难调，但是努力做到雅俗共赏、有健康而清新的趣味，恐怕是绝大多数的读者所喜欢的吧！

近来，戏剧舞台、电影、电视表现清代历史的戏颇盛行。这是有原因的，260多年清代政治舞台的风云变幻以及宫闱之中、青楼瓦舍的风流轶事所及，在北京是有其社会基础的。然而，也许是我个人的偏见，我总觉得近来关于那拉氏这个西太后，用的笔墨是否太多、渲染着色太浓了？是否可以节省一点了？大可不必搞个"西太后热"。若以明清两代来说，风采照人，让人谈得津津有味的人物多着呢！体育界不是搞过"十佳"的选举么，我看对于北京历史上的风流人物，也可听听民意，选一选，写成故事演义。如果有人写一本《北京演义史话》出来，我是要向他拱手作揖，甚至焚香顶礼的！

顺手牵羊地开个小单子吧（时间顺序杂乱无章），比如元世祖忽必烈和耶律楚材，元曲诸大家关汉卿、马致远、郑德辉、白仁甫、乔梦符；明成祖朱棣和解缙，徐光启和《农政全书》，郭守敬和北京运河，于谦和杨继盛，戚继光和俞大猷，康熙和雍正皇帝；更早的元遗山和萨都剌；近百年的孙中山和李大钊，鲁迅和李四光，徐悲鸿和齐白石，梅兰芳和杨小楼；四大名中医和八大饭庄，打磨厂和玻璃厂，或者加上妙峰山和白云观，等等，等等，俯拾皆是。这些"一代英主"，爱国志士，科学家和艺术大师以及名胜古迹或神秘的旋涡，构成了中国历史的光明面和黑暗面的斗争。新首都的风貌给人以力量，文化古都的这些人和物也给人以回忆和激励。前几天，听了和看了北京人艺的《叫卖组曲》，我就不胜神往而感慨系之。我怀念往昔：用不了两角钱，就能在西单菜市场的玉壶春吃一顿包子和炒肝；看完夜戏，蹲在"哈尔飞"（即现在的西单剧场）门前的小吃摊子旁吃一小碗热汤元宵。这种怀旧之思，实不亚于鲁迅先生在《社戏》一文中所抒发的吃罗汉豆时的心境。

历史上这许许多多的人和事，不是都可以写，可以搬上舞台和银幕吗？"四人帮"不让写恋爱，现在可以写了，但写到什么程度、怎样写、应该给观众一个什么样的趣味，就值得研究了。现在写爱情几乎和用味精一样，每菜必用，不管是冷拌还是热炒。甚至李白和杨贵妃也谈上了。我真担心，再演屈原会不会和南后也谈呀？演孔子会不会和南子也谈呀？这样写，这样演，不知是什么滋味。"四人帮"时不许谈古董，说是"四旧"，要砸烂。但现在有人把长指甲和指甲套也列入古董之列。也许是庸人自扰吧，我很担心，可别再把各色精制的鸦片灯和烟枪也拉到古董之列。可能这是极而言之，本可不必过虑的。

《笑林广记》本不算一本好书，泥沙糟粕不少，但其中好笑话也保存了一些。如讽刺假充斯文的县太爷那首诗，鲁迅就引用过："红帽哼兮嘿帽呵，风流太守看梅花，梅花低首开言道，小底梅花接老爷。"这里"爷"字读"牙"，它既是方言也是古韵。可见，同是《笑林广记》，也还是挑选一下再用的好。

1983 年 4 月 25 日

马上讲我的星期天

我这老头儿讲讲自己"怎么过星期天",这实在是难题。我从未想过这个事,不由得想到鲁迅被"逼"交过一篇"日记",因而有《马上日记》、《马上支日记》两文。套用先哲大师的样本,此文也可名为《马上讲我的星期天》。

比如,5月8日,我的这个星期天是这样过的:

早5时起床,在校园内散步,按自编的体操,活动活动躯体。

5时30分,打开大墨海,研墨。用的是站桩式功夫,闭目,悬肘在墨海内画大圆圈。人家说这是气功,练臂力,应入静,酝酿要写的书画情绪。我虽照办,但功夫不到家,还想着有的文件还没画圈,朋友的信有的未复,有的复晚了要挨骂(有的老家伙骂我的话还在耳边响)。

但今天不错,画了四张画,各题了三四首绝句,借此酒杯,一浇心头上积压了许久的块垒。如在一幅梅花上写道:"弄文贾祸同古今,异代同悲亦同疾。能得两句真情语,粉身碎骨死不迟。"这当然讲的是旧社会或十年动乱时的事。

早饭吃得很香，因老伴给加了一碗小萝卜豆腐汤，还有馒头。这馒头可非同小可，是我宣传了多次山东高庄馒头之后，才蒙老伴"恩准"的试制品。我小时候吃过，人谓"馇面馒头"，又称"杠子头"。

早9时，故宫博物院书画鉴定专家刘九庵兄来。此老年近古稀，骑车到此，神采奕奕，红光满面。我们对面而坐，清茶两杯，话匣子打开，谈起无边无沿的书画中的往事和新闻。我仅有的几件劫后余灰，也找出来请他看看。刘兄一见，三言两语就将我多年疑窦难开的事迎刃而解。不由得想到，什么叫专家？什么叫学问？现在，人又在过分地重视学历、文凭了，这固然不无道理，但如强调得过了头，不实事求是，只凭一纸证书而论事，岂不又走上另一极端。刘九庵公，幼时家穷，14岁在玻璃厂书画店学徒，今年68岁，啥学历也没有，但却是国内屈指可数的鉴定书画大家。要按学历，给个什么头衔合适呢？记得在党代会上，党的许多领袖人物，学历一栏内填"小学"，但天底下有这样的"小学生"吗？我自己也从来是填"初中"的，但常常被改成"大学"。什么大学？"抗大"！

自从做大手术后，从不喝酒了，这天高兴，蒙"恩准"喝了两口白酒。午饭，吃得比早饭还香，因和九庵兄对酌也，菜只两盘，水却喝了一暖瓶。刘兄索要有上述诗句的那张梅花，因补题："今早所作岂预知九庵兄今日来访耶？"

送九庵后，见窗前绿竹新发了十几个笋，棵棵争强斗势，大有直上青云之势。回室后，补题一幅画竹，有句为："前年移来一竿竹，竿竿直上十尺余。"、"不管风狂雨再骤，不过吹掉几片青。"

午后，换新衣新鞋进城。老友们见我如此打扮，纷纷嘲弄曰："帽儿光光，像个新郎"，"换了行头耶"！说到行头，正好几个戏迷对《连环套》中《拜山》一出饶有兴味，我为过这段戏瘾，不惜下功夫学侯派的花脸窦尔敦，盖不得已之苦心也！

晚，和友谊甚深的外宾同志共进晚餐。归时，天安门广场华灯初上，美极了……

我的一个星期天就这样过去啦！

1983 年 5 月 22 日

一个文艺工作者在学习《邓小平文选》
时想到的几个问题

《邓小平文选》出版发行以来，在全国人民，广大的党员干部中形成了一个学习的热潮，产生了巨大的影响。对这部文选作出这样的估价是不过分的：它是毛泽东思想的继承和发展，是制定党的路线、方针、政策的理论基础，是我党当前伟大历史转折时期的有经典意义的文献，是建设有中国特色社会主义的建国大纲、建国方略，也是整党、整顿社会风气，指导各方面工作的重要指针。《邓小平文选》中有很大一部分讲的是思想战线、意识形态方面的问题，这不是偶然的，因为伟大的历史转折，必然伴随着深刻的思想变动，种种原因使得思想路线问题、理论认识问题、信仰问题，成了时代最主要的问题，对这些问题必须给以马克思主义的分析和解答。这是《邓小平文选》中的一个重点，而文艺思想问题也在其中占有突出的地位。

我想了一下，自己几十年来也忝称为一个作家，虽然在文艺理论、文艺批评、杂文、戏剧、诗歌上做了一些事情，但很没分量。我是一个业余的文艺工作者，但这个"业余"只能说明工作没有做好。尽管如此，也要以《邓小平文选》为思想武器来指导自己，来宣传贯彻这些思想，这个责任并不能因为自己不是一个好的作家而有所减轻，而是更应该学好，宣传好。因此我写的这篇文章，想尽可能对别人有些好处，但主要是对我自己来说的。

我想：党和国家在新时期的总任务是团结全国各族人民，自力更生，艰苦奋斗，逐步实现工业、农业、国防和科学技术现代化，把我国建设成为高度文明、高度民主的社会主义国家。这个总纲领既然是历史赋予我们全党、全国人民的总任务，那么在逻辑上就不存在例外性，文艺工作者毫无疑问也要包括在内，要为这个总纲领而奋斗。我们说文艺服从政治，文艺为政治服务，这个口号不完整，不全面或理解得不准确就要带来偏颇。因为政治有广义的和狭义的，如果为政治服务指每个具体的政治领域都要文艺去服从去配合，都要文艺无所不至地去服务，那就会产生缺点。过去中国人民的斗争比较集中，任务比较简单明确，而今天情况要复杂得多，这是不容否认的。但是文艺为人民服务，为社会主义服务，为中国人民的历史总任务服务，这永远是正确的。中国人民奋斗的总纲领就是文艺奋斗的总纲领，这个总方向是不存在问题，也不应该存在问题的，是不容动摇的。如果文学家、艺术家连这个总的大目标都不挂在心上，对为社会、为祖国服务都不感兴趣，那么这样的文艺家也可以写出作品，也会有某些艺术技巧，或受到某些人的称赞，甚至也可以投国内国外和我们不抱同一目的的人的所好，对他们有用。但反过来说那就会对人民有害，与人民前进的方向背道而驰，那么这样的文艺是没有生命力的，人民是不会欢迎的。当然，文艺为总纲领服务，绝不是说都以一种方式，从一个角度去服务。它可以用各种各样的方式达到目的，有些是直接的，有些是间接的；有的可以谈今，有的可以论古；可以写中国，也可以谈外国。但不论古今中外，东西南北，上下左右，有不同的笔调，多样的情趣，归根结底，要对人民有益，对人民的身心健康、精神文明、道德情操、爱国情趣、做一个真正的中国人有好处。不产生一点好效果的文艺是不可理解的，效果有大有小、有长有短、有深有浅、有直接有间接，但无论如何对人民总是应该有价值，而不能没有一点益处反而有害，这个最低的要求总应该做到吧。因此我们在文艺上纠正多年来林彪、"四人帮"极左的文艺思想，纠正打棍子、抓辫子，禁锢主义的政策以后，也绝不能连文艺要对人民、对社会有益的基本要求也不管不顾。

《邓小平文选》总结了历史经验，在文艺上提出了为社会、为人民、为社会主义精神文明建设的要求，在文艺上既反对自由化、商品化，一切向钱看，反对污染精神的腐朽东西；同时也反对"左"的禁锢主义，僵化的、狭隘的、给文艺长期带来危害的倾向。《邓小平文选》在文艺方面的两条战线上的斗争，对两种错误倾向的斗争，是非常鲜明的。我们在这个问题上没有任何怀疑的余地，是绝不能含糊的。

有人说，既然不要求文艺从属于临时的、具体的、直接的政治任务，那就不应该再有什么批评，批评就是打棍子，应该想怎么样就怎么样，想写什么就写什么，想发表什么就发表什么。他可以写向马克思主义挑战、向毛泽东思想挑战、向科学社会主义挑战的文章，而你却不能去回答论争，如果回答论争就是打棍子，就是"左"倾，就是"收"了，就是违背"双百"方针，等等。这是一种曲解。事实上现在有一种人从一种倾向跳到另一种倾向，原来"左"得很，打棍子打得很厉害，现在又转过来反对任何批评，拒绝任何不同意见的讨论，只许讲一面的道理，不许讲另一面的道理，不合他的意，文章也不给发表，不同意见难以得到争鸣的阵地。这种现象是应当提起注意的。

在学习《邓小平文选》时我还想到另一个问题。这就是小平同志在今天很强调人格、国格、自尊心问题，对于洋文艺、外来文艺的态度问题，由于纠正了外事工作上的闭关锁国，盲目的、狭隘的禁锢政策，在经济上文化上同全世界的往来多了，为了搞活经济，引进了国外一些先进的科学技术。但同时一些怪洋风、洋垃圾、陈腐的洋观点和洋趣味，也随之而来。这种情况我们把它叫作洋化的精神污染。这种洋化的精神污染又是以现代化的物质手段，通过电影、电视、录像、立体声等等，把一些黄色的、肮脏的东西公开地或在黑市上散布开来，特别是向那些辨别能力差的青年进行兜售，影响很坏。一些失足者，走上刑事犯罪的道路，受到法律的制裁，和这些东西是有关系的。《邓小平文选》在讲到这一部分时，既是严厉的，又是振聋发聩的。他说："一些青年男女盲目地羡慕资本主义国家，有些人在同外国人交往中甚至不顾自己的国格和人格。这种情况必须引起我们的注意。我们一定要教育好我们的后一代，一定要从各方面采取有效的措施，搞好我们的社会风气，打击那些严重败坏社会风气的恶劣行为。"多年来我们为这种现象感到痛心，因为眼看着一些人，有的是同辈人，有的也是自己的好友，有的是青年人，发生了异乎寻常的变化，他们突然洋化起来，并且在那里高谈阔论"中国人一切不如外国人"，还居然以鲁迅所讲的"拿来主义"作辩护。鲁迅的"拿来主义"是要为我所用，要取其精华。鲁迅绝没有说要囫囵吞枣。近来，在文艺界还有人讲到我们现代的文艺史，只把外国人承认的才肯充作好的。评论我国近现代作家，已出现一种很微妙的、曲折的嗡嗡声，说什么鲁迅、茅盾、郭沫若都不在话下，要重新评价；什么30年代的左翼文学一塌糊涂，不值得一顾；什么没有必要研究抗日战争时期、解放战争时期，我党在国统区斗争的文艺，而只剩下了几个作家。这个现象之反常，很发人深思！我们理论上反对搞"两个凡是"，天底下没有一个人值得按"两个凡是"的公式而横行无阻。鲁迅是人而不是神，他的话也不是金口玉言，也不能搞"两个凡是"。我们对古代人不能以孔子的是非为是非，对近现代人也不能以鲁迅的是非为是非。鲁迅也有他个人的成长环境、时间条件，也有他个人的爱好。评价研究鲁迅的工作是不能停止的，是永远要研究的。但是现在难道历史发现了什么新材料吗？真正出现了奇迹了吗？鲁迅已值得怀疑了吗？这个中华民族的伟大良心和脊梁骨有断裂了吗？当然，鲁迅为了和反动派斗争，对我们同一营垒的同志朋友他也批评，有许多批评是善意的，效果是好的，但有的批评也不是十全十美的。有的开始他尖锐的批评，而以后了解了新的情况，又成为好友，比如他和成仿吾老同志的关系就是这样。这是文学史上大家所熟知的。可是现在一个怪现象出现了，有人把鲁迅所竭力反对的新月派等也一股脑儿全翻案，捧出徐志摩、梁实秋，甚至胡秋原。难道真的有什么新发现，有什么惊人的奇迹值得这样大捧这些人吗？当然，徐志摩的诗是写得不错的，是一个有才华的诗人，一笔抹倒，不予任何肯定不对，但是否又得来个一百八十度转变大捧特捧？还有最老的孔孟这两位老先生，在中国两千年历史中，他们的行情也随时有变，有时在天有时在地，但除了几次倒霉之外，总是高高在上，捧得吓人。对于孔孟这两个同中国的精神文明紧密相关，与中国的历史有着复杂的功过纠葛的重要人物的研究批判，固然做了很多工作，现在乃至今后还要做。他们思想中有有用的东西、有好东西，甚至可以批判地继承的东西。

《邓小平文选》还多次讲到党对文艺工作的领导问题，党员艺术家、作家的特殊责任问题。建党 63 年，建国 35 年，党对文艺工作领导的经验是丰富的、完整的，但历程又是曲折迂回的，经历了多次的大起大落，经验教训两方面都是丰富的。结论是什么呢？是文艺必须由党领导，同时党又必须善于领导，正确地领导文艺，按照文艺自身的特点和规律来领导文艺。这就要求党的领导人必须力争变成内行，不能甘居外行。那种对文艺工作不学习、不钻研、一无所好、一无所长、一无所学，只凭自己是党员，是领导人，利用手中的权力简单粗暴地管文艺的教训，实在是很多。不会领导、不善于领导，这不奇怪，问题在于学习，而且是学无止境的。在文艺战线上，今天要更多地起用年轻的、学有专长、深知此道、热爱文艺工作、能与文艺工作者心心相印、情趣与共、友谊善意地帮助他们的这样的人，这是毫无疑问的。但是，是不是文艺可以不要党的领导，甚至提出"无为而治才是唯一出路"、"管得越少越好"、"30 年别管文艺"等主张，难道只有这样文艺才会繁荣发展？文艺的不够繁荣，好作品不多，原因就是党员的过多，限制得过多吗？对于多年来反复论争的问题的两个方面，即必须坚持党对文艺的领导，但又要善于领导，既反对取消党的领导，不许领导，又反对瞎领导瞎指挥，难道把事情归于一个方面就能包治百病吗？1957 年为这个问题发生过争论，有些人对这个问题讲了些意见，"左"也罢右也罢，总应该是讨论下去，把这些问题的讨论纳入正常的科学的轨道，以求得出正确的结论。可惜的是以后反右派扩大化了，把某些持有正确的或者只有部分不正确、或确有错误但是好心的同志打成右派，冤枉了好多年，这个历史教训永远不能再重复了。但 1957 年提出来的文艺必须由党领导，党必须善于领导文艺，这两句话，今天仍然没有超越，还照旧摆在人们的面前，这难道不是事实吗？我自己从事一点文艺工作，写过一些杂文，管过电影、戏剧，也确实犯过不少错误，"左"的右的都有。前些日子，我和夏衍同志谈过一次话，通过一回信。夏衍同志很风趣地谈到他自己的教训。我认为他是我们的老前辈，我们之间是师友关系。过去我也写文章批评过他，批过"四条汉子"。现在大家都老了，当然他更老了，我们都能够平心静气地谈这个问题。他的这段话很风趣，使人感到既痛切而又开朗。请允许我把夏老写给我的一段话引在下面（我没有征求他的同意）：

"人是社会的细胞，社会剧变，人的思想行为也不能不应顺而变，党走了几十年曲曲折折的道路，作为一个虔诚的党员，不走弯路、不摔跤子也是不可能的，在激流中游泳，碰伤自己也会碰伤别人。我在解放后一直被认为右，但在 30 年代王明当权时期，我也'左'过，教条宗派俱全。1958 年"大跃进"，我也热昏过，文化部大炼钢铁的总指挥就是我。吃了苦，长了智，我觉得没有忏悔的必要。"

他又说："明末清初，有一首传诵的打油诗：''闻道头堪剃，而今尽剃头。有头皆要剃，不剃不成头。剃自由他剃，头亦是我头。请看剃头者，人亦剃其头。'1974 年在狱中偶然想起，把它改为：'闻道人该整，而今尽整人。有人皆可整，不整不成人。整是由他整，人还是我人。请看整人者，人亦整其人。'往事如梦，一笑可也，何必伤神。"

在这次通信中，夏老和我一样，我们共同认为，我们过去整人也好，以后又被"四人帮"整了并几乎整死也好，剃头也好，被剃也好，最根本的还是要坚持党的领导和善于领导这两个方面。即使是当年的鲁迅，他也是能处理问题的这两个方面的。一方面把他的文学称为"遵命文学"，另一方面他也反对错误的领导，难道这不是很好的典型吗？现实中有摆脱或削弱党的领导的资产阶级自由化倾向，也有大量的不善于领导，不积极学习改善自己领导艺术的问题。我们这一代要退出历史舞台了，现在第二梯队、第三梯队的年富力强的同志大力学习专业文化知识，将来一定比我们强，这是可以指望的，但是这个教训有时作为历史材料还是要谈一谈。

最后，特别值得文艺界注意的是，邓小平同志告诫我们要坚持四项基本原则，对违反四项基本原则的要进行论争，进行批评和自我批评，但是又要讲究方法，不能再搞什么大批判运动，那样的历史不能重复，那样是于事无补的。某人发生了错误，某人的观点受到了批评，就立即传播谣言，说此人被打倒了，甚至已被抓了起来，被开除党籍了，把批判当成打倒，打倒变成革职罢官甚至开除党籍。一些小广播的热心从事者，甚至传到国外去，于是什么"回潮"的特大新闻出现在外国报纸上。十年动乱中是那样一种情况，如果还用这种老套套来看今天的中国，今天的文艺界，那就大错特错了。批评和自我批评永远要进行，天天在进行，但这是我们共产党人，人民内部自己的事，除了极个别的走向极端的反对分子以外，对那些人是要开除出党，犯了政纪、法纪还要绳之以法，但那是极少数的人。大量的是同志之间的。不会因为一个观点错误，特别在被批评后，并不坚持己见的人，就一定把一个人开除（即开除公职、开除党籍），《邓小平文选》对这一点讲得非常清楚。那些热心传播谣言的人们，那些特大新闻的收集家们，可以休矣！

这里我还想说，一些老前辈权威领导人、师友，可以批评规劝年轻人、学生、普通人；他们同样也有气量和胸怀允许年轻人、学生、普通人批评前辈、权威、领导人。而且越是这种批评越应当欢迎，越是权威越应有这种雅量。我们相信这些权威是久经沧海，什么滋味都尝过，什么遭遇都经历了的过来之人，不会像以前那样以牙还牙，一触即跳。历史可以重复，人是可以变得聪明的，是会冷静地、科学地、正确地对待这些问题的。经过论争、讨论，我们的团结不是破坏了，而必定是更加紧密了。

一定要反对资产阶级自由化，反对那些所谓的"现代派"，反对极端腐朽的买办洋奴思想和极端个人主义的精神污染。但在反对时，党绝不会、绝不能采取那种已被历史证明无效的简单粗暴的做法。批评应是说理的、实事求是的、使人信服的。当然，作为文艺领导，也要有必要的行政指令，该管的坏事就要管，要当机立断，绝不可涣散无力、优柔寡断、拖拖拉拉。见了有人干坏事，就是要喝令一些人"止步"，当他惊醒过来之后，也会心悦诚服地体会到这是正确的、必要的命令，对他来说这是挽救！

选自《宋振庭杂文集》，山西人民出版社，1989 年版

海阔凭鱼跃，天高任鸟飞

——谈吉剧的创建和发展

吉剧是 1959 年出世的。

1958 年，中央在庐山开了几个会，当时曾把几个地方戏剧种调去庐山给中央政治局的同志看。大约在 1959 年，周总理对东北的同志说："你看人家各地都有地方戏，你们啥也没有，评剧源出唐山落子，不是东北的……"还说："你们东北有大豆高粱、电力、煤炭、科学教育基地，但你们文化艺术太差。"从那时起，吉林就创建了吉剧，黑龙江搞了龙江剧，辽宁搞了辽剧。我是吉林省委宣传部部长，省委派我抓吉剧的创建工作。创建一个剧种，这是新问题，遇到过许多矛盾，也出现过瞎指挥。有的说："江西腔很好，唱弋阳腔吧"有的说："黄梅好听，唱黄梅戏吧。"一会儿又说："南昆好。"连我们这一级的领导干部之间看法也不一致，发生了争论。最后把这个问题拿到省委会议上研究，概括了各种意见，才确定了个十六字方针："不离基地，采撷众华，融合提炼，自成一家"。吉剧发展没有走弯路，是由于较早确立了正确的方针。

十六字方针的第一句"不离基地"，我谈谈个人的理解。我认为"不离基地"是各个地方戏曲剧种的生命线。是有源之水还是无源之水,是有本之木还是无本之木,这是个大问题。"基地"是广义的,包括一个地方人民的方言、风俗、习惯、感情,而且要把这些特点融合形成剧种的主题音乐调性。它有民族性、时代性,也有个性,但音乐的本质乃是科学,非常严肃的科学。它不是来源于一个作家的任意发挥,而是来源于生活。吉剧有个曲调来源于"二人转"的《哭糜子》,我唱给大家听听:"我拍着坟土,声声把娘叫哇……"这个哭腔就是源于生活的,我是吉林人,小时候听我妈、我奶奶一上坟,她们哭的腔调就是这样的。你们贵州在人生活里的哭腔是什么样的?我不知道。贵州山歌有什么特点?贵州人民喜、怒、哀、乐感情表达的音乐特征都要研究,要重视戏曲音乐的生活依据。云南的黄虹唱"赶马调"就有云南风味。郭兰英唱秦腔,就有西北黄土高原的风味。陕北的"信天游",就有天高云阔的陕北黄土高原气息。地方剧种的音乐必须体现本地方风土、风情的特征,只有抓住这根弦,才能触动人心。

吉剧的主基调怎么选取?起初想从东北的三个民间艺术中去找。一个是皮影,这种皮影不是全东北地区流行的,它只在辽南、营口等地流行,不同于河北皮影,它要卡脖子高八度挤声地唱,所以也称为卡脖子影。另一个是敞口评戏,如果选它,就和评剧串笼子了,吉剧就会变成第二号评剧,成为评剧这个大剧种的"殖民地"了。再一个是鼓书,这些都不恰当。最后一个是二人转,可是二人转的曲牌有 300 多个。小调特别多,是个大杂烩,民间曲调的库房,如何从二人转的广阔曲调中选一两个曲调作为吉剧板腔体的主基调,而不是堆砌拼凑起来,这是重要的问题,否则,也会成为大杂烩。经过研究,吉剧从中选了"文咳嗨"、"武咳嗨"和"红柳子"这少数几个曲调作为吉剧的主基调。这是很复杂很细致的艺术工作。我们进行创作实验的第一出戏是《蓝河怨》,基本上用的是"红柳子",掺杂了一些"文武咳嗨",这样,基地就稳住了。这样做,也不是没有风波的,但我们顶住了。当时反对的人主要理由一是说:"二人转太粗俗,粉词多,是大车店的艺术。"但二人转通俗易懂,很粗俗也很迷人,普及性强,群众都会唱,可以去其糟粕,取其精华的。反对的另一个理由是说："昆曲雅，二人转粗野。"有人主张吉剧改唱昆调。其实，他们也不懂昆曲，还说昆曲是曲牌联套体、更丰富。我说，那不如去听曲艺的单弦，它每一段的曲牌都不一样，丰富得很，但是这样来搞戏曲音乐，最后就会把人搞迷糊了。还有人试着仿照黄梅戏，结果全失败了。一个戏里，一段曲调一个名称，搞音乐设计的同志确实卖了力，结果是基调不突出，剧种音乐特征不鲜明。观众听迷糊了。所以，我们还是坚持以二人转一两个曲调做主基调来发展为板腔体的做法。

为了创建和发展吉剧这个新剧种，当时吉林省办的评剧演员班，三年毕业，培训了 28 个好旦角，我把她们全部留下，改唱吉剧，这就是吉剧有名的"二十八旦"的来源，她们现在大都是四十来岁，大多数成了吉剧演员和戏校的骨干教师。

从事地方剧种发展工作，必须具备中国戏曲史的知识。建议大家读一读王国维的《宋元戏曲史》，周贻白的《中国戏剧史长编》和张庚、郭汉城的《中国戏曲通史》，研究一下中国戏曲发展的规律。研究了这些规律，我个人有些体会。新创建吉剧这样的剧种，它是向大剧种靠，还是向小剧种靠呢？小剧种行当、角色许多还没有分腔，民间小戏更是行当不分腔的，吉剧要不要再走这种民间的、小剧种的缓慢路子呢？这就涉及方针的第二句话"采撷众华"如何理解了。我们下了决心，要搞就搞成大剧种式的，不再走小戏的路子，也不走评剧的老路子。评剧直到出了魏荣元，所谓裘派评剧花脸，才分出来净腔，还只算半班戏。音乐上坚决搞板腔式，不搞曲牌联套体。角色行当完全走京剧的路子，并且吸收一切地方戏剧种的好东西，如水袖学京剧程派的，又吸收东北的红绸舞，也学了梅兰芳《天女散花》的水袖功夫。二人转的扇子、手绢功夫比京剧讲究，吉剧把它拿过来运用、发展了。哪个剧种的翎子功好，吉剧就把它学过来。我们把全国剧种的绝活、绝技排了排队，加以研究，学过来，加以发展。二人转艺术讲究五个字："唱、扮、舞、逗、绝"（即唱功、扮相、舞功、逗白和绝技），我们都深入收集、挖掘、继承、运用。以我们自己的特色为基础，你有多少能耐，我就学多少，为我所用。川剧的"三小"戏，我们也学了，各大剧种的长处，我们全要学。要迎头赶上，立志超过，而不是走它们几百年前的老路，这就是"采撷众华"。新创建剧种不能再走过去剧种缓慢发展的路。燕子算数，从1数起，1、2、3、4、5、6、7、8、9、10，一口气念完，我们学蛤蟆的算法，一口气数"二五一十"就解决了。中国戏曲发展史上，起初是猴子扮戏，后来先是一个人唱的，发展到二人转，坐唱，后来三四个人唱，然后发展到半班戏，最后才发展成大剧种。这个演变进程几百年。今天我们创建新剧种难道还要走这种老路？学了中国戏曲史的知识，就能理解过去为什么有这种演化过程，也就能懂得今天要迎头赶上的道理，不会盲目地搞。最要紧的是胸有大志，不要向前看，要向后看，向后看到一百年以后，这个剧种能否站得住。要为后人铺平路子、搭好梯子、奠好基础。一开始奠基就要奠在稳定的基础上、科学的基础上。

方针的第三句话"融合提炼"，关键是一个"融"字。不是大杂烩大拼盘。松花皮蛋和香肠拼在一起，各是各的味，没有融合嘛。全家福还得烩一烩才成嘛。吸收众家之华集于自身，要不露痕迹。学别家的绝技，要研究用在什么地方，如何用得恰当。经过融合，就能自成一家，不会串笼子。我跟你各家都有关系，但我哪家也不是，我还是我。吉剧吸收过评剧，现在东北评剧有的演员反倒注意吸收吉剧，有了吉剧味了。评剧学吉剧同样要注意融合提炼才行。

吉剧创建之初，以传统剧目打基础，这不是厚古薄今。因为我们搞的是民族戏曲，首先必须奠定民族戏曲的特性基础，才更有条件演好现代戏。但传统剧目缺乏又是个难题。难道能够移植京剧《二进宫》吗？怎么唱得过谭、裘呢？我们试将京剧传统剧目《白兔记》、《写状三拉》、《贩马记》等化合成一个教学剧目《桃李梅》，这个剧目角色行当齐全，对于奠定吉剧唱腔起了重要作用。后来全国有16个剧种移植演出过这个剧目，听说你们黔剧也移植过这个剧目。

吉剧后来又搞了几个戏，这件事特别是王肯同志立下了大功劳，他埋头苦干，搞了好几个站得住的好戏，如《包公赔情》、《燕青卖线》等。进京演出，开了几次座谈会，曹禺、王朝闻等戏剧界名流都很激动地予以赞扬。他们说："从吉剧创建发展看到了很重要的意义，从这个新剧种的折光反射，透视了我国戏曲的发展前途。"《人民日报》、《光明日报》为吉剧发了专版。曹禺同志还说：吉剧的十六字方针好，不仅对吉剧，对一个作家、音乐家、任何一个文艺工作者和文艺门类来说，这十六字方针都适用，都要不离基地，不要忘记祖国，不要忘记人民，要牢记你的服务对象是谁。吉剧的主要服务对象是农民，首先是广大农民喜欢，广大人民喜欢。搞戏曲，不是看城市里少数知识分子、干部欣赏不欣赏，主要看广大农民乐不乐意接受。吉林只有吉剧下乡不赔钱，一个吉剧团带出了十多个吉剧团。吉剧生命力像草药里的车前子，长在道沟里，压在车轮下，马嚼驴啃，可它就是不死不灭，因为艺术扎根在广大农民之中。黔剧的生命力也应该扎根在贵州广大农民之中。广大人民群众喜不喜欢，乐不乐意接受，热爱不热爱，有没有血肉联系，这是个很大的问题。

采撷众华，就要像干海绵，连空气里的水分也能吸收。要不骄不躁，不保守。梅兰芳就是采撷众华的，他多次提到曾经受过汉剧陈伯华的影响，没有把京剧自封为老大哥，看不起地方戏，他是善于学习众长的。地方戏新剧种没有包袱，更容易突破程式并创新。吉剧近年搞了个新戏叫《包公赶驴》，这剧目元曲里有，但作者曾担心把包老爷弄成赶驴的，把大黑脸搞成小花脸，会不会引起非议，出问题？结果还好。这得解放思想，大胆做试验。

海阔凭鱼跃，天高任鸟飞。

这是作者 1983 年 8 月在贵阳黔剧艺术座谈会上的讲话，收录时有删节

谈吉剧和地方戏

×× 同志：

你说我和创建吉剧有些关系。而吉剧和龙江戏是一对姐妹，你想让我讲一讲我对吉剧的想法，对此，我想应该说明一下，对吉剧我是作了一点工作，但那是党领导下的集体劳动，不是我一个人的。

你让我讲点对吉剧和地方戏的想法，那么这封信想讲几句如下：

你已看过吉剧和龙江戏。这两个戏都是 1958 年人工培植的新品种，现在可以说初步成型，算个新剧种了。

这两个戏有什么条件才成为一个剧种呢？第一，他们都有一个基调，因为中国剧，大半都有歌剧的属性，剧种的唱腔唱调，如京剧的皮黄、越剧、黄梅调、河北梆子腔等等。吉剧和龙江剧这两个新剧种都以东北流行的二人转的几个主要腔调为主，如吉剧以"红柳子"、"咳咳腔"、"四平调"等为基调，龙江剧现在选的基调还多一些，如"三节枝"、"花四平"、"东北鼓书"、"哭糜子"等等。正因为这些腔和调东北老乡听得习惯了，因此把它变成戏剧，就和人们有乡土之情，人们才会接受。反之，也曾有人讨厌这些腔调，想让新剧种优雅一些，命令他学江西弋阳腔、学昆曲，也真试过，结果不行，听众说：这个调非驴非马，不知道你唱个啥！

第二，他们的表演做功，全得有一个大体的格式。这两个新剧种的表演程式，吸收各个剧种之长，但主要的还是京剧和二人转拉场戏的传统东西。如竹板、手玉子、手绢等等全是这么来的。但也未定型，还按照人物场景的需要，创造了一些新程式。

第三，他们得有一个行当角色的分工，也即基本的生、旦、净、末、丑等几大行。这是行当，从化妆到表演身段，到唱、念上都得分开。这一点也是从大剧种学来的。但做到这一点较难，你知道，已创建了几百年的地方戏，如越剧、黄梅戏、吕剧等等，到现在还不能行当分腔，现在还得旦角和生行唱一个调。尤其是越剧，多由女演员扮生和净，因此更难于唱腔分行当。吉剧已初步行当分腔了，但生行、净行的腔还觉得不如旦行的好听，还未唱出一个名堂，正在逐步地提高中。

第四，音乐上的主弦乐器及配合乐器应有特色。吉剧的主弦使用吉胡，即梆子的板胡改造了一下。但它广泛地运用了唢呐、吉管（也即民乐的竹管改造的），还有一些其他的合奏乐器，所以音乐的色彩地方味较浓，如粤剧如离开广东音乐或粤地丝竹锣鼓，就看不出是粤剧来了。

第五，得初步有一些自己的特色剧目，这些剧目站住了，剧种也就初步站住了。如吉剧已演过各种剧目三四十个，其中试验了各种剧目，如《包公赔情》为花脸，背衣戏；如《燕青卖线》为武生、武旦、武丑戏；如《搬窑》为老生、青衣戏；如《樊梨花骂城》为武旦戏；如《包公赶驴》为小花旦花脸戏；如《桃李梅》为生、旦、净、末、丑、彩旦等的综合的练功戏；如《江姐》为现代剧，另有一些小舞蹈剧；等等。以上这些剧目都已被观众认可，皆演出一百场以上，而且一旦上演，观众比较踊跃。

第六，得有一些主要演员，能掌握这个剧的主要特征的人，能演这个剧种的代表剧目的人。吉剧现在的主演都是该剧种的元勋开创者。他们有的是从评剧调来，有的从京剧调来，但都是从一开头即参加了剧种的创建。

但这些人也遭受了打击，现在多数都40岁左右了。已被称为老演员了，他们的基本功好，底子都过硬，能完成历次的创新剧目的任务。

第七，得有一套自己的编剧人员，因为剧种新、唱腔新、音乐新、演员新、表演程式新，剧目更得新，这样一来就非得有一套自己的新剧本才行，有自己的音乐设计师才行。剧本师、音乐设计师是新剧种两大工程师，这两个人、两种人选不好，新剧种毫无希望，如吉剧的编剧代表人物为王肯，音乐设计师的代表人物为张先程，还有其他几位埋头苦干的呕心沥血的剧本和音乐工作者。这些人是新剧种的梁和柱。

第八，要和观众建立起可靠的感情互应的剧场联系。若问是剧种培养观众呢，还是观众培养剧种呢？这两者是相互为用的，有什么水养什么鱼，反之有什么鱼也就得有什么水。如鱼得水，水乳交融，花儿离不开土壤，土壤少不得花儿，这是剧种的根本前提。吉剧、二人转之所以是饿不死的鸟，碾不死的车轱辘菜（即车道沟里长的车前子草），原因就在这里。在吉林省，别的剧种赔钱，但二人转和吉剧赔不了钱，搞得好就赚钱，这是地方戏的生命力所在。当然，说明白点，这观众中，大部分是农民，农民观众若首肯了、喜欢了，这个剧种就有了基本观众，别忘了在中国干什么事，先要考虑到占人口80%的农民。

我认为，以上八条是地方戏的剧种建设的基本条件，换句话说，只要构成一个剧种，这几条都得具备。我这话可能说得太不谦虚了，但言者无罪，我讲的不对之处，愿高明者指教。

我自己跟吉剧确有些关系，我不否认这个剧种和我的纠葛，但我不是以一个人的身份参加这个工作的，我是一个工作人员，换句话说是以主管的工作人员的身份管这个剧种的。但我也不全是管，我也确实算一个业务人员，即从理论上、业务上参与，指手画脚地瞎指挥了一阵。

如果单讲吉剧，那么它有以下四个方面得天独厚，也就使它走弯路较少，建设的速度较快，成型较明确。

第一，开始就明确，它不是小戏、半班戏，而是以中国大剧种为榜样，要建立一个行当俱全、板式完整、程式全新，又有自己的一套特殊风格的新剧种。这一点是中国所有的剧种特别是地方剧种的发展史上不可能做到的。如以黄梅、越剧为例，到现在它们仍是半班戏或以文戏，生、旦戏为主，演《燕青卖线》、《包公赔情》、《樊梨花骂城》等行当的戏较少。如以角色分腔来说，到现在为止，许多地方戏还处于不分腔或不好分腔之中。大家知道，评剧的魏荣元同志演的包公，是第一次给评剧增加了净角唱腔。吉剧现在虽然做得还不令人满意，但生、旦分腔，生行内小生、老生等分腔已初步做到，至于行当的分开，那是开始就形成了的。

吉剧的唱腔，现在已板腔化了，在咳调、红柳子基调上，已有类似京剧的倒板、回龙、原板、三眼、慢板、流水板、二六板等等板式，这就便于创制成套的唱腔。

如昆曲，现在仍然是曲牌联套体，学昆曲就得一出戏一出戏地拍曲，手指、手法、步法都得字到、腔到、手到、眼到、身到，可是这样一来，学者难极了。另外，说是几十种曲牌，但外行人听了，全是三眼一板的慢节奏的唱法。不管你怎么急，也很难起一个高腔的"尖板"、"按板"、"倒板"等等。它的这个弱点很厉害，危害了它自身的生死存亡。和高腔乱弹相较，它就吃了不少亏。瞿秋白同志说它雅是雅，在红氍毹上、在小花厅中拍曲看本很好，对于草鞋脚观众确是受罪，难怪清廷的大内也抛弃了它，找了谭鑫培、杨小楼来代替它。

我们在吉剧的初建时，一开始就作出这个后来者争上游的想法，是比较大胆的，但现在来看，不这样做也不行。

第二，吉剧一开始，或开始不久，由于内部发生争论，经过激烈的争吵和两种试验，定下了一个所谓的十六字方针，这就是：

不离基地，采撷众华，

融合提炼，自成一家。

为什么要规定这十六字呢？当时的争论有两条，其一，基调，或基地是什么？其二，吸收哪些剧种为主，达到什么目的？其中尤其基地问题，我们主张一定以二人转为主，不管你领导干部愿意听不愿意听，离开这个基地，这个剧种就不是地方戏，不是东北货。但二人转不能全用到吉剧中，吉剧必须借鉴吸收，借鉴什么？我们说大剧种，如京剧、川剧等等（比如帮腔，就由川剧而来），吸收借鉴的最后目的是什么？是自成一家。

吉剧进京时，曹禺同志在看过吉剧，听了介绍之后，说这十六个字不但是吉剧的基本方针，也是任何剧种的共同方针，也是任何艺术、任何艺术家必须共同遵循的方针。

第三，必须在一切方面保存和突出自己的特色部分。中国的地方戏多了，但谁也代替不了谁。为什么？就因为本地人愿意看，外地人也愿意看，这愿意看中就因为有它的特色，如唱腔不同、音乐不同、语言不同、绝活特技不同、剧目不同、扮演程式不同，总之有自己的一套东西，如果把这一套磨平了，只搬别人的，那就是入主出奴，做了别的剧种的"殖民地"。

第四，新剧种全靠新音乐、新剧目。归根到底在编剧上、音乐上不下大功夫，大力气，也没有新剧种。目前吉林省在吉剧上下最大功夫的是建立研究室，建立剧本创作核心。

我说的这些，不知对你有没有用处。可能说了不少错话，请你指教。

选自《宋振庭杂文集》，山西人民出版社，1989 年版

《马列主义党的学说史》序

　　自 1848 年《共产党宣言》发表以来，共产党的存在和发展已经有 130 多年的历史了。一百多年来，共产党经历了极其艰苦复杂的斗争，从一个很小的流派发展成为世界范围的巨大政治力量，并且在一些国家成为执政的政党。历史已经证明，共产党具有强大的生命力和创造力，代表着无产阶级和全人类的前途和希望。共产党的强大的生命力和创造力的源泉，就在于它以马克思主义为精神武器，掌握了人类历史的发展规律，代表着人类解放的根本利益；同时，还因为它以马克思主义建党学说为指导，不断地加强自身建设，始终保持无产阶级先锋队的性质。

　　什么是马克思主义党的学说呢？

　　马克思主义党的学说是关于无产阶级政党产生、发展及其自身建设规律的科学，是关于党在整个无产阶级革命事业中的领导地位、作用，以及如何实现这个领导作用的科学。它同马克思主义学说三个组成部分有着密不可分的关系，是科学社会主义的一个基本内容。同时又可以把它看成是一门相对独立的科学，即在马克思主义理论指导下，专门研究无产阶级政党产生、发展和自身建设规律的科学。

马克思和恩格斯在创立马克思主义学说的同时，参加了国际工人运动的实践活动，总结了工人运动的经验，从理论上阐明了无产阶级建立自己独立的政党的必要性和可能性。他们认为，现代无产阶级的出现以及这个阶级在斗争中不断成熟，为无产阶级政党的产生奠定了阶级基础。科学共产主义理论的传播，为无产阶级政党的产生奠定了思想理论基础。科学共产主义与工人运动相结合，无产阶级政党就诞生了。这是共产党产生的由来。党的学说还要研究党的发展规律。国际共产主义运动和我们中国共产党的历史都说明了，无产阶级政党是在理论与实践相结合的过程中，在同阶级敌人和自然界的斗争中，在反对党内"左"倾、右倾错误的两条战线斗争中，不断发展、壮大起来的，这是无产阶级政党发展的基本脉络。

党的学说最重要的是研究党自身建设的基本规律。党的自身建设包括两个方面的问题：一是建立一个什么样的党，二是如何建设这个党。我们通常说的党的性质、党的指导思想和党的政治纲领等问题都属于前者；我们通常说的党的思想建设、组织建设和作风建设等问题都属于后者。党的自身建设的核心问题是如何始终保持和不断完善党的无产阶级先锋队的性质。这些都反映了无产阶级政党自身建设的客观规律。加强党的自身建设，目的是实现党对整个无产阶级革命事业的坚强领导。革命导师们对坚持和实现党的领导问题做过科学的阐明，认为党的领导是思想政治领导和组织领导的统一，列宁强调实现党的领导"不是靠权力，而是靠威信、毅力、丰富的经验、多方面的工作以及卓越的才能"。

马克思主义党的学说，是由马克思、恩格斯创立，经列宁、斯大林和毛泽东等无产阶级革命领袖在长期革命实践过程中不断发展和完善起来的。这门科学专门研究党的自身建设，同党的命运和前途息息相关，是一门党性和实践性很强的科学。每个共产党员，特别是党的干部、党务工作者和从事党建教育工作的同志都应该认真学习和研究这门科学。我们不是讲干部专业化吗？那么对党的专职干部和党务工作者以及从事这方面工作的一切同志来说，这应该就是我们的专业。

为了帮助广大党员干部比较系统地学习马列主义党的学说，也为了给各级党校从事党建教学工作的同志提供一点方便，张蔚萍和张列军同志在从事教学工作之余，编写了这本《马列主义党的学说史》。这本书主要讲述了马克思列宁主义党的学说史，关于毛泽东同志的建党学说的内容和特点，只在结束语里简要提到，这只好等待另外的专著来论述了。不过，马列主义党的学说，是无产阶级政党学说的源头和基础，只有把这个源头和基础弄清楚，才能更好地研究毛泽东同志关于建党的学说。据了解，目前还很少有比较系统地论述这方面问题的专著，张蔚萍和张列军同志为编写这本书付出很多劳动，是一次可贵的尝试，应该受到大家的鼓励。

为完成我们党在新的历史时期所担负的历史使命，党内应该有更多的同志研究党的自身建设问题，特别是执政党的建设问题。党的十二大通过的新党章充分体现了马克思主义党的学说的基本原理，并深刻总结了执政党的历史经验，是指导我们党加强自身建设的纲领性文献。所以，我们学习和研究党的学说，一定要同学习和研究新党章结合起来。

1983 年 8 月 24 日

人格和国格

在读《邓小平文选》时，我想和青年朋友们强调一下《文选》里下边的一段话：

"由于对少数青少年的教育和管理不够，也出现了一些不健康的现象。一些青年男女盲目地羡慕资本主义国家，有些人在同外国人交往中甚至不顾自己的国格和人格……我们一定要教育好我们的后一代，一定要从各方面采取有效的措施，搞好我们的社会风气，打击那些严重败坏社会风气的恶劣行为。"

在一篇短文中，引文这么长是不适合的。这是写套话文章的诀窍。但我想说：这段话概括的内容真多，回答的问题真明确，逻辑性真强，实在有全段征引共读之必要。第一，这段话说明了当前社会风气不正的历史根源的要点；第二，说明了青年中一些不健康的风气的表现；第三，说明了人格和国格两个尊严的血肉联系；第四，说明了既要打击更要从教育上着手；第五，回答了一个最大的问题，即我们也应该向资本主义国家学习一点东西，但绝不是羡慕资本主义国家。

这里，不讲其他，单说说爱国主义吧。我们说的爱国主义不是空的，不是抽象的空议论，就以人格尊严来说，一个人，连自己的人格都不管不顾，连自己人格的尊严全可以丧失掉而不动心，甚至还沾沾自喜、随随便便，对这种人还能指望他什么其他的东西？他都不知自爱了，他会爱人吗？会爱祖国吗？会爱社会吗？能爱人类的尊严吗？能爱荣誉和良心吗？

我所见到的十年动乱后最让人伤心的恶果之一是：一些人丧失了廉耻，不知羞恶之为何物。比如，女孩子顺口说脏话，一点不脸红；比如，公然声明：不吃白不吃，不拿白不拿，不争白不争，说得那么大声公开，气不长出，面不改色；比如，在大庭广众之下，公然宣称中国人什么都不行，外国人什么都好，其垂涎三尺之态，比张乔治有过之无不及；比如，为赶洋时髦，拣了些在洋人自己那里也早已不见的洋破烂，弄到自己身上去招摇过市，引得人们齿冷心寒，自己还丝毫不觉；再比如，当售货员的，不管顾客怎么询问，他们坐在一堆，进行自由谈，如聋如哑，浑然不顾……有这些表现的人，他们能有爱国主义吗？

外资工作重要，赚外汇重要，接待外宾要礼貌热情，这种工作中，两种倾向都要注意，即不重视、粗心大意、无礼貌之处有待继续改进，但也得注意是否有的人、有的地方、有的单位太卑躬屈膝了？是否有的人为自己的私利，置国格于不顾却在那里发洋财？有的地方、有的商店已退化到以衣帽取人，只见衣帽穿戴不见人，面孔十分自轻自贱。甚至有的本不是对外商品，却只收外汇券，不要人民币。连明朝老酱菜店六必居的对联"童叟无欺，货不二价"都做不到了！据说有的农民社员，穿着贫寒一些，一进这类店就申斥之声顿起！这些人是否想继承一下旧上海、旧天津的洋租界的西崽的衣钵？

我知道，这种人、这类事虽有，但并不普遍，大多数人绝不齿于这一套，而且愈来愈遭到人们的深恶痛绝，但也不能说：第一，保证没有；第二，不该早些注意；第三，影响不大，不值得太强调，说太强调是危言耸听。要知道新中国是脱胎于那个旧中国半殖民地半封建社会的，一旦条件、气温、扰动因素适宜，这些沉渣总会泛起，让人们似曾相识地再见一面的！也不要忘记，天津原来有租界呀！

但我愿它们早些断子绝孙！

扬州文化和建设社会主义精神文明

放在读者面前的这本书《扬州现代诗钞》，会引起广大读者非常丰富的感情，这感情不但是对扬州的过去，也是对扬州的现在和将来。它会证明历史辩证法的无比威力。像扬州这颗中华民族的明珠，不但在我们民族的历史上放出过光华夺目的异彩，还会在今天和以后的社会主义两个文明建设中呈现更大的光芒。

要做精神生活丰富的共产主义者，不要做"可怜的"精神生活贫乏的共产主义者

像"天下三分明月夜，二分无赖是扬州"，像"烟花三月下扬州"、"十年一觉扬州梦"、"二十四桥明月夜"、"绿杨城郭是扬州"这样在古代赢得了人们心驰神往的扬州和关于扬州的诗，会对共产主义有好处吗？会对社会主义精神文明建设起更大的作用吗？

这里我本来不想引经据典，讲过多的理论，但因为上面提出的这个问题，为了克服这个曾给中华民族带来巨大灾难的十年动乱中泛滥横流过的

"打倒一切"的思潮，不引证几句权威的语录，我自己的话是没有这么大的力量的。

列宁说过："只有确切地了解人类全部发展过程所创造的文化，只有对这种文化加以改造，才能建设无产阶级的文化……无产阶级文化并不是从天上掉下来的，也不是那些自命为无产阶级文化专家的人杜撰出来的，如果认为是这样，那完全是胡说。无产阶级文化应当是人类在资本主义社会、地主社会和官僚社会压迫下创造出来的全部知识合乎规律的发展。所有这些大大小小的途径，无论过去、现在或将来，都通向无产阶级文化。""马克思主义这一革命无产阶级的思想体系……吸收和改造了两千多年来人类思想和文化发展中一切有价值的东西。只有在这个基础上，按照这个方向……继续进行工作，才能认为是发展真正无产阶级的文化。"

过去的那场噩梦，不正是那些"自称的专家"杜撰的文化，"完全的胡话"嘛！他们岂止是对资本家的地主的文化一律打倒，对无产阶级文化也一律打倒。因为"旗手"说啦，除了《国际歌》和她以外，再没有社会主义文化。你扬州和扬州诗文不更是"四旧"、牛鬼蛇神吗？要知道，噩梦是醒过来了，但在对待怎样才能建设社会主义精神文明的问题上，并不是已经完全没有列宁说过的"可怜的共产主义者"了。因为对这种人来说，古代和现代的扬州诗文，和社会主义精神文明格格不入，完全不值得重新提起的，如果提起，也只是无病呻吟，毫无意义。但上面两段引文，正给了他们当头一棒。请注意，这里说的是"只有在这个基础上"，不能在别的基础上；这里说的是"无论过去、现在或将来"，绝不是只有现在，没有过去，更没有将来。扬州的昨天、今天和明天是不可分割的。

扬州是唤起中华民族自豪感的好地方

社会主义的精神文明，首先是爱国主义的精神文明，具有强烈的爱国心，强烈的民族自豪感。比如，新疆人的爱国主义歌曲"我们新疆是个好地方"，那么扬州人爱国，也应该唱"我们扬州是个好地方"！

扬州和关于扬州的文史，正是其中最有力量的历史博物馆，它站在这里，给人们每天讲课。它说："请看，这个伟大民族曾经创造过并还在创造着多么让人神往的人类的精神文明！"

历史上的扬州，是发光于古今中外的明珠。扬州是中国古九州之一；扬州是和苏州、杭州并列地代表着地上的天堂的；春秋的吴王夫差建起了这个与姑苏并列的邦城；汉代的广陵和嵇康的"广陵散"叫人多么神往；西晋的南迁，使历史的重心在居江淮要冲这块土地上绽放出奇花异卉；隋代开凿大运河，杨广的"下扬州"是多么的传奇和史诗般的浪漫主义；唐诗留下了这么多的篇什名句，大讲扬州的美；欧阳修、苏东坡这两个宋代的大文豪，都做过扬州太守，写下千古雄文；世界三大宗教及与它有关的文化传播人物鉴真、马可·波罗、普哈丁曾在这里留下了深深的历史痕迹；《梅花岭吊史阁部》是多么让人对真正的民族良心肃然起敬；"扬州十日"里的人民又是多么悲壮不屈的人民；南北大动脉的运河及它的南端在历史上起过多么大的作用；"扬州八怪"的画，金梅郑竹，《红楼梦》和《水浒传》发源的源头，又多么夺人耳目，使人遥思玄想！从京口镇江到瓜洲古渡，从长江到淮河，这两条大江汇流而成的扬州风光，引人进入梦幻一般的诗情画意之中……但更让人兴奋的是，扬州文化是综合的中华民族文化，不管爱好什么的人，都可以在这里找到他的所爱。研究历史的可以看古迹；研究诗文的可以看诗文，对照诗文发思古的幽情；爱"八怪"和冬心、板桥的，可以看画；爱看庙的可以看大明寺、观音山寺；爱民族英雄的可以看梅花岭；爱扬州菜点的可以去富春茶社；研究宗教的可以访鉴真、普哈丁旧居；考察中外文化交流的可以找马可·波罗的经历记载；研究园林的可以综合考察扬州布局、瘦西湖及整个扬州水网的分布……游一次扬州，不但鱼和熊掌可兼得，还可以五官并用，全面地了解中华民族的历史和现状，这又是多么大的收获。

"现代"二字，会让扬州起更大的作用

古扬州，我不想再饶舌了，因为一篇文章无法概括那么多的内容，何况我又知道得那么少。但我对《扬州现代诗钞》这本书的"现代"二字更感兴趣。这本诗集，把现代人的笔墨集合起来，给古扬州增添新荣，这样的书在中国还是不多的，退多少步说，这一本也是其中比较光华夺目的一本。

现代的扬州，不仅是江都水利枢纽，不仅是古运河的新生，不仅是江淮重镇的新发展，不仅是开放旅游的胜景，侨胞心往的乡土，而且是中外交流尤其是亚洲中日文化交流的重镇。人们再闭目想一想，想想明天的扬州又会怎样？假如南北大运河真的畅通了，假如把扬州建成一座更完整的中国文化博物馆，假如"扬州八怪"的后代们创出新的扬州画派，扬州诗人大大超过王渔洋等一辈古人，假如扬州的工艺、扬州的烹调、扬州的园林建筑在全国更加推广开来……那又当如何呢？

当我一拿到这本书的打印本时，我就被有诗文在书目内的现代人的名单所吸引了。这么些人啊！其中不少是我的熟人，许多又是令我肃然起敬的前辈师长，有的是我神交的好友。我想这个名单还会延长下去，这本书不会是只写到这里完结的，它还要写下去。那这本书的将来又当如何？

爱国主义，不是只讲爱国的道理，首先它是从可爱的祖国、让人们骄傲的祖国的现实出发，请想想，人们只要参观游览一次像北京、西安、洛阳、开封、南京、杭州、郑州、苏州、扬州这些历代建过都的名城，就一定会把抽象的中国变为多么具体生动的中国。会说的不如会看的，何况扬州这个地方，可讲的、可看的、可读的、可听的、可以发生联想的东西又这么多，多么让人应接不暇。

鲁迅批判过的"十景病"，确是过去修地方志书时一大流行的顽症。硬凑出十景，并不给人们什么吸引力，按图索骥，会让人看了以后觉得空虚无味，反而厌烦。但黄经伟同志的此书编排所列的十二章，却是一部真正的扬州交响曲，一幅和长江万里图并美的画卷。十二章各有要目列在篇首，我这里不再征引了。这本书的编辑和材料搜集是花费了多大的心血啊！

结尾

中国人写文章，常常以诗或赞终篇，我文辞弊陋，心笨手拙，但也情激难耐，临了，写下如下一首俚句，以终此短篇。

前人发宏愿，转世到扬州。

扬子一万里，长卷一望收。

烟花三月下，淮扬联蜀丘。

南北九河通，横贯古邗沟。

京口居门户，淮水绕此流。

三分明月夜，二分此勾留。

画板二十四，雷塘忆迷楼。

楼台烟离寺，珠帘琼花幽。

平山接远岑，大师通瀛州。

白诗欧苏文，樊川载酒讴。

梅花史阁部，阮亭有旧楼。

两部传奇文，水浒并红楼。

滥觞曲水源，二难萌此州。

畅观西湖瘦，泛舟古渡头。

历史博物馆，接目景物稠。

珍珠一万粒，简编今古收。

读此诗一册，口角噙香留。

黄君有心人，成此巨帙谋。

临篇神已往，风雨热血沸。

三叹复三唱，何日再重游。

1983 年 9 月

从一件往事说起

常言说，行行出状元。这是极朴素的真理。唐代韩愈的《圬者王承福传》、柳宗元的《种树郭橐驼传》、明初刘基的《卖柑者言》都是写的极普通的劳动人民，但这些人讲的话，哲理性都很强，从这方面看，他们真比得上大学者，也应算是大专家。

这里想写一件往事，谈谈一位饭店服务员对我的启发教育。

事情发生在1961年，我当时在吉林省委工作，因为办吉林省戏曲学校，和北京东安市场"东来顺"饭馆的丁福庭认识了。我认识他，并不是请他教开饭馆，学怎么制作涮羊肉，而是请他担任省戏校花脸教师。说来有趣，这位原"东来顺"经纪人的唯一继承人，却是个好花脸教师。他花了大力气，学了郝寿臣、侯喜瑞等老先生的本领，而且不安心做一个拿定息的资本家，高兴应聘到吉林省戏校当教师。与他认识后，我到北京开会，就常到丁家去，和他全家都交上了朋友。

一天，我想调查研究一下饭店服务中的学问，就对丁福庭说："我可以出钱请客，由你介绍，咱俩去吃一顿最好的回民饭。但你得包我满意。"

他说："行喽，交给我吧！"丁福庭的老母在一旁插言道："到鸿宾楼找老许去吧，你不行，得他给你们办。"

第二天上午9点多，我们来到西单"鸿宾楼"，找到那位姓许的老服务员。老许看来已有50多岁，但精神很好。寒暄之后，丁福庭就出去和他"密谈"。不一会儿，老许一掀门帘儿进来，用青花瓷壶冲了一壶绿茶，就站在那儿和我闲唠。我请他坐下谈，他说："不行！如您到我家做客，咱们可以坐下聊，现在我在岗位上，如果坐下瞎聊，那就是'弃岗逃走，擅离职守，罪加一等'。"好家伙，把《金玉奴》的台词用上了！这下子我们之间有了共同语言。我们先谈京戏，又谈饮食。有时他说个南方菜，有时说个川菜，我都表示了自己的看法，并请教他，他也很随和，基本顺着我的话茬儿说。这样好一阵子也没说上菜的事，却又沏上一壶香片茶，端上两碟瓜子。

又聊了一阵子，老许说："今天可有点好艾窝窝，您先尝尝。"说着端上一碟，看我一口气吃了三个，这才开始上菜。先上了四个很小的菜碟，其中有一个冷碟是我平时最爱吃的，我就不客气地吃光了。这时，老许才出出进进地不停上热菜，我们也边吃边谈，结果吃得很痛快，上的菜被一扫而光。

这时，丁福庭开腔了："怎么样，您给打多少分？"我说："按说可打一百分，但太满了，就少打几分吧。但我想请教为什么能吃得这么满意？"丁福庭说，高人就在眼前，你让老许谈谈吧。

老许说："干我们这一行，过去也好，现在也好，主要任务就是让上门吃饭的主顾吃得满意。您二位进门时我看了钟，九点三刻。今天星期天，您一定起得晚，吃了早饭，这时，就是端出龙肝凤髓来，也得砸！满意不了。因为您不饿。先上一壶绿茶、一壶香片，是吊吊您的胃口，多喝些茶，就想吃东西了。和您闲聊，是想摸清您的食性，看您喜欢什么，不喜欢什么。至于那一小碟艾窝窝的作用，是看看您饿不饿，先上的几小碟酒菜，是试试味道，看您吃得高兴，这才正式上菜。"

一番话，使我这个搞哲学的教授如同听了一堂哲学课。这哪里是吃饭呀，这里面既包含着辩证唯物主义的认识论，还得加上深入调查研究的功夫！这位许老先生，虽然只是一位服务员，但他的知识，可以说是哲学、心理学兼而有之，真是大有学问，堪称专家呢！

韩愈、柳宗元、刘基在文章结尾处都有极为感慨的话，比如，柳说："吾问养树，得养人术，传其事以为官戒也。"我这里所记的这位许老先生，岂止是服务员呢！他不但是哲学家，还是心理学和认识论专家！

愿商业、服务业的同志们努力学习这些前辈的劳动者，以便能更好地为人民服务。时代在发生变化，服务的对象、人和人的关系也在发生变化，但这门科学却存在着，而且还应大力发展。"行行出状元"这句话，一点不假。

1983 年 9 月 19 日

生活的重心

国庆节又要到了。中华人民共和国 34 岁啦！

清晨，到新修的大操场去漫步。这儿真好，闭上眼睛，甚至睡着觉漫步也不会跌跌碰碰。我伸开双臂学鸟飞，觉得自己在宇宙中遨游了。这个清晨真好，真静，真是别有天地！

更好的还是在这时候可以想想心事，心问口，口问心，自己考问自己一番。我这一生，有一个基本的矛盾，在自己的生活经历的基调中打架，这就是做官、做事、做学问、做人，说起来不应该这样提问题，怎么可以把这"四做"单摆浮搁甚至对立起来呢？但事实上就是有这个问题。对许多人来说，这"四做"难得完全。邓小平同志有一次就说："要做事，不要做官！"

一个共产党员，首先就回答了做什么人的问题。但共产党人，还要学习，还应有专门学问，这就是做学问了。但更要紧的是做事，办好自己的职责所规定了的事和党员应做的一切事，这不就是做事吗？剩下来，也还有一个"官"的问题，什么什么长之类，还得看你怎么当这个"官"。

这个问题在古人说来也一直存在着，古人就是以三点一线来知人论世的。这就是道德，功业，文章。当然，其立德、立言、立行的"三立"，是那时候的内容和标准罢了。

有没有只做官，啥都不做的人呢？应该说虽不多，但是有！这种人过去有，现在也有，明天就断绝了吗？看来也不可能。如果没有，为啥许多事无人负责，乱糟糟的！有没有只做事，埋头业务啥也不问的人呢？也有。当然这种人叫人敬佩，那种只做官不做事的人，拿一百个也不换真做事的一个。但假如要真做事，就得同时有学问、肯学习、钻研，并且也一定是一个有理想、有道德、有文化、守纪律的人。不可以，也不应该只做事，不管后两者。

一个共产党人，也食人间烟火，也有七情六欲，党章和党法不要求党员和党员干部一无所长、一无所好、一无所专。相反，党要求党员的是有自己的特长，即不违背共性的个性。过去，我们在这个问题上走过弯路，这弯路的代价可真大！直到现在，实际生活中它还在折磨着党、国家和许许多多的共产党人！

陶渊明爱喝酒，他说平生无所恨，就恨酒未喝够。《世说新语》或什么书里写过一个风雅的大官说平生有三恨，一是恨荔枝有核，二是恨鲫鱼有刺，三是恨谁谁谁不会作诗。其实，你也不要真相信这些话，他这是半真半假，另有其说话的内幕。马克思的一个女儿和她的爱人拉法格，都是伟大的共产主义者，他们在年老病重之后，怕增加党的负担，便双双一起告别了人世，又是那么从容不迫，把回到自然去看成大归一样。列宁是非常推崇这两个伟大的心灵的。

生活就是生活！生活要有目的、有重心、有丰富的内容。其中虽有物质的，能保证温饱工作的条件，但更重要的是精神的生活。我们的精神生活又咋办呢？这就使我们回到现实的阳光中了。现在，我们是幸福的，国家大有希望，党在大整顿之中，老干部又有了退到第二线、第三线的安排。虽不能说万事如意，一切随心，那不可能，但人得知足！一知足就其乐也融融！

　　像一年来发现凌晨的三四点钟是一个新世界、新大陆一样，我最近埋头看了不少中国人自己的现代小说，短篇、中篇、长篇。我多么傻，过去忙的，怎么未到这个世界中来看看！

　　"倘能生存，就要战斗。"这是一句伟大的宣言。当然战斗的武器、地点可以不一样。弄枪的人也可以使刀，刀拿不动了，还可以拿笔，什么毛笔、钢笔、粉笔、圆珠笔、画笔全行！

　　中华人民共和国 34 岁了！顶礼！我的祖国。

　　我 63 岁了！只要活一天，就得有重心，活得够意思！

1983 年 9 月 30 日

要这样去挖掘!

——读《岁月在麻石街静静流过》受到的启发

我的一个老朋友,在湖南文艺界工作的老家伙,常常按时给我寄《湘江文学》。但我一来确实是忙乱点,二来有点偏见,对一些天天在电视上看见的"新现代派"的追呀追的,新古史派的西太后、珍妃呀,并不怎么喜欢,可以说有点倒了胃口,所以对小说有偏见,犯了老毛病,主观、武断、倔脾气,不看!

但老家伙仍是照常寄来,而且不是一种,是几种文艺刊,你不看它,它却看你。其中《湘江文学》也引人注意,湘江,多么好的地方!

近来有了早睡早起的习惯,凌晨三时一定醒。这时干什么呢? 开门、拉灯,多吵人,讨人嫌,躺着吧,又睡不着。"案上有书,待我看书消遣",这是《群英会》里蒋干的道白。这样就看了几本文学杂志。一看,给我教训很大,发现"洞中方七日,世上已千年",我是老了,落伍了,跟不上时代了,新文学并不像我想得那么浅薄,我那是偏见。

今年最新的一期《湘江文学》九月号如题的这篇小说,我一口气读完,又读了一遍,真高兴! 我发现我好久没有这么兴奋过了。

　　这个短篇小说，只写退休老船工的老两口，写他们退休后生活，真是金子一样的心灵！按说，应该是写先进人物、英雄模范的范文了，但它完全摒弃了那一套"模范格"，采用了深入挖掘人的心灵深处的方法，写人，写人的精神内涵。整篇文章，读完后，才明白作者多么真诚地刻画了孤老爹和老伴的圣洁、伟大，但你一点也未察觉，甚至连一笔暗示都没有。小说虽短，但它的容量很大，写新旧两条街，写在生活的流转中。麻石街其实正是祖国的今天，这些木板屋，其实还正是多数中国人的住处。住在这里，精神生活一定单调？不如那条新街的住户吗？不见得，孤老爹和老伴是多么圣洁高大的人！

　　小说也写到苦难的折磨，孤老爹的一个败子的蹉跌，断其右手的那段长沙话。但直到二老都要"走了"的时候，兴家这一败家子的回头出现了。老爹和老伴为啥一直到老都不停歇地卖冰棒，这交给甲永年的六百元存折也出现了！也是偏见害得我好苦，在老太太垂危时，我猜小说会是个凄凉的结局，叫人叹息地收场，但出乎我意外，真的包袱，强大的最高音才放出来，而且是那么宁静，无喧嚷的文笔，足足可和孤老爹老两口的性格一样的作者手笔！

　　小说里没有写一个坏人，没有揭露关系学、走后门，但写了和老两口辉映的小两口小陈夫妇，写了申永年干部，写了和兴家遥遥对照的小陈夫妇之子，孙子一辈的伟伟。看来作者好像无心似的，但读者会明白这里面有深意，有新的瞻望。

　　小说未写一件现代化的设备，录音机呀、沙发呀，只有矮、小、旧，但它们被擦得那么干净，如同"打上了蜡一样"。通篇文章，作者并未说什么主题之类，只在开头借新旧两条街的形象写了一段似有所指的话：

　　站在街口一眼望去，房屋是鳞次栉比的，新旧不一的。就像街口那边崭新的柏油马路，不屑于与这条古老的麻石街为伍一样，那些高大的火柴盒一样的新居民点，终日面对着低矮的黄黑色的木板屋，傲慢地显示着现代的先进技术和钢筋水泥的坚固，那卑微的木板屋呢？却始终昂着不屈的头，无声地向着深邃的天空，诉说自己的见多识广和珍贵的民族风格。

这段话，看是写景，听来无心，却意味深长。两条街的衔接，是一处一地吗？不，它就是整个中国的写照，整个过渡到新时代时的写照。新街新楼好，老两口也赞成，但老的木板屋就一定不行吗？房子落后了，人也落后吗？我多么想请一些手提录音机，住在新单元的青年男女小友们都来读一读这篇小说啊！如果能读明白了，会对我们大家有多么大的好处。

生活！生活！你那里是生活，孤老爹这里也是生活。

幸福！幸福！你有幸福的生活，孤老爹老两口的生活也很幸福，也有自己的幸福观，甚至幸福地唱戏，从《秦香莲》唱到《刘海砍樵》。

不幸！不幸！谁都有不幸，请看孤老爹断其子右手的那段描写。但不幸也有个不幸观，在孤老爹一生中，并非全写得凄凄惨惨的。

爱情！爱情！你有爱情，孤老爹老两口就没爱情吗？爱得可着实哩！这一对老爱人呵！你读了后，对你的爱情观没有新的启发吗？是否只有追呀、追呀、搂着、抱着才真爱呢？老爹那有力的胳膊，在新婚之夜也抱住了醉倒的新娘。老爹走了，他的老伴呢？为啥去卖冰棒、为啥要去路口、为啥要放两副碗筷？

道德！道德！什么是道德？民族的精神文明，这个伟大民族，这个从不吵吵嚷嚷，但有无比宽阔的胸怀的中华民族，他的脊梁骨，不是手提录音机在公园终日闲荡的人，而是孤老爹这样的人。

人性！人性！啥是人性？啥是人性的觉醒？孤老爹及木板屋里、麻石街上的人有无真正的人性？其实，这是中国的苦力的人性！

小说不长，但形象高大；文字不炫耀，但深刻细腻；人物不多，但个个有金子一样的良心。着笔不多，给人的寓意和启发很大。我写"儿不嫌母丑，狗不嫌家贫"时，也想说明这个问题，但我的笔墨太笨，不如卢建中同志。这个短篇，足足的够分量。什么分量？几乎是一篇很好的社论。如果《湖南日报》总编也这么看，我真想请他写一篇社论。

新中国成立 34 年了，是否该有些新调调的新小说呢？

1983 年 9 月

五十可不能打蔫

一大批年富力强的同志，走上了各级领导岗位，接过了年老体弱的同志的班，这个情景是非常鼓舞人的，是我国社会生活中一个很大的变化。

但我不止一次地听说，近来有一个说法，是五十岁的人有些"打蔫"了，有的开始变成了"韭菜花干部"，这意思是说开始喝酒、买菜、养花。还有的说在安排第一线领导人时，也不考虑五十岁的了。

听到看到这个事，我可"考虑"了，并且十分着急，心所谓危，不敢不言，是否是《汉书·周昌传》上写的，他口吃，并着急，所以回答皇上的话时说"臣、期期……以为不可。"

无论从哪个角度说，五十岁正是人的一生的黄金期、成熟阶段，是人生整个赛跑应发起冲刺的阶段，怎么可以"打蔫"呢？如在安排培养三线干部队伍时，五十岁可以不着重选择了。因为三线干部的大规模使用还得一段时间，但在一、二线，可得有五十岁左右的人领着干。"五十而知天命"这话是孔夫子给总结的，无论古今中外，最知道成败利钝，有了正反两种经验的人是这个岁数的人。再想想，由于我们自己历史的特点，五十岁左右的人，正是"文化大革命"前、八大时候或以前的党员或干部，这些人在十年动乱中，又不是主流，不少人还挨了冲击，在人寿大增、平均年龄大长的今天，五十岁不但不老，还得称年富力强。我也不是说着重安排五十岁的人，在一、二线的着重考虑三四十岁的人，这非常正确，但怎么说也不能一刀切。在第一线的带头人中，"不考虑"这些成熟的领导人才来带带班，尤其地县局司这一级，真的从此就没有几个五十岁左右的老手、多发点热，带着三四十岁的，培养三线的二三四十岁的人，那可要受损失！

按说，一般地按退休法的年龄考虑，六十岁以上是该退的时候了，这是全世界的年龄系数、常数，这里边有科学道理的，中外皆然。

天底下事情本来就是复杂的，得讲点辩证法，在伟大转折中，要细一些，决心是要大，但特殊问题得特殊处理。

有的地方已大呼，要突出发挥一些精力还很充沛的干部的领导经验，我听了真高兴。国务院又规定，著名的专家、学者退休年龄要延长，这很正确！这才是既坚决执行干部年轻化的方针，又是稳妥切实的做法，这个做法富有远见，也有深思熟虑在内！

1983 年 10 月 2 日

"共产党又不是毛家祠堂！"

"共产党又不是毛家祠堂！"

这段话是毛主席的弟弟说的，有一次毛主席这个做哥哥的要打弟弟，弟弟反对他、批评他，才说了这样的话！

快到毛主席90周年诞辰纪念日了，我看了一些地方的通讯，听说有的农村党支部，又出现了家族、行帮，修家祠、修宗谱等等活动，不能不认为是咄咄怪事！因此，就想起了这个名言。

经济开放，经济搞活，发扬一些好的传统文明、文化活动，但绝不是大家都去修家庙，搞宗谱，再去搞一姓一氏的封建关系。那不但是倒退，更是给社会主义的精神文明头上搞污染！美国是两党制，轮流执政。听说有少数农村支部也是。有的少数人在两大姓、三大姓中搞旧家族联络的"派性"活动。有些坏人正是钻了这个空子，挑起家族对家族的"山头主义"，从中以售其奸、以掩护和达到他的罪恶行为。

小平同志在《邓小平文选》中，说到既要反对资产阶级个人主义，也要反对封建残余的东西。有些同志还不理解小平同志讲这个话的重要意义，现在如果这些同志注意到了这部分现象时，他会明白，这个话确实说得对，说准了！

如果到了今天，有的人还把封建家规的老掉牙的一套搬到共产党里来，他不遭到一切正直的共产党员、共青团员的反对，那才是怪事哩！

1983 年 10 月 6 日

不正之风的根

日前，和一位同志谈话，讲到当前的不正之风时，他说："它的哲学基础是什么？"我说："是实用主义。"他又说："哪种类型的实用主义？"我说："市侩主义，即市侩哲学。"

实用主义有一句名言："凡有用的就是真理。"只要有用，可以不择手段。

在今天，搞不正之风的人，都是非常"实用"的人。实用什么呢？第一，凡对我有用场，对我有利的，我能利用一下的就是好东西、好人、好事；第二，他们的格言是："广交友，重点交，急用先交，特别有用的下大本钱，只要能换取好处，手段不用选择。有效的就干。"；第三，伦理、道德、良心不用管，那是大道理，不切实用，不用相信那一套。先进人物、英雄人物都不真，即使真的，也是一些傻人、书呆子，只有实用才是一切；第四，实用的核心是什么？就是为我，只要我享受了一切想享受的物质生活，那才是真格的呢！

实用主义的生活态度、处世格言、人生看法等等的集中表现，就是关系学。关系学其内部又分不少门类科系，做官讲"官场学"、"升官学"，此门学问大有来头，有些人深谙此道；做生意的讲"生意经"，交友是买卖人的能力。他们的眼睛很毒，望你一眼，就能断定是有利可图还是无利可图；闯江湖的有江湖学，哥们姐们，磕头拜把子，结成"团伙"，以便互相利用，最后保一个龙头大哥上去，大家攀扯着升天腾达。他们精通"与人方便，自己方便"，"公文布告不如私交"，这一套也是事实，因为他们确实"实用"了一阵，早从十年大动乱就开始了。但它能长命百岁？永远行时？未必！中国人是可骄傲的人，他们可受骗于一时，可缄默于一时，但实用主义总有一天要不实用，关系学总有一天要倒霉！为什么？可以说明两点：

第一，实用主义是实害主义。

第二，关系学主义是蛆虫主义。

这么说过火了吗？人们可以共同来讨论。信不信由你。尤有甚者，请看各地法院点了红的布告吧！实用主义市侩主义是有血债的，心里可要放明白些！

1983 年 10 月 9 日

要多关心农村青年的自学

《中国农民报》从今天起，要举办辅导农村青年自学的专栏，这是一件大好事。从种种方面来考虑，确实应该更多地关心农村青年的自学问题。

农村青年，是中国青年的大头所在。陈云同志常说："在中国，农村是个大头，这个大头安定了，整个中国才得安定。"因此，农村青年的问题得到解决，方可言及整个中国青年的问题。

农村的形势大好，这是人尽皆知的，但农村的大问题是什么呢？要继续贯彻执行党和国家对农业、农村建设的方针政策，其中科学、文化、新技术的下乡，提高整个农村的科学技术、文化水平是愈来愈急迫的事。

我们要经常记住有件大事在我国尚未解决，那就是普及教育及扫盲的大业尚未完成。目前，农村青年文盲、半文盲还很多，虽然当前要大力搞好教育普及，但一时之间，还难以奏效，这就更加重了农村青年自学事业的现实意义。

事实上，我国农业正在兴起一种史无前例的大学文化、科学技术的巨浪。所说的农村形势大好，正表现在农村急切地要掌握文化、科学技术，这已成为所有农民社员的愿望。其中，农村青年的自学热潮，又是农村科普文化高潮中主力的主力。

过去，我们常说，农村是广阔天地，在农村大有可为，这话永远是对的。但这广阔天地，大有可为得有一个好形势，好条件，整个农民自己得有这个大有可为的要求和渴望。在十年动乱中，大有可为只是句空话，相反的倒是想为也为不了。和整个全国形势一样，那时的突出特点就是反对知识，攻击知识分子，更摧残科技、文化。但现在的农村不同了。现在才真是广阔天地、真是大有可为！这只要从科普书籍在农村的发行量飞跃增长上，就可知道今日农村的广大社员是如何渴望知识，渴望科学的，这已达到新中国成立以来的最高水平！

农村青年的自学是和农村的专业户的发展密切相关的。从这点说，他想干什么，正在干什么，就更有兴趣自学什么，这是不错的。但我们更不应忘记，整个农村青年，更应该关心爱国主义，关心社会主义精神文明的建设，和自身道德修养水平的提高。因此，在农村青年自修问题上重理工、轻文史也应该及时注意。

十年动乱以来，我们常说有一种逍遥派，他们从来不热心搞当时的"红卫兵"活动，却在场边地头，默声不响地，搞一门到几门的自学。这些人中，曾出现了一些了不起的人才，也收获了极可喜的成果。现在的问题是，整个社会要有意识地、有计划地、有具体措施地引导组织农村青年的自学活动。

在这个庞大的学习网中一家两家是包不下来的，整个党的各级组织、文教科普部门，都得关心、支持、通力合作，做好这件有意义的工作。比如退到二线、三线的老同志愈来愈多了，可以更多地关心这件事，把这件事办得更有生气，有声有色，使农村青年更积极地投入自学成才的活动中来。

但组织这个活动，报刊广播的作用更大。广播电视在这方面已发挥了巨大的作用，受到了欢迎。

现在，中国农民报办这个专栏更是适逢其会，定会大得人心的。愿这个专栏大有可为，真正成为广阔天地里广阔的大学堂！

1983 年 10 月 11 日

植物要有生机，青年要学习

《中国青年报》搞了个知识试题征答，一下子卷起了很大的波澜，不但青年、壮年、连老年也参加了进来。这波浪也冲到我的身边，连日来，人们问我许多问题，有的我也答不出。比如，图中有一方塔，看其外形像西安的大雁塔，但雁塔四周并无铁马等物，那么又是什么塔呢？再如，《清明上河图》、《货郎图》，如答称"风俗画"当然可以（《辞海》好像也这样答的），但更严格一点地说，这样也不很确切。所以，我说，我虽是间接不是直接，但也是一个"被考试者"。我想，大家多办些这类事，对青年来说这该多么好啊！此时此刻，我真不知道，那些把青年拉去搞什么"闭灯舞会"，还有一些低级下流的污染青年灵魂的活动，那些正在干这些坏事的人，又作何感想？

人尽皆知：

生命靠什么？运动。

生物是什么？新陈代谢。

青年是什么？学习成为新人、新的有用之才。

人的死亡和衰老的标志是什么？是不学习了！自满了！停步了！

前不久，对于我们干部中，文化知识的落后，不适应当前工作的需要，我们进行过考试。对于一些发人深省的实例，我们也公开地指出过。说老实话，讲这些，心情特别不好，既不能回避，不说出来；但说出来，又明知道这些干部本人并不是责任者，反而多半是一个错误的政策的受害者。作为可笑的事例在报上登了出来，是很伤人们的心的。虽说是笑话，其实是带着眼泪说的笑话，但愿这些"笑话"今后永远变成历史的陈迹。我现在就明白了，如果整个社会都关心这些事，就不会再发生"叫李时珍来参加会来"的命令。

《天津青年报》办得很活泼，我偶然翻看了几期，见许多老熟人也到这里写文章了，现在能多有几家这样的报刊该多么好啊！

选自《宋振庭杂文集》，山西人民出版社，1989 年版

三大件呀三大件！

　　听说三大件的"行情"是新的，指录音机、彩电、照相机说的；听说，还有更高档的，是什么录相机、立体音响、摄影放映机；不由得，我这个土八路，也想起了当年的三大件。

　　抗日战争时，我们这些人朝思暮想的，也有三大件。这三大件是什么呢？手枪、钢笔、搪瓷缸子。为了能得到一粒四零三的红屁股或绿屁股的新手枪子弹，战友们还彼此赛宝呢！要是赠予对方一粒足以保险的顶门子，以便战斗时可以救命，那就得是彼此非常要好的战友了！

　　新中国成立以后，生活提高了，又有了新"三大件"：自行车、手表、收音机。当然三大件是三大件，那身份、资格又有差别。比如收音机，在50年代初，还只听说有如烟盒那么大的什么"半导体"，为了这个"半导体"，我们还请专家，足足讲了半天。听说这玩意"可灵"哩！

　　还在不久之前，三大件变成了"三转一咔嚓"：电唱机、缝纫机、摩托车，那"一咔嚓"呢，是进口的照相机。

　　现在除了摩托车还不太普及以外，抗日时的、建国初的、半导体的、

"三转一咔嚓"都相形见绌了，又增加了新品种，三大件还有外加洗衣机、电冰箱的。当然，也听说已有人有了私人汽车了；还有人安上了空调，更有人室内全自动化了，连窗帘都是一按钮就自动开合，彩电可以遥控，等等。啊呀！大概不久，机器人也会闯进来吧！当然喽，这些，对咱们大多数人说来还得像当年听说原子笔（即圆珠笔）、半导体、电子计算机一样，像听封神榜评书一样，听听罢了！

马克思说："劳动手段不仅是人类劳动力发展的分度尺，而且也是劳动所在的社会关系的指示器。"三大件是什么呢？是生活资料占有水平的分度尺和指示器，我想这样说来大概不错。

有人说："中国人啥都不行。"还有人说："咱们这叫啥生活呀，连电灶都没有！"我想说，不满足，要努力达到，这不错；现在也就是先为努力达到小康之国而奋斗的嘛。但，没有"三转一咔嚓"，就连活着都没兴趣了的人，那目光就太短浅了。

人老了，好忆旧，想死去了的朋友，我想谁呢？除亡友还有两件：一匹老黄马，1945年9月路过承德时上交了；一支枪牌撸子，1950年上交了。记得上交这两件"宝"时，我是偷偷地掉过眼泪的。

选自《宋振庭杂文集》，山西人民出版社，1989年版

读京剧演员方荣翔的信感怀

星期日，我顺路拜访了尚小云夫人。尚夫人让我看了一封京剧演员方荣翔的信。我一边看一边热血沸腾，觉得心里热乎乎的。荣翔同志我并不认识，只是看过他的戏。但他的为人早有所闻。这个有德、有才、很让人佩服的京剧演员，是我心服、口服神交的朋友。

荣翔这信是专为尚小云先生的朋友、弟子们正在准备进行的纪念尚小云的演出活动一事写的。这里引述信中的一段话：

"……师娘提出要我参加演出，我荣幸地接受您的邀请，一定积极参加。只要在演出前些天早通知我，便于把别的工作放开，做好准备，我一定不辜负您的希望。为参加我师的纪念演出我不要任何条件，全尽义务，绝不住讲究的旅馆，住在自己家里，以便减少宿费路费开支。不要任何支出，我和荣寿都自带戏衣，演出时不要招待票，不计较牌位名次，不计较给谁配戏，绝不挑拣戏码的前后，自备路费宿费，演出一定卖力，服从一切安排，一定全力把这次隆重地纪念尚老师的演出自始至终完成好……"

荣翔同志这封信，在当前很有好处，他的针对性，我不必多说。此中的内情戏剧界的朋友更清楚，说多了也不必要。只希望往者可追，来日警惕就好了。我坚信荣翔的道德会感动更多的人。不合于中国人引以为豪的道德的一切言行，今后一定会大大减少，在今后，我国京剧界的几代人一定会和老前辈们那样，把好的传统发扬光大。比如，这里说到的尚小云先生，艺术成就可姑且不论，纪念活动时，如来得及我还要说几句。单就其为人的急公好义、见义勇为、济老怜贫、桃李满门这一方面说，就是一个典型的艺术大师。想当年他自办班社，当富连成遭到破产关门的危机之时，他挺身承担，力挽危局。这是我在书上读过的并多次听老艺人们交口赞赏的。社会主义新中国的艺术界人士，不但应继承这些好行为、好作风，还应该赶上超过前辈的成就。

最近听说，尚门师弟们的不少人都有荣翔同志如此的决心，前天我听见一著名的大武生演员姜铁麟同志说："我报名，我虽然六十三岁了，但来个大刀手也心甘！"

这是什么？道德！文明！正气！

1983 年 10 月 18 日

自问、自答、自白

不久前，写了一篇短文，讲到一个共产党员做人、做事、做学问和做官的问题。也说到倘能生存，仍要战斗。

现在，言犹未尽，还想再说几句。归纳一下，四句话：

"做人"，即做一个合格的共产党员。不再做一件违背良心，言不由衷的事。现在我已进入老年，人生的道路有限，蜡烛头不高了！过去犯过一些错误，有的是由于完全不理解犯的，但有的自己也不见得一点不知其为非，但迫于形势，言不由衷，行不由己，骨头不硬，随波逐流。这比彭德怀、陈毅、谭震林、张志新这样一些党员差远了。我呢，今后绝不再做一件违背良心的事，生死荣辱由他。

"做事"，一个老兵该办的事都要办。不管二线、三线，分内分外，只要自己能办，该办，办了对党对人民有利就去办。说我"不务正业"也好、"管得宽"也好、"手伸得长"也好，反正我不是要名、要官、要钱就行，这手不是伸向名利之处、如陈毅同志的诗那样的"手莫伸"；但"为长者折枝"，"为老人纳履"，"为孺子折齿"一类的事，只要我能办的就办。

办好办不好当然得让人家评判。

做"学问"，想写一两本书，尽可能有些分量，当然不可能藏之名山，以待传诸百世，对现在有点好处的就写。做学问就是只顾耕耘，不计收获。也许连种子都赔上，也许收了些蒺藜和仇怨，不怕！为这颗良心，死且由他，又有何惧？

"绝不做官！"当然名义总会有的，连同什么什么"家"、什么什么"顾问"之类的还有一大堆。凡名实不符的一概辞去。辞不了的，即尽到起码的天职。生活条件不争，但组织上给的生活工作条件，能用的就用。不需要的就交回。臭架子打它个稀巴烂，官气如有，就得听人家骂，知道错了就改。当然不知道的也没法。

这是决心书，说到也不易做到，但连说，连公开说都不敢，就更做不到了。"只做不说"不更好吗？亲人和挚友都这么规劝。我所以常常好作表白交心，也有点笨而拙的苦用心。说明白点，这些话不外是立此存照的意思。

古人说什么"慎独"、"明心"、"述志"，共产党员，照道理不必要，但现在党风不正、社会风气还有很多歪风邪气时，说这些也许有点针对性。

1983 年 10 月 19 日

《爱国主义纵横谈》序言

历史的进程是螺旋式向上升的。在上升中，有些现象要多次重复出现，但一次和一次不一样，比如大力加强爱国主义教育，又作为一个突出的、重要的任务，摆在我们的面前。

这一次，我们大讲爱国主义，是有新内容、新含义，并且是在新的历史形势下进行的。屈原、岳飞、文天祥、陆游、戚继光、于谦、史可法、林则徐、孙中山，这是历史上的爱国主义的光辉典型。中国共产党人的爱国主义和国际主义是统一的整体，是中华民族优秀的儿女，这又是一部长长的动天地泣鬼神的诗卷；到了今天，建设一个繁荣的富强的现代化的社会主义新中国，又是一个新阶段。

女排夺得了世界冠军，朱建华两次打破了人类历史上的跳高纪录，中国人彻夜不眠，心潮翻涌，这是为什么？因为给东亚病夫这个屈侮的帽子平了反，翻了身。在海外的侨胞，以今天的日子最为扬眉吐气，大声在人群中讲；"我是中国人！"显得脸上分外有光彩，这又是为什么？因为我们在世界上的、在国际上的地位已不是昨天，可任人凌辱的了。

但是，就是在这样的大好形势下，有的人就是一心向洋，不爱自己的祖国，对生他养他哺育他成人的祖国人民和土地毫无感情，都想去继承赵太爷、假洋鬼子、张乔治、西崽的衣钵，拜倒在洋人、洋风、洋货、洋垃圾的颓靡腐朽的破烂之前。

十年动乱，仿佛一场地震，地层断裂出现了断层，人们的文化传统，道德良心，连同爱国主义的传统都出现了中断和断带。对一些年轻的孩子们说来，他们很少知道自己的祖国的历史，并不知道他们生活在红五星国旗下的日子是怎么来的。这并不奇怪。他们不理解这些，是由于我们成年人、师长、老一辈人放松了这方面的思想工作，除了极少数的走上极端的害群之马，责任在我们、在教育者、在人类灵魂的工程师、在有责任讴歌祖国的人、在树立中国人的尊严的人。

可是，问题偏偏出在这里，出在灵魂工程师中。一些人染了重病，灵魂先受了污染，以后又污染了别人。这几年，爱国的好文章、好作品、好表演是多的，是主流；但不爱国的、把人引入歧途的甚至污辱自己的人格和国格的污染性的人和事，确是出现了，有的可以说历历在目。

加强爱国主义教育，从正面说是发扬一脉相承的好传统，从反面说是和灵魂污染作抗争，和污染人格和国格的人作严肃的争辩。从配合为人民、为祖国、为社会主的现代化说，是十分重要的思想政治工作。

这样说来，我们今天所进行的爱国主义教育，无论就其内容、针对性，就其深远的历史意义说，都是和过去历史上的多次爱国主义教育的高潮有不同的特色的。

程林胜同志写的这本《爱国主义纵横谈》小册子，我看了原稿，我觉得，这本小册子有许多可取之处。它好就好在既有思想性又有知识性，让人们可以看得下去，不枯燥。无论年轻人（这是主要的读者对象），还是成年人、老年人，看一看都有好处。

三年前，我在刊物上发表两篇杂文《从离骚想到儿不嫌母丑，狗不嫌家贫》、《我骄傲我是中国人》时，竟收到匿名信，打上门来，骂我是"死教条主义"、"不肯悔改的'左'倾顽固症",我真不明白,爱国也是"左"倾,也是顽固症,那么不"左"倾、不顽固又得怎么办?回敬的字句是现成的,但我不想写出来,只想写一句毛泽东同志评价鲁迅的话,结束这篇小序:

"鲁迅的骨头是最硬的!"

"他是我们民族的良心和脊梁骨!"

1983 年 11 月

《爱国主义纵横谈》由江苏人民出版社 1983 年出版,本文为宋振庭为该书写的序言

《社会主义在中国的传播和实践》序言

在参加筹备纪念马克思逝世一百周年活动的日子里，我和一些同志对一个重要理论问题产生了浓厚兴趣，那就是在不发达的国家如何进行社会主义建设的问题。

我们的导师马克思和恩格斯，为世界无产阶级和进步和人类的解放提供了最强大的思想武器——科学共产主义，但是由于历史条件的限制，他们没有也不可能具体解决在资本主义没有充分发展的国家如何建设社会主义的问题，因为在19世纪，任何不发达的国家都没有这样的实践。列宁在十月革命后，在苏联社会主义建设的开始阶段，初步接触到这个问题，但可惜的是他逝世得过早，也没有来得及从理论和实践上解决这个问题。马克思、恩格斯和列宁已经为无产阶级的进步和人类的解放事业作出了最伟大的贡献，给我们留下了科学共产主义的指南针，我们没有理由请他们进一步为我们画出在他们逝世若干年后的详尽无遗的向导图。我们的历史使命，就是以马克思主义为指导，去寻求我们应该走的最正确的道路。

自新中国成立至今，我们已经有了三十多年社会主义革命和建设的实践，取得过伟大的成就，也经过痛苦的挫折。今天重新来思考和研究这个问题，就有许多深切的感触和体会。

不错，在新中国成立伊始，我们也曾预计到，在社会主义建设中，可能会遇到困难和挫折。但当时总是想，人民已经掌握了政权和生产资料，即使要付出代价，也总不会比民主革命时期付出得更多吧？克服困难总要容易些吧？殊不知历史发展并不是这样，进行社会主义建设同样要探路。要披荆斩棘，也要付出代价，有时甚至是相当大的代价。这是我们始料所未及的。

记得新中国成立初年有句很流行的话，叫作"苏联的今天就是我们的明天"。那时以为，社会主义在国际上已有列宁领导建立的苏联作样板，我们跟着学就可以了。那时我们的干部几乎人手一册《联共（布）党史简明教程》，以为凭此就可以学会如何建设社会主义了。今天看来，当时我们确实太幼稚、太天真了。各个社会主义国家，都有各自的历史、社会、自然等条件，都有各自面临的种种问题，怎么可以用一个现成的模式去套呢？在不同的国家建设社会主义，既有共性，又有其个性。过去我们对个性认识不足，重视不够，这也应该算是从历史上总结出的一条经验教训。

三十多年社会主义革命和建设的实践，成功的经验和失败的教训都极为生动，极为丰富多彩，都是足以发人深省的。这是我们今天应该深入研究和探讨的好题目、大题目。过去我们研究社会主义总是向外看，这当然是必要的，别人的经验要学习。但在我们自己有了丰富的经验教训之后，不去总结、研究，依旧向外看，那就有些舍近求远、舍本求末了。研究中国的社会主义道路，就必须充分认识中国的个性，必须把马克思主义普遍原理同中国的具体实际相结合。对马克思主义的基本原则、共产主义的大目标要坚定不移，但对于有关社会主义的个别结论、个别传统观念和框框，则必须依据中国的实际情况具体对待，应该突破的就必须突破。例如，怕农民个人富裕就是老框框，以为农民一富就产生差别，就两极分化，就如何如何，硬是捆住农民的手脚，使他们的积极性发挥不出来，差别倒是没有了，一概穷，可是社会主义的优越性如何体现？试想，如果八亿农民都穷，中国如何富强？党的十一届三中全会后，我们鉴于历史的经验教训，突破了老框框，实行了以专业承包、联产计酬为特点的农业生产责任制，大大解放了生产力，增加了巨大的社会财富，国家、集体、个人都得到益处，真正体现了社会主义的优越性。这才是马克思主义实事求是的做法，是真正的无产阶级的创造性。再如，怕商品经济发达，也是个老框框。旧中国自然经济所占比重极大，商品经济很不发达，新中国成立后给我们建设社会主义带来许多困难，本应该有计划地大力发展社会主义商品生产，同时也应该支持以个体经济为基础的小商品生产，这样才能把经济搞活。可是过去我们许多人对此缺乏正确的认识。要知道，这是在生产资料公有制基础上进行的社会主义性质的商品生产，不存在资本家参加谋取剩余价值的问题，同资本主义的商品经济不能同日而语。至于商品经济的消亡，是将来的事。发展商品经济，正是为了将来消灭商品经济，实现共产主义；但现在还不能让它消亡，相反还要发展它，就是这么一个辩证逻辑。又如，轻视乃至歧视知识分子的偏见，至今不易破除，也是一件怪事。本来在经济文化落后的国家，知识分子很少，是宝贵的，然而长期以来在党内外相当数量的人中，自觉不自觉地形成一种偏见，以为知识分子靠不住，不尊重他们，致使一些知识分子长期受压抑，甚至蒙受不白之冤。这种状况如不改变，我们就没办法发展科学文化事业，就不能把现代科学变成巨大的生产力，我们的社会主义建设事业就不能顺利进行。在这方面，经验教训够多了，我们不能再重犯过去"左"的错误，而要坚定不移地落实党的知识分子政策。上面我只是举例说明，要突破不适用乃至根本错误的框框，而实际上应该破除的框框当然不止这些。我们正在全国范围内稳步实行改革，改革就是破除旧框框，不破除旧框框就谈不上改革。如果不敢大胆有效地改革，要想在各项建设事业上取得成就，是不能的。

社会主义在中国的传播和实践，这是个重大的理论和实践问题。它有什么必然的规律？有什么特殊的规律？这是大家都应关心、研究、探讨的重要题目。如果我们认识并掌握了这些规律，就可成为自觉的主动者；如果依旧懵懵然，那就仍要被规律所捉弄，吃苦头。应该说，经过三十多年的实践，我们对这些问题已经有了相当深度的认识，我们的四化建设的一整套方针、政策都是建立在这种认识的基础之上的。但是，对这个规律的认识还远没有完结，还会有许许多多新问题不断涌现，我们的认识还有待加深、发展。

就在大家开始研讨这个问题的时候，陈汉楚同志的《社会主义在中国的传播和实践》一书完稿了，并送到我这里，让我谈谈看法。上面一些零碎的议论，就是由这部书稿引发出来的，如果这部书能引发人们对这个问题的兴趣，使更多的人，尤其是青年同志来研究、探讨这个问题，那它就是一部有用的著作了。

中国走上社会主义道路不是偶然的，有其历史的必然性。从鸦片战争到五四运动，整部中国近代史也可说是先进的中国人为寻求救国救民之路的奋斗史。许多仁人志士，为此奔走呼号，奋斗牺牲，作出了杰出的贡献。但他们只是起了探路的作用，并没有真正找到救国救民之路。只有中国共产党出现在中国历史舞台上，掌握了马克思主义这个无产阶级和进步人类求解放的伟大的精神武器，才找到了社会主义这条唯一能够救中国的道路。一些青年同志对此不够熟悉，陈汉楚同志这部书可以为他们提供一些这方面的有益的历史知识，使他们知道，中国人民为找到这条道路，付出过多么巨大的代价。我们应该珍视我们这个优越的社会制度，正确看待走社会主义道路过程中难免出现的失误，坚定自己的共产主义信仰，认清自己肩负的历史使命，自觉地跟着党为宏伟壮丽的共产主义事业去奋斗。

《社会主义在中国的传播和实践》1984年由中国青年出版社出版，本文为宋振庭为该书写的序言

侨胞的南斗依然长明

——纪念陈嘉庚先生创办集美学校七十周年

还在我上高小的时候，就知道了侨胞中有陈先生了。那是中华民族衰弱的时候，人为刀俎，我为鱼肉。课本中和老师都讲：海外侨胞最懂得什么是祖国，知道祖国贫弱可欺，自己则到处遭歧视凌辱，祖国有光，自己也扬眉吐气。又讲孙中山先生及当时其他革命者的革命活动经费，很大一部分是爱国华侨捐赠的，这些华侨中也有靠自己的努力挣得了大家业的，如橡胶大王。

到了十四五岁，置身于共产党人的活动行列中时，我听到陈先生的名字就更多了。十六岁在延安，亲自听过周总理自国统区回来，他在作报告时，讲到陈先生及爱国华侨的义举，大半华侨恨国民党不争气，已有不少人，寄希望于共产党、八路军、新四军、解放区。以后，给我印象最深刻的是40年代初，解放区困难得到了谷底的日子。那时日军残酷地"扫荡"，疯狂地烧杀，实行制造无人区的三光政策。在饥寒困苦中，百病丛生，特别是恶性疟疾，几乎一半的军民得上这种病，可是一点药品也没有，更不用说奎宁（金鸡纳霜）了。急得没有法子，就制造了砒霜丸，吞吃下去抵挡一阵。有时能得到几粒奎宁，说是宋庆龄先生、陈先生等人组织的爱国华侨们专门从国统区给辗转送到的救命药。在那时，同志们大都宁肯天天冷热往来，到时"上班"（即疟疾发作），也拒绝吃这几粒珍贵的药，都想把药让给更需要的战友。

是这一些实际的事实，致使我读了一些关于华侨的情况的书，对陈嘉庚先生的事迹知道得更多一些了。党内又经常讲，爱国的、抗日的，以及以后搞社会主义革命的统一战线中，爱国华侨是一支强大的革命方面军。

常言说："家贫出孝子，国乱显忠良。"羸弱的国民中，就会出现陈先生这样的楷模。中国人中爱国的人是绝大多数，只有极少数人不爱国，更极少数的人是败类。别的我不知道，我先后四五次出国到异域，在那里待上十天后就一定想家，虽然吃的、住的、看的、享受的都比在家好，但"金窝银窝不如我那狗窝"，在异域的街上，如果突然碰上了自己的同胞，那个亲热之情，不啻如老朋友，甚至情同手足。只是很少的几天，尚且如此，我们的老侨胞，尤其如在风雨中长期为祖国大业奔走的陈先生等侨胞领袖人物，其爱国之心，更不言而明。波兰的大音乐家肖邦，流亡到西欧，有人给他一杯波兰的泥土，他要跪下来去亲吻，去闻它的香气。波兰虽多次被瓜分，但也比当年我们的祖国要强一些，我们这些被卖猪仔的"东亚病夫"的国民，当年是又沦落到下一等了。其苦、其情、其渴望有出头的一天，又多么像久旱中思甘雨的农夫！

十年动乱，"左"的潮流，侨胞的苦比我们更多一些，有"海外关系"，一时之间成为不成文的罪状，但这一切终于如噩梦一样醒过来了。在今天的中国，统一的大业是三大历史任务之一，是奋斗总纲之一，祖国一日不统一，港澳等地到期时不能回归祖国，我们这几代人，还有什么脸面去见历代的仁人志士于地下？在今天，是历史把侨务工作放置到更急迫的、更有重大意义的奋斗日程上来了。在这个时候，认真地纪念陈先生，使这个华侨的南斗星曾放出的光芒，依然永照在祖国的南天，其意义的深而且远，广而且长，又何必多说呢？也不必我来多话。

我未到过福建，也未亲眼看看与陈先生有血肉关系的大学、铁路、集美村、图书馆等等，但在电影、电视中看过，在书中读过，也可以算神游久矣！承《厦门日报》编辑之盛情，我写了这么一篇短文，我以一个亲自受过陈先生等一辈老华侨的实际帮助的老兵的身份,向这颗南斗星君致礼!

前年我到深圳,有人说想给华侨公墓题几个字,大家想了不少令人神往心驰的话,我忽然之间,脑中跳出了初小时读语文中的两句老话。"树高千尺,落叶归根",用以移赠侨胞公墓又何其贴切而又意味深长,它远比其他的政治口号好多了!而侨胞中的大树,如杜诗《古柏行》所写的,"霜皮溜雨四十围,黛色参天二千尺";"大厦如倾要梁栋,万牛回首丘山重"。这万丈之树,理当直拂霄汉,当然要与南斗星光辉映。愿陈先生的事业,后来者能跟上来!愿华侨中出现千千万万、老老少少的和陈嘉庚先生一样的人!

选自《宋振庭杂文集》,山西人民出版社,1989 年版

对青年的热望

《中国青年》杂志刊六十周年，这是一个十分惹人心绪起伏、联想万千的纪念日。我爱青年，和一些青年交了朋友，也爱给青年写点文章，可是，我仍未真正理解当代青年。在《中国杂志》创刊六十周年之际，我给我自己出了一个题目——对青年的热望，一则作为对杂志的纪念，二则和青年谈心。

当代青年的形象

青年，是整个社会议论的中心话题之一。在我国如此，在全世界也如此；一辈人如此，几辈人也如此。青年问题在社会中占据着突出的地位。

两次世界大战给资本主义世界以摧毁性打击，榨取剩余价值的罪恶，及其给人类带来的万恶后果，被各国人民憎恨；与此同时，世界出现了一批社会主义国家，兴起了社会解放、民族解放、人民民主的新浪潮。到40年代末，新中国成立，朝气蓬勃。50年代的青年处在一心向往社会主义、社会解放的高潮之中。50年代的青年是正统的、虔诚的社会主义者，或社会主义的拥护者。他们有理想、守纪律，听党的话，严于律己。

从 50 年代末，特别是到了六七十年代，历史发生了奇异性的变化。苏联出了斯大林问题，赫鲁晓夫上台更增加了这个问题的复杂性。社会主义是在实践中，出现坎坷和挫折是不足为奇的，可是国际资本主义抓住这个时机向社会主义、马列主义尽其仇恨和辱骂、丑化、攻击之事，与此同时，苏联领导集团的霸权主义行为，更为这种攻击帮了大忙，一下子把整个世界带入迷惘的境界。中国本来被世界人民看作是自己的希望和前途所在，不幸的是我们继 1958 年失误之后，又发生了十年内乱的大失误。此时，正赶上战后国际资本主义的一次大的技术革新，以电子计算机、现代自动传导信息控制及核子能为标志的新的经济起飞了。资本主义世界出现了新的繁荣，新的福利主义。

青年是时代的晴雨表，时代的镜子。事实上，中年人、老年人这些社会的当家人办了事，办得好或不好，社会走正了或走偏了轨道，青年人最敏感，总是他们最先以最明朗的方式反映出来。

从 60 年代末到今天的当代青年，就是在这样的大环境中重新思考、重新选择、重新评价社会问题及人生道路的。在这种思考、摸索中，一些青年也确实产生了虚无主义、看透一切、怀疑一切的现象；也有一些青年饥不择食，吞进一些劣等的甚至有毒的精神食品。于是就发生了人们所说的当代青年问题。但是，平心静气地想一想，这一切，青年自己能负主要责任吗？

依我看，当代青年有前几代青年比不上的许多特点。他们思想比较解放，框框少。他们渴于求知，渴于探索，当然这里边就有吃毒菌的危险，但是由于经过了自己头脑去选择和比较，走完思考的历程，不是坏事是好事。我们时代的思想家、探索家、革新家是会从他们中产生的。他们的技术装备、满足知识胃口的条件（包括引进而接触到的外国的好的东西）远比前几代人要好得多，因此成长快，成熟早，在这一点上也是一代胜过一代。

当然，当代青年也有其自身的缺点。他们缺乏政治和生活经验，辨别是非的能力不强。有些青年人在思考、选择中，甚至和不必怀疑的真理去较量。比如，对马克思主义的一些基本原理，他们也要怀疑一番。也有少数青年轻浮好动，随风飘荡，甚至不知落到什么污秽的港湾里去了。所以，对青年要很好地教育和引导。

对青年问题要正确对待

党和国家、老一辈的革命家对我国青年一直是寄予极大的厚望的。这很容易理解，因为今后几代青年是什么样的，在很大程度上，决定着我们国家的前途和命运。

对当代青年的厚望，并不是一个纯理想和纯愿望的问题，而是一个从当代青年的现实出发，从中找出如何加以引导扶植的路子问题。事实上，像早一些的张志新，新近的张海迪，在这两人的身上，已经可以看出当代青年的身影。青年问题和其他问题不同的一点是青年的可塑性，教育者可以因材施教、因势利导，通过社会教育和实践，把青年培育成四化的栋梁之材。这里面重要的问题是看我们认识不认识、理解不理解当代青年，对他们的整个估量是不是正确。

应该承认，在青年问题上有两种偏颇现象，这应当引起人们特别是领导和教育工作者的注意。

一种偏颇是摇头、叹气，对青年持悲观看法。这些同志，这些青年的父兄师长，从十年动乱的消极后果出发，看到了青年中确实存在的消极现象和一些前所未见的新问题，应该说，他们并非无缘无故地着急和焦虑。但是，着急和焦虑并不一定要悲观。只要深入分析一下就可以看到，第一，当代青年并非铁板一块、都是一个模子制成的，青年中间各种各样的人有的是，先进和后进、英雄人物和犯罪分子都是同时并存的，不能只见树木不见森林。第二，50年代的青年很好。这是事实，我们要发扬那个时代的好传统；但是，经历了十年动乱的青年即使有动乱留下的这样那样的问题，但也失之东隅、收之桑榆，虽然这些收获得来痛苦得很，花的代价太大，但毕竟是有收获的。比如说张志新一类的青年是可以成为惊天地、泣鬼神的人物，我心悦诚服地承认，我是远不如这些青年的，在探索真理勇气上，我比这些青年差好多。再比如说有些青年，在别人武斗、打门派仗时，埋头苦干事业，至今已取得令人瞩目的成绩。所以不能说现在青年"一切不如过去了"。过去有过去的好，今天有今天的好，明天还有明天的好。第一，社会风气、社会思潮，自有产生它的社会根源、社会条件，比如实行经济上开放、搞活政策后，一些人失足落水，走向反面，或者本来就是反面的，这一回暴露了出来，这些问题不只是青年中有，壮年、老年中也有，党员干部中不也是有一些人很不像样子吗？所以发生一些问题，不能只是责怪"小青年"。持悲观情绪的同志的最大错处，就在于忘记了自己的责任。朱伯儒、李燕杰同志就不悲观，他们深入到青年中扶正祛邪，乐观地工作，越做越有信心。

另一种偏颇是对青年问题的严重性估量不足，看得太简单，说严重些是掉以轻心，任其自流，不管不问，或者是不敢管，不敢问，怕麻烦，只是讨好他们，迎合他们，不认真地进行规劝和引导。

还有一些人利用青年轻信、好奇的心理，以售其奸，以有害的思潮影响青年，把"一切向钱看"、"人格商品化"的腐朽东西兜售给青年，对这种"奸商"要警惕，要打击，当然这种人已不属于认识上的偏颇了。

我的交心话

人贵知己，知己必须交心。终日相聚，客客气气，但从不交心，并不算认识，更谈不上是知心朋友和同志。同志的"志"字底下有一个"心"字，人和人的距离是以心的距离来计算的。

我在这篇文章的结尾单写一段交心的话，并没有什么私话，也没有什么秘诀；只是我已经六十多岁了，一生的痛苦、蹉跎太多了，我总觉得形之于文，也说不尽我心中的衷曲。比如，当我年轻的时候，我吃过许多亏，这些亏教训过我。老了的时候，如有可能，就告诉后来者，向他们说一句："小心上当！"当然，这只是愚者千虑之一得。

为了把话说得简洁了当，我把这些交心的话用短语形式写一写，说得不谦虚一点，也算自我杜撰之格言吧：

一、自己看，自己想。书上的话，先生的话，要看、要听、但可悲的是自己无主见，不加分析判断，不管正确与否放开脑子叫人家来跑马。

二、敢爱敢憎，爱憎分明，愈分明愈好。不要做模棱两可的人，虽然这种人活着更保险一些，还可能飞黄腾达、万事亨通。但这是中了西方人的滑头哲学、实用主义和中国人中庸之道的毒。宁死不当这种人。这种人好像优点很多，可是只有一条缺点就够了——这种人对社会没有好处。

三、兴趣要广，精力要专。对人类一切美好的东西，都应该有兴趣，有可能就学一点。学多少，算多少，皮毛点也不可怕，只要有自知之明就行。但在学一样、干一样时，要专心致志，集中全力，不到一定程度决不罢手。广与精有矛盾，又可统一。

四、对知识如干海绵，要残酷地向对象榨取。在学业上我坚信这样的经验——浅尝辄止，一事无成；锲而不舍，金石可断。

五、对生活要热爱。人生的道路宽阔得很，人活着很有意思，何况又是"万物之灵"。生活里充满乐趣。当然，对于自己羡慕的东西要多想一想：值得羡慕吗？如真值得，那不只是羡慕，自己也要做。

六、有雄心、有抱负，但不骄不躁。不要怕别人说长道短，只要认准方向就干下去。但不可任性，不可违反社会公德，那不是雄心，是私心。

七、随时准备赴大义。灾难会有的，祖国和社会，同志和朋友，都可能遭遇灾难。比如敌人来了，或者坏人在干坏事，或者自然灾害，就要勇于赴义，甚至不惜一身性命。

八、朋友要多。但一生中真正的知己也许不多，鲁迅说的"人生得一知己足矣"，很有道理。连祖国和人民、生你养你的土地都不爱的人，不必和他交朋友。

短文有尽，我的心潮起伏是不尽的。最后祝《中国青年》办得更光辉耀眼！

选自《宋振庭杂文集》，山西人民出版社，1989 年版

国旗为什么是红的？

鲁迅的儿子曾向鲁迅提出一个"人是不是可以吃"的问题。鲁迅回答，"可以吃，但最好不吃。"这老先生童叟无欺，这回答适合于生物学、食品学、营养学，更符合人类学、社会学。因为人不但可以吃，而且真被吃过很多年，只是以后不吃了。此位老先生第一个在中国文学史上破天荒地发现，阶级社会的历史就是人吃人的历史，一切反动理论，都只证明一点："吃人有理！"

我只有一个孙子，如今也正是好"每事问"的年纪，也常考问爷爷奶奶和他的父母。常常猝不及防地提出一些怪论。如果他有一天发问："爷爷，国旗为什么是红的？"我怎么答呢？

我想：要编讲义，得分如下的篇目章节：第一章，红代表热情，绿代表和平，白代表清洁肃穆，黑代表沉静深思；第二章，中华人民共和国来源于共产党的领导，而党旗是红的；第三章，五颗金星显示了光明和希望；第四章，这面旗是34年前第一次全国政治协商会议讨论通过的，是毛主席亲手升起的！

但这样回答不行，这违反幼儿教育的原理。那怎么回答呢？又不能如鲁迅先生说得那么深入浅出。我想采取一个不很科学的回答法，我想说，红旗是革命英雄用血染红的、泡红的！你看，血不是红的吗？这个回答不科学，但可以给孩子们先说一说。如问：一个人有多少血？医生说有几千毫升，一百人，一千人，万人，十万人，百万人的血是多少？染红红旗够不够？够了！绰绰有余！！这样回答时，我这个当爷爷的并没有和孙子撒谎。

我这个回答很有革命浪漫主义的味道，须知现在人们中，有不少人信奉实用主义，崇拜关系学，认为这些更有实用价值，对理想主义、革命浪漫主义很不感兴趣了，说它过时了，不够了。实用主义和市侩主义，我绝没想到，它在中国社会的不正之风中，会这么行时，这么"时髦"！但，搞实用主义的人，国庆的时候，如果好好想一想孩子们提出的这个问题，不会没有感触的！

迎着朝阳，天安门广场每天清晨，红旗上升到杆顶。这面红旗是革命英雄主义者的鲜血染过的，它是中国人民永远值得自豪的结晶。它迎风飘动，34 年了，这 34 年又是革命的英雄主义者一代一代地增强了它的鲜红的色彩。

我想，我能先告诉孙子的，只是国旗是革命人民的鲜血染成的，再多的，等他自己长大了能用自己的头脑去想时再说吧！那时，实用主义也许要少多了。

选自《宋振庭杂文集》，山西人民出版社，1989 年版

我的一封家书

吉林省《老年文摘》的编辑同志到京，让我给这个刊物写点什么，我同意了。我想用这个题目说几句话：

古人常用"家书"的名义，抒发自己的思想感情。汉代的马援，三国时的诸葛亮，宋代的范仲淹、王安石，清代如大家都知道的郑板桥都有"家书"传世。这些公开了的"家书"都是"代圣贤立言"的。我们共产党人不搞什么山头主义、地方主义，又不办什么同乡会之类的事，用不着这一套。但吉林省是生我养我的故乡，是这里的土地和人民把我养大，战争、土改、建国、十年动乱、拨乱反正等历史时期，连续三十多年之久。我身为一个党员干部，做了些微薄的工作是在这里，讲了不少错话、办了不少错事也是在这里。最了解我的言行根底的是这里的师友和人民。现在，我的同辈人，不少人和我差不多，已进入了晚年，退到二线、三线，成为老年之友。因此，写写这样的信，互相勉励勉励，非但不算浪费笔墨，而且还可以节省下不少的时间和信纸，以文代家书，以家书代口信，实在是一举两得的妙法。

人都会老，这是自然规律，不可抗拒。但老在什么社会，这结局和老境可大有差别。单以这一条说，我们社会主义制度也是好。我现住在中央党校，对门就是顾和园，天天早上在这里可以看见许多退休的老人，说说笑笑地在一起活动，我还常看见白发老太太在攀杠子，打滴溜，笑声不断。曾几何时，我也参加到这个行列中来了。我的爱好本来就杂，一退到二线，好家伙，就更杂了，写诗、填词、作文、练字、学画、唱京戏、打太极拳、散步、学做饭、讲演、作报告、探亲访友……，比上班还忙。

了解我的人都清楚，我这个人是乐天派，日日有笑声，时时有激情，嗓门还是以前那样，满弓满调的。我大概属于不知愁是何物的一类人，按心理学分类，也就是外向型的人。有话就说，有气就生，说完、生完就拉倒了事。人又健忘，得罪人，人家记得住，我早忘了。就是这种性格，使我度过了十年动乱，要讲挨斗的排场气派，我在吉林省长春市可以说"当仁不让"了！想当年，地质宫前十万人大会我曾唱过独角戏的！什么时候提起，不过是大笑一场，并不见得有什么"伤痕文学"的影子。屈原说："亦余心之所善兮，虽九死其犹未悔。"我自己也屈指算了算，如把打挑帘战、重病、跳崖、负伤、治癌症、地质宫前挂牌子、车祸等等险情一一统计在内，濒于死亡，摸阎王鼻子的事不止有十次。所以我刻过一方图章，文曰"生前友好"，即是此意。但为什么人还不死，"回也不改其乐"，就是这股子乐观主义的傻劲！我想老年人的圣药、特药就是乐观主义。薄生死、轻名利、重晚晴、爱生活，不要再办那些聪明人的鬼事，多办一些想得开的傻事，其乐融融的心情，比什么都要紧。

天下事，歪打正着，有心栽花花不开，无心插柳柳成行的事多着呢。我现在就很感谢把我送到干校去，长期编管劳动，一来，我可以少说不少言不由衷的话，少办不少违心之事，少留不少遗憾！二来，我过了几年真正的穷苦老百姓的生活，现在仍然可以在北京的胡同里买两块热乎乎的烤白薯，蹲在墙根吃得可香哩！再加上，我学中医、学画也是从那时开始的。后来，有人问，你什么时候画中国画的？我就告诉他，是某某人送我去大山沟里的美术学院学的。所以，人得有良心，这点"功劳"是不应该埋没了他的！

退到二线以后，对于第一线的人，你是真帮助、真爱护；还是有嫉妒、看不顺眼，这可是个大问题。一贯总觉得自己行，别人年轻，少不更事，其实这也是健忘之症，难道忘了，咱们那阵子远比现在上台这些人年轻幼稚得多。有句诗说，"新松恨不高千尺"，这新松就是新上来的人才。又说，"恶竹应须斩万竿"，这恶竹即"三种人"之类，对这号人应该有一算一，有二算二，将他们从党内"原则上清除出去"。

我的傻气之中，还有一点特别的地方，就是脸皮厚，能磨炼出一种挨了骂还能吃得下饭的本事。对于讥笑，从前反应大，敏感，自从十年动乱，十万张大字报后，有了"抗药性"，自己有点挨批的老资格的老气横秋了，有人骂几句，流言传一阵，听了不过莞尔一笑，心里抗议道，经过十万张大字报的人，什么沧海桑田未见过！因此，脸皮太厚是个优点也是缺点。缺点是，没出息，不知道悔过；优点是，无动于衷，心里不以为然的就默不作声。

前天，一位在党校学习过的同志，从四川来送我一张林则徐的手书碑片，这段碑文是：

"唐太宗问许敬宗曰：朕观群臣之中，唯卿最贤，有言非者，何也？敬宗对曰：春雨如膏，农夫喜其润泽，行人恶其泥泞，秋月如镜，佳人喜其玩赏，盗贼患其光辉，天地之大，人皆有叹，何况臣乎。臣无肥羊美酒以调众人之口，且是非不可听，听之不可说。君听臣遭诛，父听子遭戮，夫妇听之离，朋友听之别，亲戚听之绝，乡邻听之疏，人生七尺躯、谨防三寸舌，舌上有龙泉，杀人不见血。帝曰，卿言甚善，朕当识之。"

这个许敬宗，《旧唐书》就骂他，《新唐书》更把他列为奸臣传里的第一名，从两传看，主要的仍是为了武则天的事。少穆公所录的这段话虽是许敬宗的巧辩，但说的是实话，是有道理的。这段话，对于老年人说，主要是不听闲话，不上以流言害人者的当，遇事心宽，不辩之辩。

老年人的身体锻炼固然重要，对此，是会有许多好文章的，我对体育是个外行，知之甚少，但我想心理卫生、思想的开明、心情的舒畅，是老年人第一要紧的事。

临了，以几句顺口溜来结束这篇短文：

老境话沧桑，人间重晚晴。

夕阳无限好，何必惧黄昏。

新松上千尺，恶竹悉除净。

健步强餐饭，余热供辉明。

寄语故乡人，游子盼好音。

携手登翠微，旭日正初升。

1983 年 11 月 25 日

辛勤的园丁和满庭芳

满庭芳当然是个好词，并且前人以此名曲牌。但达到满庭之芳，可不简单。不然，虽然青草满庭却不见芳，那不行。反之，一花一卉，或孤芳独秀，那也不美。

现在报纸副刊，办得很有生气的不少，有的已经给人留下了深刻的印象。但办得一般，汤汤水水的也不少。少数，花花草草，似个春天，但走进去看，还不能让人流连忘返。可见，办好副刊，又谈何容易。

讲道理不难，报刊要有思想性，知识性，趣味性、群众性，但怎么才能做到这几个"性"呢？从道理谈道理，仍说不明白。

"看菜吃饭，量体裁衣"，"到什么山上唱什么歌"，"写文章要看对象"，"报纸要成为读者的知心人"。这些话比上边的几个"性"稍具体一些了。如果，首先想到这一些，那几个"性"才能落实。

我想，现在的报刊，最大的读者是当代的青年。对他们有益，又使得他们热爱你的刊物，这是一大关键。但当代青年和现代派青年并不是一个词，确有所谓的现代派青年，他们有一些自己的特征，他们也还在变迁之中，也不是铁板一块。因此，报刊不能舍弃他们不顾，但如果一味地追求他们，讨他们的好感，却也不必。请看：那些沉潜读书，如饥如渴地求知的青年小友，才是当代青年的重要动向。

我还想：为什么要强调知识性？为什么目前一些有知识性的读物，深受读者欢迎？这不无原因，这是十年动乱，一场浩劫的结果，也是当代青年的特征之一。他们渴求新的知识，他们力求继往开来，把文化知识断了层、乱了套的文化教养传统接续起来。

至于趣味，从来就有高、低、雅、俗、精、粗的区别，抛开旧观念的所谓的雅，新社会也仍有一个雅俗之别。比如，养花就是一种好趣味，但一张嘴就说，"你这棵君子兰可以卖一千元"，就充满铜臭气。一个地主老财买了一张山水画以后说："画倒不错，如果上边再填个三战吕布就更好了。"这就是不雅了。《世说新语》中说有人送了一对名种金鱼给某大官僚，结果收到了回条："金鱼收到，但味不见佳。"

现在还有很大一部分事情，正错综于新旧的交替之间，这些现象，不值得提倡，不值得鼓吹，并不健康，社会效果也并不好。但如果，把它一下子就拉到精神污染的范围之中，又说得过分了，可能带来消极后果。但盲目的提倡，就又不必。比如，年纪轻轻，艺术刚刚露点头角，就出版了《我的道路》一书，更重要的是书的内容并不是说自己的刻苦努力，给人以鼓舞，大半是一些抒情之笔，使一些在校学生看了后，找老师来说："您说得不对！并不要什么德才兼备，我去当演员，一下可成名，又是一个某某某！"如果，这书也出版，稍微地想想它的读者和社会效果，不急于以"道路"名之，可能要好一些。此事，我无定见，可以商榷的。

天津，北方大港，北方的上海，京、津、沪一直联称。这名誉是历史和人民给的，这里的人民是珍重自重，是有骨气的人民。在旧中国这是中共北方局的所在地，是被帝国主义压迫下最早觉醒的地方，是周恩来、邓颖超的青年时代的活动舞台，是望海楼、六号门、老龙头的地方。在祖国向四化进军中，是首善之区。

《天津日报》和《天津日报的副刊》办得好，人们是可以、也应该有这样期望的。

1984年开头了，祝满庭之芳真的能实现，但我更要祝福和敬礼的——为这个目标，园丁同志，值得洒下更多的汗水！

选自《宋振庭杂文集》，山西人民出版社，1989年版

要慎重地使用烈士的名义

自己和革命烈士有关系，这当然是件好事，这好事就要求自己有宣传烈士光辉事迹的义务，除此之外，再无其他。但正因为人们景仰烈士，你的宣传又有特别取信于人的可能，你就更要慎之又慎。退一万步讲，可千万不能在烈士的光辉上抹黑。

这里，我想起了两件动人的往事。一件是一位叫杨展的女同志，1939年夏天，在开往敌后根据地时我们相识了，应该说是比较熟悉的了。但，我们只知道，她和毛主席有点亲属关系，但究竟是什么亲属，大家从不问她，她也从不提起。这位女同志对自己非常严格，她在华北联大党委组织部工作，党性很强。后来，在一次反"扫荡"中，她跌到岩下牺牲了。我离得很近，目睹了这个悲痛而壮烈的场面的。对这位女同志，我一直深深地敬仰和怀念。我看过一份材料，才知道，她就是烈士杨开慧的侄女。在我们一起开赴敌后时，毛主席曾亲自找过她，指导她到敌后要努力锻炼自己。

另一件是在周恩来同志逝世的时候，我在吉林省"五七"干校，同志们也都听说，一位姓邓的同志是邓大姐的亲属，但这个同志从不提起这层关系。当时他也是受歧视的，在那悲痛的日子里，我实在憋不住了，就找他谈了谈，问他可以不可以转述我们对邓大姐的安慰？在我的"逼问"下，他哭了，他说"不可以"，因为周总理和邓大姐对他们这些人非常严格，平时到北京都规定只许住几天，在外地更不许谈到这层关系。

我们都知道，老一辈革命家，大都对此事非常严格。可是，近来，也见到有些人，甚至有些和这些伟人、烈士的关系并不太多的人，在使用烈士的名字时很不慎重，这不能不使我想起上述这两件事。鲁迅在瞿秋白的《海上述林》出版时，写过捧着烈士、亡友的文集，像手里捧着一团火一样，忐忑不安。我们都知道，这些烈士都已不在人世了，对现在发生的事，他（她）不能讲话、表态了。你和他（她）们沾边有关系，并以他（她）的名义发言，那可要慎重啊！

写回忆录是好事，要抓紧时间搞。但一定要真实、确切、可信。尤其在和烈士们发生纠葛的地方更应如此。至于自己的抒情之举（如几次离婚、几次结婚等等），如果并不予人以什么好处的话，宁可不发表，不在青年中产生消极的后果为好。这是拙见，不知对不对。

1984 年 1 月 8 日

长它一些自信力

——参加画展的一点想法

我不是画家，和画画本无瓜葛，以前又从未来过贵州，这次把去年夏天来贵阳开会时，一时涂抹的东西，拿出来给大家看，实在惶恐！汗颜无地！

我唯一希望于观众各位的，就是一句话，请大家看了以后，破除一点迷信，长它一些自信力，这就是咱们不会的可以学，画不好不奇怪，画好了倒太奇怪。比如，粗鲁不文，一生从事于党政事务的我，老了老了，也可以画点中国画，此亦退居二线、三线的老人，一点新的生活情趣，我要说的话，就是这么几句！但这几句也得说说。不然的话，为什么占了展览室，浪费了人力，妨碍了真正画家的大作的展出，不只剩下消极后果了吗！所以，我想有点展出的理由，就这么一条。

谢谢主办的同志！谢谢前来参观的同志，我这里遥望南天，敬礼了！

1984 年元月于中央党校

阔别重逢格外亲

——赞话剧《火热的心》

　　如题的这种感受，是我在观看空政话剧团创作演出的话剧《火热的心》时思绪万千的实况。看戏时，同志们都称赞这个戏，并报以阵阵的掌声。

　　说"阔别"，有客观原因，也有主观原因。一来确是好久不见这样的好话剧了；二来是该怨自己，对近来的话剧多少有点成见。有一些仿造进口的戏，一看就令人身上发冷，呼吸器官、消化器官都起反应。所以，不爱看了。坦白地说，这场戏，也是剧团到党校来演，并有同志一再向我推荐，我才来看的。没想到看到了这样一出好戏，可见成见之害人。

　　说"格外亲"，就有好几层意思了。本来，对于演人民军队的戏，我们这一辈人，可以说是早就知音知心的。但，这几年有点隔膜了。对于那些以大鬓角的"奶油小生"扮演的英雄烈士，我总是有点接受不了。对于文艺的第一主题还是该歌颂、赞誉的先进人物，这一点我是从未怀疑过的，但这几年也看到得少了。所以，如今故友重逢，老相识见面，就格外亲了。

　　《火热的心》是以优秀共产党员朱伯儒的先进事迹为素材进行创作的，因此该列入英雄戏的范围。但是，说老实话，每当戏剧要表现这类题材时，就会出现一定的格式、一定的腔调、一定的动作。使人们还没有看，就预先有了精神准备。我看《火热的心》之前，也有点半信半疑。心想，看你怎么演，会不会又给我上课。但大幕拉开，不到一刻钟，我就跟着进入剧情，一点没有被教训的感觉。

说"重逢"，是说想当年我们那一代人在硝烟炮火里，同吃一盆饭菜，是共过生死的。但那时有那时的生活和矛盾，有那时的积极和消沉，光明和黑暗。现在呢？有了新的生活内容了。比如像生活中韩副科长这号人，我们是熟悉的。现在这号人又很吃香了，地方上有，部队也有，他们手眼通天，能干得很，腐蚀性极大。师部各首长虽未上台，但有电视柜一案牵着呢，谁牵进来的呢？韩枫！上台的副师长是个好同志，他没有要电视柜，但他一眼就看中了韩枫，当天下午就让他到师部去当营房科副科长。水泥呢？当然是他来到工地的主要目的，但水泥虽未到手，却一钩子就让韩枫给钩上了。不过这个老兵毕竟有觉悟，知道脸红心跳、手发抖。听了义正词严的党性语言，他猛省了，及时地承认得向梁子如学习。当他察觉韩枫在分房问题上搞了鬼，就把自己的房子让给梁子如。他的一举一动都证明，他还是个知过就改的好同志。空政话剧团在"致观众"的说明书上写道："占全国人口二十五分之一的党员，如果都能像梁子如该多好呀！"但我想加一句，在这二十五分之一中，如果能把韩枫这号人都改造过来，那该多好呵！要知道，《火热的心》如果没有韩枫这个人物，回避了电视柜一事，回避了生活里确还有小刘一家那样的痛苦，大家只说大好形势，以此来粉饰太平，《火热的心》就难以使人信服了！观众佩服的是，空政话剧团创作演出的这出戏，不回避矛盾，敢于正视现实，给观众以真实感和亲切感。

但是，揭露韩枫，这毕竟不是《火热的心》最高的成就所在。这样的揭露，在近年来的话剧和其他剧种已有不少了。但不足之处，就是缺少梁子如。即使有梁子如，在大的寒风（韩枫）呼啸中，往往也是苍白无力的。在结尾时有点阳光和温暖，也轻弱得很，留给人的仍是沉重的叹息。

梁子如这样的共产党员形象（还有秦医生这个好妻子，吴大伯这位好老头），这些年在舞台上见得少了，这不能不说是一个缺欠。甚至有的人已经到了怀疑人世间还有这种人存在的地步。所以，有个别青年人就说，人人都是"主观为自己，客观为大家"，而且得到相当多的人的同意。但生活中真的没有梁子如了吗？不对。再进一步说，有没有比梁子如还硬实，还在苦斗的呢？也有，但文艺（包括戏剧电影）在表现梁子如这样的人物上欠了些账，这已经不是一天的事了。

梁子如一家三口，是不食人间烟火、又无七情六欲的人吗？不是。爸爸什么级，正营、副营？有没有电视机？住什么房？先看护谁？模范人物的两口子就不谈爱情吗？不，梁子如和大家一样，也是一个活生生的人。但梁子如的不同处在哪里？就在先天下之忧而忧，后天下之乐而乐，甚至先天下之优，而自己一不怕苦，二不怕死！

从编剧和导演手法来看，这个戏朴素感人，已达到很高的境界。从表演上说，更是一人一面，精心刻画。看了说明书后才知道，是这么一群有成就的老演员参加了演出，难怪这么和谐统一。

这出戏的目的，正如"致观众"的一句话，"希望今后这样的人一定会更多！"我再加一句，希望这样的好戏，也一天天地多起来！

感谢空政话剧团，带了一个好头！

1984 年 1 月 19 日

画品和人品

就文章说，有的人是文以人传，因为人有名，文章才使人注意。有的人是人以文传，因为文章惊人，人也被人注意了。两者之间，文如其人，或人如其文，就能互相印证。

以画来说也如此，但画以人传，大半是文人画，因为人的名大了，其业余的笔墨也被人所爱惜。而人以画传，则大半是画家因有画传世，人们才去研究这个画家。

上个月，我在《新观察》上写了一篇《收藏家的品格》，把此等家分为上中下三品。此等人物，品评名家，是很棘手的文字。钟嵘的《诗品》，曹丕的《典论·论文》，是古人的大胆地论其同世的大家的文艺评论，这是很危险的。但大体来说，他们说的话还基本公允，并不太离谱。

中国画历来有四品之说，即神品，能品，妙品，逸品。后者大半指冷逸隽秀的少数人的画。四品之中，神品自然为上。因为画到了出神入化之境，当然是很高的境界了。

文或画以人传的典型，古人如文天祥、岳飞、史可法。今人如何香凝老人（双清楼主）。我们常见一些人家里收藏有这些古人的字、画和文物。但鉴定者多半说"不真"。为什么不真还要珍藏呢，因为人们敬仰这些人，希望有文物、书、画传世。常见的署名的岳飞的大字碑刻《出师表》，也是同样的作品。当然那字还是写得很好的。对香凝老人的画，作伪者不多，但人们也是非常珍惜的。

至于人以画传的画家就很难说了。这就要全面公允地论证一个画家的人格、道德、行状的高低品次。这是不可以信口雌黄的。

我近日来常常思考一个问题。诗人如清之袁枚（袁子才），戏剧家之李渔（李笠翁），画家如清末民初的任颐（任伯年），这三者到底该如何评论呢？袁诗名很大，才华也横溢，传世之诗著也很丰富，有《随园集》行世。人怎么样呢？算不得什么高人雅士，是一个俗而又俗的会享福做官的高级清客，托庇于大官僚两江总督尹继善的门下。恶行虽不多（确有），但善行也没有多少。郭沫若花了好大工夫，批评了随园的诗，我看讲得还是公平的。李渔确实是一个了不起的大戏剧家，有理论，有作品，家里真办过戏班，也不隐讳他以此做生意。但人品难说了。官僚买办、阔佬的俳优弄客而已。任伯年不同，是一个坐隐于上海滩上，以卖画糊口的画家，此人读书虽不多，笔下却十分活泼清新，开海派一代画风，为近代中国画有影响的大家。但十里洋场，世俗的品态，在画上也气息十足。硬要将任伯年的画吹捧得过分，恐怕也难以服众。

但徐悲鸿、齐白石、傅抱石的画品和人品却人人可得而言，可得而论，可得而知。徐的画是中国画和西洋画结合的一转捩点，影响极大，其人呢，和国民党反动派划清了界限，在共产党的影响下，比较早地成为典型的民主斗士。白石老人，出身贫苦，但顽强执着，以毕生心血气力，投身于写意花鸟的创新上，几十年蛰居北京，在这里"城头变幻大王旗"，从宣统皇帝、袁大总统、北洋军阀、国民党直到新中国，他都以卖画制印为生，但生生不息，自强自新，苟日新，日日新，抱定了衰年变法，如变法不成就饿死京华的主意。各派的画越到成熟期以后的越好，画品人品，浑然一体。抱石的画名本在徐齐二家以后，但其人博学多识，情趣高逸，为人耿介，醉心石涛八大革新画派，并吸收外国画之所长，终于使中国的山水画发生了一次大的革新。抱石其人其画为今世所重。

有没有画品上还可以，但人品较差的呢？有。如溥儒（溥心畬），本清室恭王之后裔，字和画造诣都很深，但曾贩卖古物，使国宝外流，不自珍重，书画粗制滥造，以他自己的题识作洋庄生意。在溥字辈弟兄中，此人才虽高但人为下品，谈之令人扼腕叹息。

对当代大家，我在这里只提名三人，徐、齐、傅先加以肯定，认为是画品人品浑然一致的代表人物。只提到一个溥心畬，对他薄有微言不予肯定。那么其余当今的各大家又怎么论定呢？此非一人一言一文可得而言者。但大体上说，也可分作三品：上品，人品画品俱高；中品，人不胜画或画不胜人；下品，虽画还可以，但灵魂肮脏，不足为训。对此，自可慢慢地细谈。但我想借此机会奉劝几句于一些热心于做洋庄生意、搞出口生意、捞外汇的画家，特别已有画名于世，不惜一切，以粗制滥造的笔墨去欺人欺世的人，实际上到头来一害国家二害自己。须知，做洋庄生意也不易，洋人也不都如夏日旅游之士，花上几元钱就买一张中国画的，人家也很懂行，甚至有真的有识之士。卖给外人的画更应自知珍重。即使在国内出售的作品也应幅幅认真才好。如吴作人、李可染二位就是这样，都对作品十分认真，绝不轻易把画交商人去卖。与此相反，那种自惹轻贱的行为，恶果已经显现，实在值得向他大叫一声："悬崖勒马！"

作家画家都一样，都是灵魂工程师，但工程师自己的灵魂先出了毛病，那就得报危了！

1984 年 1 月 28 日

甲子之春，漫步广场

　　说"一元复始"、"万象更新"，是春节的吉利话。但今年这"一元"，这"更新"却与往年不同。甲子乃大元，今日之更新乃中国历史上百代不遇之际。能在这个一元时，漫步在首都的广场上，那兴致、那感慨，又何可胜言。

　　中国人使用干支纪年是很早的事了。以十天干配十二地支，就形成了六十年一花甲子。其中甲和子又系天干、地支之首。六十年才有一个甲子之辰。因此，中国人从来就很看重这个纪年之始。

　　自从有了干支纪年以来，中国哲学思想史上的各派都利用这个历法来解释。儒家、道家、法家全如此。但阴阳学派、五行生克的说法却又占优势。其实，用五行学说解释宇宙，虽不科学，但确有其朴素的唯物辩证法的思想在内，比其他诸说法要好得多。但用五行学说解释社会、历史、政治，却大半是胡说梦话。特别是天人感应之说，给后代造了许多祸害，让占卜和算命先生又多了不少骗人的生意。但五行之说，却偏偏在农业上、工业上、生产上，甚至航海交通上作了新的贡献。中国较早的农书《齐民要术》就利用了它。特别是在丰富的辨证施治的中医的宝藏中，五行的理论有了很高的成就。

马克思主义，从世界观上说，对一切人类知识全有指导作用，对社会学来说就是独一无二，"不可须臾离开"的科学。恩格斯说，马克思在科学上的两大贡献是再明白不过了。然而，我们的一些老朋友偏偏要回过头去从什么"人性"、"异化"论中找点文章来作，不能不说是个怪事。但那个"人性是马克思主义的出发点"的命题，实在陈旧得很，不比五行学说高明多少。

前些天，在北京日报社开顾问座谈会，谈到天安门广场，话可就多啦。天安门广场何也？世界各国首都第一大广场也。这门就是正南正北地建在北京的中轴线即子午线上。它直得很，不比格林尼治的子午线差。因为别忘了罗盘和指南针是中国人的祖先发明的。此外还有什么第一呢？人口第一。中国人上外语学院，有人说英语是第一大语系，错了！世界上第一大语系是汉藏语系，英语远远比不了。中国菜第一，中国手工业第一，中国绘画、中国戏曲是世界上珍贵的宝藏。朱建华第一，他两次破世界（也是人类）的跳高纪录。

但是我想说，中国有个最好的事物，就是中国人的优美的精神文明传统。这传统并非哪一学派的，更不是什么儒家的。中国是中国人的。特别是在中国共产党领导下又大大发扬了的中国人的精神文明！中国共产党是伟大的，是世界的马克思主义队伍中最大的一支队伍，有四千万之众的党员。这个党怎么样呢？从来就很好。虽犯过错误，也出现了党风不正，但正在一元复始万象更新之中！

"甲"是天干第一，"子"是地支第一，两个第一来了个本世纪的第二甲子。本世纪的上一个甲子不甚好。1924年，中国共产党还正在寻找自己的基本纲领和基本战略，可是这第二个甲子，1984年就好得很！多么好？我不必多说了。啊！思前想后感慨万端！

广场啊！五星红旗的广场，"五四"的广场，中国人民大团结的广场。本世纪第二个甲子之春，祝你一片春色，天地同春！

1984年2月2日

共产主义万岁

《北京日报·党的生活（专刊）》要开辟一个"共产主义运动史话"的栏目。我很赞成这个想法，觉得这是很有意义的一举。

如题目讲的这个口号，也许有人会觉得奇怪，现在为什么要喊出这个声音？

党和国家的现行政策是社会主义，还不是共产主义。在我们的社会生活中，共产主义仍是最终的奋斗目标和伟大的理想。同时，在我们的日常生活中，已经有了一些共产主义的物质现象、人和精神文明的因素；特别是有四千万中国共产党党员和上亿的共产主义革命者的存在，并实际上领导着这个社会前进，共产主义在中国，目前主要是指这些方面。但是，作为中国人民，一切活动最后的总目标、总纲领、总口号，仍然是共产主义。

共产主义是什么？我看它包括三个方面：第一，它是一个学说，一个社会科学的学说的思想体系，也就是马克思主义。第二，它是一个社会制度，最美好的、最理想的社会制度，是共产党和共产党人为实现这个社会制度而牺牲奋斗的最高纲领。第三，它是一个伟大的、革命的实践的运动，因为这个远大的目标，得经过长期的奋斗，一步一步地向前走才能达到。因此，共产主义运动包括了马克思主义政党领导下的各个阶段的革命运动。它是当代最先进、最有生命力的运动，磅礴于世界五大洲。它既代表革命运动的今天，也代表革命运动的明天。

作为愿望和理想，憧憬实现世界大同，建立起一个没有剥削，没有压迫，人人都过着幸福美满生活的社会。这种社会思潮，不是近代才有的。可以说，全人类任何一个民族，自古以来都发生过。但是，在无产阶级政党领导下，在马克思主义革命理论指导下的共产主义运动，则是从19世纪40年代才出现在西欧的地平线上，而后逐步扩展到全世界的。这个问题"共产主义运动史话"要讲，会讲得很好。作为运动，也是曲折复杂得很，有成功也有失败，经验教训很多。在一切国家，一切社会实现这个理想的共同规律，不可违背的规律，已被马克思主义者找到了。但在不同的国家，不同的社会阶段，不同的国情下，具体要走怎样的道路，各国的共产主义者都在摸索，并取得不同的进展。

不知道昨天，也就不能理解今天，更难以预测明天。开辟"共产主义运动史话"这个栏目，学习、了解共产主义运动史，对于我们坚持四项基本原则，促进两个文明建设，继承国际无产阶级的优良传统，发扬国际主义和爱国主义，进行共产主义思想教育，对开创共产主义运动光辉前景都是有意义的。

在"共产主义运动史话"刊出之时，作为一个报幕员，开场白，我想说的是：

我们的旗帜是共产主义！

我们的总口号是共产主义！

共产党员最高的人生价值，就是要为实现共产主义而生存战斗！

1984 年 3 月 23 日

自修成才不是"个人奋斗"

有些事，表面看，二者差不多，但分析一下，差多了，甚至完全相反。

思想解放就不是思想自由化。

注意经济效果，也不等于金钱挂帅。

关心个人利益，多劳多得，更不是一切朝钱看。

发扬民主，更不是不要领导，搞无政府主义。

美化生活，不是搞糜烂的生活，那不是美化，是丑化。

有时候，一字之差，谬之千里。

现在有些同志鼓吹"个人奋斗"，"自我设计自己的道路"，对不对呢？得做分析。

个人是存在的，谁说共产主义、共产党不关心个人呢？但共产主义、共产党反对个人主义，主张在集体中有个人存在，允许个人个性的差异。首先说"大河没水小河干"，但同时也说"黄河长江不弃涓涓细流"。

个人如果懒惰，躺在集体的火炕上睡懒觉，那么无论集体还是个人都要受损失。但改造社会、改天换地，要真想改换，只靠个人奋斗，绝无可能。

个人只有在一定的集体里，才有意义。

自修成才的人，都是非常了不起的人，他当然得努力奋斗。自修成才在旧社会有，在新社会也有。华罗庚是在旧社会成才的。但在旧社会，第一，成了才的很少，多半是奋斗过，熄灭了，夭折了；第二，成了才也很难长久存在下去，不变质，坚持到底更难；第三，即使在旧社会，自我奋斗也离不开一定的社会支持，一些善良的人们的同情，一定社会集团、一定的阶级的关心。华罗庚，他的好朋友、赞助者，也是很多的。在新中国，这就不同了：第一，衣食水平虽不高，但不至于饥寒而死，"饥来驱我去，不知竟何之"；第二，可能性、可选择的目标、道路多得很，行行皆可出状元，条条道路通北京；第三，党和国家是最大的支持者，朋友又多得很；第四，基本上技术公开、知识公开，求知的工具并不难得到。

我们说的自修成才，或者说今天的自修成才，是社会主义的培养人才的一种形式，一种方法，一条可行的道路，它既不同于旧社会的自我奋斗、个人奋斗，也不同于有些同志那着迷的"个人自我设计"。

青年小友潘晓有句话："主观为自己，客观为大家。"有不少人很欣赏。这是说个人奋斗是社会主义的主要动力。不能说潘晓同志所说的这种人不存在，更不能说这种人就不是社会主义的公民，因为他还能"客观为大家"，因此，我们对他就应该、已经很满足了，因为他起码不是"客观害大家"，也不至于成为经济犯、刑事犯。但不能因此闭上眼睛不承认，在今天，正是不少人，已经失去了理想主义的光辉，并无浪漫主义的激情，对什么都讲"现实主义"，即实用主义的现实，他们已忽视、抛弃一切口号、豪言壮语，主张一切都"来点实的"，"可以看得见摸得着的实惠"，"生活即存在"，"存在即一切"，"目的和远大理想是可笑的产物"。他们不相信今天还有完全为大家的人还活在世上，如果还有，可能是"精神不健全"、"还没有觉悟"的人。对于有这种见解的同志和小友，他们这种精神上的迷惘和痛苦，不能忽视，要承认这不是无原因的，不是偶然出现的，这正是"旗手"江青一流人，打倒一切、全面内战后的恶果报应和惩罚。

潘晓同志的苦果是我们时代的苦果，我们应吃下这苦果！因为我是他父兄的一辈人！

但，苦果吃完，我还有话说！

我们的社会主义的大列车，动力是一种合力，不是单一的力量，它兼容并包，欢迎一切主要动力，也欢迎一切可帮助它的力量。

在我们这个大家庭中，最少有四种人：一种是完全为大家的人（名字和典型我不举了，人尽皆知，信不信由你！），一种是大半为大家，小半为自己；一种是大半为自己，小半为大家；最后还有一种是完全为自己，绝不为大家，拔一毛以利天下也"绝不为也"。我说有四种，都是真的，你信不信呢？

我们这个大家庭是由共产主义者、拥护社会主义纲领和现行政策的公民、爱国的人士、爱国的同胞几种人携手共建的，至于世界观、人生观，这几种人也是求同存异，虽有差别，但不妨碍在共建四化的大目标中团结合作。

在这个大家庭中完全为大家的人，和大半为大家的人，就是先锋队、脊梁骨、社会的骨干。绝不能是由完全为自己，或主要为自己的人成为主角。要是那样的话，这个社会就要灭亡了，不存在了。

对潘晓同志所说的"主观为自己"，也得分析，如"拿奖金"、"多得点收入"、"联产计酬"、"想升学"、"想取得学历"、"想出国"、"想多搞点业务"，这些能否都一概称之为"主观为自己"呢？第一，他和"为大家"，并无矛盾；第二，这也是那个"大家"（即祖国、社会、党）同意的并赞成的；第三，是否主观上一有了这些念头，就已经包括了"这可是为了我自己一个人啊！"并不！有些人还是想，这是时代所允许、"大家"所支持的东西，起码并非纯而又纯的"主观为自己"。

事情就怕多走一步，多走了一步就可能走上反面。对共产党员来说，不在于一切全得无我，一切都得是为他主义。共产党员也是人，也食人间烟火，也有七情六欲，谁说完全无我，总是把自己放到天天受难者的地位上呢？但是有两条是根本之点：第一，首先他想的是为了人民、为了大家，是先天下者；第二，更主要的是，如果他和大家的利益发生了差异，更不要说对立了，就放弃个人的利益甚至是贡献自己的生命。因此才说共产党员是无私、无我的人。共产党员要做到这个要求。

由潘晓小友的信引起的讨论，我是很关心的，讨论中说什么意见的都有，只要是讨论，这就正常，如果意见都一致还讨论什么？讨论时，组织者、领导者应该马克思主义多一些，善于引导一些，该说的话得说，有些缺点、不足之处，引以为教训就行了。"三不主义"一定要坚持。

临了，我在这篇文章中，到底想说什么？我想说三点：

第一，凡事得细心想想，有点分析，别再抽象地奢谈什么"永恒的真理"、"抽象的人性"、"抽象的心理学"等等！

第二，一字之差，可以谬之千里，如南辕北辙，你的马越快，后果更坏！

第三，自修成才大有可为，个人主义不好！个人主义仍是万恶之源！要顽强地坚信这个真理！

1984 年 4 月 7 日

戏剧现状之我见

戏剧事业是我们国家和党的整个事业中不可分割的一部分。要正确估价它的成就和不足，必须把它放在一个历史的长河当中看。现在我国处在一个伟大的历史的转折期，是一个承上启下的历史时代。如果许多问题不从这个角度去看，单从戏剧事业的局部、微部去看，只见树木不见森林，话剧、戏曲事业一些自身的现象也是不好解释的。党的十一届三中全会以来，我们的事业前进是主流，成绩是主要的，缺点、问题也是有的，有些问题还比较复杂。戏剧事业也不例外。

我认为我国戏剧事业当前有四个方面的优点：

第一，突破了"左"的、许多僵化的教条。从戏剧事业方面来看，十一届三中全会以来，我们把十年动乱中形成的某些"左"的东西突破了，同时把新中国成立后的十七年中形成的一些不符合客观规律、艺术规律、思想政治工作规律、文学规律的"左"的东西也突破了。对这个突破不要低估，我们得之很不容易。比如长时期以来戏剧不能表现生活的各个不同角度，特别不能表现恋爱，不能表现除了战斗、工作以外的人的精神面貌，英雄人物不能有缺点，不能写"中间人物"等。这些狭隘的观点在很长时期内，阻碍了我们的戏剧事业的发展。假如没有全党思想领域的解放，戏剧事业上也不会有这场解放，今天取得这些收获也是不可能的。当然，长期禁后突然得到解放，解放以后向哪儿走，有时有点迷惘，这并不奇怪。就像人长时间在一个小屋子里，一下子走进阳光充足的旷野里来，眼前一下子亮起来，但由于阳光很强，反而道路看得不那么清楚，因而出现一些这样那样的问题，这是同一道理，我们要从宏观确定出发来观察这个问题。

第二，这几年的戏剧艺术和戏曲现代戏，逐步地接触了当前时代的主题，接触了中国社会的重大波动。自从党的十一届六中全会作出了《关于建国以来党的若干历史问题的决议》以后，话剧、戏曲用自己的艺术形式，对于党在政治思想领域所总结的、人民最关心的历史矛盾，历史教训，以及建国以来我们所走过的历史道路，在一定程度上给予了艺术的反映，而且这种反映越来越深刻，越来越正确，合乎党的三中全会和十二大的精神。话剧这些年来在接触上述这个时代的主题、揭示社会矛盾上走得最早，干得最好。话剧的政论性、思想性、政策性很强。前些日子我看了话剧《火热的心》、电视剧《燃烧的心》、电影《咱们的牛百岁》等等，觉得好作品越来越多了。

第三，这些年一批新人、新作品、新风格、新流派、新的文艺探索大量出现，这是十分可观的。

第四，我们挽救了一大批有才华的中年艺术骨干，使戏剧很快地复苏过来。有些四五十岁的演员，在"文革"开始时，刚从学校毕业，学的东西还未用于舞台实践就被迫扔下了！现在我看这些四五十岁的演员承上启下，在舞台上正发挥作用。最近，首都戏剧舞台中青年优秀演员"梅花奖"评选结果揭晓，表彰了许多新人，令人鼓舞。

根据这些情况，我认为戏剧总的形势是乐观的。但也不能不看到有些问题确实严重，当然我们不能因此对整个戏剧的形势又一次作出错误的估计，这个历史教训要永远记住！

现在大家确为戏剧着急，感到不满足，有责难、批评。我们应该把这当作一种推动我们前进的动力。我想讲四个较严重的缺陷：

第一，我觉得目前不少戏剧作品在某种程度上脱离了革命现实主义艺术的根本要求，就是任意性，随心所欲，胡编乱造。历史戏也好，现代戏也好，电视剧也好，不同程度上都存在这个问题。一切真善美的艺术都是人类创造的，首先它来源于生活，来源于生活的实感。离开真情实感的生活就谈不上艺术，更谈不到美。要有丰富的文化、丰富的生活基础，说简单点，就是真情实感，没有真情实感的艺术，主观臆造的艺术，永远不能成为站得住或有生命力的艺术。现在这个问题比较严重。比如，有的戏，把肃顺这个坏人演成同岳飞、于谦一样的悲壮，这是为什么？纯属置历史的真实于不顾，胡编乱造。我们党从有红军以来，从有我们的"左联"以来，就强调文艺要表现真实的人民生活，真情实感，这不是"左"倾。文学、艺术、戏剧如果没有真情实感、不尊重历史的真实，就远离开现实主义。当然细节的真实那是另外一个问题了。我们文艺理论从旧现实主义到新现实主义，到社会主义现实主义，到革命的现实主义和革命的浪漫主义相结合，直到今天，这些提法是步步前进的，步步完整的。但不管怎么变，能把现实主义一笔勾掉，从文艺中踢出去么？当然，在解放思想、艺术革新中，我们可以虚构艺术形象，你搞新童话，新神话也行，但胡说八道不行。现在农贸市场啥都有，有黄豆芽用化肥泡的，有小米用黄颜色染的，这些粗制滥造的劣次品充斥市场。戏剧"市场"上也有劣次品。这里头有个客观原因，就是大量的新手、大量的新人涌进戏剧队伍，他们对编剧、导演等专业还不熟悉。这一点，领导要经常讲。这种现象可能和前两年进口的电视连续剧，什么《加里森敢死队》、《姿三四郎》等等的影响有些关系。好像洋人都可以胡编乱造，中国人为啥不可以呢？

第二，我觉得一个更大的问题就是有的戏剧不是急人民之所急，想人民之所想，只在一个小天地里打小圈子。戏剧艺术要触动人民的心弦，触动人民最关心的事情。它和人民的心理，人民的感情的距离是近还是远，这是个根本问题。在某种程度上讲，个人的喜怒哀乐、作者的喜怒哀乐和广大人民心灵的波动应该是相呼应的。最近有的戏剧在这方面表现得是不够的。前些天彭真同志在纪念老舍的座谈会上有一段讲话，我觉得话不长，却讲得非常精辟，整个即席发言有很大的概括力。他说，老舍这个作家，从历史的发展来说，特别是创作了话剧《龙须沟》以后，他的人民性越来越强。彭真同志对这个问题讲得太好了！喜人民之喜，哀人民之哀，愁人民之愁，越能体现人民的真情实感的深度和广度的戏剧，那么它的生命就越强。现在有些作品轻飘飘，被一部分人所欢迎，被一部分人叫好，但是广大人民并不见得叫好。这一点恐怕在戏剧创作上我们现在很值得注意。彭真同志那天特别说：作为人民艺术家，老舍的一生是发展的一生，不断前进的一生，越来越高，越来越深，越走和人民的距离越近。我说现在还应该有《龙须沟》这样的作品，人民最关心的作品，和人民的真情实感关系很深的作品。比如同是恋爱，川剧《四姑娘》里的恋爱就跟那种奶油小生在草地上打滚，给人留下的印象完全不一样！要体现广大人民的思想感情和理想，这一点电视剧、话剧、戏曲、现代戏、新编历史剧，都可以办得到。现在有些作家在创作上开始触动了这根神经，这是一个可喜的现象。

第三，是戏剧应触动矛盾，揭露矛盾。剧作家应该有更大的勇气、更大的毅力去正视矛盾，不回避生活和现实的矛盾，这和整党、纠正不良的社会风气、清除"四人帮"留下的歪风邪气是一致的，和我们社会的健康力量与黑暗势力、美好事物与丑恶东西斗争的全局有关。在这方面戏剧的威力发挥得还不够。以《火热的心》和《燃烧的心》为例，这两颗"心"就很好，它敢于揭露军队和地方党组织内部甚至领导干部中存在的不正之风。生活当中大量的矛盾，社会上的关系学、关系网等丑恶现象都值得通过艺术形式予以抨击。对现在的戏剧创作，我说要有歌颂，也要有挥斥。歌颂就要有很强的爱，同时也要有很强的挥斥。戏剧应该为正气唱赞歌，为邪气挥斥方遒，鞭笞那些丑恶的灵魂。十年动乱以后，有些丑恶现象实在叫人瞠目结舌。现在戏剧接触矛盾时，歌颂还不够强烈，不够鲜明；挥斥、揭露、打击、鞭笞也不够尖锐。现在报纸上几乎每天都发表一些我们社会阴暗面的东西，叫我们擦亮眼睛，警觉，清醒！当然，我们不能搞那种暴露文学。不搞《二十年目睹之怪现状》、《官场现形记》那种东西。但戏剧作品强烈地揭露时代的矛盾，点到关键、点到最敏感的神经，是艺术家的社会责任感所在。

昨天王震同志在中央党校开学典礼上有个讲话，传达了小平同志讲话的精神。这些，《人民日报》已全报道了。我们的国家将有一个很大的经济决策。我个人领会，就是开放政策要扩大执行，要坚决执行。现在不仅是深圳、厦门、珠海，要南到北海湾，北到大连湾，沿海都要开放，都要走类似深圳那样的道路。关于农村市场的开放，中央要把农村经济进一步搞活的这个方针，现在看来完全是对的。可是这样一来，整个中国就带来一个新问题，这就是经济上的搞活、搞富跟上层建筑的社会主义精神文明、共产主义觉悟这二者之间越来越形成一个矛盾统一体，跟着洋货赚钱、发大财一块来的，不能不是一切朝钱看。因此，今后各种剥削阶级的坏思想、资本主义腐朽的东西，经济基础与上层建筑之间的矛盾，会在我们今后的生活中产生巨大的影响。经济要搞活，人民要变富，但是灵魂不应沾铜臭，不能一切朝钱看。这个问题将成为我们时代伟大转折中的一个实质性矛盾，也将变成今后我们意识形态领域中一个很严重的时代的课题。

第四，能否发扬优秀的戏剧传统的问题。从 1950 年到 1966 年，在这17 年中，我们的文学、戏剧、电影等有过很多的好作品，其中放映过的一部分苏联电影也不错。苏联文学和我国文学的关系是很深的，它们有不少优秀作品。斯大林时代的文学艺术中也有不少好作品。这些好电影、好戏，应该拿出来，总比那些粗制滥造的要好得无法相比，应该反复地让当代青年好好看看。就拿 17 年中改编的京剧来讲，我以为《杨门女将》、《将相和》、《赵氏孤儿》、《赤壁之战》、《生死牌》、《十五贯》等等这些好戏都应该保留着，应该经常上演。我最近接触了一位四十多岁的演员，问他："那些戏你看过吗？"他说："我在戏校时好像看过，但是啥样子记不得了。"因此我们现在有必要把以前的好戏拿出来，使历史不中断，使青年演员有所借鉴和继承。我们要补上学习优秀传统这一课，一天补不上，我们的文化工作就很难前进。

下面我想讲五个小问题：

第一，新编历史戏问题。我主张，对于戏曲现代戏、历史戏和传统戏还是要"三并举"。这是周总理定的。其中对新编历史剧基本上还要符合历史真实，不可诬古，任意歪曲古人，但也不能溢美。比如杀李大钊的张作霖，就是亲日派、卖国贼，但他和日本军阀又有矛盾。尽管如此，我们写戏时却不能美化他。美化古人和丑化古人都不行。因此，我认为老戏、新编历史剧必须严肃，起码要符合历史真实，不能乱改。同时我认为历史在戏中的"古为今用"是借鉴，而不是影射。借鉴和影射是两回事，历史剧的目的在于借鉴历史的教训，不是影射什么东西。有的戏的毛病就出在这里。历史不可能绝对地重演。写戏进行绝对对比，说谁和谁完全一样，没有这个事！

第二，我认为现在老戏的上演剧目太狭窄。老戏中重要的流派，可以分内、中、外三层来考虑。内层就是有些戏在戏校小范围演一演，在戏剧界内部先演一演，研究研究后再定。比如，黄天霸的戏演不演？《八大拿》绝对不能全演，但我看《恶虎村》可以演一演，有些戏则不能拿出来演。我主张思想内容上无害，而艺术上又有光彩的老戏，可以小改或大致不改，个别唱词稍加整理就可以了。我国有丰富多彩的文化传统，如果不大力予以批判地继承下来，并发扬光大，那是说不过去的。

第三，现代戏问题。我觉到现代戏这个概念要扩展一下，现代戏范围的上限和下限怎么定为好？现在有的题材属于近现代戏，近代和现代都可以算。你说蔡锷这个戏是算现代戏，还是算近代历史戏？我们不好说。目前现代戏的范围稍微狭窄了一点。现代戏的体裁也狭窄了一点。还有一个问题，就是我们许多同志一写现代戏就想弄个大问题，完全从党史、革命史的重大材料中去找，这当然很好，我们直到如今，关于"三大战役"还未写好。但是也要看到，在受群众欢迎的现代戏中，有些生活小戏的情节是很简单的，如吉林评剧团演的《邻居》就是为一个楼里的电灯泡，围绕一个人物"小辣椒"，来展开戏剧矛盾，生活气息很浓，喜剧性也很浓，这是值得大力推荐的现代戏。有些现代戏题材很小，但挖掘甚深；人物平凡，但含义深远，道德深远。不要认为只有表现重大题材、伟大英雄形象才叫现代戏。

第四，归根结底，剧团的体制应该改革。我们现在剧团的制度，具有企业性和事业性两个方面性质。一方面要看到它的企业性，它要卖票，但是它又是国家的事业，有些还得赔钱。哪些不应该赔钱？哪些还得挣钱？这就得分门别类，做点细微的、法律性的规定。意大利的歌剧院，国家每年为它赔钱几十万里拉。英国皇家乐团也是赔钱的。它是民族的骄傲，虽然不赚钱国家也要保留它，它就可以赔。所以体制非改革不可，体制不改，不能解放生产力。现在生产关系阻碍生产力，戏剧事业的生产关系阻碍戏剧事业的生产力。这一点不改，绝无前进的可能，人不能尽其才，地不能尽其力，物不能尽其用，搞不好还要出问题。戏改绝不能往回改，要往上改，往前改，这个问题很复杂，需要专门研究。还有一条，老演员、老专家、老编剧都是"活国宝"，要抢救，要把他们身怀的绝艺、知识经验保留下来。马克思讲过一个问题，艺术是不按平均数来衡量的，一个天才胜于一个师。所以我说人才难得啊！现在有的剧团还是瞎指挥当家，你搞一个五百年前的孙悟空，他就搞个五百年前的猪八戒，这个办法不成。现在好多剧团瞎指挥，硬要关公战秦琼的人还站在那里。在工厂里，像这样的人已经被拿下来了。我们剧团中有些同志不懂业务，不学习，不跟演员做知心朋友，又不平等，对演员不知冷知热，演员心里话不告诉他，他只是在那里做官，这样的同志不如换换干别的去好了。

第五，还有一个戏剧如何表现国内民族关系的问题。岳飞还是要演，是忠臣，但并不见得由于岳飞打金元术，满族就一定不高兴。我建议，在历史题材方面，可以给少数民族的重要人物多编点戏，比如辽朝的耶律德光、萧太后、耶律隆绪就很值得编出戏来演一演。这样，和杨家将就互相辉映了。我真奇怪，北京有的人写清装戏对西太后感兴趣，可是为保卫北京的于谦写戏的人却不多，这值得我们思考。

1984 年 5 月

初学记怀

写伟大人物的逸事，是件很难的文字工作。因为第一，这些人物都是大家熟知的。你写得对不对，大家极易辨别；第二，把伟大之处既得写出来，又得真实自然，毫无溢美做作的弊病；第三，一切伟大的自身，同时又是朴素的、平凡的、人们可以理解的，如果写得古怪离奇，让人看了高不可攀，可望不可即，那也不行；第四，材料的来源，必须可靠，经得住审查，切不可胡编滥造，如果只顾追求情节的动人，忘记了这是指名道姓记述伟大人物，一流入诬妄更不可救药。

但是，在今天，这又是一件十分必要、很有好处的文字工作，也可以一、二、三、四地列述一下：一，不光对青年（更重要的对象），就是对老年人、中年人，这也是进行革命理想，进行高尚道德情操教育亟需的读物；二，趁我们隔这些伟大人物的距离还不远，人们对他们的音容笑貌还留在记忆之中，趁这些轶事的见证人、经眼人大半还健在，可得以补充或修正；三，历史教育，亟须一些形象的有血有肉的补充读物，可以加强历史教育的效果；四，这些真实的记述编写，可以给艺术的塑造以极为有益的帮助。

张聿温同志，我并不熟悉，只从报刊上读到他的一些杂文短论，我觉得他思想新鲜，文字清新，活泼，一文所出，必有所指，文字中有一股正气。也许正因为彼此都热爱杂文的缘故，他给我写过信，交谈过几次。但直到现在，也尚未能当面叙谈。这次他把此书文稿寄我，我读了，不但自己从伟大人物的轶事中受到了教育，也为张聿温同志的精诚劳动所感，所以能写几句初读的感想。

从内容分类上，可以看得出，本书可以分作三部分，总的来说，全属于轶事记述，轶事之一是，这些伟大人物的学习、工作、战斗的情景；之二是，道德，理想，情操，高风亮节，伟大的风范；之三是，作为一个人，他的生活场景，他的家庭及日常的衣食住行，也是和我们一样在过着普通的老百姓的生活，并生活在群众之中。

我觉得这本书，可基本上符合我前面所发的一点议论。除此之外，更重要的是这本书让人可以读得进去，能读完，这更靠文字的朴实的感染力了。就这一点说，此书也是好的。

但我总觉得，这样说是绝对不会错的，这就是：无论对我们这个伟大的民族，伟大的党，伟大的历史进程，以及对在中国共产党领导下的革命斗争中涌现出来的伟大的人物，无论对他们的昨天和今天，我们的文字工作还大大落后，已有的笔墨尚不能表现其万一。我们的作者是欠了账的，而欠账总得要还的。

愿在中国，更快地、更多地读到这样的书。

1984 年 6 月

发人深思的三个数字

——谈谈《文史知识》月刊

前几天，中华书局传来一个消息，他们编辑出版的《文史知识》（月刊）订户已达 21 万。听后，颇为激动。因为我是它的老读者，期期必看，从头到尾，当然也关心我热爱的刊物的前途和命运。这个刊物已创刊三年，第一年邮局发行 7 万册；第二年翻一番，达 14 万册；第三年突破 21 万册大关。三个数字，颇令人深思。它反映出建设"四化"的人们需要知识，需要文化；它也说明了介绍中华民族五千年灿烂文化的书刊，很得人心。了解中华，热爱中华，建设中华，正是亿万人民的共同心愿。这些是最为根本的，是前提。除此之外，刊物要有自己的个性，才能吸引读者。《文史知识》的个性是什么呢？我看可以归纳为如下几点：

第一，此刊大专家写小文章，深入浅出，童叟无欺，少长咸宜。大专家写小文章，既能深入，又能浅出，如高度浓缩之"铀235"。

第二，编辑精心安排，文字清楚，校对较严，不粗制滥造，每期必有中心，安排妥当，很吸引人。在今天海内刊物中相当难得。现在别字连篇的刊物很多，有这样一个刊物在那里老老实实编辑，文章文从字顺，每期都能精心安排、匠心独运，实在难得！难得！

第三，涉及面广，文史哲经、佛道老庄、诸子百家，在此"八仙"聚会，各显神通。甚好！甚好！

第四，中国文化、中国文史知识，十年动乱，地层紊乱，断手再植，断臂再植，血管骨骼都断了，现在很需要将两个时代、两个历史连接起来，把血管疏通，骨骼接通。现在老一辈已大多离开我们，次老一辈也进入垂老之年，对此我深为感慨。"江山代有才人出，各领风骚数百年"。老的死了，小的还会出来，可是这个地层断裂，上下两代不通，文化中断，对此我们的忧虑不是无因的。《文史知识》这样的刊物，可以使上下两代血管疏通，可以使大小专家们留点遗产，给将来的中国文化打下更好的基础。因此，大专家写些传宗接代、传心传法的文章很有好处。

第五，希望《文史知识》在全国人民的读书活动中发挥更大的作用，也希望众多的专家们多写些"小"文章。

选自《宋振庭杂文集》，山西人民出版社，1989 年版

革命人永远年轻

　　人，这个躯体，由少壮到老，到死亡，这是必然规律。不管你寿命的长短，都是一个过程。但养颐得法，不去损害它，可以活得长一些。有的人到老无衰相，但有的人可以未老先衰。人的思想，一生中也有一个由年轻到老化的过程。但努力学习，努力革新，努力向年轻一代靠拢，可以越老越年轻。反之，人未到中年，思想却老气横秋，落伍到和今天的新人隔上一代到几代之远。

　　人的思想的发展曲线，是否有以下四种类型：第一种，人在少、壮、老三阶段，思想感情也同步发展，相应的是三大段。第二种，先前比较保守、衰老，但到后来，甚至到了晚年反而新鲜活泼起来。第三种，忽老忽少，在天在渊，沧海桑田，几经大变，高低的曲线交替出现。第四种，从年轻时起就是革新者、挑战者，并越到后来越年轻，越富于革新精神，一直到死，成为他那个时代最令人敬仰的伟大先驱者，如孙中山、鲁迅、宋庆龄，如我们党的许多优秀人物，大体都是如此。

　　我是一二·九运动以后参加革命的一代人，我为我们这一代人骄傲。

我们这些人，在风雨飘摇的黑夜，黎明即到的时辰投身革命，朝拜延安，我们穿上军装，听党之命，驱驰了一辈子；我们对党、对人民、对祖国毫无二话，甚至十年内乱、抄家、殴打、坐监狱、关牛棚，也未动摇过信念。我们一生的命运，始终是生活在激流、快板、高速度中，很少有过慢板、抒情的田园交响乐。从年轻到老，从早到晚，忙！忙！忙！我们对我们的信仰，比任何宗教徒都虔诚，都更坚信无疑。但，现在我们这辈人老了，都六七十岁以上了。我们正在退居第二线、第三线，正在交接班。对这个交接我们也心甘情愿，毫无怨言。但也不必讳言，我们这一代人由于历史条件所限，也有一些缺点和不足。第一，我们的斗争手段、战斗方式，比现在的中国社会要单一得多，单纯得多，以前主要是群众工作、打仗、行政工作等等；第二，我们之中上过大学，具备大学以上文化的有，但绝大多数是工农兵，少数是知识分子。因此，我们的知识面难免要狭窄一些。何况，根据地的生活，新中国成立以后长期的封闭社会，对外国的事情我们知之甚少；第三，对比之下，我们的自然科学和现代科学知识就更缺乏一些。由于这些不可避免的历史条件，我们承认在今天，面对着大转折大变化的中国四化大业，新人物之纷呈众现，真有点眼花缭乱，如行在山阴道上，目不暇接。我们绝不妒忌新上台的一代，但愿他们越过我们，更符合四化的要求。

人们常说，"保持晚节"。这当然很对。但晚节的好坏，并不在一个"保"上。"保"和"变"是手心和手背。只保不变，保也保不住。只变不保，把一些好传统好作风随便丢掉，随波逐流去赶时髦，我们死了也不干。但在当前更主要的是革新，是改革，是变化。因为世界在大变，中国必须大变。改革势在必行，而且我们这场改革和1958年的"大跃进"不同，和十年内乱的冒充改革、"革革命"完全相反；在这场革新中，中国将和人类世界的文明大道接上轨道；在这场革新中，中国式的社会主义即将全身呈现它的身影。这场革新就可以达到初具两个高度的起点，即高度民主、高度文明，初现四个现代化的基础。

革新和保守之间并未隔着万里长城，人的思想过于落后现实，就有成为保守者的可能。即使是老共产党人，昨天挥舞马刀在前边砍开一条血路的人，也得警惕这个有真正可能的危险。

有些事情在昨天是好事，今天仍然是好事，以后也永远是好事，如四项原则，如坚强的革命信念，如清贫朴素的革命家风，如我们老家伙之间的革命友情等。

有些事情昨天还有些道理，但今天就非反掉不可。因为它已成为绊脚石，如平均主义、大锅饭。

有些东西从前就不好，现在更不好，以后更希望它早点绝灭，让它断身绝后，如官僚主义、以权谋私、不正之风等。当然绝对干净也难说。但坚持和它斗争是绝不能停手的。

……

一个党员，或"半老"的党员（因为许多长辈、师长还健在，自己还不敢言老），在党的生日到来时，只要有一个信念，我们这一辈人，对历史的脚步，自己的历史责任感，能更清醒一些，比什么都重要。

1984 年 7 月 1 日

勇于改革是共产党员应有的品格

　　共产主义者是彻底的革命者。他存在的历史使命是改造旧社会、建设新社会，建设人类历史上最美好的社会制度——共产主义社会。因此，他背向昨天，向昨天挑战。他只承认昨天的遗留物中美好的东西，他要改革其中一切不合理的东西，扫荡丑恶的东西；他面向今天，向往明天。他全力以赴地支持、讴歌、助长、热爱新生的美好的事物，哪怕这些事物还是那么幼小、那么稚嫩，只是"才露尖尖角"。

　　正因为这样，我们现在要提倡改革。改革，在实际工作中，在日常生活中，所遇到的阻力是不小的。在这些阻力之中，可悲的是还有一些来自共产党员。他们昨天还是很有闯劲的，但现在，对一些改革却摇头叹气了。

　　重用年轻人，道理上容易接受，但一讲到具体人，就怀疑："他行么"，他还那么"不成熟"！重用知识分子，这当然对，但你们是否重用得"过了头"！"知识分子的尾巴又翘到天上去了。"采用新的管理方法，这当然好，但一减人，这些人怎么办？免职，退职，自谋职业，行么，这还不"乱套"！人尽其才，人员可以流动，这个建议也好，但有人走了，换了地方，这不天下大乱了么？今后还有什么规章制度没有，这不变成了谁爱上哪儿就上哪儿么？多劳多得，这很对，但你为什么一下子就得那么多奖金，比我的工资还多？等等，指责就来了。

搞改革，遇到的是从来不曾出现过的新事物，出点偏差是少不了的，不能见到一点偏差就求全责备，就大惊小怪。事实上，有些指责本身并不正确，而是因为一些同志对改革中的新事物看不惯，持怀疑态度，随之便否定起来。这种态度是不可取的。改革中发现了问题，一定要解决。看准了，要当机立断地加以解决。但这绝不是为了中断改革，不是为了保险，回到改革以前的状态中去，而是为了找到改革的最佳方案。"削足适履"，"因噎废食"，这两句成语，就是对那种不赞成改革、不积极改革的人的生动写照。

共产党人是要讲党性的，讲"坚定"、"稳妥"的。可是，有人就有误解，以为"坚定"就是咬住死理不放，稳妥就是习惯在老路上走，什么新的主意也甭想。这是有害的偏见。究竟什么是共产党员的党性呢？共产党员党性首要的一点就是要有革命性，无保守性，向陈旧观念挑战，鲜明地站在新生事物一边。如果不具备这一点，缺少了这种品质，那就不能说是有完全的党性，起码是党性有亏损。

历史上面向未来的伟大人物，总是随着时代步伐前进的。谁如果变成保守主义者，谁就得退出历史舞台。康有为公车上书、鼓吹变法、写大同书的时候，他是改革者。但章太炎、孙中山一出来，戊戌变法以后，他就成了保守者，后来甚至反动了。太炎先生是大革新家，他爱护青年小友、革命军中马前卒邹容；他写文章驳康有为、梁启超，多大的硬劲，多大的革新劲，但后来变成国故派了，变成老古董了。但是，革新者中也有孙中山和鲁迅这样的人。他们所以被人称赞，被历史所肯定，就在于他们永不停步，永远革新，顺应历史发展的潮流。翻开我们的党史，半截子革命的人也不少见。当然，这些"半截人"有许多不同的情况，但有一个共同点，就是他们在革命的路上厌倦了，从革新者一边站到反对者一边去了。更要紧的是，明明自己不对了，但又放不下架子，不能自我更新，不愿作自我批评，最后落荒而走，有的竟掉进泥坑里去。在今天，改革已成为时代的潮流。我们共产党人要在新的历史条件下保持自己的党性，就要立志改革，勇于改革，以热心的革新家的姿态出现在群众之中，走在时代潮流的前面。

不必讳言，改革之中，会有人利用"革新"的好字眼为他们自己谋私，干着同改革背道而驰的勾当。这些人也以"革新"、"反保守"等来自我标榜，但这与改革是风马牛不相及的。农村的谚语说得好，"树林子大了，什么鸟没有？"我是东北人。东北有句土话是："你只听蝼蛄叫，还不要种地了呢！"记得马克思在《资本论》中引用过但丁的诗说：

"走你的路，让人们去说吧！"

1984 年 7 月 2 日

山野激情

美术是人的灵魂的橱窗。一个人画的画，一方面是他眼睛中所反映的自然外界事物的再现；同时也是他的思想、感情和心灵的写照。

地质工作者，和山、水、石头、地壳打交道。但地貌，自然风貌，他也是热爱的。如果说在旧中国，"天下名山僧占多"，只有一些僧人才可能见到闭锁在深山老林里的山水的美，那么在新中国，谁都比不上我们的地球上的"新侦察兵"，即地质大军。他们不但是能源的开发者，地层地质的开发者，也是封闭的、不为人知的、美的开发者。

有人有偏见，以为科学家不见得爱美术；有的人也许奇怪，地质矿产部的领导为什么还领头办美展；其实真正值得奇怪的是，直到今天还有人有这种偏见。可以肯定地说，只有这样真正关心自己的职工队伍的精神生活的人，才称得上是好的领导者。

我这样想：如果各条战线，如林业、煤炭、钢铁、气象等等的几百万大军全动员起来，自己动手塑造自己的生活，也塑造自己的美，有更高尚的情操，那对精神文明建设要有多么深远的意义啊！尤其一些老职工，把晚晴的幸福再现在这些美丽的书画上，那多么好啊！

1984 年 7 月 26 日

既要热情，又要冷静科学

——祝贺我选手在奥运会的胜利

一个当今地球上最大的民族——中华民族，在奥运会期间，卷起了极大的爱国主义的涡流。欢呼和雀跃，激动和沉思，把多少年来对往事的新仇旧恨，和对新事的喜笑欢乐，交织在一起。年轻人高兴得很。老年人，和我一样的人，也即真正懂得什么是"零"，什么是"东亚病夫"的嘲笑的这一辈人，今天的感慨更是笔墨所难以形容的。

但是，对奥运会归来的健儿们，扩展地说，对待所有参加了国际比赛归来的运动员，国人应持什么态度？对这个问题，整个祖国的上上下下，不能不认真地想一想。

第一，国际大赛，这不是开玩笑，能人背后有能人，强中更有强中手。我们这个星球，被称作小小寰球，在本太阳系中也排不上冠军，只是一个小弟兄。但国际比赛也是山外青山楼外楼，到那地方，你没有真功夫、硬本领，随随便便，就让你把金牌拿走？凭啥呀！

第二，我们向运动员常讲，胜不骄，败不馁。这话当然很对。但说是说，能不能大家都真正这么办？运动员本人不易办到，整个社会也得警惕这个毛病：只许胜，不许败，一败就怨气全来。这在过去发生过，在今天，也不是绝无仅有。要知道,这次奥运会,得了不少金牌,但这仍然是初露锋芒,小试其锋。那大头还在后头呢!

第三,凡运动员,大都是年轻人,和我这一辈比,全和自己的子女差不多。祖国是什么? 就是他们的父母、兄长、姐姐。孩子在外边得了金牌就捧着抱着,受了挫折就靠边站,无人疼,这就不好。读点历史,如秦之大兴,统一中国,那年代秦王就懂得这一点,对领军的三个统帅,打了大败仗、全军覆没之后,回来的一个也未受处罚,相反的如迎得胜之师一样,秦王自担过失。因此秦得大强,一统天下。就拿中国体操队说吧,这次未得团体金牌,就一定是坏事么? 我看不见得! 竞赛在人,结果如何,有许多不好事先预知的因素。队员们表现是好的。一时发挥得不理想,算不了什么!

第四,国际比赛,到底赛什么? 胜队,女排是榜样! 咱们的姑娘们,以排球做教具,给整个民族上了一堂好课。在三强之中,所以能挣脱危局,扭危为胜,取金牌而归,这里边教益甚大,甚大! 就以未夺得好成绩的队来说,人们该想一想,将欲张之,必先合之,将欲扬之,必先抑之;天将降大任于斯人也,必先苦其心志,劳其筋骨。胜了好,得金牌好,但未得金牌,得了教训,有了锻炼,来日方长,孰知后劲更大! 体操队等,在嚣声噪声的包围中,全神贯注拼到底,我看值得称赞! 这也和女排精神一样。输了不怕,祖国支持你们!

归根结底,要靠什么? 靠一口气,靠拼搏精神,这不用说。但从长远上看更靠冷静,靠科学,靠知己知彼,善见人和己的长短。比如,我们整个体育事业,它的基本土壤、基本功——田径赛场上为什么差距这么大? 这件事要实打实地好好想一想,要有真正的科学态度!

谈精神文明时,别忘了首先得普及义务教育。这一条的教训好痛呵! 谈体育,别忘了全民的体质如何提高,体育的温床——田径什么时候真正铺得坚实的路面?

以小球乒乓球为例,为什么咱们比较放心呢? 绝不是说,在它的面前已经一帆风顺了。不是的，今后还得迎接全世界的挑战。但确实在这个项目上，我们已有了点"全民的国防"（借用词），不像足、篮、排三大球，还在叫人提心吊胆！真有志气的，迎接今后世界性的挑战，就得下更大功夫，起码得如乒乓小球一样，后继有人，新人辈出！

由此想到，人们给运动员写信，致贺词，提意见，献建议，这好得很！但给整个民族，整个运动员的父兄们也得建个议，你该如何对待运动健儿的国际比赛，特别是其成败利钝的时候！

热情呵！这必须有，我们有权利欢呼雀跃，但最根本的是冷静！是科学！更需沉思，想想大试身手的来日！

选自《宋振庭杂文集》，山西人民出版社，1989 年版

应酬文和应酬画

　　文人、诗人、书画家一出了名，总免不了得作些应酬性的作品，这是自古以来如此的。从好的方面说，人家喜爱你的作品，看得起你，才会要你的诗、书、画、文，你成了名的本身就说明了这一点，这无可非议。从坏处说，要的人太多，不管你有无写作的欲望，想干不想干，反正得写、得画。这就成了灾难，使事情走上反面。

　　从来的作者，对于这类事，也是有两种态度对待的：一种是，不管要多少、谁要，什么情况下要的，只要是自己的作品就严谨对待，正正经经，绝不苟且，不粗制滥造。另一种则相反，随随便便，应付敷衍，信手一挥，甚至投其所好，让干啥就干啥。有的甚至请了代笔先生，成批地制造，漫不经心（当然此中有例外，如一些著名演员，为了应付需要，请一些名手、高手代笔，那又作别论了）。

　　我开始看有些人的文集、诗集、画幅时，就时常纳闷，这些人的这些作品，怎么这样名不副实，如此疏狂欺世呢？后来，有的师友就告诉了我以上的真相，我才恍然大悟。

吴作人同志就曾对我说，美术不是"表演艺术"，当众挥毫不是不可以，但不能以之为训，不能经常这么干。我公开表明，我是同意这个见解的。凡是一张好画都得有"大胆落墨"和"细心经营"的两方面，二者不可缺一。

有的同志反驳说："美术也是表演艺术。"理由是，画史上常有群众围观画家作画的记载。这些记载当然很多，要抄摘可以摘出好多来。但这位同志忘记一个逻辑常识："可以表演"不等于"表演艺术"。二者不是一个概念。比如，炒饭烹饪就"可以表演"，也很好看，但没有人管做饭的叫"表演艺术"。玉工雕刻工艺也可表演，但也仍不是"表演艺术"。这个道理并不复杂，找本逻辑学，一看就明白，这叫什么？是有个定义的。记得一本什么书上写过一个故事，一卖油的，见武举人三箭都射中金钱，人人叫好，但他却说这算不了啥，我这一大桶香油可以从一枚铜钱孔中全倒出去，倒到另一桶中，不信可以表演。结果真的，铜钱上一滴油珠不见，却把一桶油倒干净了。因此我说这卖香油的，也仍然不能叫"表演艺术家"，叫什么？卖油郎是也！

1984 年 9 月 19 日

从国庆、改革谈到理论的前导作用

　　中华人民共和国三十五周岁了。"卅五"大庆是在伟大的改革的实践中，是在十亿中国人开始走出了一条中国式的社会主义新路时，欢欣鼓舞地来进行庆祝的。

　　自从有了社会主义制度，历史业已证明，它的优越性是无与伦比的。但以前进行的有些办法不行。个人吃集体的大锅饭，集体和企事业吃全社会的大锅饭。这种干法，阻碍社会扩大再生产，违反一条定律——社会主义就是高度发展社会的生产力。社会主义应以无比的劳动生产率的优越性才能战胜资本主义。如果不是这样，社会主义和资本主义之间的你死我活的历史替代就无法实现。

　　要进行扩大再生产就得解决四个问题：即资金的来源、技术的改造、原材料能源和有利的劳动力设备。资本主义如此，社会主义也不两样。十月革命后，列宁就曾有过这种设想，愿意搞租让制，情愿把巴库、顿巴斯的煤和石油及俄国的许多资源租让给帝国主义的资本家，暂时忍受剥削，借以解决上述四个问题，但列宁的设想落空了。道理只有一个：国际资本家不干。在他们看来，苏维埃俄国活不下去，不久就要灭亡，何苦干这种事呢！列宁以后，这个问题也从未解决，只能靠国内的节约，勒紧裤带解决上述四个问题。其中包括一种很有贻害后果的做法，把农民和农业一直搞得很穷困。这个历史过程已经很明显地显现出来了。

今天的中国，处在一个十分特殊的国际环境，同时，又有自己强大国力做后盾。这四个问题有可能在比较有利的条件下加以解决，如借资金、合资经营，引进新技术、成套设备等。与此同时，自己国内的市场条件、劳动力后备条件、资源能源的储备，更几乎是应有尽有。真是"万事俱备，只欠东风"！

四者中的关键是资金。原始资本主义的历史，为搞成资本主义制度，曾采用过血腥的、灭绝人性的原始积累，消灭小生产的办法，《资本论》里第二十四章中写的"羊吃人"就是描写这种可怕的历史图画的。除此而外，还有几个办法：如搞海盗式的抢掠，从国外去抢资金、发动战争，用战争赔款做资本积累，用工业品和农产品的剪刀差价格，残酷地剥夺小生产、剥夺农民，以及以商业金融资本的吸血器，重利盘剥整个社会。

我们中国是社会主义国家，当然不能用这些办法去解决资金准备，我们要靠自己的力量，同时也可以利用目前国际资本市场狭小，资金积聚急于寻找出路的机会吸收国外资金。为了在几十年中解决这个问题，我们愿意和全世界愿意以友好待我的国家一起，以互利互让的长久合作方针，解决这个问题。

在这个新决策下，也就顺理成章地、合逻辑地、必然地要出现伟大的改革。从经济、技术、管理体制、市场、价格、竞争，从国内到国际市场都得来一个变革的实践。

这件事已经和正在带动整个中国的社会生活。现在事情不是能不能干，而是早已经干了！现在事情不是这样效果如何，而是事实证明它的效果很好。现在事情不是要不要改革，而是早已在巨大的变革之中了。但人们干的，并不一定都是人们懂得的、感觉了的事物，并非都是业已理解的事物；

只有理解了的事物，才能更好地去感觉它。

有一些人，包括一些理论工作者，私下在心里打鼓，可以说是"十五个吊桶打水七上八下"，所以流行一种说法："凡事可不能跟得太紧。得看一看，等一等，和这改革的现实保持点距离！"

现在我们最感薄弱的是哪里呢？就是要有人，有理论家出来说话，要好好教育干部，把事实说明白。党的现行政策是一项非常坚定的马克思主义的政策，我党所采取的这条道路是有充分的马克思主义的理论科学做依据的！上海从来出经验、出机器、出人才，更出理论，今逢三十五年大典之际，我们眼巴巴地看着上海，希望上海在理论的先行作用上也给全国树立一个榜样！

"没有革命的理论，就不会有革命的运动。"同样的，没有革命的运动，理论也是空洞的、教条的！所以从国庆让人想到了变革，从变革让人想到了理论，从理论更想到了上海！

1984 年 9 月 30 日

二人转腾飞

　　我的家乡吉林来人，说二人转的"形势大好"，别的剧种、剧团大多赔钱，唯独二人转挣钱。如吉林民间艺术团八九月份在德惠县给农民演出，一场戏卖票万张，一个半月收入十一万元，而全团人员只有四十多人。农民管二人转叫"乡音悦耳，腔调通心窝的好宝贝"，说"宁舍一顿饭，不舍二人转"。有一女社员抱着孩子，跟着剧团看戏，走了几个公社两个县。榆树县一位七十岁的老太太，得了癌症，家人问她想什么，她说啥也不想，就想再看一眼韩子平（演员）。有一次二人转和电视片《霍元甲》同一晚上演，结果二人转得胜了。

　　二人转新的腾飞显然与以下这些因素分不开：一是，农村形势好，社员生活富裕了。二是，二人转是他们的家乡戏，别有一种亲切感，改革后的新二人转更让他们高兴。三是，二人转一树多枝，有唱、做、念、说、表、舞等形式，还有拉场戏、单出头、坐唱、多人唱。社员说：二人转比别的戏"明白、对味、热闹、开窍"。

　　由此，我想起了一些大剧种目前的"危机"来。它们的具体情况虽有不同，但归根结底还是这么几个问题：一、有什么样的观众、什么样的时代，就有什么艺术，绝不会反过来，我造什么，你看什么。艺术只能影响观众，而不能决定观众。二、地方戏不能脱离自己的基地，一旦离开基地，就得枯萎而死。三、任何剧种，在中国得不到百分之八十的农民的心，就会出现危机。四、任何剧种都得不断革新，革新则存，不革新必亡。

那么，农民热爱的艺术，城里人一定不喜欢么？不是。京剧、秦腔、评剧等都是从乡村到城市的。吉剧前几年进京，就给人留下了好印象。对于二人转，北京的观众也是很喜欢的。

这次吉林省民间艺术团来京，演出受到观众欢迎的情况，充分地说明了这一点。我除表示祝贺外，想说说的忠言就在这里！

1984 年 12 月 8 日

顾曲微言

——从改编《西厢记》所想到的

　　承改编作者马少波同志的盛情，我有机会看了北昆的《西厢记》。对于我国文学史上这一瑰宝，也可算是立于世界文学史屋脊上的这一高峰，能按元曲杂剧形式使之演出，再现于舞台上，不管怎么说，这都是一件大事，没有人敢冒险，敢动这块如神物般的古典名著。这笔账，中国文艺史、戏剧史在想要开创新局面的今天是早晚要还的。在剧场见到少波同志时，我说"你真胆大包天，不怕佛头着粪之讥"。我这话有双关之意，既有鼓励，也有一些担心。作者前不久改编《临川四梦》之一《牡丹亭》，这一回，又改编了《西厢记》，这股锐气令人佩服。

　　《西厢记》、《牡丹亭》不改编很难上演，作为乱弹，这还好办，作为元曲杂剧就难死人也。如果是京剧的红娘、豫剧的拷红，用不着废话，毋庸多议，但标明王实甫的《西厢记》，这就得好好端详端详。要知道，不但中国人，外国人也有不少人以研究此名著而得了博士学位的。

　　《西厢记》里的崔莺莺，这个文学典型，实在难死人也。她浑身浸透了贵族大家之女极沉重的矛盾心理。这不怪别人，元稹的《会真记》就这么规定了，王实甫、董解元的再创造，也基本忠实于其典型性。啥叫典型？陈伯华同志以其演员的行话说："演这个人，就得像这个人家的人，说这个家庭的话，行这个家庭的事，按这个人家的规矩办。"我看这是对恩格斯的典型环境典型性格的顶妙的中国式的注解。

莺莺可否解放一点呢？青年人看《红楼梦》，就不明白林黛玉为啥不搞自由恋爱，为啥那么委委屈屈地死去？现在不是李白都可以和杨贵妃在沉香亭幽会，倾吐心曲嘛？不是有恋爱就得追呀追呀，都得在草地上滚嘛（而且还得有慢镜头）。"文化大革命"前康生大放厥词，"要打倒西厢记，解放崔莺莺"，并发命令代之以《东墙记》，而且也真有人奉命唯谨上演了《董秀英花月东墙记》。结果如何呢？一个老头观众说：看了一晚上，就是一出搞男女烂事的戏！

凡历史名著的典型生命力，是其艺术的核心，如哈姆雷特的悲剧性格（软弱性格），已被称为"哈式心理"类型。如把他解放一下，变成发动玄武门政变，并以《宫门带》一剧演之的李世民，那还有什么哈姆雷特？不管什么崔莺莺、杜丽娘、董秀英，反正都一样。一道汤，这样演省事。但还有更省事的呢，比如若都参加共青团，按新婚姻法起诉，不更痛快嘛！看完戏上台，让我说话，我说我双手高举，拥护朱穆之部长的话，昆曲不能停步，要提倡，也得敢演大名著，从这个意义上我不是吹捧改编者，为北昆做广告。但我又说了一句话，就是"西厢记可千万别演成东墙记。"我绝不是说此次改编已变成了东墙记；但这个危险非杞人之忧，遍观今日的舞台"熔西厢和东墙于一锅"的事，大概不是我的污蔑之词吧！而且还有叫人更打寒战的事呢！

改编名著，前人就视为畏途，是费力不讨好的事，连元曲四大家之首席关汉卿，相传他续写的《西厢记》第五本，"金圣叹还骂得个狗血喷头"。这桩公案，弄文艺的，人尽皆知。但我想正面提个建议，在改编名著时，可得谨慎一些。第一，既是改编，又是名著，总不是新创，就应该辛苦一些，谨慎一些。不薄今人爱古人，既不可照抄无误（这倒危险性小），可别大刀阔斧，另起炉灶。要另起，咱们就重写，爱咋写就咋写。第二，文学的基本典型规定性，不可能反其道而行之。第三，区别精华与糟粕。最精华之处，即一戏之胆，别摘除胆囊。糟粕陈言务去之，一般之处也是可以动的。第四，尊重艺术演出的类型要求，元曲得是元曲，杂剧得是杂剧，乱弹就是乱弹，比如二人转的"听琴"，就一口气唱了几十个"莫不是"，而且红娘还可以唱"煎饼卷大葱"呢！

写完以上一些"微言"之后，我也有点顾虑了：这顾虑就我是有言在先：我非顽固派、保守派、棍子派。第一，我拥护上演，我拥护有人敢改编名著，而且得有豁出去的精神。第二，我也声明：这是一件苦差事，费力不讨好的事，尤其名家，如老朋友马少波同志，贵在楷模，这次改编成绩固然不小，但可斟酌研究之处也还不少。因为：若是年轻小友写的，我也不会写这些多余的话的！

选自《宋振庭杂文集》，山西人民出版社，1989 年版

题《张伯驹、潘素夫妇书画联展》

　　我同张伯驹、潘素两位先生相识已有二十多年了。二十年来，人事沧桑，大波迭起，张、潘两先生在饱经忧患之后，仍保持着旺盛的创作力，创作出大量书画作品，开了如此多彩多姿的展览会，实在值得钦佩，值得庆贺。

　　张伯驹先生是当代知名词人和书法家，同时又是知名的文物收藏家和鉴赏家，他不仅具有极为广博的书画知识，并且对保存我国重要文物作出过突出贡献。如我国传世最古之法书——西晋陆机的《平复帖》以及传世最古之绘画——隋展子虔的《游春图》，都可称为稀世之珍，解放前随时都有流失海外的危险。张、潘两先生为保存这些文物，不惜倾家荡产，收购下来，保存到解放后捐献给国家。同时献给国家的还有唐杜牧的《赠张好好诗》、宋范仲淹的《书道服赞》、蔡襄的《自书诗》等多件。他们这种精心保护民族文化遗产的无私行为，受到党和政府的褒扬和人们的称赞。张先生的书法原学王右军的十七帖，晚年自成一格。张先生的词，纤细与拙重具备，识之者，谓有纳兰之风。所著《丛碧书画录》、《丛碧词话》、《红毹纪梦诗注》、《中国对联话》等书，颇得海内外学人称赏。

潘素先生为知名女画家，自幼即习国画，多见历代名画真迹，采撷传统精华，加以自己长期实践、探索，自成一家画风。多年来，她时无论冬夏，处无论南北，总是手不离笔，案不空纸，孜孜不倦地沉浸在创作活动中，即使在"四人帮"猖狂为害期间，在凌辱迫害纷至沓来之际，亦从未间断。由于她长期锲而不舍地努力，艺术上多有创获，作品被选入《全国妇女美术作品选集》、《北京中国画选集》、《广西桂林山水画选集》，并送到国外展出。

在张先生任吉林省博物馆副馆长和潘先生任吉林艺专教师期间，我们过从较多。他们于60年代初离开北京到吉林工作，原是陈毅元帅推荐的。陈毅同志还嘱咐吉林省的同志要团结和照顾好这两位先生。在以后的交往中，我发现两位先生虽是从旧社会过来的人，但始终保持着中国知识分子的好的传统，讲求道德操守，为人耿直正派。

"文化大革命"一来，两位先生被当作"牛鬼蛇神"拉去游斗，我则被戴上"牛鬼蛇神保护伞"的荆冠关进"牛棚"。当时"造反派"多次逼令交代我们之间的"黑"关系，但无论张、潘两先生或者我，都没有道出陈毅同志推荐和嘱托的事。此事现在可以公开讲了，然而在当时是不应该讲也没必要讲的。之后，他们夫妇被遣送到吉林农村劳动，我则被发往干校"赎罪"，一直到粉碎"四人帮"才在北京重获见面。十年阔别，执手话旧，感慨多矣。

近几年来，他们夫妇的书画创作已进入一个新的旺盛时期，这次联展的多数作品都是近年创作的。确如有的同志说，粉碎"四人帮"，使两位老书画家重新焕发了艺术青春。这次联展是两位先生书画创作的一次重要总结，今后必定会有更多的好作品问世，我们高兴地期待着。

选自《宋振庭杂文集》，山西人民出版社，1989年版

《张伯驹潘素书画集》序

　　艺术的生命力在于独创的个性，在于自辟蹊径，走出自己的道路。

　　摆在读者面前的这本画册，在今日的中国画坛，是很有特色的。这里边的画大多是金碧或青绿山水画，和大家目前常见的山水画很不相同。就以同是这一类的画来说，它又和明清时代的小青绿，和纤弱仿古的苏州片不同。打开画册，一种高贵典雅的古典气息迎面而来，让读者不由得想到，这是否一部古画，至少是五代或两宋时期的古人所作。但是，人们却会发现，这作者竟是现代人，是中国当今画坛的潘素先生的山水画。难怪国内和国际友人说，女画家潘素先生的画是"唐画"。

　　知道潘先生画的美术界人士，和热心于美术事业、中国美术史研究的人士，都非常关注潘先生的画集的出版，其中的一个主要的原因就在这里。按照通常的习惯印象，好像中国的山水画已经有了大致的常见的面貌，而潘素先生作品所呈现的格调，似乎是大家所不熟悉的。其实，这种格调倒是为我们中国古人所常见，只是到了后期，进至清中叶以后，才少见甚至绝迹了。画史上讲的唐人画法北宗山水，大小李将军——李思训、李昭道的画法，由于种种原因，在中国已成为不被人知的古法了。潘素先生的画，正是这一画系的不绝如缕的传承，才保持了它自己的独特面貌。

这里，我无法确定把画分南北宗之说到底有无根据：北宗为何衰落，南宗之刘、李、马、夏和北宗的传承关系，明人戴进、唐寅、仇英和浙派蓝田叔等人的努力重兴北宗的贡献，以及近代北宗的金碧和大青绿山水画为什么始终未能普及开来，对于中国美术史上的这样一个大问题，不是我这样一个业余的美术爱好者的学力、才力所能说明白的。但是，作为这本画册的序言，我只是把潘先生画的这种特点和所谓北宗画派的师承关系提出来，以使我们更加看重这种画的特殊意义，便已经完成了我写这个序言的一半任务。

我要说的另一半是关于观其画而知其人的问题，也就是，这样一本脱尽俗态，透出古朴气息的中国画的作者究竟是怎样一个现代的中国女画家。要说清这件事，就得和一位可敬的爱国人士张伯驹先生，也即潘素先生的丈夫一生的事迹联系起来。现代的青年，已经看过关于宋代女词人李清照的戏剧和电影，知道了有关她的身世的一些情形，那么，我可以这样说，张、潘两先生的行状，和上述这位大词人的家庭生活是很有一些相似之处的。比如，在同是词人、收藏家、爱国者，遭到了同样颠沛流离的经历，夫妇的伉俪情深和人格等方面就是如此。当然，任何历史的比拟，只能是相对的，不可能是绝对的，我们这一比拟也同样如此。诚然，从词的成就说，张伯驹难于抗衡易安居士，虽然《丛碧词》的爱好者对他有"南唐二主后一人"的评价，但这总是朋友间的私见和所爱；然而从对美术珍品收藏的贡献，使自己祖国的珍品回归到人民的怀抱这点上说，张、潘两先生的贡献是高出于当年李、赵二君的。何况，李、赵的结局是元朝，而张、潘两先生的祖国是五星红旗下的社会主义新中国。

当这个画集能出版的时候，我心里除了怀念伯驹，我更怀念陈毅、张茜同志，我只想说一句话："陈老总！我总算做完了你交给我的一件事——为实现你的好朋友张、潘两先生的夙愿，为出版这个画集，做了一点点我该做的事。"

1985 年，《张伯驹潘素画集》整理出版，这是宋振庭为该书写的序言。

从落花说开去

　　广东真能下雨。到此地就不晴。早晨，小雨仍淅淅沥沥，下个不停。雨中林荫道上漫步，见落翠竹羽，及白油桐花，堆满一地，沥青的黑亮，水光的反照，形成了极美观的落花翠竹印花布图案。

　　对于落花，诗词、书画中表现得极多，一般的都是伤时之作，如"落红成阵，风飘万点正愁人"，如"借问东君谁作主，雨里落花无数"，如"落花人独立，微雨燕双飞"，如"流水落花春去也，天上人间"的名句，是人人几乎都可顺口背得出来的。《红楼梦》里林姑娘的落花诗更是红学迷们最愿背上口的名句，从"花落花飞花满天，红消香断有谁怜"一直到"侬今葬花人笑痴，他年葬侬知是谁"，"一朝春尽红颜老，花落人亡两不知"。

　　这是文学里的花和落花，其实若问植物学家，他们对花的看法完全不同。从植物学的眼光来看，花和叶子没有什么差别，也是植物的光合作用之器官，而且花就是叶子，是由叶子变的，现在还可以看到半叶半花的植物，或由叶到花的过渡的形态。花所以成花，其目的是交配，两性交合，然后结籽，传宗接代、子孙繁衍，这部分叶片及其中的雌蕊雄蕊，正好如高级动物的生殖器官。鲁迅为了打击一些反动的倒行逆施的古文家的故作高深，把浅显的白话硬写成古里古气的字样，他也把"一棵菊花下，一对蟋蟀在对鸣"，先译成上海话，"野菊花下，蟋蟀在吊膀子"，再译成文言，"野菊性官下，鸣蛩（即蟋蟀）在悬肘（即吊膀子）"，这样一来，当然雅得多了，文气也大了，可是谁也不明白了。鲁迅讽刺地说，文章写到这个地步就得了文章之三昧，这个火候就"行了"。若问：怎么"行"的？就是谁也看不明白。

从前见一个红学家的议论说，《红楼梦》里林姑娘的落花诗是仿明人唐寅的落花诗。我当时未去注意，后来，买到唐六如文集，通读了两遍，觉得确实有点渊源，并非全系咏叹伤时的路数相同，其中有些字句章法都有类似。但就全体而言，唐寅的诗文、道情之类，格调不高，不仅不如《红楼梦》，也比板桥的道情差多了，更比不上南宋的张元幹等人。此人策论、八股、诗、词、书、传、记、表等等，浮浅鄙陋，透着不少的市井气。我相信，他确是个才子，也读过些书，在科场舞弊案一场打击之后，玩世虚无的人生态度，出入佛老的文人习气，寄托书画的情致是显然可见的。但，第一，他是明朝人，明朝人的不读书或不多读书的空谈浮华气质，他也在所难免；第二，他是苏、常一带的人，这里的习气他浸透得浑身通体；第三，他是出了名的才子，也即鲁迅所说的才子加流氓一辈人的祖师爷。这三点使他和清代的袁枚（子才）都成一路文人。当然，比南宋之阮大铖、明代的陈眉公、清代的李渔（笠翁）等要好一些，但文人一走上这个酒绿灯红、诗酒征逐的地方，其实不会有什么好文章出来的，正如画画，一味地为了钱的画家，其寿命也和短命鬼一样。唐寅在诗词上是高手，但难入真正上乘的高人之内，不过他的画确是不可多得的神韵十足的神品，难怪后人不以其文名家，而以画名家，这是有道理的。但后人传说之"三笑"故事，及画春画的大师祖师爷，对此公说来，倒是一个不幸的反诬。

毛泽东同志很喜欢三李，对李贺是很欣赏的，他的"红雨随心翻作浪，青山着意化为桥"，显然和"桃花乱落如红雨"有关。红雨之说其实由来已久，也并非李贺先用，如《楚辞》的"洞庭波兮木叶下"，陶潜的《桃花源记》中的"芳草鲜美，落英缤纷"业已揭示出来。以后落红的点题就愈来愈鲜明。再加上佛经中很有势力的维摩诘经中，文殊问病于摩诘居士（即以后佛教所说的方丈）已有天女散花的说法。这些落花沾不到道行高深的大迦叶的身上。我猜想，贵宾来了，向贵宾撒花瓣，这在印支各国全有此俗，究竟是此俗形成天女散花呢，还是天女散花的婆罗门习俗或以后的佛教维摩诘经又演变出天女散花？我猜测恐怕是兼而有之，文以俗传，俗因文传，这倒是个普遍规律。

前年，兴起一股什么都翻案的风，给《何日君再来》、《桃花江》也翻案，说这不算黄色歌曲。别的我不知道，抗日战争时，日军的宣抚班则是到处散发、播送这一套歌曲。我参加的小部队拿下敌伪炮楼时，亲眼见过歌星某某的照片和《何日君再来》、《桃花江》的唱片，作为战利品缴获过。《北京晚报》登了桃江县的通讯，作了更正的报道，这是做得非常对，也非常应该的。

前几天，我试用点染法画了一张大幅的樱花。除几枝老干外，满纸红霞。一位老大嫂用天津话攻击我说："你画的这是嘛玩意儿！"正好我才画完，随即题四句话回答她，并以此画相赠。诗曰：

> 不知是何树，红云映满天。
>
> 为报春消息，先遣上毫端。

选自《宋振庭杂文集》，山西人民出版社，1989 年版

对怎样写杂文的一点看法

　　我在读报时，很喜欢看那些锋利的富有战斗性的小品文，常常从这些文章中得到不少的启发，这种启发有时是在读别的文章时所得不到的。

　　现在叫作小品文的这种文体，其实是一种复杂多样而又灵活的文体。根据我们常见的，其中有政论性的小品、叙事性的小品、寓言式的小品、抒情式的小品等等，当然这并不是科学的分类，只是说这种文体包含很广。但是不管哪一种，也不管某一个作者有什么样特殊的风格，作为小品文，都必须有些共同的特点，那就是具有锋利的短兵相接的战斗性，流畅的易于为人接受的文学语言，活泼的隽永的风格，深厚的感染人的力量。一般地说，小品文虽然所论、所述、所评的范围不大，或指一事一情，一题一物，但是都应该从中引申和启发人们联系到更深刻一些的思想；能从具体的问题出发，揭示出生活中、斗争中的一般真理，使人读了能够有所得，有所警醒，有所感触。正因为它有这些特性，所以它才能站得住脚，它能做到的常常是别的文章所做不到的，也代替不了的。

　　现在报刊上的短文章越来越多了，小品文形式的文章也很为大家所欢迎，这是很好的事。但是好像有一些共同性的缺点，还限制着这些小品文起更大些的作用。这些共同性的毛病就是：①有些小品文只能就事论事，就题目破题目，就中心说中心，颠来倒去，在原地绕圈子。比如：写反对浪费就是如下的三段：甲，浪费不好；乙，某人、某机关浪费；丙，浪费太不好！往下呢？没有话了。虽然这样的文章也可能有些作用，特别是发表头一两篇时；但如果总是这样的三段式就不好了，长久了就使人不愿意看，能够给人的东西也的确太少。这些小品文所指所评过于狭窄，过于简单，常常是一些并不寓有深意，并不关联着什么斗争任务的问题，并未打中目标的要害，触动它的根子。读者一仔细咀嚼，就会感到"索然无味"；②有些文章的风格还不够严肃，字句中流露出油滑，语言也显得轻浮。这样，即使有些重要的所见所述，也不易使人慑服，反倒会把本来是很重要的问题庸俗化了，引起人们的反感。

为什么会有这些缺点呢？从一方面看，这是并不奇怪的，因为我们大家都在学习着写，怎么能篇篇写好，一着手即成佳篇呢？这是可以理解的。但是，问题不只是在这里，从另一方面看，还有一些重要的原因，是必须指出的（因为只有看到这些原因，我们才能在学习中前进）。这就是：①有些同志在写小品文之前，本来的目的和动机就不很明确，或者可以说是很狭小的，好像觉得这种东西又短又很轻快，大概是很好写吧，想图省些气力，信手而就。有的还只是想写出来，揭发一下某人某事，就达到了目的。这样，表现在作品上，就必然要出现上述的那些毛病。事物既没有经过作者深刻的观察和分析，就不可能给读者以更深一些的思想启发。记得《辽宁日报》上登过一篇《铜臭污染了灵魂》的小品文，这篇东西使看了的人长久不忘，原因就在于作者的写作目的远比所揭发的对象和事实要深刻得多，他打击了当前在一部分人中残存着的有很大意义的一个黑暗的心理，因此大家读了，并不觉得只是在批评某人某事，而是感到提出了一个很重要的思想意识和道德观念上的问题，应该有所警惕。②有些同志在写作小品文时，并没有下认真观察和思考的功夫，也没有在所要提出的问题上边反复地加以说明，结果，该说的没有说得深刻透彻，不该说的倒说了一大篇，因此既不能击中要害，文字也是淡而无味。

所以我想，学习固然是要学习，但在学习写作之前和之中，端正态度，明确自己的战斗的目的又是更重要的。

我检查起自己写的杂文，也不例外地有这些毛病，特别是：①内容和风格过于偏于一律，不够多样，尤其是对农村广大干部的生活思想写得太少；②文字不流畅，生硬的造句，杜撰的词，常常出现；③有时虽有热情，但说理不透，有时虽然才开始上了点道儿，但一触即退，没有战斗到底的韧性和魄力。

我愿和写作小品文的同志们一块努力下去，在不断地互相帮助中写出好的东西来。

选自《宋振庭杂文集》，山西人民出版社，1989 年版

从白居易的《花非花》一词谈到《天女散花》

立新兄：

为了不失信，答应的事就应兑现。今早，为一位女士画了一张六尺正宣的红菊花，并题了一首绝句："老笔纷披自迷离，无奈秋声耳边嘶。胸中可有春常住，留取韶光过四时。"画得不好，但洋红却用了不少。因洋红颜色颇不易得，我的一小包，从未敢用，这回也用上了。可见"人而无信，不知其可也"。这回干脆送去上裱，裱后再送给那位同志。

昨晚，在电视上听一美国人，"大都会"的女高音的独唱，虽然她唱的什么，我一句也听不懂，但却很愿意听。如"费加罗的婚礼"等都听了。此人，确了不起，独唱会愈到后来，愈唱得好，大概喉咙更通畅，最后还唱了一首黄自的中国歌，此"黄自"是旧中国唯一被西洋人看得起的作曲家。可见旧中国的音乐界的可怜。歌词却是一首白居易的唐诗：《花非花》。原诗是：

花非花，

雾非雾。

夜半来，

天明去，

来如春梦不多时，

去似朝云无觅处。

共二十六字的小令。其实，白居易的这首词，当时还算不上词，只是一首古体的七言诗，请注意其后两句即可明见。后人把李白的《忆秦娥》等词，都当作词的祖师供奉了起来的。

白此词非常暧昧，是首情词是无疑的。此亦李商隐之无题诗之类。但说穿了，也无非是宋玉之《高唐赋》、《神女赋》之翻版。

这里试抄《高唐赋》一些至言妙句如下：

王问玉曰："此何气也。"

玉对曰："所谓朝云者也。"

王曰："何谓朝云？"

玉曰："昔者先生王尝游高唐，怠而昼寝，梦见一妇人曰，'妾，巫山之女也，为高唐之客……'去而辞曰：'妾在巫山之阳，高丘之阻，旦为朝云，暮为行雨。朝朝暮暮，阳台之下。'"

白之词，即从这里出典，后人当然就用得更滥了，甚至到庸俗不堪的地步。这也是宋玉之始料所不及的。

前次，承问及佛经摩诘居士及天女散花等故事，因为这次谈到《花非花》一词，连带地帮你查一查，正好，我案头有"佛学词典"，可抄告如后；并议论一番。

"维摩诘，人名，又释作维摩罗诘，毗摩罗诘，略称维摩。旧译作净名，新译作无垢称。

"维摩诘，释迦佛在世时之耶离城居士也。自妙喜国化生于此。委身在俗，辅释迦佛之教化。法身之大士也。

"佛在耶离城，在庵摩罗园讲经，城中五百名长者诸佛处请佛说法，其时维摩诘居士借故现病身不往，他欲佛专遣诸比丘菩萨，到其处病床前问病，以成佛访等时弹诃之法，故其经名维摩诘经。"

又："维摩诘，菩萨名，略之维摩，其意为净名。也即名声远播之谓。中国唐朝诗人王维，字摩诘，即以此名自己的名与字，借此菩萨之名也。"

又："维摩丈室（也就是和尚庙中之当家和尚之住处，方丈之本意）。原来传说之维摩诘居士所居之石室，四方有一丈，丈室之名，即出于此。"

又："天女散花，也出之于维摩诸经，天女所散之花，著于舍利弗等之体，去之而不能去。"

又：维摩诘经"观众生品"中有如此记载："时于维摩诘之方丈石室中，有一天女见诸大人长者，闻所说法，便现其身，随后即以天花散给诸佛之大弟子身上。花落于诸菩萨时，即皆堕落于地，一切大弟子，以神力去花，皆不能去。时天女问舍利弗（佛之十大弟子的班长）你何故去花？舍答曰：花不如法，是以去之。天女曰：你勿谓此花不如法，因此花本无分别，仁者自生分别想耳。若于佛法出家，有所分别，为不如法；若无所分别，是则如法。请看诸大菩萨花不落身，因其已断却一切分别想之故。比如：人害怕时，并非人得其便。又如人畏生死时，是因为声、色、香、味、触，等感觉得其便也，佛即无畏者，一切五欲，于佛，菩萨，皆无能为也。"

由以上诸条抄录可见：

（1）这个维摩诘是在家的和尚，也就是居士之老祖宗。

（2）这个俗人和尚，佛都尊敬他，派全部大菩萨，十大弟子、天女等去到他的方丈石室问病，请他发表演说说法。他因有病，说法时可能是哭着说的，因此唐人有诗谓"摩诘传经半呜咽"。

（3）他说：彻底解脱时，天女所散之花，也落不到他的身上，即使全部植物园里的花，他也不怕，因为看得开。全无分别，一切皆空了。所以天女慧素冰心浑似火似的散花故事常常出现在这个病居士的眼前。

（4）王维，名维，字摩诘，即以在家和尚，虽然看花，但也以为镜花水月，全无分别去看待。这就是居士的道理。也即东方朔所说的"市隐于金马门里"，也就是说，虽然当大官也还是和尚心肠也。

你看，给你抄了这么长的佛经，当然不是想让你出家当和尚。这一点可以不必担心的。这个故事说得非常玄妙，当年梅兰芳先生的《天女散花》，也大致于此处出典。

选自《宋振庭杂文集》，山西人民出版社，1989 年版

摹仿"浮士德"的情书

　　美国一位有名的资产阶级外交家哈立曼的助手、他的外文翻译，写了一本书，回忆两次世界大战刚刚结束时的见闻。其中有这么一段，大意是在战争刚刚结束，德国已经变成一片废墟和瓦砾，他们有一天驱车来到一个地下室的潮湿阴暗的德国人"家里"，那情景非常可怕而凄惨。连这几个美国的政客也心软了。在离开以后，助手问哈立曼说："你认为德意志民族还能重建家园吗？"哈立曼沉思了一会儿回答说："能！""那你有什么根据？"哈立曼回答说："你注意了么，他们的桌子上摆了什么？""注意了，桌上摆了野花！""对！这样的民族不会灭亡的，一定会重兴起来。"

　　记得在1942年战争最残酷的根据地生活中，一天我们被敌人包围在小谷中，看来死亡就要降临了，大家都做好了充分的迎接死亡的准备，但人们是怎样过的那半天时间的呢？有的人仍然低声地在唱歌，有的还手里拿着一把野花。有的青年男女却完全打破平日的腼腆，公开地紧紧地拉住手一起向山峰上爬。就因为有这样的民族，有这样的人民，所以就不会灭亡，反而一定会胜利。

去年，我有两位好朋友，都出国搞外事工作去了。临行之前，他交给了我一个笔记本，说这是他们的情书，文体都是模仿歌德的名著浮士德的，他授权给我，如可发表听我处理，前几天见到香港《文汇报》金老总，我说你看看，有无可看之处。因为这二位原来都是大学西洋文学系的老师，因此"情书"全用了德国名著《浮士德》的口气写的。

下面就是这情书的原稿：

某君拟浮士德致玛甘蕾的情书

玛甘蕾！
你在做什么；
你哭泣了吗！
你睡得安稳不？

当风吹进你的茅舍，
当风撩动你的鬓发，
当金色的阳光照在你清瘦的面庞，
当你摇动着纺车，
手里捻动着如白云一般的绒毛，
玛甘蕾！
我的人，
你可曾念着浮士德！
念着这个可怜的名字。

玛甘蕾！
你的浮士德已经年老，
他双鬓落满了雪花，

他已显得龙钟老态，

你的老博士，

心灵在天天哭泣！

但是，

玛甘蕾！

你不要为他忧伤，

你不要对他怜悯，

假如你还不了解他。

你的浮士德是理想主义者，

他自尊，

他顽强，

他倔强，

他可以殉他的理想，

他可以不顾一切，

只要为了他对理想的实验！

玛甘蕾！

为了您，

为了你这个德意志大地的女儿，

为你这纯洁的圣女，

为你这年轻的一代人，

浮士德已经签下了死亡的契约！

爱情！

人家都说它十分美好！

爱情！

人家都曾赞美着这个名词！

爱情！

大家都说它是力量，是火焰！

爱情！

人家都向它献殷勤！

但你的浮士德，

从来未碰过它！

它离老浮士德是那么那么遥远！

它从未扣过浮士德心灵的窗户！

可是，

玛甘蕾！

醉后的饮酒是加倍的醉！

饥渴中的面包分外的香甜，

但是这一切，

怎么也比不了迟到的爱情更可怕！

它的火焰可以烧掉一切！

正因为浮士德是理想主义者，

正因为他走过了踉跄的一生，

正因为他千百次地探索，

正因为他曾怀疑过爱情是否真的存在。

可是，

玛甘蕾！

为什么你要出现？

为什么你真的存在着？

难道这就是惩罚？
难道这就是命运？
难道这就是残酷的安排？
难道这就是造物小儿的恶作剧？
玛甘蕾！
为什么，
这是真实的，
为什么，
这不是梦！
为什么，
你真的存在着！

过迟的觉醒要付出双倍的代价，
过迟的爱情要折磨碾碎一切，
过迟的答案比一切都可怕，
过迟的笑是真正的笑！

玛甘蕾！
天堂里有神女，
伊甸园有维纳斯，
雅典娜有海伦，
莱茵河上有海的公主，
她们曾向你的浮士德微笑过，
她们诱惑过他！
但浮士德头也未曾抬，
他麻木冷酷地走过去！

浮士德只是相信自己！
他拥抱自己的理想，
他拥抱着怀疑的自尊！
他虽然步履艰难，
但他坚持着探索的路线。

可是，
玛甘蕾！
你为什么要存在！
你为什么要出现！
为了你，
浮士德注定了要把灵魂作抵押！
为了你，
浮士德将作糜非士特的奴仆，
为了你，
那一日必将到来！
浮士德要把生命交给恶魔！

玛甘蕾！
你不要哭泣！
玛甘蕾！
你要往开里想！
这一切是那么值得！
这一切是那么令人骄傲！
这一切是多么合乎理想，
这一切是多么验证了价值的含义！

摹仿《浮士德》的情书

玛甘蕾!

为他高兴吧!

玛甘蕾!

为他笑出声音来吧!

浮士德虽然将他生命交给魔鬼,

但那微不足道!

糜非士特得到的只是浮士德的尸体!

给恶魔做奴仆的,

并不是真的浮士德!

那只是构造浮士德的一些材料!

你的浮士德永远不会死!

他将与你同在,

永远!

永远!

玛甘蕾!

当你睡梦中他将来到你的身边!

当你醒来时他将化作钟声,

当你抬起头时他将吹过微风,

当你烦恼时他将逗你微笑,

浮士德!

你的老博士,

永远和你同在!

玛甘蕾!

这一切怎么解释！

这一切证明了那条几何的定理？

这一切为什么这么宁静而又严酷！

这一切为什么又这么突然出现！

玛甘蕾！

你的浮士德

是个年老的博士，

他早失去了青春的火力，

他早丧失了人的要求，

他没有一点年轻人的欲望，

他不会有任何亚当的邪念！

他怀疑的不是这一点！

他理想的也不是这一点！

玛甘蕾！

在老博士的眼里，

你只是理想的化身！

你只是青铜的铸像！

你只是启示的诗！

你只是温暖的热力！

玛甘蕾！

当那一天来到的时候，

当恶魔狞笑着摊出契约的时刻，

当你的老博士化作灰烟的一瞬，

你要大笑，

你不许落泪，
不然你就不是浮士德的知友，
你要用大笑压倒恶魔，
你要用双倍的威严给老博士送葬，
你要为理想主义者扬眉吐气，
你要让浮士德的魂灵为你骄傲！

玛甘蕾！
法国的薇奥列塔有过别墅生活的三个月，
英国的伊丽莎白有过陶醉的月夜，
朱丽叶也还有过阳台的约会，
雅典的海伦也走到了伊里亚特！
只要有这样的幸福还怕什么？
对于朱丽叶来说，
坟墓算得了什么？
对于薇奥列塔来说，
阿芒的双臂又有什比得过？
玛甘蕾！
拾起骄傲的头！
有这样的真实理想，
理想的真实，
还有什么可怕的一切！

玛甘蕾！
你不要烦恼，
更用不着哭泣，
我们的命运没有什么不好，

你的浮士德标志着觉醒，
你的智慧标志着德意志的希望，
恶魔标志着命运，
但命运一点也不会改变理想的必然，
有浮士德和你同在，
你应该感到骄傲，
有浮士德为你而死，
你应该感到充实，
有浮士德作为护持神，
你要安睡得更甜！

尾声

夜深了，
人静了，
心睡了，
幽灵漫步着，
但浮士德和玛甘蕾，
在迎接那一日的到来！

某君拟玛甘蕾回答浮士德的情书

心啊！
你为什么这般跳，
你折磨得玛甘蕾呵，
不得安宁！

心呵！
我请求你，
协助我在美好的月夜中漫步，
你静一点，
静一点，
让玛甘蕾继续沉浸在相思的陶醉中！

心呵！
你慢一点跳，
饶了你的可怜的玛甘蕾吧！
她实在受不了啦！
这猛烈的爱，
这深深的理解，
这个老博士的虔诚地跪拜，
这个闯进来的石破天惊，
玛甘蕾浑身被火焰包围着，
她已失去了平衡！

心呵！
你快帮助她，
让她平静下来！

心呵！
你不要哭泣！
难道真的幸福都该流泪，
难道迟到的爱情总得双倍的处罚，
难道这不是人世间最美好的事，

难道有什么比这再美！

心呵！
只有你能理解，
只有你能给玛甘蕾以安慰！

心呵！
你完全知道，
我是多么地爱他！
因为我曾上天入地，
因为我走遍撒哈拉大沙漠，
因为我在爱神面前发过誓言：
我得不到这样的人我就关闭
心灵的大门！
给它一把铁锁永闭，
因为我对这样幸福早已绝望，
可是谁料到呵！
他突然闯到我的面前，
这一切是这么的突然，
这一切是这么像是有谁巧妙地安排，
这一切是这样让玛甘蕾惊愕莫名！
这一切是这样让我慌乱无措！

心呵！
你慢慢地跳吧，
玛甘蕾实在受不了呵！
她向你求饶，

她乞求你可怜她，
她被爱情燃烧得无法自处！

心呵！
你帮助她吧！
哪怕是暂时的安宁。

心呵，
你可以作证：
玛甘蕾虽被人拥抱过，
玛甘蕾虽曾有人拜倒在她的脚下，
她虽曾听到过许多美好的言辞，
但她一直在梦幻中，
她早已怀疑自己的真爱情永无实现之日，
她早已不相信人世间还能有一个知己！

心呵！
你要给玛甘蕾以力量，
让她像鸟儿一样舒张翅膀！
让她敞开自己的胸怀，
紧紧抱住这迟到的爱情，
为了他，
什么牺牲全不可怕，
还有什么抵得上我的老博士的童心！

心呵！
你安静下来吧！

有力地搏击着玛甘蕾的血液，
给她以沉着的力量，
让我的血液缓缓地流入浮士德的心田里！
他就是我！
我就是他！

心呵！
不必用什么言语，
不必用什么文字，
不必画什么图画，
不必雕刻什么雕像，
这一切都属多余！
浮士德和我，
我和浮士德，
完全是按着一个频率心脏跳动，
完全是生命的体，
完全是心心相印，
完全是无障碍的理解，
即使不说话，
比说出来更好，
即使不写一个字，
爱的强烈是那么真实！

心呵！
你明白的呵！
我的一切，
每一根头发，

每一根手指，

我的瘦细的两足，

都是老博士的心上至宝，

我在他颤抖的手上已经懂得，

我在他眼睛中早已知道了他全部的心意，

我比他的一切都要宝贵！

我呵！

我为了他，

要使玛甘蕾更健美，

不是为我，

更是为他，

为我可怜的老博士，

玛甘蕾要比从前更美！

心呵！

你安静下来吧！

这一切已经无可逃脱，

这一切该按部就绪！

这一切多么美好！

说是永恒也全可以！

选自《宋振庭杂文集》，山西人民出版社，1989 年版

读书与写话

　　有些热心的朋友问我读书和作文的诀窍，我大半是无言以对，因为自己虽然也挤时间读过一点书，写了一些散文、杂文，但都根本未曾想过这个事，所以也就说不出什么来。问者一多，这才不得不想一想：读书和写文章原来也有诀窍的么？而我好像只能答出一个笨办法——啥叫读书？就是和作者谈话、谈心；啥叫写作？就是写话，写自己想说的话。

　　书，无论中国书、外国书，都是人写的；无论今人或古人的书，都不过是人说的话。因此读书就是听作者说话，不同的只有一点，写出来的话，比口说的话要简练得多，讲究一些。有的还打扮一番，装腔作势。有的不便直说或不敢直说而又要说的话，还免不了绕绕弯子，叫作"王顾左右而言他"。但你只要透过这些，仔细听，也仍然不过是在写他想说的话。

　　我们常说的一句话，叫知人论世。怎么做到知人论世呢？仔细听他说的话是一个办法。有的人心口不一，言行不一，但只要听其言，观其行，两相对照，总还可以探知其人，得出个结论来。

　　不过，读人家的文章也有难处。最难的就是他不一定同你说真话，或倾心而谈。一个人迫于时势、地位、场合、文体，一般的都要装装腔调的，这往往被称作"讲话要得体"。因此就不易于同他赤裸裸地谈心。他的日记、情书、家信等等，比较裸露些，往往又不肯公开发表，一到他想到公开发表了，他又多半要加些修饰，现在的官话叫"整理"，那就是要化化妆，有的甚至是假的。这确是个大难处。但是，你再想一想，和人谈话，听人讲话，又有几个完全不化妆，而只说真话、大实话的？你和他的交情不到这个地步，想对面倾心而谈，那是不可能的。但是，难虽难，倒也不是完全无法读懂。只要借助于分析，弄清他说话时的地位、背景、心况，了解了他说话的动机，也是可以探知他的真意的一二的。

举例来说，曹操这个人物，历来争议较多，说好，说坏，竟至可以全然相反。但你若不太轻信《三国演义》的说法，多读读此人的书，对他的了解就不一样了。此人第一，是军事家、政治家、文学家、大诗人。第二，此人尚通达，不拘细行。第三，此人也真敢薄汤武、非周孔，和历史的成见、偏见，与两汉的经师等对着干。用今天的话来说，就是思想比较解放。但读他的书时可得注意。他也得装腔作势，如发表宣言，为人做墓碑等这样的文章时，是一种面孔；可是一到诗词、家信，和好友谈话时，就露出真面孔来，就不再隔着几层面纱，罩上那种神圣的光环了。他的"表"（就是给帝写的报告）有的也说真话，或不得不说真话。如他的有名的自白书《让县自明本志令》那一篇，就敢说出真情实话。说出天下如没有我，不知要多少人称王，多少人称帝。又说，你们看我权势太大，一定会有野心，篡位当皇上，其实我现在还真不想这么干。又说，那么叫我交还兵权退位吧，我也不干，早上交了，晚上就抓了起来，图虚名而遭实祸。历史上把这种话能像他这样坦率地写出来的还真不多。我比较爱读三曹或四曹（加上明帝）的书，就由于这一点。一来想打破历史的传统成见，自己看看纸面后的真人实情，二来对这几位比较还敢多少讲点真话的人有些格外的敬意。

鲁迅书赠瞿秋白一联，"人生得一知己足矣，斯世当以同怀视之"，对我教育很深，我到现在才稍稍明白这话的深刻含义，是经过多少"血泪相和流”的甘苦之后才讲得出来的。天下甚大，同志甚多，这不假，事无不可对人言，啥也不怕，共产党员毫无私心。但若能得到各方面都可倾心、情怀一致的知己，又谈何容易。从此我也悟出，读古人书为啥会有时偏爱一些人的缘故。为啥鲁迅花那么多的时间去研究嵇康、嵇中散，就是有此原因在内的。

偏爱我的文章的同志问我，作文、读书有什么经验教训吗？我这里也可以“王顾左右而言他”，答曰：我刻了一个钤画时的闲章，文曰："除坦直外，乏善足陈！”

选自《宋振庭杂文集》，山西人民出版社，1989年版

观察家和从不见蚂蚁到全是蚂蚁

　　未去查出处，"观察家"一词是何时何地开始命名的。不过，我知道有观察家的存在，却比"老观察"和"新观察"都早得多。住在北京的人都知道，有大杂院观察家、胡同观察家、茶馆观察家、马路新闻观察家、大柳树下或大槐树下观察家，这些观察家比报刊总编辑、评论员的资格可老多了。比宫门抄、邸报的历史也长。直到近现代，才有大到国际政治、军事、经济等等，小到服装样式的专门的观察家。

　　咬文嚼字，观者见也，察者审也，那意思很明白，先观后察，所以又说"察者见微也"。所以只观不察不行，那就大而化之，太粗，只察不观也不行，那又囿于所见，容易片面性，所以察有时作片面性的贬义词，如老子、庄子就反对"察察"，让人"不以察察为明"。这道理初听有点怪，细想确很合辩证法。这就是观和察的统一论。

　　人们天天在地上走，不注意，看不见蚂蚁，但若细心去找，到处有蚂蚁，只要一蹲下就能明白此理。我的卫生知识很差，在战争年代，爱喝凉水，一个懂医的同志说："喝不得呀，有大肠杆菌。"我听了信是信，但也有些疑心，后来看看显微镜，才知道，他讲的不错。但究竟凉水如何，我还是喝，因为都找热水并不容易。只是太不干净的不喝罢了。

扩展引申开来，对当前的一些社会现象的认识，现实生活中一些新问题，这道理也很有用。比如，只偏于一面，不想另一面就会失误。

比如：对于贪污、纳贿、索贿、腐蚀，一味放纵，只讲搞活，不管不顾、麻木不仁，那就要酿成祸害。这在当前是主要的一面，但是如反过来，见了蚂蚁就大惊失色，惊慌失措，说到处都是蚂蚁呀！也会落到洪洞县里没好人的片面性。回顾历史教训，这两种毛病，以及由这两类片面性所造成的损失实在太多了。

理论是实验的总结，从事实出发，理论总要符合事实，这是根本原则。但事实也是复杂的、错综的，如若举例，可以各找出完全相反的例子，而且可以各自举出一大堆。比如现在的社会上，是一方面有大量雷锋式的人物，另一方面也确有相当不少的腐蚀人的蝇蛆。两者全是事实。加以概括时就不能头脑一热，结论就出，"一言以蔽之，如何如何"。情况的复杂性，概括时也得有分析性、辩证性，中医的四诊，望闻问切，辨证施治的理论是非常高明的。但夸大了某一症状，以单方处之或一味大吐大泻，或一味地温补热补却不行。正确的办法是一手惩恶，一手扬善，两者并举双管齐下，所以一边搞文明礼貌月，一边搞打击经济犯罪，一边绿化栽树种草，一边搞大扫除。

有人问我：你说当前是反"左"呀还是反右，总得有一个主次呀。我说：能不能既反"左"也反右，既反右也反"左"。或者能不能不用这个说法，说既反对资产阶级自由化也反对重回老路。

有人又说：那得有个为主的呀！

我说：可否双管齐下，有啥反啥，或者在不同方面、不同的问题上不同的人中有啥反啥！比如对党员干部、领导干部作出分析后，是一种要求，对青年作了分析，提出另一种要求。比如对青年就是要加强对社会主义的优越性的教育，但又要教育的方法方式很讲究，是交心地、耐心地进行。

有人又说，从客观上说，还得防止变色变质的危险性。

我说对！但单防还不行，历史业已证明，不是一个防字可解决一切。还得建设社会主义，建成社会主义，让人见到了社会主义的真优越性。一建一防，又建又防，但建为主，防为辅。

我又说，单以文字来说，如本文开头分析"观察"二字那样，"社会主义的现代化"或"现代化的社会主义"把这两句话的一正一反地想一想就可明白一切。这道理很明显，是社会主义的，绝不是资本主义的，绝不能搞资产阶级自由化。但得是现代化的，也不是落后的，保守的。这一句话的本身，主语和宾语，本身就包括了既反对"左"也反对右，也是双管齐下。

选自《宋振庭杂文集》，山西人民出版社，1989 年版

自我牺牲精神是人类的最高原则

辩证法告诉人们，任何一个规律，哪怕是基本规律，也只是事物的一个侧面。只要是一个现实的客观存在的事物，对它起作用的就不会是只有一个规律，而是多种多样，甚至是说不尽，道不完的规律在起作用。不过，主要的特殊规律、基本规律的作用是更大些、更显著些。

一块石头，从化学上说，可作定性分析、重量分析；从物理上说，可作粒子研究，声、光、电、热、磁、色谱等分析；从与人类的关系上说，可作使用价值、交换价值的分析，如石英、长石，可造玻璃，钻石可作利器。诸如此类，说不清，道不完（也不必去一一说清、一一道完）。

生物学讲生物的发展法则是物竞天择，适者生存，是生态内部的相互平衡，是弱肉强食，种属的遗传和变异的规律。一些唯利是图的极端个人主义的资产阶级学者就说，动物是自私的，人也是自私的，人不为己，天诛地灭。这是生物和人类社会的永恒真理。但是，他们讲这些话时，他们忘记了或者明知道却违背良心。这话对人类不公平，是污蔑（至少对许多人是污蔑），对动物来说也不尽然。人尽皆知，动物之间的两性是很富于自我献身精神的。从低级生物到高级生物，那作丈夫和妻子的，雌雄两性之间是很讲究分工和义务的，甚至贡献出自己的生命给对方。这一些事例，并不比人差（至少不比上述那些个人主义的学者差）。

请问：妈妈为了什么爱你，为了按劳分配么？为了奖金么？为了出国考研究生么？为了走后门、搞关系么？

请问：为什么许多人献出生命？甚至死后连个名字都没留？请问：这个社会每天要有多少无名无姓的英雄，在人们入睡时为人民服务？

请问：一不怕苦、二不怕死的人没有么？是假的么？是的，见人落水时有人跳下去抢救，而牺牲了生命；有人却站一边看热闹，甚至说风凉话，鲁迅说得很深刻，也很悲痛。他说："人和人的灵魂，是不相通的。"

等价交换是商品的原则，按劳分配是社会主义的分配制度。我们对这两点现在也还做得并不完满。但千万不要忘记，无条件的牺牲是更高级的精神文明，为了一个原则而自我献身，则是人类的更高的品德。

为什么要共产党？为什么要共产主义精神？为什么称这些人为先锋队？就因为他们要做别人一般的不易做到的牺牲。自我献身，这是超出按劳分配之上的精神。

常言说，真理无华，非常朴素。这和几何原理两点之间直线最短一样，并不复杂。生物和人类的为同类或他人的牺牲，牺牲的意义越大，牺牲的东西越多，牺牲的后果越重，牺牲的贡献时空越广深，这个人就越伟大。那公式是：

为自己损害别人，损害越大，可耻越大，卑污无耻也更大；

为自己，不损害别人，但也不利人，平平常常，庸庸碌碌；

为别人，为社会贡献大、牺牲大，后果愈长远，这人就愈伟大。

因此结论是：

伟大 = 自我牺牲。

最伟大 = 最大的自我牺牲。

选自《宋振庭杂文集》，山西人民出版社，1989 年版

先识伯乐或先送伯乐上学

在讨论知识分子问题时，从来人们愿意引用韩愈所说的"世有伯乐，然后有千里马，千里马常有，而伯乐不常有"这句话。这当然是比喻得很恰当的。可是，若是真正解决问题，大面积地从战略上扭转局面，把事情落到实处，又出了新问题，那就是上哪里去找那么多会相马的伯乐呢？而实际上目不识牝牡，甚至连骡子和驴都分不出的一些官长，却在那里相马选马，又何论骅骝、绿耳、骊黄呢？因此，让你老死在槽枥之间，活该！

要想改革人事工作，必先改革人事制度，改革人事工作中的某些不适应当前形势的老章程。用人者必先识人，驭马者必先识马。最好，能用千里马来当伯乐（马当官，虽然说起来有点别扭）。这一点，是使我国人才问题得到彻底解决的当务之急。现在，党中央组织部开的一个座谈会，就是讨论先得伯乐的问题，这可谓一举而中肯綮！据说原来杭州西湖有个月老祠，门上的一副对联中的一句，也即《西厢记》的结句："愿天下有情人，都成了眷属。"如果全国各级党委的组织部部长都愿当伯乐，多数人能够做伯乐，做人才的"月下老"，那该有多么好呀！那时，国内的千里之骥也就必然是万千成群、伯仲为伍了。

可是（又是可是，真是没办法！）伯乐是天生的么？他的相马经是从娘肚子里带来的么？不！韩愈是唯心论者，他自比为五百年后才出一个的孟夫子，以为只有伯乐才具有不世的天生慧眼，所以其千里马常有而伯乐不常有之叹，仍是双料的天才论的货色，仍是一桩无头公案。我们的社会制度比他那时候强得无与伦比，我们缺伯乐可以选伯乐，训练伯乐，做集体的伯乐，也可以送伯乐上学，定下并推广伯乐的识马经。如果伯乐不上学、逃学、不尽职，还可以先惩之以批评、处分，重则还可以罢免他，换上称职的伯乐。

对此事我们完全不必悲观，完全可以不重复韩愈的感叹。当然，我也同意一些同志的叹息声："难啊！"但是，你好好想想我们的国家，我们的社会制度，我们的党，我们正在进行的排除现代迷信的真理标准的讨论，我们的信心就会有增无已。因为奔向"四化"的新中国的历史车轮，谁也挡不住它的前进。谁抗拒它，谁就会被历史车轮碾得粉碎。

临了若问：你写此文想说啥？我是想说当务之急在于加强人才的组织工作，在于大办党校、干校，大力提高管人事干部工作的同志的政治思想水平。

鲁迅曾建议，不但要办师范学校，还可以先办"父范学堂"，大家在当父亲以前，先学学怎么当老子。可惜此事倒真是有些"难啊"！可是送伯乐上学，多培养伯乐，我想总是能办得到的！

选自《宋振庭杂文集》，山西人民出版社，1989年版

赵春娥的回答

我们的社会生活中，人们的谈论中，有一些问题需要回答，而且需要响亮有力的回答。

有人说：我国是社会主义国家，社会主义制度实行按劳分配。因此，我拿多少钱，干多少活。这是等价交换。

赵春娥同志说："咱做工作是给党干的，给人民干的，老想着个人，越干越没劲，想着集体，想着国家，越干越想干。"

按劳分配当然好，这是制度，为争取这个按劳分配的社会主义制度的实现，曾经有多少人抛头颅洒热血，不计报酬，不谋私利，赵春娥就是其中之一，焦裕禄、杨水才也是这样。为什么呢？为了天下人的饱暖，为了天下人得到按劳分配制度，还得一些人首先不按劳分配，而应当"吃的是草，挤出来的是奶"，"喝的是水，贡献的却是血"。如果不是这样，人人都计较按劳分配，战士怎么打仗？革命烈士为啥要献出生命？法卡山的战斗英雄怎么计算等量劳动？如果一个共产党员也说这话，并坚持不改变，"我拿多少钱，干多少活"，这就应该二话别说，开除他的党籍。

赵春娥说："和雷锋相比，我还憨得不够，只要对国家有利，我情愿当一辈子这样的憨子。"

赵春娥是河南省的劳动模范，她在洛阳市煤炭公司老集煤场当女工。十多年如一日，早上班、晚下班，验收进煤，清扫煤底，给五保户、烈军属、困难户送煤上门。她毫不利己，专门利人。在煤场，她帮助粉碎班上土、粉煤、拣矸石。给她奖金，她不要，给她提级，她谢绝。她从没戴过手表，没穿过毛衣，却把平时节省的钱，帮助有困难的同志。在生病住院期间，帮助病友擦地板、倒痰盂、倒尿倒屎，她默默无闻地做了无数好事不声张。特别是当她病重的时候，置生死于度外，仍争分夺秒地抢时间，做工作……

这就是赵春娥的回答。

有人说："我所以未干出轰轰烈烈的大事业，没有出息，落个默默无闻，就因为命运不好，没有好关系，未找到好岗位。所以我不能贡献给人民更多的东西！"

赵春娥说："七十二行，行行都和社会主义相连，哪一行都得有人干。"又说："在煤场工作是脏，是累，但千家万户谁能不烧煤，谁家不吃饭，咱把后勤工作搞好了，让科学家集中精力搞科研，工人们精力饱满搞生产，不也是为社会主义作贡献！"请想一想，赵春娥又干了什么惊天动地的大事业？她只干了很平常的无声无响的煤堆边的事业，但是，她却有无比广阔的胸怀，无比高尚的共产主义的道德情操，她在我们面前树立了一个无比高大的当代英雄的形象！

有人说："过去天天讲共产主义远大理想，讲共产主义社会，讲共产主义道德，可是谁见过真共产主义？谁知道共产主义又是什么样？我只知道，人家有电视机、空调、汽车、照相机，至于共产主义么！遥遥无期，渺茫得很！"

赵春娥却说："我文化低，不会写，心里就想着三条：一是一切行动按党的准则办事；二是做一个名副其实的共产党员；三是要为共产主义事业奋斗终身。今后，就照这三条去做。"

你未见过共产主义，但你见过共产党么，见过共产党人么？见过那些为这一伟大事业而献出一切的人们么？当你看了赵春娥事迹的报道时，你就应该明白，这就是活生生的共产主义战士的榜样。

共产主义可从两层意义上去理解：第一层，指着一种新的世界观，一种人生的标准，人生的行为和目的。就是这些具有共产主义世界观的人，在共产党的领导下，进行着共产主义的实践，使共产主义成为一个伟大的群众运动，并且在踏踏实实地前进。这些人为实现共产主义的远大理想，充满了献身精神，在具体的不同的历史阶段奋斗。昨天他们为解放献身，今天又为实现社会主义现代化而努力。他们进行的种种斗争，都使共产主义事业不断向前推进，都是实现共产主义的必要步骤。

第二层，专指社会制度的共产主义，那当然是指未来才能达到的目标，现在只能看到它的一些影子、一些因素、一些基础，但我们可以从一些小事来推断和遥想到将来。同时也应指出这样的社会制度也不是一夜之间顿时到来的，这个明天，是由无数个昨天、无数个今天（无数人为之奋斗的现实），才能引出的明天。

十年动乱，确实扰乱了人们的思想，使一些人对共产主义失去了信心，变得空虚，变得无理想无目标。这确实是悲剧的结果。这恶果之一就是有的人由此怀疑一切，怀疑真有浸透着共产主义精神的伟大心灵的人存在。不承认和看不到在我们的身边，我们的同代人中，确有许许多多的这种人。

如问：赵春娥是什么人？我们当然肯定地回答说：赵春娥就是雷锋，是一个女雷锋，这样回答当然不错。但可进一步说，在为伟大的共产主义事业奋斗的长河中，随着历史任务的不同、环境的不同、斗争的场面不同，要回答的问题不同。共产主义者的历代的红旗谱序，所呈现的人物表就一代一代的不同，但归根结底，总的说来又一样。比如《中国妇女》要我写文章，我已写过两篇了。一篇是赞颂张志新的，一篇是赞颂老共产党员熊天荆大姐的，现在又在写学习赵春娥，其实，她们三人，经历不同，考验不同，回答的问题不同，但实际上是同一种人，同是中国共产党人。

临了，我由于赵春娥同志的不幸早逝（才47岁），心里实在不好过，我不由得心底响起了文天祥的《正气歌》，当然文天祥是读孔孟之书的士大夫阶层的知识分子，他的思想出入佛老的唯心论，但那视死如归的坚强信念却很可取，很感人！

他写道：天地有正气，杂然赋流形。这股民族的正气在不同的时代，不同的岗位上，有不同的表现。我们也可以说在老一辈中有如熊天荆大姐，在大动乱年代有张志新烈士，在此后又有赵春娥这一新典型。她们这些共产党员，不仅发扬了这股正气，而且有共产主义的高尚品格，她们都值得我们认真学习。

赵春娥虽比雷锋多战斗了几年，却也是死得太早了，但她短暂的一生足以立下光辉的丰碑，她为共产主义事业的奋斗事迹，回答了共产党员要回答的许多问题。

和这个光辉人物相比，她也是我的先生、老师。她做到的，我们也应该鼓励自己，力争做到！

选自《宋振庭杂文集》，山西人民出版社，1989年版

扬善惩恶，双管齐下

世界上的事物都是成双成对的，如真与假，善与恶，美与丑。我们在提倡心灵美的时候，不要忘了向心灵丑开战。开战的方式当然主要是批评、教育、诱导，一般不使用行政、法制手段，但对情节严重、犯了罪的丑恶行为，则应制裁和打击。

现在，社会上的丑思想、丑表演、丑行为、丑习惯确实不少。贪婪自私、损公肥私、以邻为壑、贪污中饱、行贿受贿、厚颜无耻等等，有些人真正到了"无耻近乎勇"的地步。对于这些丑恶的东西，不揭露、不打击怎么得了！

有人也许会说，揭露得多了会不会有损于我们国家、社会的形象？我看，对此大可不必担心。坚决揭露丑恶的东西，正说明我们的国家强大，我们的社会主义制度优越。如果不揭露，则会怂恿它，使其危害性蔓延扩大。实践已经证明，近来报刊上公布了一些经济领域犯罪案件以后，广大群众的信心不是减少了，而是人人称快，增强了求治图强、拨乱反正的信心和决心。

　　有人又会说，多做正面提倡，少做揭露不是更好吗？不错，对于绝大多数人来说，提倡心灵美，主要靠教育、劝导、启发乃至批评和自我批评的方法。这是我们党的一贯方针。但是，可不能误解这个方针。对于极少数违法乱纪的人，则应绳之以法纪。不剪除枝蔓，就开不出好花，不锄尽杂草，也难长好庄稼。惩恶和扬善从来是相辅相成缺一不可的。扬善为主是对的，但同时也要惩恶，而且要决心大、手段狠。法治者，以法治国也；道德者，以善的规范剔除恶的行为也。对于这一点不应该犹豫动摇。

　　还有一些人对惩恶信心不大，担心会不会虎头蛇尾。对于有这种顾虑的同志，我想在这里多说几句话。

　　有些同志大概还不十分了解我们党的老传统、老规矩，不了解中国共产党的健康的机体的力量。我们这个多灾多难的国、多灾多难的党，九九八十一难是经得过、经得起的。何况老一辈的革命家还在，决心又十分大，已经把这场斗争摆在关系我们党和国家盛衰兴亡的地位上来进行。我劝朋友们多想想这一点，早日解除疑虑之心。

　　我们的人民，善善恶恶之心也是有传统的，对于那些丑恶的东西早已到了"孰能忍之"的地步。中国有这样一句老话，"善恶到头终有报"，"不是不报，时候未到，时候一到，一切全报"。现在，党中央正在领导我们大力整顿党风和社会风气，广泛深入地开展全民文明礼貌活动，坚决打击走私贩私、贪污盗窃、投机倒把、行贿纳贿等犯罪分子，难道还有什么丑恶的东西不会像大火烧毛毛虫一般地被扫荡？当然，战斗正未有穷期，斗争是艰巨的，但我自己是乐观的，信心十足！

　　有的同志疑虑，有的坏人坏事根子硬，有保护人，怕动不了。这一点，更毋庸多虑！他再硬也硬不过党和人民，硬不过社会舆论。不但他自己，就是他的保护人，如不及时改正，也不会得到人民的谅解。

　　《瞭望》杂志约我写一短文，我写了！我的心里觉得轻松了许多！也许如马克思说的，"我说了，我灵魂的重担卸掉了"。

选自《宋振庭杂文集》，山西人民出版社，1989年版

我骄傲：我是中国人

我骄傲我是中国人，是中国共产党的党员，是中华人民共和国劳动者的公仆。

不错，我的祖国现在还没有完成四个现代化，我们还落后。不错，我们犯了许多错误，贻误了一段宝贵的时光：挫折和创痛还在折磨着我们。不错，我们的人民中，还有人唉声叹气，自怨自艾，一肚子牢骚，也有的人至今挺不起腰来，打不起精神，萎靡不振。

我不是一个眼光如豆的国粹主义者，虽然我去外国少，知道的也不多。我也不是排外主义者，我爱人类中一切正直的、友好的国际朋友；我也不相信有些人的那一套胡说八道：我们什么都是世界第一，什么都是世界的中心；我们甚至可以揪起头发过河，我们得领导一切。为了这种打肿脸充胖子，我们吃了多么大的苦头，倒过多么大的霉头。我为我的祖国而骄傲是炽烈的，但又是冷静的；是从来就有的爱情，又是愈老愈一往情深的老而弥笃，越发强烈爱她了。我为她哭过，流过许许多多的眼泪，我大声地呐喊过，冲过锋，流过血，至今身上的疮疤还有时作痛。我为我们的失误而痛心，当她被奸贼们摆布的时候，我也被折磨得九死一生，但这一切不能动摇我对她的爱，因为我理解她，比理解我的父亲和母亲还更深更透。我爱她只欠为她一死，虽然我为她死过了许多次。每次到八宝山去送别老朋友，我们虽然眼眶里转着泪光，却仍然忘不了说笑话，我们互相自称为"生前友好"。因为我们都是"九死其未悔"的人们。

我爱她的什么呢？

我爱这个美丽富饶的山河大地河流，我爱我的勤劳而智慧的人民，我爱她光辉耀眼的伟大历史、高度的文化的长河；我爱她百折不挠、永远顽强，在这个星球上，没有什么力量可以打动她，也不能有什么力量使人类的四分之一的人民向别人屈膝投降；我爱她，虽然穷，但穷得有志气、有骨头，绝不低三下四，"朝叩富家门，暮随肥马尘"地讨杯残羹冷炙地过日子；我爱她太聪明了，能在土地上绣花，以两只手制造了人类最美好的工业、农业、手工业产品，甚至一见就让人惊心动魄，叹为巧夺天工；我爱她可以如一块大海绵，吸收全人类的水分和滋养，但又永远保持自己的特色和风格。她不会让人牵着鼻子走：做别人的奴仆，一颦一笑都俯仰由人。她有着人类最宝贵的品格，既不盲目自大，又不亢不卑，她有着伟大的胸怀和伟大的民族自尊心。

前年，当一些人发牢骚、大刮洋风的时候，我在天津《八小时以外》杂志上写过一篇短文，题为《儿不嫌母丑，狗不嫌家贫》，我写的是真事，但我的爱情比真事更真。

现在来到了 1982 年了。送别了中国历史、中共党史上，有伟大转折的光辉的 1981 年，不久前又开过了全国人民代表大会，制定了中国式的经济建设十条纲领，党中央号召我们为搞好党风、社会风气，发扬高度的精神文明而战斗。这精神文明的出发点是什么？是爱和恨，爱祖国、爱人民、爱中国共产党、爱社会主义；恨什么？恨一切污秽和丑恶的苍蝇、蚊子，也应该对假洋鬼子一类人发出鄙视的笑声。

当中国女排开天辟地地拿下了第一个三大球的镜头，出现在电视荧光屏上的时候，我哭了，我的老伴、儿女们也都哭了，这是想笑、想大笑才哭的。这道理不用多说，任何一个中国人都会心里有数，但我敢说这样一句更严峻的话，那些最知道祖国的灾难，受够了窝囊气的中国人，才更明白这场哭和笑的更深的含义。

你说也怪，60年代一个小球（乒乓球）推动了世界；你说更巧，80年代一个大球预示着一切可以想象得到的未来。亲爱的中国姑娘们，你们打了头一阵，我们（包括我这老头子）就要跟上来！

选自《宋振庭杂文集》，山西人民出版社，1989年版

从年长教师代表会议想到的

最近有机会参加吉林省的年长的中小学教师代表会议，听到了许多报告和发言，觉得收益不少。

参加会议的百余位教师，是全省有二十五年以上教龄的年长教师中的一部分，他们精神饱满、热情洋溢地参加了会议的讨论，谈出自己的心里话，表示了今后行动的决心。

不禁想到：一个人把自己半生以上甚至终生的生命贡献于教育事业，是应该令人起敬的。

我们都知道，二十五年以上，这是四分之一的世纪，其中有的教师是工作了半个世纪左右，在这样长的时间中，世界的变化多么大啊！从他们身边走出走进的人该有多少？他们的学生又该有多少？而他们自己朝如斯、暮如斯地在这样的岗位上，在一种很困难的、薄俸多劳的岗位上劳动着、扶养着、关怀着，用最大的责任心一班一班地送他们的学生走上社会，这是些什么人呢？

对于人民的事业来说，我们一个人的有效生命时间实在是太不充分了，太短促了，但是在这个短促之中，竟有这样一些人，他们专心于他们热爱的事业，从这种劳动中吸取鼓舞自己的力量，并积累了这方面的经验知识，做着不愧于人民的事情，这是些什么人呢？

也许，在从前的社会里，人们会说，这些人太老实了，而在那时候老实人是吃不开的，但是，在今天那些专走斜路、赶趁行市的人又怎样了呢？那些欺诈、压在别人头上的"聪明人"又怎样了呢？不用多说了，人民已经做了结论，这次会议本身已做了结论。

在祖国今天的情况下，毫不奇怪，正如许多老教师说的那样，"祖国给了我们以新的生命，新的力量"，他们都决心改变年龄的指标，定为一百岁、一百多岁。他们决心要更多地做事，更好地帮助青年教师，辛勤地教育后一代，这是完全可以理解的一种激动的心情。

祝贺你们！桃李的栽培人！为开遍鲜花、花光百里的祖国贡献更多的花朵吧！

选自《宋振庭杂文集》，山西人民出版社，1989 年版

有不同意见不是坏事

　　有些事，有些话，初听之下，觉得没什么，但就怕品滋味，怕认真地想一想。常常再认真地琢磨琢磨就会发现这里边还有大学问。

　　比如说，一个领导班子，讨论问题时，发生不同意见，作决议时，有一二人持相反态度；比如说，选举时，某人得全票，而有的人威信很高，却未得全票，得了反对票或弃权票；再比如，大家都说一部电影、一部文艺作品如何如何好，但还有人说"不尽然"，有不同看法。这些事、这些现象，按常规常理，按通常的习惯，就认为"不好了"，甚至生气、反感，甚至有人要去查记录，查选票。

　　其实一个人，无论政治家、文艺家、社会活动家，若说处处得全票，全是一片叫好声，听不到一点不同的声音，这到底好不好？如果这个人有百分之七十的人肯定，有百分之三十的人反对，就一定不好吗？比如说，对此人还有人反对，甚至还有人骂他，此人就一定不好吗？有些老好人，"不说好，不说坏，谁也不见怪"，这种人到处行得通，过得去，人缘确实不错，他没啥缺点，就是一个人也不得罪，从来也不反对任何人，这个人就一定好吗？我看，对此事慢点下结论。容许人们再好好想一想，也可以"较真"地调查研究一番。

如果民主生活、法治生活真正健全正常的话，一个政治家、社会活动家，时时、处处、事事全是一声雷，一张反对票都没有，那倒是怪事！反之，多数人赞成，少数人反对就很正常。有时，一时之间，少数人赞成，多数人反对，也不见得不正常。

"一声雷，一个调，走形式，图热闹"，不是好事，事怕认真，人怕议论，不管咋议论，连此人的反对者也不得不承认是事实，这才是真过硬呢！

如此说来，我劝一些同志，对任何事的表态都要稍加思索，最好是三思后行，连鼓不鼓掌、笑不笑、表态不表态，也都要通过第二信号系统，不要习惯成自然，第一信号条件反射，一触即反应，立即说"同意"或"反对"。

应该说，历史的教训，对这种事来说是够丰富的了，够沉痛的了。

选自《宋振庭杂文集》，山西人民出版社，1989 年版

信念的力量

夜深了，四周一片静谧。柔和的灯光下，报纸上蒋筑英、罗健夫的肖像，用其睿智的目光凝视着我，似乎在问：同志，你在想什么？

我仿佛又陷入在学生时代遇到老师冷然提问时的窘境。我想得太多了，一时回答不清，然而这又是应该回答而且必须回答的问题。我垂下头去。

我在吉林省工作期间，同蒋筑英同志所在的光机所有工作联系。我多次看过他们制造出来的高、精、尖的光学仪器，我曾为之赞叹，为之兴奋，为之鼓舞，为之自豪，但是遗憾的是，我不曾同这位为事业付出毕生心血的蒋筑英同志谋过一面，不曾握一次他的手，不曾向他致过一句慰问，我深深地感到惭愧。

蒋筑英、罗健夫，多好的同志啊！你们想要为祖国献出的——知识和力量，你们已经全部贡献了；你们不想向人民索取的——光荣的荣誉，人民理所当然地奉献给了你们。你们生活的时间不算长，尤其是有效的工作时间那么短暂，然而你们的生命却迸发出灿烂的光辉！人生的价值是不能以久暂来衡量的。你们没有辜负党和人民的培育，你们没有虚度年华，没有碌碌无为，你们把自己的一生都贡献给壮丽的共产主义事业，给我们全体共产党员和人民树立了楷模，你们可以毫无惭愧地安息了。

当感情的潮水渐渐平静下来时，人们自然要想：是一种什么力量支持着这两位同志自强不息地拼搏了一生？我读过报上所有报道后，得出一个结论：信念，坚定的信念！我为纪念张志新烈士写过一篇文章，标题是《唯真知出大勇》，蒋、罗两位同志虽然和张志新经历不同，为革命事业作出贡献的角度不同，但都有一个共同点，那就是在他们全部生涯中，贯穿着一个坚定的信念——为社会主义祖国的繁荣昌盛而生、而工作和奋斗、而死。

蒋筑英、罗健夫两位同志在十年动乱期间，都曾遭到过不同程度的不公正的待遇。可贵而难能的是，他们自幼接受党的教育树立起来的共产主义信念丝毫不曾动摇。"亦余心之所善兮，虽九死其犹未悔"（屈原语），"零落成泥碾作尘，只有香如故"（陆游语），这种知识分子的高贵品质，传到蒋筑英、罗健夫身上，又赋予了共产主义的全新内容。

用鲁迅的话说，他们吃的是草，挤出的是奶，流出的是血。

请看：蒋筑英同志与其爱人路长琴同志定情的赠品仅仅是四尺蓝布！他生活在我们同时代，用的一直是一只老怀表。直到20世纪70年代最后一年，他才第一次穿上的确良衣服，而且是弟弟送的！要知道，这是才华横溢的高级知识分子，是有重大贡献的科学家啊！我不知道一些青年同志读到这些作何感想，我却流泪了。

请看：罗健夫同志在事业上作出不同一般的贡献后，拒绝高级工程师的头衔，谢绝调工资，不要好住房，把出国的机会让给别人。在癌症危及生命时，他想的是充分利用每分每秒去安排工作，不坐汽车，不要沙发，甚至住房也怕给将来的房客带来不舒服。要知道，以他的贡献他本可以要求更好的待遇，然而他却说："我现在的任务就是少麻烦人。"我不知道一些总爱因待遇问题发牢骚的同志读到这些作品作何感想，我却流泪了。

我不知道世界上其他国家和民族有无如此优秀的知识分子，大概总会有的吧。但我仍要为我们的蒋筑英、罗健夫感到骄傲，为我们的党和祖国培养出如此优秀的人才而感到骄傲，也为许多活着的、同两位同志一样为"四化"事业奋战的知识分子感到骄傲。我国的知识分子的大多数都有一种坚韧不拔、刻苦钻研、严于律己、一心为国的高尚精神，并且在长期革命和建设过程中同共产党建立了血肉联系。我们的祖国还很贫穷，不能给他们更好些的待遇，但是他们对祖国永远一往情深，为之呕心沥血，直至献出生命。蒋、罗两位同志就是典型代表，他们的品质，是人类良心的结晶。这两位同志同一切先辈革命者一样，是中国的脊梁。这两位同志的出现，本身就昭示一条真理：中华民族一定会繁荣昌盛，华夏儿女一定要在世界东方建立起强大的社会主义国家，"四化"事业必定成功。

愿活着的蒋筑英、罗健夫们与党和人民一道，继先驱者的遗志，为我们的共产主义事业继续奋斗。

选自《宋振庭杂文集》，山西人民出版社，1989 年版

收藏家的品格

古今中外，都有一种"家"，名谓收藏家。特别是收藏文物，这种收藏家更为著名于世。但收藏家里边，什么人都有，其清浊良莠，有如天地之别。

这里不说其他的专门的收藏家，比如集邮，也是一种收藏家，再比如，一些专业的学者，为了配合他的科学研究，也兼作一些收藏，并且贡献很大。西谛，即郑振铎同志，一生收集了俗文学的版本，在这件事情上贡献极大。再如阿英，即钱杏邨同志，对民间文艺、唱本等等的收集，也是如此。我记得，沈钧儒老先生也有收集石头的爱好，而且他收集的石头很像地质学家的收集，并不讲究石头的价值名贵不名贵，只要有不同的特点他就收集，爱石之癖，和沈老一生的品德高洁，坚如石德，正相映衬。

专以书画的收藏来说，皇帝老倌有不少就是收藏聚敛的大家，如隋之杨广、宋之赵佶、清之弘历，就是其中名气很大的收藏家。大官僚中，此辈人更多，太远的不说了，如兼为画家之宋代王诜，即驸马王晋卿就是一大家。明之严嵩、董其昌、项子京，清之高士安仪周、和坤、梁清标等等都是。

更有的是大商巨贾，兼做收藏家的，如两淮和扬州的盐商，在文化史上就扮演了这个角色。

从好的方面说，收藏家的功过，历史是有定评的。杨广的覆灭，同时造成了中国文物史上最大的一次浩劫。赵佶之被俘，开封、艮岳的被金人毁掉，又是一场大劫。所以，这样的收藏家，有点功，但那过和罪就更大，有的功过参半。在这一点上还得有点分析，比如罗振玉就很复杂，此人晚节不好，到长春去当过汉奸，后来不干了，一生也作学问。收藏甲骨、铜器、书画，也做了些生意，但平心而论，他也办了不少好事，收藏古珍的学术之功，也是客观事实。

做收藏家得有条件，没钱、没权、没继承，一个月只靠工薪糊口，难做收藏家，像《聊斋》所描绘的穷书生石清虚那样人，当然也有，但结果悲惨。《红楼梦》讲的收藏扇子的石呆子，就为了几把扇子送掉了性命。此事连贾宝玉先生都不满其伯父的所作所为。他说，为了几把扇子让人身家性命毁掉，有什么意思。但收藏家，不靠权势的有没有呢？是否收藏一点东西就都是以权谋私呢？不见得，比如，有人专收唱戏时的戏报，即当年的"说明书"，有人专搜集戏曲唱片，这就花不了好多钱，但那心血和工夫，和达尔文采集标本虽还比不上，但在其本门有关的事业上，其功不在禹下！比较老实的文人，如大词人李清照夫妻，以俸银甚至典当衣物收集书籍和古董。这在今天谁读一读易安居士的《金石录后序》，都会不禁为之热泪夺眶而出。所以，也不能一棍子打去，说凡是收藏文物的都是贪赃、聚敛的恶行。

可是，确有贪赃聚敛的丑人丑事。清代如和珅，明代如严嵩、严世蕃父子。这些记录文件不难找，只要有兴趣，翻一翻《冰山销铄录》、"和珅抄家清单"即可。不过这些人恐怕贪婪到了变态心理的程度，严家有白胡椒八百担，就不能算文物了。和珅家有翡翠尿壶多少个，我至今不解，莫非撒尿也得用翡翠玛瑙吗？那家伙冰凉的有什么好？听说四川、贵州的国民党军阀有收集鸦片烟灯枪具几百套的，并在家里展览过，这一套咱们就说不明白了。

现在，有一些人不是好谈什么抽象的"人性"么？其实，读一点中国哲学史书就明白，这种抽象"人性论"是老掉了牙的一套陈词滥调了。就单以人性善恶来说，就有五家以上之多，如果把五家吵架一罗列，你就明白了。这种抽象的"人性论"已走进了死胡同，结论证明，这种论法，不会说服人，不会有好结果。这五家是："孟子之"性善"说，荀子之"性恶"说，告子之"不善不恶"说，晋以后"有善有恶，善恶并俱"说，及性有高下的"性三品"说。连《红楼梦》的作者曹先生也讲天地之气，有清有浊。清者，为高人雅士、忠臣、孝子，浊者就是坏人。这一套有什么再争论下去的价值呢？所以，贾宝玉先生说，女人比男人好。贾先生在当时说这种话，是有所指的，是有进步思想的。但他也是抽象的"人性论"，也不能给这问题以科学的回答。

扯远了！但从"性三品"说及贾宝玉先生的"清浊之气"说，我悟出来，今天人们收集文物也有上、中、下三种人的品德差别！上种人，他是为了爱好，不弄权，不谋私，不去倒买倒卖，没有商人行为，靠工资稿费力所能及的，合法合理地收集一点文物，到了死后或晚年又交给了国家，尽自己公民的爱国之心，尽党员不谋私利之党性的义务。这种人有没有呢？有！可以举出好多人来列入此名单中。比如，我可以举两个活人为例，这就是李一氓老和夏公、夏衍老，也喜爱收藏石涛、八大、清八怪的书画，但从来是以工资稿费去买，他把稿费存折交荣宝斋，定价收费自己不问，并不占公家的便宜。还有几位部长老兄，也是这样，爱文物。但爱的仗义，并不搞邪门歪道。

中品的呢？也有。可算基本守法户，总体来说，也有瑕疵。但不算严重。我虽然没有调查人名，但我相信有这号人，可以自己对号入座。这里再说说下者吧：那皇皇然的代表人物就是林彪、江青、康生了！以康生而论，比古人更可恨，这个伪君子及帮他干坏事的汤勤一号人，玷污了共产党员的光荣称号，更是不能宽宥的。

听说中共中央曾作过一个决议，即登记党员干部个人文物要品的收藏清单，这个办法也是很好的，也意在防止弊端。

谈到这里，我想有一种情况，人们会谅解。就是一些同志到了晚年退休，喜爱书画，向书画家求几张字和画，不过"秀才人情纸半张"而已，又不去以权谋私，搞什么聚敛、倒腾、做买卖。这种精神生活，不比专爱打扑克、打麻将、种花、下象棋差，也算是一种好的精神生活。当然，过了界，贪得无厌，有了邪味就不好了。再者，一些书画家以自己的工资稿费，为了专业，保存了一点参考研究资料，并不是巧取豪夺者，也应允许。

可是，有一点得明白，即书画文物绝不是一切向钱看的私产。这在古人中也有差别，有的人打上"子孙永保，勿散勿失"的收藏章，而另有的人打上"云烟过眼"的收藏章。子孙能不能永保呢？全是地主老财的梦话！如果换成"人民永保"，"祖国永保"，那不会错！因此，许多爱国人士把自己祖辈流传下来的珍贵文物献给国家，这样的人，理应受到人民的尊敬。

选自《宋振庭杂文集》，山西人民出版社，1989年版

京剧不会衰亡，还要大兴旺

　　有人说，京剧已发生衰亡危机，几乎和当年昆曲的衰落一样。持此说者，主要论据有三：一、京剧观众减少；二、京剧舞台艺术难以同电视、电影竞争；三、十年动乱中，江青搞得人们对它倒了胃口。

　　这些情况确实存在，那么，京剧岂不真的要衰亡了吗？对此，我倒是比较乐观的，我认为京剧不但不会灭亡，不会走昆曲的覆辙，而且在新的条件下，可能会发生巨大的转折，跃上更高的境界。我之所以有此看法，理由有五：

　　第一，在百花争艳的中华民族戏曲之林中，京剧毕竟是其中最发达、最完整，而且是最有代表性的一个。正因为它最发达，在唱、做、念、表、打、绝活等戏剧因素上，它全可代表中国传统戏剧。再有，他从来不是孤立一家，闭门造车的，而是如一块大海绵一样，到处汲取营养，甚至实行"沾边就赖"的"拿来主义"，不管什么戏，什么特长，它全能吸收并化为己用，成为自己的东西。从化妆到剧目，从音乐到武打，它的吸收消化能力很强。比如19世纪，北京的戏剧原来是混乱并存，梆子、秦腔、昆曲等盘踞舞台，京剧能够后来居上，取代昆曲、秦腔而执牛耳，原因就在于此。这个功劳不能归于清朝皇室的提倡，只能归于京剧自身有上述的优点。在京剧称魁于戏剧舞台之后，并不是没有后来的竞争者威胁它的地位，如评剧就大兴特兴过，几乎有夺魁之势，但终不能成。这是因为京剧有竞争手段，是别的剧种不易做到的。抗日战争以来，大批涌入解放区的革命知识分子，大都喜欢京剧，做了大力的提倡和扶植，给了京剧以新的生命力。从延安开头的《逼上梁山》，直到新中国成立以后的京剧舞台，其势始终不衰。

昆曲衰落了，被乱弹取而代之，这是事实，但戏曲的兴衰由什么规律支配呢？我认为对这个问题真正以历史唯物主义做出科学的回答的人，是瞿秋白同志，是他的《乱弹及其它》一书。他认为戏曲的发展史，简言之，是人民创造，统治阶级霸占，经过文人的润色拔高，最后因此也就枯萎直到死亡。于是再来一遍，人民创造，统治老爷又来抢了，文人再来润色，最后又枯萎，死亡了。戏剧艺术，也和珍珠、玛瑙、美味、鲜衣一样，和一切劳动创造的价值一样，剥夺者剥夺了去，被他们玩弄蹂躏，以至枯萎、死亡。梅兰芳先生原来是群众大家的宠儿，但后来雅了，愈来愈《天女散花》了。但《天女散花》之后和原来的影响就不一样了。当然，梅先生晚年再现于舞台时，他又回到人民中来，更到了火线上去，在朝鲜的飞机空袭中，他给战士演出《贵妃醉酒》从而使他的艺术又获得了新的生命。

正因为京剧是民族戏剧发展史上的主脉代表，它的能量很大，能文能武，能大能小，能雅能俗，能唱能表，能高能低，能繁能简，能吸能输，所以它可以随着时代的变化而变化。说它保守，它可算是够保守的，说它能革新，它又何尝不是随时革新呢！从前儒家称赞孔子说，孔子这圣人，是"圣之时者也"。鲁迅给翻译得更明白，什么叫"圣之时者也"，就是时髦（洋文叫摩登）圣人，他什么时候都吃香，从汉武帝到元世祖忽必烈，从袁世凯到伪满洲国他全行。为什么呢？因为他有这种道行，有这种适应性。京剧也是如此。

第二，在世界各国的戏剧中，中国京剧也是一个最有生命力的剧种，是一个亡不了的剧种。为什么呢？世界上各种戏剧，都是以它的某一方面做表演的主要手段的，有的以舞蹈为主，有的以歌唱为主，有的以对白为主。而中国的京剧既有武打、舞蹈为主的戏，又有念白为主的戏，也有以唱为主的戏，有生活小戏和独角戏，也有结构宏伟的大戏。京剧的节奏说慢确是慢，王宝钏的四句［慢板］，唱得薛平贵在舞台一边罚站打背躬；可是说快也真快，"兵发南阳"，"乌利哇"一吹，"前站为何不行？""来到南阳！"你看多快。你爱听唱，有如《二进宫》这类的唱工戏；你爱看打，有《雁荡山》一类的武工戏。你说唱听不懂，那有三小戏，全是说话逗哏，比如《连升店》；你说不愿听上口上韵的戏，那又有时装戏、京白戏、现代戏。因此，我看只要中华民族兴盛昌隆，他的主要民族戏剧的代表——京剧就不会衰落下去。

第三，京剧灭亡不灭亡，关键在于改革不改革，故步自封，墨守成规，早晚得死，如果不断改革，时时顺乎天理人情时宜，就灭亡不了。

京剧能改革吗？这已无须论证，更不是"旗手"可以贪天之功为己功的。可以大胆说一句，任何艺术大师，任何一位京剧名家，无一不是改革的大师。旦角中王瑶卿以及梅、尚、程、荀，须生中余、言、周、谭、马、杨等，哪一个成名的大家没有自己的独创？比如同是一出《红娘》，豫剧的常香玉和京剧的荀慧生，他们就都有自己的创新。

第四，青年听不懂京剧，这在过去也是如此。我从小就看京剧，但看懂的只有《三娘教子》、《花子拾金》、《铁公鸡》、《花蝴蝶》等一类剧目，有一些戏是逐渐才听懂的。另外一些昆曲剧目，如《游园惊梦》、《思凡下山》、《安天会》、《醉打山门》、《夜奔》等等，一直到了很晚，我读了剧本之后才看懂的。直到现在，我也不能说全懂了，因为还时常看戏看到某处又偶有心得，豁然开悟的地方。但这不影响我从小就是戏迷。至于十年动乱的结果，那就是一时的历史的插曲，这动乱岂止使人们看不懂京戏，甚至使我们啥是中国人、中国话都不懂了，不是"出了个张铁生，没了大学生"么！有的大学生写信把"张大娘天天早上叫我起床"写成"张大狼天天咬我"。这又有啥办法！我坐在剧场里听一些青年朋友评论戏，可够热闹的，还有人说诸葛亮的老婆是佘太君的呢！对这些，你也不必太难过，这确是可悲的，但这毕竟是一时的童话，虽然这是事实，但这事实是可变的，必变的，并且业已改变了。

至于有人说，电视好，不用看戏。这也并非一国一时之事，全世界都已发生过了。自从有电视以来，电影和舞台戏确受到了影响，但由此就可完全摧毁戏剧和舞台演出么？不会的，它不能完全代替舞台演出。事实上也已证明这种论断是站不住的。

第五，从京剧出国的反应看，外国人，甚至西方的艺术中心的权威，也都惊服中国的京剧。现在美国人已有英语的京腔《霸王别姬》、《凤还巢》了。我看这股子劲儿还仅仅是开头，来日方长，京剧艺术在世界上还会大红特红。

由此种种，所以我认为京剧不会死亡，我是属于乐观派的。

至于说京剧的出路在于革新，这当然正确，但要知道有史以来，好的京剧表演大师，全有革新，不革新就创不了流派，也无任何建树可言。新中国成立以来京剧就发生了大革新，我们说没有共产党就没有新中国，也就更没有京剧的今天。虽然有人说，京剧有的地方不如过去，京剧也确实存在这方面的问题，但这只是一个次要方面，从大方面说，京剧是大大前进了，大大革新了，这种革新使京剧走上了一个新的历史阶段。京剧革新的道路并非只有一条，而是"条条道路通罗马"，历史剧有革新，现代剧更有革新，老剧中有"新编"的成分，"新编"的戏中还有老戏的因素，真是推陈出新，古为今用，而且在唱、做、念、表，以及绝活方面全有新发展。

比如《穆桂英挂帅》、《杨门女将》、《赵氏孤儿》，就属老戏新编，而且编得很成功，比原来的好多了。据我看，历史上还没有过这么好的剧本。而武戏如《雁荡山》，它可算靠把武生戏的集锦，改编得也很成功。

现代戏也出现了不少好的。就以让人"倒了胃口"的"样板戏"来说，就是好的现代戏。它不是"旗手"的功劳，相反是广大文艺和戏剧工作者的成就。同时，在这八个"样板"之外的好戏也很多。

那么，在京剧的前进中有一些什么危机，或者要解决的问题吗？

我想开个单子，列举如下：

一、流派、传人传艺问题未得到解决，失传的危险确实存在。这应引起足够的注意。

二、舞台上演员老的老了，中年的演不上戏，缺少舞台实践机会，青少年接续不上。

三、上演的剧目范围仍狭小。上演的保留剧目不多，而且日益减少。有的戏还可仔细研究一下。如杨派武生的戏，就由于几种原因大大难办，一是"八大拿"之类的黄天霸的戏，到底怎么办？再如三小戏，小喜剧有三百余出，其中糟粕也确实多，很不好演出，但如何提炼整理，扬长避短，点铁成金，这方面的工作要抓紧。地方戏《卷席筒》、《七品芝麻官》、《姊妹易嫁》等，全给丑角戏开了新路，京剧也应做出更大的努力，迎头赶上。

四、现代戏的剧目的创作如何才能更丰富些，更戏曲化一些，更能突破话剧加唱的形式。

五、如何在几个分支上出现有系统的升华，如白口戏、唱口戏、武打戏、舞蹈戏等等，都要有新的好典型出现。

六、剧团的经济制度如何合理化，如何解放生产力，如何解决积压人才和吃大锅饭问题。

七、演员的培养训练方面，要采取多条腿走路的方针，如办戏校、随团带学员和个人收徒，以及中青年演员的进修培训等，皆应提倡，并有相应的规章制度。

八、建立健全戏曲的导演制，总结导演经验，争取有新的突破。

九、舞美工作该好好讨论，研究总结。

十、可否创作新的电视连台本戏？如把苏小妹和苏州园林风景结合一块的京剧，我看也很好。

十一、戏剧上电影，如何更有利于戏剧的舞台演出。

如此等等，还有一些其他问题。

我对京剧改革和未来的新京剧是个乐观派，有充足的信心。但不希望给京剧下死命令，只准让他朝一个方向去跑。此事不可再干。当然提倡京剧现代化，这个大方向是不会错的，但这绝不是说现代化就等于全演现代戏。借用日本外交家的一句话，可否是全方位的辐射形发展！

选自《宋振庭杂文集》，山西人民出版社，1989年版

分析和分寸

有些事情，不讲分寸，不留余地，把话说得过头了，后果往往不好。这在政治生活中教训颇多，在我自己的一生中，待人接物中，教训也是很沉痛的。

为了强调突出一个主张，为了"矫枉"有时难免"过正"，在提口号时，如全四平八稳，面面俱到，那是不可能的，也是不必要的，但即使处于这些情况下，思想上的冷静，对事物要讲分寸，留余地，也是不能忘记的。

仅以历史人物的评价为例，这教训就够丰富的了。尤其像中国这样一个经过苦难重重，走过非常错综复杂的社会历史，评价人物可是麻烦得很。

比如，我就万万没想到袁世凯的御用筹安会的头头，杨度先生，后期和晚年会变成革命的同情者和支持者，也没想到沈醉原来那么坏，后来也可改造过来。从这里自己是觉悟了一点东西，这觉悟就在于知道了知人论世真正不易呀。

但是，在给事物平反、拨乱反正时，说得过头了，后果也是不好的，比如对上述杨、沈两人，如果只讲他们的后期或晚年，不讲他们本来的面目，也是不妥的，他们本人有知或有灵，听了也会觉得不是滋味。所以我们演洪宪戏时，照样要讽刺杨度，演《江姐》时沈处长还是要上台。尽管原来那个沈处长，现在已是政协委员，也可坐在台下看戏，这也是无妨的。

外事工作的教训也是颇多。比如现在，中日两国人民是友好的，我国外交政策，也非常看重中日友谊的意义，但对日本军国主义的罪行，该提到时，一定要讲，不讲或回避是不对的，对中日两国人民没好处。所以南京大屠杀、日帝侵华史，要永远教育中日的青少年，使后代知道，中日两国确实应世世代代友好，不可重犯历史上曾犯过的错误。

说到这里，就不能不提到有些文艺或戏剧，在这方面确有一讲就过头、一演又过火的缺陷。比如，小凤仙这个妓女是实有其人的，在舞台上、演义中出现也未必一定要处处限于历史真实。但即使演她、讲她，也最好有分寸，讲含蓄，留点余地，不可太过。听说有的青年在回答辛亥革命的领导人物时，填写了小凤仙其人。这可能是笑话，但也该听了以后，引起人们的注意。近来，演西太后那拉氏的戏更多了，对咸丰的顾命大臣肃顺等人的形象，有一些表演，这是可以的，但我在看戏时，是觉得肃顺和林则徐差不多了，死得那么悲壮伟大，心里就有些不是滋味。当然，过苛地要求一些青年的编导人员是不应该的，但稍稍提一提，使能注意分寸的地方注意一些，这是善意的。当然也可以争鸣和讨论，也许我过去确实不知肃顺、载垣等人的伟大。

《何日君再来》算不算黄色歌曲一案已经结束了，不必要再提起，但作为教训，提一提也有好处。因现在仍有人沉迷在当年的"桃花江是美人窝"一类的歌曲之中。

分析和分寸，不但在哲学中重要，在政治中、政策中重要，在日常生活中，讲任何一段话时都重要，何况电视、戏剧那是千家万户都看的呀！

选自《宋振庭杂文集》，山西人民出版社，1989 年版

一篇朴实亲切的专访

　　由于种种大家都知道的原因，《中国妇女》现在发表这样一篇专访，报道一下我们大家都很敬爱的陈云同志父女俩的情况，实在是大有好处的。这无论就社会风气来说，就党风来说，就一些老干部应如何对待处理家庭子女问题来说，就精神文明来说，就文学艺术的灵魂的净化和美化来说，这篇报道都很值得读一读。

　　长期以来，有一种奇怪的观念，好像我们共产党人，特别是老共产党人，全是些无情无味的冷冰冰的人，不懂得人们所说的"人情味"。在文学艺术作品或电影中出现时，也有"父子"、"父女"、"祖孙"的描写和镜头，但那种出现也实在是十分概念化，和这些人上班开会差不了多少。说话则更是几句套语："来，让爸爸看看。""玩去吧！爸爸还得开会。"好像如果不这样，就是小资产阶级、婆婆妈妈的，降低了人物的形象。其实，这实在是天大的冤枉。在我们这个社会，我可以断言，最懂得什么是爱，什么是恨的人，就是我们共产党人。一个爱人类，爱自己的祖国和同胞，爱他的阶级弟兄，连性命全可以不管不顾的人，难道他会不知道人世间的爱？鲁迅为此当年在一首诗中把这个道理讲得很清楚。他写道：

> 无情未必真豪杰，怜子如何不丈夫？
>
> 知否兴风狂啸者，回眸时看小於菟。

当然，这些年来，事情又出现了另一面。一些人可真"爱"他们的子女。爱到什么程度？简直是助子为恶，把一些子女培养成什么高衙内、许衙内、王衙内……西湖边上的二熊，大家不是记忆犹新吗？说明白呢，这不是爱，这是丑恶灵魂的暴露。这种爱只有一个后果，就是送其子女到法院、监狱，甚至到点了红头榜的地方去。小说、戏剧、电影，对此已作了不少披露，有的还写得十分生动、淋漓尽致，叫人读了浑身发冷！

周恩来同志常常说，当一个共产党人要过几个"关"，这亲属关就是其中之一。他和邓大姐对亲属严格要求，在我们党内是光辉的典范。任弼时同志留下来的教子诗，陈毅同志的教子歌，都是十分真挚感人的好教材，也是好的文学作品。

这篇报道并无什么惊人之笔，写的也不是重大的离合悲欢。看起来，陈云同志家庭中碰到的，不少家庭也经历过。但问题的难度也正在这里，这些对于像陈云同志这样的家庭来说不应算作问题的问题，这个家庭却能这么办，而且坚持办了下来。谁会相信，当乡村教员的女儿回到家中，很想在父亲身边多待几天时，她的父亲却将骨肉之情深埋心底，严厉地让她快些回到农村去？谁会相信，这位身为高级干部的父亲送给女儿的礼物却是一本《世界知识年鉴》，而女儿报答父亲的仅是两颗挑了又挑的小核桃，这两颗核桃在父亲的手中磨来磨去，已变成深红色的了，而他们父女的心就这样拥抱在一起（连我都得感谢小陈，如果这两颗核桃能帮助陈云同志改善末梢关节，减缓老化，她真是办了件好事啊！）许多同志都知道，陈云同志非常风趣，富于幽默感，爱和同志们说说笑笑，当我看到文章说到他有时也抱起外孙亲亲，高兴地听小家伙们说"不扎"时，不禁想起古人说的"君子之交淡如水"、"君子家风清且醇"。这"情之深"和"淡如水"正是手心和手背。这也正是共产党人的心灵的写照！

我常常这样给自己提出些傻问题。比如，一对父母，如果真爱你的子女，你应该怎么爱他们？在这篇文章中，我懂得了，爱子女就应该鼓励他们热爱学习，能够自立。再如，什么是"走后门"？一般人看来，找一下熟悉的朋友，问问考试范围和怎样复习，好像算不了"越轨"，但陈云同志却干脆地说："这是走后门！"其实，对有些人来说，你不走，他会把"门"送到你家门口来让你走。联想到整顿党风，更觉得不能轻视这些家庭生活中的"小事"。

人这个社会动物也真复杂。从两方面说全对：一方面，人和天的心灵都是相通的。另一方面，人和人的灵魂又是如此格格不入，实难相通。我为什么说这话？就是我们一些老战友、老同志，家庭生活是否也是这样？饭桌上全家人团聚时，谈些什么？这是哑巴吃饺子，心里有数的！这一点我们可以对比一下，也可以心照不宣，自己明白就行。

我愿我们的报刊多发表一些这样朴实无华、毫无夸张粉饰的好专访，它会对净化人的心灵大有好处的！

选自《宋振庭杂文集》，山西人民出版社，1989年版

自立的目标和道路

　　《辽宁日报》编者，为展开上述的讨论，来信索稿。我觉得，这个题目出得好，讨论一定会是极有好处的。

　　每个时代的青年都会遇到"自立"问题，只不过历史条件不同罢了。历史这次给青年提出"自立"问题，和我们那一代人在青年时期所面临的社会条件就完全不一样。那时期，我们也有自立问题，但那是国破家亡：风雨飘摇、走投无路的现实给逼出来的，没办法不自立。当然那也是一个狂飙般的时代，我们从东北流浪到关内，到处唱起《松花江上》、《义勇军进行曲》，十几岁就到处跑。但是，虽然历史条件不同，自立的内容和形式不同，有一点是共同的，就是都在共产党的领导下自立的。不过那时的共产党还在倒霉，到处被抓，被杀头。即使这样，对我们那时的有志青年来说，党是指路明灯，是有巨大的吸引力的。现在的自立就不同了，现在是共产党领导下的人民民主专政，社会主义制度。现在的条件是：任何一个人、任何一个青年，只要他有决心、有志气、有毅力，"条条道路可通罗马"，人人可以自立成才。

但我觉得"自立"也罢，"成才"也罢，先得把目标搞明白，成才，也即自立所要达到的目标是啥？成才，第一，并不是一定都要成名成家（当然也有可能成名成家）。第二，成才不是指取得多么高的社会地位，当什么什么官（当然，如果人民需要你多担一点担子，那也不能拒绝）。第三，成才也不是成为一个样样通的全才，如文艺复兴时期的达·芬奇、米开朗琪罗那样，又是画家，又是科学家，有的还是政治家、思想家。我想把话说明白，成才就是成有用之才，人民需要之才，而且是行行出状元，行行皆能成才。这才与不才的区别就在他和她不是废物，是人民的优秀儿女，有能为人服务的学识和本领。我不赞成把问题引导得过于狭隘，如只限于举出华罗庚、钱学森、高士其等等自立成才的榜样，好像一说成才都成华罗庚，当然要成这样大的大才那太好了，谁会不企望，谁会不景仰，谁能保证这一代不会出更多的这样的大才。但对大多数人来说，我想还是多出一些植棉专家、育种专家、工艺高匠、服务高手，比如，哪怕做清洁工人，我们也要下定决心做时传祥，而不是其他，至少不是一个消极怠工者。

我这样说，也许有的青年朋友会不高兴，会说，那还用你说，我要考上大学，考上硕士、博士等等，那才叫成才呢，不然讨论有啥意思！我说，问题恰恰在这里，就是不上大学，不考研究生，能不能也成才，有无成才的道路？我说有，有在哪？就是在自己身上，在于走自力更生的路。

常言道，横起一条心，没有办不到的事。当然这里边不包括玄思胡想的目标。但这心一横，脚跟就站稳了，走自立之路，这目标就可能达到，也一定会达到，这一点有绝对保证。

自立的对立面是依靠，

自尊的对立面是自卑，

自信的对立面是软弱，

自理的对立面是懒惰。

我们今天谈自立，那含义很明白，就是去掉灰心丧气，去掉鼠目寸光，去掉唯条件论、时气论、关系学。日本电视连续剧《姿三四郎》里的和尚的说教是精神鸦片，是宗教唯心论，那是给人梦想成佛作祖的安眠药。但把他的话翻转成唯物论，立足在实际生活上，倒也有用。他说：

"悟性（即觉悟）在你脚下！"

我说，这"悟性"就是自立、自强、自尊、自信，成一个有用于人民的人才！只要这样，功夫绝不负人！

选自《宋振庭杂文集》，山西人民出版社，1989年版

母亲·历史·祖国

《纵横》杂志编者，让我就青年同志学习中国近、现代史问题写点文字，这个命令我是愿意服从的。因为我有感慨，也有话在心里，如有梗在喉，不得不吐。

外国有句谚语："人间最伟大的爱是母爱。"一般人谁对母爱没有亲身感受！鲁迅有首诗里说："知否兴风狂啸者，回眸时看小於菟。"讲的是老虎对其子女的爱怜。我在动物园里就曾见过这种场景：母虎趴在那里假寐，小虎淘气，跳到妈妈身上，又拱又咬。母虎温柔地闭着眼睛，一般不去理它。但有时小家伙淘得过火了，母虎也给它一巴掌。这时，这小家伙更淘气，躺在地上装死要赖，急得母虎赶快跳起来，用口鼻去亲它、拱它。小家伙又霍然一下跳起来，爬到妈妈身上，跳蹦得更欢了，那虎妈妈的目光浸透着更深沉的"母爱"。我常常被这场景所深深打动。再说母鸡，是一种温驯而胆小的家禽，但当它带着幼雏时可凶了，不仅不让人碰它的子女，就是凶猛的老鹰来了，它也会去拼死抗争，这时它几乎忘记了一切。以上说的都是动物的一种本能，借用"母爱"一词不过是比喻。至于真正讲到母爱，那是只有人类才有的、远非动物本能所能比拟的一种高尚感情。

人们常把祖国比作母亲。真要这么比的话，那么祖国就是人类的几何级数意义上的、有着多重深刻含义的母亲。可是，近几年我却听到有人说，中国有什么可爱？这么落后，我宁愿到外国去做奴隶，也不愿意在中国当主人。当然，说这话的人太少了，太个别了，但这是事实，这绝不是我编造的。祖国母亲生你、养你，哺育你，教养你，牺牲自己的一切，让你成人，成为一个骄傲的中国人，到头来说这话，岂不是丧良心？说出这种话来，除了丧良心，对这些人来说，我看，在他们身上，是缺少些什么。缺少什么？缺少对祖国历史的了解，因而缺少对祖国深沉的爱！

人们在收音机旁听肖邦的钢琴演奏，听他的《波兰舞曲》、《圆舞曲》，人们对这位伟大的爱国主义音乐家，不禁肃然起敬！但人们不一定都知道，这位大音乐家，最珍贵的东西是什么？那是在他的宿舍里存放的波兰的一把泥土！这是他的祖国的泥土，他每天都要拿出来嗅一嗅它。

人们的年纪差上十几岁，那知识面、见识面、情感就确有不同。我小时候，听年长的人讲辫子、讲皇帝、讲黑暗的旧社会，虽不十分陌生，但总不如我亲自见过的五色旗、孙中山先生像章亲切。现在老了，六十多岁了，我发现青年小友对30年代的事就已经茫然了，更何况满清、庚子、辛酉、甲午、辛亥啦！我有一次在电影院听见两青年在对话："啥是《马关条约》，马关在哪？"另一位说："马关在广东。连这个你都不知道？订《马关条约》的就是林则徐！"直到现在，每当我想起这段对话，心底就凉得像结了冰。近日看报，讲一个人，一个集团，贪赃枉法，一下子就贪污几十万元，连党费都贪污了。我同一个青年干部说，我做过一个省的"三反"、"五反"办公室的主任，打过"老虎"。但那次打错了不少人，冤枉了一些好同志。而现在这些"老虎"可是真的了，是胖"老虎"，喝血的"老虎"。处理这些人，应该比处理刘青山、张子善更严、更快，毫不犹豫！但同我谈话的那个青年干部却问我："刘、张是谁？是不是南方某省那一对有名的'造反派'？"我大吃一惊，啊呀！事情只隔了这么几年，人们就这样隔膜了，好像比圆明园、西太后还生疏了！这可怎么办？

我们这些老头，老太太，对青年小友在祖国历史方面的少知，或知之甚少，对旧中国如何变成新中国的经过了解不多，对祖国的感情欠深，或者说不如我们老一辈人，心里总是不大舒服，也有一些气。但平心想来，这也是我们之过，善忘之过，忘记了才经历、才过去了的这个十年动乱是怎么一个教训，忘记了自己的责任，忘记了一些青年对祖国历史的生疏无知，责任又在谁？何况，咱们老的当中就没有随意说道的了吗？比如说，把肃顺这个人描写得和岳飞、文天祥、史可法、于谦一样的忠烈，气壮山河，这么近的中国史就可以信手编来，那还能埋怨别人吗？近来，还有一个苗头，好像张作霖，即杀死李大钊的那个军阀，好像也有点要描写成伟大的爱国者一样。这又怨谁？

小凤仙、西太后、珍妃的戏我不反对演，也欢迎演，也爱看。但我奇怪北京人为什么不多演一演于谦，"要留清白在人间"的那位以身殉北京城的伟大爱国者。我再说一个真实的笑话：有一个老师问学生，谁领导了辛亥革命？答曰："孙中山、小凤仙。"前者说对了，后者呢？青年们历史知识缺乏至此，难道我们没有责任？

现在，一个读书、学史的热潮正在全国各地波澜壮阔地展开，许多单位、团体、报刊都很关心这件事，并推动这个热潮向纵深发展。我看这就是人同此心，心同此理！这个热潮是历史发展的必然，它像一座桥梁，一端联结着光辉灿烂的中华民族发展史，一端联结着更加光辉灿烂的今天和明天。不了解我们中华民族的昨天，不熟悉我们祖国的历史，很难成为一个自觉的爱国者。中华民族要振兴，要培养一代有志气、有水平的新人，就必须对他们进行爱国主义教育，而进行爱国主义教育，必不可少的一个方面，就是要对青少年进行传统教育，进行历史知识的教育。

我这里只是感言，顺便也表一个态，我虽然已经年迈，并且重病缠身，但只要还有一口气，我就要和老友们、小友们一道学习，其中就包括温习祖国的历史，特别是近、现代史！

选自《宋振庭杂文集》，山西人民出版社，1989 年版

和谐的家庭必具的条件

　　《家庭》杂志宣传和谐的家庭，家庭这个细胞和谐了，必将极大地促进社会机体的和谐和健康。

　　家庭能否和谐（没有和谐就谈不到其他，更谈不上幸福），不只是一个期望和信念决心，其中应该有科学道理在。

　　首先，物质生活的基本保证是少不了的。当然不是说生活富裕了，家庭就和谐了，这倒未必，相反的倒是富人家里矛盾更多而大。但生活太贫困了，起码的温饱也无保证，也难以和谐。高尔基笔下的工人打老婆酗酒，形象说明了这个问题。鲁迅的一篇幽默小说《幸福的家庭》，也更说明问题。白菜和劈柴没有着落，幸福二字无从说起。

　　中国现今的家庭，基本生活已可以比较稳定地得到温饱。虽然距富裕尚远，但日日断炊，有账主打上门来，靠典当"小押"过生活的日子已经不复存在了。现在的中国城乡姑娘在这方面恐怕比《红楼梦》里的史湘云的知识更差，她们更未见过当票和当铺，当然也不会有深知此道的薛宝钗，因为家里开当铺的也一块消灭了。仅从这个小例子，也说明在中国这样的国家，不搞社会主义怎么得了！

物质是基础，只要相对地有一些不可或缺的物质条件就行。精神在这个基础上，对家庭之能否和谐就更重要了。家庭的成员，第一个精神条件，就是他们得是正直的人、真正的人、在完全意义上的人。不能像西方人讲的，"一半是天使，一半野兽"！如果连这个最低条件也没有，一个家庭邪气得很，成员中有好几个搞邪门歪道的，那它也和谐不了。

但这个要求是指下限，即最低的条件。除正气外，治家的和谐，得有不同程度的家庭民主。家庭之内，伦常之间，互尊互敬。但必须是真感情，人和人之间得有点民主精神，不然，完全是人格服从，也和谐不了。所以，《傀儡家庭》（或译《玩偶家庭》）、《脖子上的安娜》和《安娜·卡列尼娜》，中国的《红楼梦》就都是大悲剧。甚至当了贵妃的贾大小姐贾元春，也抹眼泪地说："这种富贵毫无乐趣，也不如穷人家，小门小户，尚有点天伦之乐。"为什么呢？那样的家庭，不要说民主，连基本的人权也一点不存在，那种家庭的人和人的关系是主人和奴隶或主人和玩物的关系。

如果有人说，父子也罢，母女也罢，从根本上说也是社会关系，都应以朋友相处，二者之间，有血缘关系，老幼虽有差别，但也得互相尊重，互相做朋友。这一说，可能会引起哗然，遭到反对。但，不管怎么反对，人们只要想一想，这里边还是有道理的。

鲁迅最早地讲明白了这个道理，他的关于《我们怎么作父亲》，说还得"办一办父范学堂"的主张，就是针对这一点的。

家庭的"和谐"，主要是两口子和两代人的和谐。当然有四代人同堂的家庭，但这在今天已不多见了。何况提倡计划生育"只生一个好"以来，亲族关系简化了不少。有人担心以后的孩子，婶子和妗子、叔表和姨表、舅舅和叔叔，不但分不开，连哥嫂、姐夫、妹夫也不知道了。这倒不无道理，但为了解决中国的人口这个老大难问题，这个担心倒不太可怕，以后到了可以有这些人的时候，再认识也还来得及，火烧眉毛，先扑灭火要紧。

两口子和谐和两代人和谐，相比之下，前者更要紧。因为父子、母女、婆媳的关系固然重要，但第一，还是有条件的；第二，实在维持不下去，到了一定年龄可以分开。当然，即使分居另过，和谐也得处理好，其中一个关键问题往往出在婆媳之间，它比父子之间难处理得多，所以从《孔雀东南飞》、《小姑贤》以来，这就是一个老大难的家庭问题。为什么呢？除了个别的因素不谈以外，婆媳二人实际上是家庭的主要成员，实际的当权派，这二人的关系如何总是影响全局的。《家庭》杂志和新社会关系中着重宣传新型的婆媳和睦的典型确实要紧。可是，这种和谐之前提还得先有两口人，即家庭两首长之间的和谐。家庭这一事物的出现及其发展的未来是有史可查、有书为证的。但一夫一妻制的家庭的本位，即夫妻关系，这是问题的实质。

我常听见一些老战友说笑话式地问："你们家是总统制还是总理制，是总统内阁还是总理内阁？"实质上是问，家里的实权派、第一把手是谁？但问来问去，无非是两种：前者抑或后者，当然，也有元首和内阁分权的特定宪法的。但是不管哪个是一把手，二者的和谐是要害，不和谐不行。在爱情和婚姻家庭上，理想和实际之间总有明显的差别。有的现实比理想还好、还美，但这并不多，常常是现实总不见得完全符合理想。这二者如两条平行线，或者如电线的正负线一样，平行而交叉，遇到电阻就要变压，甚至可烧坏保险丝。所以，一方面我们确实见到一些人人称羡的和谐美满的夫妻和家庭，但也常常听到一句俗话，"家家有本难念的经"。这"经"当然有老少之间、同辈手足之间，但多半还是两口子这本经难念。

夫妻和谐、家庭和谐的问题就更大了，这是社会学的主题，也是文学艺术的主题，非本文所得涉谈的，这里谈的是此问题的下限，也即最低必具备的条件，因此我想除了生理和心理健全以外，基本人格的健全是否是最起码的起步点！

这样说来，家庭的和谐的最低条件是什么？

一、最低的物质生活保证。

二、最低的起码的人格保证。

三、最低的道德文明保证。

选自《宋振庭杂文集》，山西人民出版社，1989 年版

对《管仲拜相》的浅见

看了北京京剧院一团演出的《管仲拜相》，感到这出戏抓住了好题材，蹚出了好路子，作了很好的尝试，演出是成功的。但是，也还有不足之处，尚需大力研究修改，才能变成一出真正动人心弦的好戏。修改好了，可以和50年代的《将相和》媲美。

这个戏选择的题材比较重大，历史材料很丰富，一些主要人物又都是历史上出类拔萃的佼佼者，在这样的情况下，如何剪裁和点题，是个很重要的问题。

首先是管仲，他是春秋时期的大政治家，在《史记》、《战国策》、《国语》里都有关于管仲的记载。管仲的政论如"礼义廉耻，国之四维，四维不张，国乃灭亡"等都是很高明的见解。

其他如齐桓公、鲍叔、隰朋、宁戚等人物，也都实有其人。齐桓公九合诸侯，一匡天下，成为五霸之首，他高瞻远瞩，宽怀大度，能用人，是中国封建社会政治史上一个比较明智的君主（尽管他到了晚年犯有重女色、亲奸佞、用权术的错误）。《管仲拜相》里齐桓公是个重要人物，没有齐桓，管仲也出不来。其次是鲍叔牙，他和管仲之交是中国传统伦理道德美的典范，所谓"管鲍遗风"就是对他们的赞扬。这两人知心、知交之深，真是可歌可泣，而且他们都是老实人，实事求是，说老实话。他们一个保公子纠，一个保小白（齐桓公），各为其主，他们的私交是私交，原则是原则。

管仲知人不在齐桓公、鲍叔之下，比如他举隰朋，荐宁戚。管仲南征时，遇见一个路旁放牛的人，那人叩角而歌，歌里批评齐国的内政，管仲听了很受震动，经过了解，发现放牛的是大贤士宁戚，他立刻给桓公写信，让宁戚交给桓公。宁戚见到桓公，他又唱歌直接批评桓公，桓公要杀他，后来也发现他是个人才，放了他，这时宁戚才把管仲的信交给桓公，桓公立刻拜他为上大夫。

管仲为相的时间很长，伴整个齐桓公的霸业始终，他最后临死时还除了"三害"：易牙、竖刁和开方三个小人。他在病榻上告诉齐桓公，这三个人是坏蛋。齐桓公问他为什么不早说呢，管仲说，我活着的时候他们的危害不大，我可以控制他们，他们惧怕我。现在我不行了，他们就要捣乱，像决堤了，洪水就要来了。齐桓公听了他的话，斥逐了这三个人。

我们的文章究竟做在哪里、点题点在哪里，而不致落套？《管仲拜相》的成功之处就是突出了鲍叔牙以荐贤为重，不以私废公；表现了管仲的聪明机智，作《黄鹄》，摆脱了敌人的陷害。可是戏里齐桓公这人物的形象就有了问题，在戏中齐桓公成了一个近女色、宠佞臣、远君子、近小人的一般君主。这就落入了传统戏的皇帝耳软、女色作祸、宰相立功、贤人不出的套子里了，这样，戏的格就不够挺了。这个戏有这样丰富的材料，又都是上等的，如同一块上等的华达呢，完全可以做一套漂亮的衣服，如今做成了一条短裤，就太可惜了。

从前开展过关于历史剧的讨论，当然有些意见不完全一致，但有一点是一致的，就是新编的历史剧要基本符合历史的真实性，对原来的历史剧就一仍其旧，少做改动。所以，对曹操，可以演新编的《赤壁之战》，也可以演《蔡文姬》，当然，曹操打铁也是真实的，也可以演，但是，也不妨演演老戏《群英会》，甚至还可以演《战宛城》。新编历史剧和旧编历史剧要有差别，新编历史剧总要大体符合历史事实。

这出戏的重点放在什么地方更好一些？从古为今用的观点来看，有什么东西是我们今天特别需要的？

一是要反映历史上古人讲原则，讲大业，为大局，知人善任，不徇私情，不拉帮派，不走后门，公私分明，特别是任贤、荐贤、举贤，敢于起用出身微贱确是人才的人，只要是人才，就敢用，甚至牺牲个人私见，牺牲朋友也在所不惜。是仇敌也敢用，管仲差点把齐桓射死，可是齐桓从大业着眼，拜他为相，这种知人善任，是具有远大的战略眼光的。

二是要突出朋友之交、伦理道德美。管鲍之交，在历史上没有超过他们的。桃园三结义是宗派的结合；伯牙、钟子期是音乐上的知音；羊左之交，流传后世。而管鲍却是真正从政治上长年向往，从微贱到拜相，从拜相到临死荐贤，一生到头，毫无二心。管仲说：生我者父母，知我者鲍子也。鲍叔在这方面更高人一头。

另外一点也很有现实意义，这就是不以贫贱看人，不以年纪看人，不以细行（小的缺点）看人，而是观其大节，看他的大方向。管仲出身微贱，其实是鲍叔的伙计。管仲和鲍叔牙一块儿做买卖，鲍叔拿本钱，分的时候本来应该二一添作五，可是管仲拿了一大半。别人告诉鲍叔，管仲贪污。鲍叔却说管仲贪污得好！"仲贫也，非贪也，家有老母。"一个敢"贪"，一个敢"给"，息息相通，不用打招呼，古书记载得很精彩。所以，能起用于微贱，起用于草莽，不以细故责人，从大的方面着眼，不算小账，这在用人方面也是重要的一条。

总体来说，我觉得重点放在这些地方就可以不落套：知人善任，朋友之交，原则第一，为原则能够牺牲一切，以国家、人民为重，不以个人、私利为重。写出古人的高风亮节，写出古人的非常动人、感人的精神文明、社会道德，也给当前的不正之风树立了一个对立面。

这个戏的历史材料本来就很丰富，怎样剪裁才能成为一出好戏？我是这样设想的：前半场从管鲍结交到分别辅佐公子纠和公子小白，发生风波，然后鲍叔送管仲走，长亭话别，纵谈天下事；两人有深谋远虑的打算，分析了齐国的形势，老的国君要死了，公子纠和公子小白两大派，国内一定会有一个内乱、不稳定的局面。在这种情况下，为了解救齐国，两人必须身担重任，一个保公子纠，一个保公子小白，各为其主，但这不妨碍彼此的友谊，不管立谁为国君，两人都互相帮助，虽然分别了，但仍是好朋友。然后齐鲁乾时之战，齐桓为国君，讨还管仲，最后拜相。齐桓公拜管仲为相，造成了很大的震动，原来大家都认为宰相肯定是鲍叔无疑了，但结果拜的却是出身微贱，和鲍叔做买卖贪污过钱，而且是曾差点把齐桓射死的仇人管仲。齐桓公拜相的仪式非常隆重，三浴三衅，下拜磕头。这是突出鲍叔荐贤让相，自己不做宰相，把相位让给管仲。

戏的后半场就应该写管仲的相业，他的十大政纲，基本主张，荐宁戚，最后管仲临危，国家的柱石将倒，举国震动，在哀痛声中，齐桓到管仲病榻前，这时展开了一场论贤、荐贤、让贤的戏。可以有几个内容：齐桓和诸大臣都到管仲的病榻前问候，管仲和大家即将告别的时候，让易牙、竖刁、开方三人退下，然后告诉齐桓，这三人是小人，要斥逐，劝齐桓亲贤臣、远小人。其后管仲当着齐桓公、鲍叔、众大臣论鲍叔，他说："我和鲍叔是最好的朋友，生我父母，知我鲍叔，我们二人之交没话可讲，但是他有五个方面不如我，最主要的一条就是他善善恶恶过分，察察为明，不能容人小过，过于苛求，缺少宽怀大度，不能团结所有的力量，作为宰相他不行。"齐桓公问谁可以为相，管仲推荐了隰朋，但又说隰朋岁数也不小了，身体也不好。鲍叔牙这时已是太傅了，三公之首，元老的元老，他听了管仲对他的评论，心悦诚服，极力主张隰朋为相。以后是管仲对其他大臣一个一个议论，如宁戚、王子成父。最后齐桓为了安慰管仲，当场拜隰朋为相，在慷慨、悲壮的气氛中，举行了隆重的拜相典礼。

两次拜相，贯穿了管鲍之交，第一次拜相，大家都以为是鲍叔，结果出人意料，拜的是出身微贱的管仲；第二次拜相，又应该是鲍叔，结果是管仲荐了隰朋，鲍叔也极力支持，又出乎大家意料之外。这也说明齐桓公纳谏如流，确实是成霸业的英主。这戏也还是高峰迭起，和偏见、俗见相反，使每场戏中观众认为按常理、按日常逻辑不成其为问题的问题，结果却都出乎意料。除了这两次拜相出乎意料，管鲍做买卖，管仲多拿，他还有理，鲍叔为他解释；管鲍是好朋友、知己，又能分开各为其主，互不相让，然而又互相知心，互相救援；管仲批评鲍叔，鲍叔不以为非，反以为是。这相对一般俗人之见，都是出乎意料的。

我看这个戏在现有的基础上是否可以这样修改。当然，这是一种意见，大家可以听取更多的意见，最后择其善者。总之，应该把管鲍之交始终贯彻在戏里，而且以双拜相作为戏的高潮。这样，这个剧的剧名不妨叫作《管鲍之交》。

作为一个观众，我祝贺北京京剧院这个戏已经取得的成功，还希望这戏在现有的基础上能够改得更好，真正成为一出立意新颖、现实意义强烈的新编历史剧。

选自《人民戏剧》，1982 年第 8 期

谈当皇帝

——给皇帝诊断

（一）

《紫禁城》的主编刘北汜同志是我儿时的旧友。因为工作的不同，虽同居北京，一年也很少能见面几次，一杯清茶共话儿时旧事的乐趣。这种乐趣也是人的一生中的一种精神生活。但他见了我就发牢骚："你为啥不给《紫禁城》写点东西，就是我支使不动你！"我只得"唯！唯！"地答应："写！写！"

其实，说老实话，我要给《紫禁城》写点文章，还真有条件，因为我喜欢读明清史，又是老而弥笃，也喜欢逛故宫，更喜欢文物书画，此等知识，比上不足，比下有余。对《紫禁城》我也是认真地阅读的。

前天，看民革主办的《团结报》，一位当年亲自听过鲁迅先生在上海劳动大学讲演的老先生回忆说，鲁老夫子那次讲话中说过"从前我也想当皇帝"。大家听了奇怪，注意等着听下文，但先生慢条斯理地喝茶，下边才说他逛了故宫以后，发现当皇帝挺孤单，并不有趣，反而很苦（大意）。先生这种幽默，既冷静又深刻，确实触到了古今中外历史的一根主干神经。

"人人"（不是全体）都想当帝，林彪、江青也想。宋太祖赵匡胤有"杯酒释兵权"的传说，据说他也说过，人人都想当皇帝，有时候，你不想当别人也想拥你坐在这个炉火台上，他自己有此生活体验。但《宋史·太祖本纪》不载此事，只记录了他说过的："尔谓为天子容易耶？"又对宰相们恐吓地说："朕观为臣者比多不能有终，岂忠孝薄而无以享厚福耶？"

历代当皇上的都叫喊"为君难"，可见这个"孤家"、"寡人"，这玩意并不见得那么顺心。起码他不像我，可以躲在前门大街道边上，蹲墙根买块热烘烘的烤地瓜吃。

当皇帝岂止不怎么快活，而且差不多都有以下几种症候，我给诊断如下：

第一，疑心病，恐惧病，怕死病。

一当上皇帝，看见谁都像个敌人，都对他有威胁，他疑心一切人，总想找一个心腹，但又总找不到、找不好。汉文帝以代王入继大统，连吃饭喝水都由老婆管，到了长安也不敢进宫，都快吓死了。明崇祯帝朱由检到了现故宫多少天只吃他老婆从家里带来的食物，怕被毒死。南宋高宗赵构，等秦桧死后，才抽出靴子里的匕首，说这回可以睡着觉了。溥仪也证明，历代皇帝都得有人先尝膳，等着吃了没死，自己才敢吃。而且凡是菜碗全得放一块银牌子，验有毒没毒。哪能像咱们，到处坐下就吃，更不怕谁下毒药，想怎么吃就怎么吃。

第二，没朋友，没知己，寂寞病，高高在上，孤鬼一个。

一当皇上，啥朋友都完啦！一说话，一大堆人，黑压压地跪在地上，只能"嗻！嗻！"地答应，连个说悄悄话，传递个小道消息的人都没啦。刘邦当了皇帝，吓得他老爹站在门口，夹着扫帚给他站班。他老爹，只想老家，回沛县去吃烙饼，喝老酒，当太上皇也不高兴。弄得他没法办，在新丰搞了个假的故居，这有啥乐趣？有些皇上，实在寂寞死了，就溜号开小差，微服逛大街，喝到一碗豆腐脑，就比龙肝凤髓都香，但这下子可坏了，一帮大臣小臣，一摞子谏章上来啦，批评他无权逛大街，无资格喝豆腐脑，凡挨批了，不敢再干的，就是纳谏如流，尧舜之主；不听话的，千古挨骂，亡国之君的罪名中都有一条"行为不检"、"好微服出行"。但不亡国的不算，如赵太祖雪夜访赵普，烤火盆，那算佳话、美德。但他的死也糊里糊涂，烛影斧声，千古疑案。

第三，美食，厚味，好色，吃补药，短命鬼，少夭病。

你看当皇上的，除少数几人，大都是短命鬼，那死法除被杀、被毒、被囚、被废外，都是吃死的、好色糟蹋身体害死的、吃补药补死的，天天懒惰，四肢不勤，也不参加锻炼，打太极拳、八段锦，更不散步打篮球，啥病不得！得了病更糟糕，太医院一治就死。为什么？谁敢担责任！比如明朝皇帝，你算算，哪一个长寿？定陵的那位万历，干了几十年皇帝，其实是个活死尸！嘉靖大概是吃炼丹药毒死的。泰昌当皇帝不过一个月，登极和殡天一块办，多利索！天启，只是六年就完蛋！清同治少夭，怎么死的？痘疹？不对，大概是梅毒！

第四，牢狱症，活死人症，画地为牢，不见天日。

前几天，天气渐凉，我搬了一把藤椅，坐在当院，和83岁、年轻健康得如50岁一般的同胞长兄闲话，我说："大哥！怪不得野人献曝，当皇上的，连冬天晒太阳都不懂。"大哥说："杜诗不说了'炙背俯晴轩'么，这个乐趣不能告诉皇上。"鲁迅也引述了阿长妈的话，当皇上的只能吃菠菜，还不能叫菠菜，得叫红嘴绿鹦哥。至于一当皇帝就变成白痴，鹿和马不分，蛤蟆叫唤他问：为官？为私？说饿死了人，他问为啥不喝肉粥。说出这些混账话来，都因为他当了皇上。

或曰，诚如你说，那为什么人人还都想当皇上呢？刘邦在定了朝仪后，见所有的人都跪在下边，他高兴地说，"今日始知为君之乐"。其实，这种乐又有何趣，不就是别人怕你，把你供起来么！你成了木乃伊也一样可以摆在供桌上！尸位素餐的尸，现在不好听了，在古文这可是个好字眼，和神灵祖先一个意义。现在倒了行市了，不信你请教甲骨文专家！

（三）

朱由检吊死煤山前，用剑砍掉大女儿的胳膊，悲痛地说："你为啥生在帝王家？"《红楼梦》贾元春归省时哭着说，送我到那见不着人的地方还不如田舍之家，有人伦之乐。其实如果只是不怎么快乐也还不打紧，更要紧的是，凡当皇上的那一家，命运就注定了三部曲，一个开国，抢天下的；还有一个到几个胡作非为、糟光景的；最后总得有一个服毒、上吊、被囚死的。请看二十五史，可有几家幸免的！崇祯吊死，溥仪当汉奸，溥仪多亏了社会主义，才能真的尝到了做人的好味道，古今中外，只他一个末代皇帝还当了几年人！他的《我的前半生》一书，从这一点上也真有点独家新闻的版权。

再说故宫、紫禁城，我参观时闭目一想，假如故宫博物院院长真允许我晚上不出来，在哪一宫特许让我住几夜，那可真要苦死人也！还不如十年浩劫中我住监狱时好受呢！因为那时还有站岗的！

比较聪明的皇帝都明白，自古无不亡的君权，当皇上的子孙全无好下场，清帝康熙，真乃帝中之佼佼者，他的著作《圣谕广训》就是为了总结前朝，特别是明朝的教训才写的，但他想预防的事一件也未防得了，他的子孙照样不误地重复了历史的老路。

搞官僚主义、家长制，到更严重的野心家想当皇上的，一心一意想权力和威风，这些人犯的也是皇上病，即称王作霸，称孤道寡的病。这种人，可免费参观一下故宫，不然的话，可以把他关在东六宫或西六宫，让他真真地过过皇上瘾，他的病可能要好得快一些。

大家讲保护文物，尤其明清故宫，这是世界历史上头等大博物馆之一，它的好处可真大，花很少的钱，买个参观票，真是人生一场，不能不看。大家宣传紫禁城的好处很多了，我也来一段，不过调子不一样，我这叫"皇帝监狱的教训"！

我真怕让我当鲁滨孙，更怕当皇帝，除我之外，全是奴才，一个朋友也没有，那还活着干啥！全跪下"嘸嘸"的，有什么好！

宋振庭文集
0683

漫谈战争与文学

　　文论：我喜写些散文、随笔、杂文，十年动乱时我的遭难也几乎完全为了写这东西。拨乱反正后，我写得更多了、更爱写了。从 1984 年我辞去中央党校教育长的职务，改做中央党校顾问后，更愿从事写作了。

　　我觉得写散文时，第一，要和读者交心，平等相待，如面谈一样亲切。第二，要提出个问题，研讨一个问题，这个问题应该是较多人关心的问题。第三，尽可能地讲究一点文采，给读者一些艺术享受。第四，要坦白、诚实，自己写的要和自己的行为统一，所行要为所言当家作主，不能有两重人格，言行不一。我努力这样干，但干的不甚满意。作品中十篇中能有两三篇较好，就心安一些了。

　　杂文容易结怨，搞不好也能伤人。但我保证我即使结了怨，伤了人，也绝不会是为了个人利益挟私。讨论问题时片面性及话说得不好听则是该记住的教训。

　　战争是个怪物，不是好东西。它是人杀人的行为，人类社会总有一天，要把这个不合理的怪物完全消灭掉。

但是，从私有和阶级与国家产生以来，战争又始终和人类历史伴随着发展，它毁灭人，又推动历史的前进；它摧毁人的劳动成果，又促进人类历史的发展。人类的世界史，各个国家民族的历史，全以一些重大的战争做其转折点、分水岭。现在全世界各个现存的国家的疆界现状，全是由一些战争的直接或间接影响而产生的。

比如，现在的美国是由于美国的独立战争而形成。现在的德国和法国之疆界是由多次的德法（普法）战争而造就。意大利也是由解放战争，打败所谓的神圣同盟而产生。东欧的一些社会主义国家则是第二次世界大战以后才出现。苏联的西部疆界和东部疆界以前也不是现在这个样子。这些事实是只要受过一点中等的历史知识教育的人，所并不陌生的。

马克思非常欣赏德国的战略学家克劳塞维茨的一句名言，"战争是政治的继续"。当政治矛盾纠结到不可开交的时候，归根结底得诉诸战争，由其来作出判定。但克劳塞维茨不能以历史唯物主义的观点解释战争，对战争的起源、发展和消灭，战争的性质和人们对它应持的正确的科学态度，他全不能给予彻底的回答，这个科学历史任务，只能由马克思主义者来完成。

这样说来，事情可就怪了，战争最丑恶凶残，但他又和人类生活的往事密不可分，它是怪物，但又有其中的科学规律；它应该受诅咒痛恨（反动的侵略战争），它又应该被歌颂（解放被压迫人民和民族的正义战争）；美和丑，爱和恨，诅咒和痛恨，仇视和敬仰其中的一些人物，这个复杂的现象，就成了交织在人类社会历史的交响曲中重要的主旋律。

从人类有文学之日起，战争便是文学的重大题材。外国文学，如荷马的史诗《伊利亚特》，关于美女海伦的争夺战，就是最早的史诗。古希腊、古罗马时代就开始有了描写战争、歌颂勇士的文学。有名的神话，狼之二子，就是罗马城的建立者。战神在希腊诸神中，处在崇高的地位上。在中国文学中远的不说，《诗经》，就有很大的一部分是描写战争的，如对牧野之战的描写，到今天我们读了仍然如置身在那个庞大战争的战场一般。

楚辞的《九歌·国殇》一章更是完全的对战争死难者的颂词。在古典文学中，多有抒发惋惜英雄、企盼英雄之情的优秀篇目。这一点并不奇怪，从原始公社的后期，到奴隶制的出现、国家的出现，战争一直是它的催生剂；而对于神和猛士的颂歌，自然地成为文学的重要主题。

在中国小说中，《东周列国志》和《三国演义》，及以后的历史演义小说全是描写战争的名篇。现在人们只知道《三国演义》的作者罗贯中作为小说家的身份。其实，他和这部书的影响远不仅于此，清朝的开国诸统帅人物，其实都是以此书为教材来学习政治和军事的。这部书，也是满族进关前最早译成满文的一部书。你看，后来多尔衮对南明的战争，他和史可法的书信往来辩诘，清朝对三藩的受降，对农民起义诸军的各个击破，有不少高明的战略和政略全可以看得出有《三国演义》的影响。现在我们读这部书，如果合上书本，仔细地想一想，这一部大书，全是以若干次大大小小战役史的描写作为骨架的。开三国鼎立之局的战争，在曹魏来说是青、徐、兖打败黄巾的战役，与公孙瓒的磐河战役，破袁术吕布的徐州小沛战役，而决定性的一战是官渡袁绍、曹操的拼死决战。这次战役的结果是袁败曹胜，北方大局方定。其间曹操的汉阳逢吕布，渭水潼关战马超，宛城逢张绣，新野博望坡战诸葛亮，只是一些在酝酿大战中穿插的小战役。在孙吴方面，是其父兄三世在江东统一大业中的战争，其中破严白虎之战比较关键，加上趁北方和长江中上游的战斗方酣，孙氏遂"坐大江东"，刘备在孙曹已得手之后，还走投无路，到处投靠，到处倒霉，流窜得妻离子散，溃不成军，于败军之际，危难之间，听了两个好人的好话，一个是徐庶，一个是司马德操，才三顾茅庐，请出了一个大战略家诸葛亮，有了隆中决策以后，才有了孙刘结好、赤壁之战、荆襄之战，发展到最后，取西川，定都成都，刘蜀出现。

科学史承认，人的认识有很大的预见性。这个结论不断被无数事实一字不爽地加以证明。如天王星、海王星、冥王星的发现，如门德列夫关于原子序列表推论的预见，以及尔后镭的发现等。但战争和文学比这些伟大预见的描写更是有声有色。孙庞斗智中的孙膑，就如戏弄庞涓在掌股之上：马陵道一役，连庞涓的死地，也给他规定在一棵大槐树之下。《左传》中的曹刿论战、子鱼论战都晓畅得如洞中观火。抗日战争之初，当全国人心惶惶，连蒋介石的大本营内部也像热锅上的蚂蚁一样，乱纷纷地唉声叹气，但延安窑洞里，一盏油灯下，毛泽东同志写出了"论持久战"，它一发表，全国人民信心就出来了，后来的历史事实则全然证实了这个科学巨著的预言。

司马光在《资治通鉴》中辑有许多关于战略家的名篇名笔，把我国战争史上的韬略运筹描绘得可谓精彩之至。且看那《隆中对》中诸葛亮一席话，寥寥几百字，尽数天下政治经济大势，悉算兴业谋胜之机。这段文字无论从文学性、科学性及后来事实的实证，几乎是一字不爽，全部应验。三国之成，在此隆中一对，开三国之局，在于这个战略决策。决定的战役是孙刘联和，赤壁之战，阻止了曹氏之下江东，不能统一南方。刘备之后来，谋同姓刘表、刘璋的基业，在四川的基本大局，也是这样定下来的。这是下面的经验。反之，痛苦的教训，是有一个糊涂蛋，刚愎自用的那位从隆中谈话起就"不悦"的关羽，他是诸葛亮的对立面，是吴蜀失和的罪魁祸首。然后有孙刘拼命的夷陵战役，这场战役之后，两败俱伤，从此三国鼎立之局，也就收场了。对这个悲惨的教训，还在当事人活着时就作出了总结的，仍不是外人，还是那个隆中决策的老先生！他在《后出师表》中以鞠躬尽瘁，死而后已"的负责精神，总结出成败利钝之教训，是对历史的明察。虽然此表中由于为君者讳，只好将原因归为"吴更违盟、关羽毁败"，其实事实的真相是"关羽毁盟，吴蜀拼命"。这个不可一世的吴夫子才是一个大罪人！诸葛亮先生一生的心血全毁在此一人身上！

说到这里，只夸刘蜀方面的诸葛亮，还似乎不太公平。在"战将如云，谋臣如雨"的曹氏大本营中，智谋之士更多、这里仅举一人，即那位不幸早亡的郭嘉，郭奉孝。在史书中以少胜多、以弱败强的著名战役中，三国袁曹官渡白马战役是一个极为典型的战例。在这次战役决战前，曹操自己也动摇了，知道危险极了，当此千钧一发之时，其谋臣如荀彧、许攸，特别是郭嘉的参赞大计，有重大意义。在战略预测学中，郭嘉有"十胜十败"的一篇大议论，其中，固然有奉承曹操、溢美其主子的客气话，但总的说来仍是十分高明的远见卓识，全文浸透了军事政治科学的战略家的本领，并有说难之能的语言才能。这里不妨从《资治通鉴》上引来玩味一下：

"郭嘉对曰：刘、项之不敌，公所知也。汉祖唯智胜，项羽虽强，终为所擒。今绍有十败，公有十胜，绍虽兵盛，无能为也。"

这十胜十败是什么呢！他说：

"绍繁礼多仪，公体任自然，此道胜一也。绍以逆动，公奉顺以率天下，此义胜二也。汉末政失于宽，绍以宽济宽，故不慑，公纠之以猛，而上下知制，此治胜三也。绍外宽内忌，用人而疑之，所任唯亲戚子弟，公外易简而内机明，用人无疑，唯才所宜，不间远近，此度胜四也。绍多谋少决，失在后事，公得策辄行，应变无穷，此谋胜五也。绍因累世之资，高议揖让以收名誉，士之好言饰外者多归之。推诚而行，不为虚美，以俭率下，与有功者无所吝，士之忠正远见而有实者皆愿为用，此德胜六也。绍见人饥寒，恤念之形于颜色，其所不见，虑或不及也，所谓妇人之仁耳，公于目前小事，时有所忽，至于大事，与四海接，恩之所加，皆过其望，虽所不见，虑无所周，此仁胜七也。绍大臣争权，谗言惑乱，公御下以道，浸润不行，此明胜八也。绍是非不可知，公所是进之以礼，所不是正之以法，此文胜九也。绍好为虚势，不知兵要，公以少克众，用兵如神，军人恃之，敌人畏之，此武胜十也。"

郭嘉这场"十胜十败"之论，实乃大战略家的千古名文。第一，他发此通议论时，袁曹两家，还在官渡白马决战的前夜，袁绍之败，及后来事变的发展，完全被郭嘉料之如掌上。第二，论战略，论指挥人员军事统帅之品质，他也论得极为准确。现在不是还有不少人埋怨郭老对曹操说得太好了，评语太高吗？其实，在一千八百年前便已有人把话讲在当面了。第三，就在今天，我们任何一个当领导干部的，自己以"十胜十败"之分析，照照自己的镜子，读读这段好文章，都会有好处的。说实话，袁绍这种金玉其外，败絮其中，名不副实的人物，我们的同志和朋友中，不是还有些人在犯着这类病，可不慎乎？可不慎也！我自己，也不例外，袁绍之失，也正有的是我一生中的几个弱点。常读此文也有极大好处。

战争是科学，战略学更是在此科学中统领全局的纲要枢纽。直到如今对拿破仑这个人物，仍然在研究。他的成功和值得研究参考的实在太多了，他之失败，特别在于他东征俄国，扩大了两线作战的危局。先在莫斯科郊区有勃罗季诺大战之消耗，才引出侵俄全军1812年的失败，才有以后的滑铁卢之大败。有人说，都是历史的偶然性起的作用，在勃罗季诺决战之夜，拿破仑的卫兵，没有让他穿水鞋，以致他感冒了，才有此失。否则，世界史、欧洲史就得重写！这真是把偶然性夸大到极端的一个笑料。这个宏伟的战争，也被俄国大作家列夫·托尔斯泰仔细地研究了，他把它尽收入长篇巨著《战争与和平》之中，使这部文学作品成了千古不朽的名篇！当然，这位老作家有他自己的历史观，甚至宿命论，他的看法不见得全对，比如他谈到俄军统帅库图佐夫时，就是中国古代的老子的主张，"无为而无不为"。太消极了，也并非客观真实，但此老把宏大战役场面尽诉诸笔下的大手笔，又是谁也不能不惊到吐舌的！

还有一个关于小拿破仑的故事，即"第三政变记"的那位后来在色当一役当了俘虏的皇帝——路易·波拿巴。全世界有多少人著书立说解释这场战争，大文学家雨果更专门写了这个战例的小说，只不过谁也说得不准确。只有两个伟人洞若观火，一个是恩格斯，他在战争刚开始就在文章中预见了全局的发展，一语破之，讲中了其对全过程的预测。而马克思的《政变记》一书，则更早指明：一旦皇袍加身，旺多姆圆柱顶上的拿破仑铜像就要颠落下来！历史就是如此无情而公正，这个预言又被一字不爽地被证实了。

战争、文学与英明韬略，三者联系如此密切，说到这里，不能不再认识我国当代自己人的描写战争的文学。这里面当然不乏名著、名篇、名人，尤以戏剧、电影更多，但与近代中国那由"武装的革命反对武装的反革命"的特点和优点所形成的巨大历史场景相比，我们的文学还是欠了好多账的。三大战役尤其淮海战役到现在还未写出来！而这个战役的前线的核心人物刘帅、邓公还健在，现在若不写，时不我待矣！

有人说中国人喜好放枪放炮的文学，这话也对，但不完全。我们也喜爱幽美宁静的田园交响乐，但我们这个灾难沉重的民族又早就懂得，如果不下决心和敌人拼命，中华民族何以有今日！振兴中华又从何谈起！

选自《解放军文艺》，1984 年第 6 期

学真本领与争衣钵

佛教禅宗故事，五祖弘忍传法予六祖慧能时，告诉他：师祖西来的衣钵，我传给你，但到你为止，以后别再传了，此二物乃不祥之物，它要引起许多争讼弊端。弘忍这话确有见识。虽然禅宗以后分了南北，派系纷纭，但都没有衣钵作为信物凭据，只用一首打油诗（佛教叫作偈子），取代了毕业论文和文凭。那手续倒挺简便。

现在发文凭，讲学位，这不是坏事。讲讲自己的师承所得也应该，但招摇以师名，甚至过分夸张唯有我是"真正的王致和臭豆腐"，而且还有的说"只我一家是嫡传，他们全是旁门左道"，不论真才实学，不讲真实本领，只寄名在衣钵不祥之物上，那就可悲得很了！

戏曲讲流派，这很好。流派要继承，更要发扬光大，还要出新流派。比如，听唱腔，我也愿听程派。但一听到人家争论谁是真程，谁是假程，我就不舒服。上次纪念程砚秋先生的演出时，我就觉得各有所长，各有所短，可以互相砥砺切磋，本不必去争的。老一些的如新艳秋、赵荣琛，和晚一些的李世济都是程门佼佼者。大家的爱好也可以有所不同，但不必再干文坛上的老把戏，扬杜抑李，扬韩抑柳。除了作比较长短的研究以外，那样做毫无价值，只有坏处。有的小报好用旧广告字眼"海内唯一程派正宗"。他讲他的，咱们尽可以不去轻信，更不必再当他的义务推销员。

大画家齐白石说"学我者生"，有时更说"似我者死"。这就是这些大师的成功的内在信心。齐画大虾，你可临摹，但临摹得再像，也不如照相和水印原板。李苦禅先生出自齐门，但他绝不亦步亦趋地照齐先生作仿制品。除了初学阶段，任何一个艺术家，全不愿这样去把自己搞死了。

牌匾、字号、名牌，在商业信誉上有用，在学术上也并非无意义。但是：第一，要名实得相符，名实不符，只落得一场笑柄贻人。第二，衣钵的实质在质量、在革新、在前进，只有保牌子一招，那是保不住的。第三，"吾爱吾师，吾尤爱真理"，标明本师、业师，这是好道德，但有出息的人不靠卖师傅名字吃饭。有些人是自惭未光大师门，终生不敢标明师承家法，这又是更高的道德标准。反之，自己本领并不大，硬要拉扯师名吓人，甚至攻击同学同事，那不仅社会上不赞成你，尊师若在，也会不赞成的！

宗派主义属于封建行会主义，衣钵之事在中国说来话长，我们的民族得它的益处不多，受害可不浅。尊师重道是必行的，但"尊"和"重"全要落到实处，不可去争空名头。前些日子看了营口戏校的演出，很有所感，我觉得在北京的老少京剧界的师友们很可因此悟出点道理，不必因京剧有个京字，就一定只有北京的好！关键在下苦功、有真本领上。不妨从营口小科班这件事想想咱们北京的京剧界同行，这两年的注意力是否全放在这个根本之点上了？营口戏校演出时，开演到中场了，门口还有人等退票呢。可是，营口戏校的师弟们并未争谁谁"立雪程门"，如何如何的祖传秘方！

无论干什么，真本领、真知灼见才是根本。务虚名者，只有死亡枯萎一途！

1984 年 8 月 18 日

名牌和革新

成了名了，得保牌子，这谁都知道。但怎么个保法，用啥办法才能保得住？看法就很不一样。中国女排的"三连冠"，不是靠保取得的，是靠拼搏，靠研究新情况、新对手，靠采用新战术，更靠放下包袱，因而没有被险情所吓倒。国际上的名牌产品，没有一样不是靠经常更新换代才保住牌子的。"苟日新，日日新，又日新"。

"物壮则老"，这是哲学语言。老百姓说得更明白："人怕出名猪怕壮。"壮不挺好么？不！一壮也许离死亡就只有二百米了。

古往今来，名家、名人，能革新者昌，不能革新者衰，这定律未饶恕过任何一个例外者。

我不想唐突大人物、师长和前贤。名牌、名家，出了名不是坏事，但有了名也可能走向反面，带来灾祸。所以柳宗元的朋友王参元家失了火，他写信去祝贺，并且说："你烧得精光则更好！"

这就是从零开始！这也很符合咱们女排姑娘的风格。

1984 年 8 月 23 日

代"豆腐干"答读者

　　承蒙社会上有人为我辈豆腐干文章鸣不平，深慰肺腑。但知足常乐，古有明训。今日吾辈之短文名为"豆腐干文章"，已是高抬百倍。早先，吾辈文章原名为"揩屁股文章"，自鲁迅老夫子以来，又有"花边（银圆）文学"之称。豆腐成干，可以佐餐，供君一定之蛋白质，吾辈何德何能，岂可不知足乎？

　　尤可悲者，在那内乱年月，豆腐干文章，常给作者惹冤，引来杀机，乃至家败人亡。君不见邓拓、吴晗、廖沫沙乎？文章贾祸，千古大冤，多半由短文所起！喜者，今日之域中安定团结，百花争艳，春意甚浓，吾辈之豆腐干文章亦有一席之地。尔今尔后，谅不至再出罗织入罪，锻炼成之狱惨剧矣。

　　或曰文几句，人人可写，难登大雅之堂，不值一顾。此亦高文饱学之士的宏言谠论。对此，吾辈"豆腐干"可完全不辩，不辟，不答。俗言，萝卜青菜，各有所爱。下里巴人，自由踏歌而相欢者，高雅大儒勿论可也。

　　至于攻时弊，辨是非，别善恶，议时事，乃吾辈短文犀利之所在。党中央三番五次带头求言，"豆腐干"亦可尽野人献曝之诚也。

　　区区此心，谨请雅教。

1984 年 10 月 5 日

文章虽小题目大

《大家谈》专栏提出了"事业要干，家也要顾，怎么办？"的问题。

豆腐干文章，似不能谈这个大问题，这里只说几部文学作品和几个文学人物吧！

第一，君不见赵五娘、秦香莲乎？那就是人格牺牲，人格服从，这是"天经地义"的。全部"妇德"就是"这般如此"，"如此这般"。

第二，君不见鲁迅的《伤逝》乎？《幸福的家庭》乎？这是想改一改，但失败了，一以悲剧作结，死啦！一以喜剧作结，《幸福的家庭》的稿子给儿子擦了鼻涕！

第三，君不见车尔尼雪夫斯基的《怎么办》乎？想得倒好，但实质上只是一张漫画。

回到现实来吧，就算你俩一块上，买菜难！吃饭难！坐车难！看病难！……情况虽然比过去大大改善了，但在中国的今天还不能完全解决。

那么，此时就悲观绝望，一碗凉水看到底了么？

不！中国甚大，事情不平衡。比如上海，家务劳动的时间比例就比北京少了三分之一以上。现在电子计算机那么多，怎么不见公布一下，人的一天家务劳动时间分配的统计分类，给中国各城市列出一个榜来，请各市长同志都心中有点数。

此事的根本解决，是博士论文的题目，我不想考这个博士，但我可以把博士论文的题目开出来，这就是：

"论家务劳动的社会化！"

1984 年 10 月 9 日

新年寄语

　　《中学生报》的编者，让我和中学生谈谈心，情不可却，现在到了新年之际，我想就如题所述，讲点谈心的话吧！

　　我自己就是一个文化程度只到初中毕业的人，虽然我现在也有了许多会员证（如作家、戏剧家、美术家，新闻学会、哲学理论学会等等），也滥竽充数当了三十余年的教授，其实，空肚子喝凉水，其凉热，自己心里有数。所以，见到有些自修中的青少年，对文凭学历特别着急的时候，或者由于未考上大学而闹情绪的，我就以自己的实情和他们谈心，我总是说：天下事，可以殊途同归。西谚说："条条道路通罗马。"大学文化是个可以以几条道路达到的目标，有志者事竟成，并非一定进大学不可。我是1936年参加党的工作的初中生，当时只有15岁。翌年，到延安，才16岁，所以，我就是一个没有那种上大学的幸运的人。我上的是战争和革命的大学，只是由于工作需要的驱使，加上自己却有点"不会就学"，"人人是我师"的傻劲头，所以现在弄了那么一大堆顾问、教授等等的证书（装了一盒子），有时翻翻，自己都笑自己。朋友们鼓励我，关怀我，每当提到这一点时，我就笑着说："这些是骗来的！"

在这里说这些，并无私心杂念，也没有一点炫耀自己的意思，因为我已是退到二线的老年人，这些证书，不会给我加薪加职，没有任何作用，但说说这一点，可以以之借鉴于人，使我和青少年小友之间的距离更缩短些，更知心一些，写这篇"新年寄语"时，更有点发言的权利。

我对自己的中学生活是很留恋，很有感情的。那个时代，风雨飘摇，山河破碎；我那时又那么幼稚，只是有激情，有些青少年的浪漫主义的心理特征，也许直到现在，我仍然非常幼稚，天真，总也"不成熟"、"不老练"，恐怕就与我这中学生的先天家底有关系。我钤印时有好几方闲章，如"老天真"、"老小孩"、"除坦直外乏善足陈"等等就是我的大实话，对于这个弱点（即幼稚不老练），我很苦恼过多年。我很羡慕一些人不到二十岁，就老成干练，很能做官，有应付八方的全套本领；但性也如此，顽固的天真和童心，总妨碍我学好这一套，所以盼呀盼的，盼到现在，现在老了，退入老年队伍中来，可是人呢，依然故我，一颗童心和幼稚可笑的傻劲。由于"屡考不第"，老练不成了，也就算了，"他生未卜此生休"，人未死，已盖棺可论定，我这人老练不了啦，就这么带着一颗童心去见马克思吧！

我这个中学生的家底也给我一些好处。第一，他压迫我不敢装蒜，自己家底薄，所以不敢有架子，孔夫子说的"每事问"我倒是基本做得到，因我脸皮比别人厚，敢当众提出对别人说来太幼稚可笑的问题，真有点愚不可及，憨气十足；第二，我基本保持着一生的中学生的如饥似渴的求知欲，自己总有一大堆"十万个为什么"，直到现在，即使得了癌症，命中注定要死了，还拿起画笔，开始画国画，这股子拗劲，就与此家底薄的心理有关；第三，我的知识面偏于杂、偏于宽，但与之俱来的就是"浅薄"、"庞杂"、"不深不专"、"样样通，样样松"。我有一方闲名章，刻的是"宋浅溪"，就是取的山野小河，清而且浅之意。对此，我历来是"供认不讳"的。比如，在填写自传履历表时，到会不会外文一栏，我除空白不填外，有时写上"会好几个字母"！这也是实话。所以，以今后的教授条件说，我这个教授根本不及格，至于外文就不用妄想了，只说中国话吧！

也许还和这个"家底"有关，我是比较知道一些青少年的难处的人，因此，我基本上站在青少年这一方，替他们讲点话。老和少，上级和下级，前辈和后辈，我是十之八九同情后者的多，劝说老人、领导、家长、上司们对孩子们"手下留情"！当然，在今日之中国，夸张名词比较通货膨胀的情况下，我又弄来一顶关心青年的"青少年之友"的好头衔！真是"人在家中住，帽从天上来"，无法可想！其实我又充什么"之友"啊！

写了以上这些，我底下的文章就好写了！要在新年之际说说对"中学生的希望"就可以引之而出了。

我希望今日中国的中学生的几条如下：

第一，心灵要纯正，干劲要大。但不管怎么干，其目的不能是只为自己，可以有为自己，但主要是应该利天下，为祖国！

第二，中学生的童心很宝贵，此童心如能保持，不妨终生不悔，宁直勿曲，宁幼稚，不学油滑、世故，宁不当官，不得什么虚头衔，自己内心充实，比什么都可贵！人这个动物怎么都可以活一辈子，如猪式的（只关心吃），如狗式的（到处摇尾乞怜找主人，甘为奴仆），有猿式的（太机灵了，因此有心猿意马之称），有鸱雀式的（怕雷雨，胆太小总把脑袋藏起来），有蛆虫式的……这不是玩世不恭，也不是骂人，这是实情，尤其十年大劫之后，表演得够清楚了。

第三，中学生没架子可摆，老有个"十万个为什么"，老处在求知的饥渴状态下，如一块干海绵体，不怕人说你浅薄无知，不怕人笑话，不知就是不知，谁知道就拜他为师！

第四，基本功、如学京剧的幼功，毯子功，非常非常重要！学就学得扎实一些，不怕少，就怕不牢靠，尤其理工科更得从头打好基础，来不得任何虚假的！

第五，只管耕耘，少计收获。收获多少，不要如守财奴一样去老数家底，知识这个东西，越数越少，不数还好！勇往直前，不左顾右盼！

第六，至死要守本分，不来邪的，不管旁人得了什么"外财"，珍奇异宝，一夜之间成了万元户、十万元户，他的好经验可以学些，懂得点，但邪门歪道，永不可沾！

此外还有其他一些，但年关已至，以后如有机会再谈吧！祝新的1985年给你们带来新的生机，新的力量！

1984 年 12 月 31 日

吃饭和吃药

宗振庭 文集

0701

——谈清除精神污染更需增长知识

平时得吃饭，有病得吃药，这道理谁都知道。但有病也可以不吃药，吃好饭、睡好觉，辅以适当的体育活动，来达到治疗疾病、恢复健康的目的，这就不是所有的人都能明白了。常言说："三分治，七分养"、"治病于未然"、"医补不如食补"，医书上谈的"得谷者昌，失谷者亡"，就是这个道理，而且是非常切实朴素的真理。

"扶正祛邪"，处理好阴阳、表里、虚实、寒热这样几对矛盾，既是中医的生理学，也是它的病理学。正气指健康的精神和身体的因和果，邪气则指病弱的精神和身体的因和果；正和邪不两立，又分不开，无邪无以显正，无正不可以克邪；健康和不健康，以至于生和死的斗争、消长、变化，其老根就在这里。

这和清除精神污染，认真读书，增长文化知识，又有什么关系呢？其实，人的精神生活健康与否，其奥秘也正在这里。

污染是什么呢？就是吃进、喝进带菌或病毒的东西。人体感染了邪气，就潜伏或显现了病态。扶正是什么呢？就是营养好，"血气营卫"四个字、两对矛盾，都非常正常，尽除邪气，大长正气。可见清除污染是治标，增强营养是治本，要做到固本荣枝，后者才是长远有效的途径。

一个人，特别是一个青年，他对祖国、对人民、对生活充满激情，精神旺盛，是不容易被污染的，即使污染物来了，他也会排斥、摒除出去；反之，一个人一旦精神空虚，不合营养，不进五谷和盐酱，则邪气至矣！轻则病，重则死，这道理还用证明么？

读书热潮、求知热潮是今日中国社会一片生机、欣欣向荣的表征，是令几代人欢欣鼓舞的好现象，正如每天早晨，人们都到户外进行体育活动一样，这就是向上的、向前的、生活的巨流。

如果进一步发掘，就不难发现整个社会的精神生活、精神文明也有一个其自身的"生态平衡"，即互相制约、互相依附的客观规律。比如，普及教育未完成，几亿文盲，入学率不到百分之七十。巩固率不到百分之三十，就难以彻底避免中国社会精神生活元质、元气不振的现象；知识贫乏、专业人才不足、文化教养水平低，这就给愚昧、迷信、歪风邪气留下了许多活动空间，精神污染正是利用这个空子乘虚而入的。

为什么一个人的政治理论水平高一些就可以预防精神生活的伤风感冒，即使染上此类病痛，其愈后也必定良好呢？为什么无知和精神生活贫乏的一些年轻人往往是污染者捕捉的对象呢？这道理不是十分明显么？

新中国成立三十多年了，由于坎坷蹉跎，耽误了多少大事，到现在，我国自己的大百科全书还未完成。现在活着的人如不完成此事，十年二十年后，这几代学者专家不在了，完成这一部有我国自己特点的知识宝库就要更加困难了。

人们爱读《文史知识》、《读书》、《书林》、《读书生活》、《科技生活》等刊物，但人们应该知道，这些还只是银行的支行和分行，知识银行的总库，应当是《中国大百科全书》。

现在大百科全书的编委，在完成自己艰巨的战略作战任务的同时，也发行《百科知识》杂志，这是有群众观点、努力把专业和群众路线相结合的好做法。我可以断言，此举的功德无量！

祛邪要坚决、准确，而扶正固本则是长治久安的根本决策，这就是我想对这个刊物说的读者的心声！

选自《宋振庭杂文集》，山西人民出版社，1989 年版

宋振庭

文集

味的循环圈

先得"破题"，不然的话，读者会说这是有机化学的题目，到《中国烹饪》杂志上来饶舌，是投错了稿。

我是想说什么呢？我是想说："关于什么最好吃"的问题，如不作分析，是一个形而上学、永无绝对正确答案的死结。正像寓言里说的是大象厉害，还是老鼠厉害，动物界之中，到底谁怕谁一样，其实，他们之间是一物降一物，归到头来，是个圆圈一样的相互制约的环。

口味，从淡味到重味是一组圆，人们一生的口味，就很可能曾在这个圆中转上一圈，甚至几圈。肴馔的做法，从粗简的制作，到繁复的制作，也是一个圆，从最不讲究到最讲究也是转的。我曾奇怪地发现，有些大名鼎鼎的厨师平日在家里吃饭，只吃白菜、炖豆腐一类的粗菜。我发傻地问他们，你们为啥不做点好菜吃？他们往往不回答，只是苦笑一番。这道理我以后才明白，其奥秘也在这个圆之中。

这里我讲个小故事，是我们一帮肝炎患者在大连干部疗养所和大厨师同志一场斗智的趣事。1965年，我得了肝病，组织上介绍我到大连干部疗养所，除海水浴，主要是给好吃的。大连当时鲜鱼虾等还可以吃到，加上对病号的优待，又有一个名厨师同志主炊，应该说可以吃到好菜了。但事实不然，如新鲜的黄花鱼、活蹦乱跳的对虾，我们也得上顿下顿吃红烧、糖醋、瓦块之类，你想吃一顿清蒸、白煮，就是做不到。为此，休养员天天提意见，也和大师傅当面谈判，结果就是改变不了"命运"，我们都说咱们注定得红烧到底了！有一天，正赶上这位名厨同志家中有急事，我们病号中有个机灵鬼，就自告奋勇，说他可以代理师傅三天，并亲自红烧了一顿饭，算是试厨。果然被他骗到了做菜权，师傅一走，我们可吃到了清蒸鲜鱼、白水煮大虾、蘸盐面吃鲜虾的好菜了。但好景不长，两天后师傅回来了，正碰上我们开饭，我们就请他一块吃，他吃得好多呀，又很高兴，下面就是这段问答原词：

"师傅！好吃不好吃？"

"好吃！"

"师傅，鲜鱼鲜虾怎么做最好吃？"

"不能这么说，那要看新鲜的程度，最新鲜的清蒸、白煮，次新鲜的清炖、家常炖，塌眼塌腮的红烧，露刺的要多拌粉面过油，瓦块、糖醋一类。"

"咱们那里的鱼虾，新鲜不新鲜？"

"新鲜，在大连属最优待的。"

"那么，师傅，为什么你老红烧、糖醋、瓦块呢？"

"这个……"

谈话这才转到斗争的焦点：这位大厨师同志说了一段名言，他说：

"你们的意思我早就知道，但我不能那么做，第一，你们是首长、高干，那么做菜，领导不能答应我！第二，请各位想想：我是二级厨师，如只会白煮、清蒸，要我干啥？第三，反正我觉得大家都是领导，在这上边不会想得太多，我宁可费点事，也得多费些劲给大家加点工呀！"

我们的机灵鬼就作了总结："这件事，谁都不怨，就怨你们第一是首长，第二因官大就得了大厨师照顾，第三，一照顾就红烧高照，一路子红烧到底！"说罢，大家和某师傅一块笑得前仰后合。从这次斗智后，我们才解放出来，脱离了红烧之运。

我一直记住此事的教训。等回到机关后，有一次，路过鱼场，被招待吃新鱼，正赶上下大雨，厨师一再抱怨说厨房没有油了，吃不上红烧鲫鱼了，我一看，机会来了，自告奋勇我来做，但有一个条件，不许你们干涉我的主权，好坏只能吃后提意见，做时，不许进厨房！我一看，真难得的一筐，都是活鲫鱼，我刮剥之后，连鱼鳍都不去，白水微火清炖了，只放一点盐和葱花，其他一律禁忌。晚饭时是玉米窝头，白炖鲫鱼汤，吃得他们大叫："真鲜！真鲜！"都来问我，怎么做的，我如实讲了，全都不信，但师傅说了：这个做法才是行家。他们哪里知道，我是参加过反红烧斗争事件的骨干之一呢！

从这里可见，什么最好吃？这个问题看来很简单，也容易回答：大米白面、肉蛋好吃，一般地说这毋庸怀疑，但仔细一想也不尽然，要知道比这再简单的答案还有呢！

第一，有吃的就比饿肚子好！

第二，饿了什么都好吃，饱了什么也不高贵！

第三，烹调要看时间、地点、条件、对象，四者一项不对，好吃的也不好吃。

第四，好吃不好吃，口味和制法轻重、繁简是一个不透缝的圆，两极之间循环往复，以至无穷！

吃乃常事，烹调乃小道，但其实又大得很，所以说"治大国如烹小鲜"此之谓也！此之谓乎！

选自《宋振庭杂文集》，山西人民出版社，1989 年版

我怎样看待死

临终诀语无滴泪，为党驰驱日夜心。

来去一生身磊落，七尺从天唱大归。

这是我纪念亡友李都同志的诗句。这里边讲的是死，也是我自己对于死的态度。

1982 年初，我因患癌症做了手术，在手术台上八个半小时，以后又养了几个月。当时说的情况严重，几乎可以向遗体告别了。我自己也明白："快了！"但我依然是淡淡笑笑，朋友们都觉得奇怪。其实，我自己是另有想法的。

要讲死，我早已是死过多次了。小的不算，大的险遇就有几次，我都这样过来了。现在，不管明天怎么死，反正我已花甲出头，死不为夭了。如果排队排号，一定要死，那就死吧！记得 1942 年在晋察冀反扫荡时，那时跳崖、负伤，爬到山洞里七八天，心想是死定了的，为了怕同志们说被日军俘虏去了，还用铅笔头写上"宋某某，华北联大哲学教员"等字样，放在衣袋里，以便同志们收尸时好辨认。可是，那次也未死，一直活到现在。

我对死，看得比较平淡，其实也没什么秘密，这不是我对生活没有感情，活得没有劲。正相反，我爱生，但也不怕死。我觉得死没啥可怕的。比如火化一事，我从年轻时，得过肺结核，我就想死后如能火化，那才好呢！为什么呢？我想把我烧了，也把结核菌烧了，咱们俩一块完蛋。真可谓"时日曷丧，予及汝皆亡"。在中学学物理，知道人体的化学成分不过是碳、氢、氧，各种微量元素，还有水，一百七十余斤，就是这么点东西构成的。按物质不灭原理，我死了，不过只是作为生命的我结束了，而且作为生命来说是物质中最短暂的形式，长远的还是无机物。死了一百七十来斤的东西，除了水蒸气等在空中外，这些东西都在，只不过是还原回老家了。用中国哲学的老话说，叫"大归"了。我的孩子们如果高兴，把我变成肥料，上到一棵树上，那我无疑可以变成树的一部分，那么那棵树就可以叫作"爸爸树"。

我一再声明，我决不自杀，如果死了，就是他杀，绝非自杀。我之所以作此声明，因为对自杀二字的名誉觉得不好，违反党纪。其实后来我也想过，这声明也属多余，因为到底你死后别人怎么宣布，自己也参加不了讨论啦，也只能听天由命。记得读拉法格传记，他和夫人，马克思的女儿的死，就是久病之后，两人吃药死的。其理由是："我没有了生活能力了，不需别人照顾。"其心情我理解，但这办法我却一直不同意。但人们如说，马克思主义创始人的女儿和女婿这种死叫叛党，我看也大可不必。

我们知道整个宗教体系，无非就是在死生问题上做学问，编造了种种学说。佛教说死是轮回，而且是六道轮回，人、天神、阿修罗（半人半神的东西）、地狱、畜生、饿鬼等等。在一个如大饭店的几层隔子的转门那里，分道扬镳地去再投生了。修行好的人可以了悟三生的来历而不迷失方向。但他们连这样的六道轮回的死也不想参加，还想拔出于轮回之外，那么到哪去呢？这就是往生极乐，去那一个不生、不死、不变、不灭，无色相，亦无任何的存在的涅槃之境。那个地方是永恒的好地方，有多少庄严妙境，有莲花八宝玻璃，几千万亿的化身。其实玻璃世界也没啥，现在买也不过几块钱一平方米。天主教呢？说永生天国，灵魂永生。这些宗教最妙不过的是中国的道教，按他们的说法是成仙，是羽化飞升，不但自己飞升，连爱人、鸡犬、住房，连同好吃好玩的东西，一起能带走。马克思说的，想把他们的地上的王国带到死后的天国里去。地主还当地主，大官还当大官，奴隶丫鬟呢？当然还当奴隶丫鬟。鲁迅说得好，这种人甚至洪水滔天也不怕，只要有我和老婆两个人，再有一个卖烧饼的就行了。当然，如连一个卖烧饼的也没有，那就不好办啦！

《庄子》一书中说，庄周妻死，他鼓盆而歌，就是这个道理。按他说，死不该哭，应该像开欢送会一样热闹一下，至少该庆祝一下，大家发表发表演说。因为这其实是大归了，回老家了，这老家是不分彼此，谁也逃不脱，全得回去的，不过有早有晚之别罢了。我的一个老朋友，烟瘾很大，有人劝他戒烟，他问："有什么好处？"人告之，一盒烟能减少寿命多少分钟，他算了一个账，然后说，吃烟下去，才减少寿命两星期，于是振振有词地说："行！我早死两星期可以！不戒啦！"

其实，宗教也好，鼓盆而歌也好，不怕死或怕死也好，这只是一己的私事。但人们的眼光一放大些，这就是：我反正要死，但我的死或不死，都应从属于让别人活下去，活得好一些，真正像人一样地活。只要我的同胞能活得美满，我可以死，如果需要死的话。我该活，如果我活着能尽一切力量干有益于人的事。想通了这一点的人，就是先驱者、革命者，就是个大死生的人。

在悼念张志新烈士时，我写了几句诗，其中有一联为：

千古艰难小生死，
万代权衡大是非。

因前人有句为"千古艰难唯一死"，亦即"除死无大难"，"舍得一身剐，敢把皇帝拉下马。"按照小生死观是这样，如按今天该明白的道理，死算不了什么！死就死嘛！但活着就不能苟且偷生，死也应死得有价值，不能如细菌病毒一样，活着叫别人遭罪，死了也拉着别人死。

重生和轻生，从来是两大流派，争论得不可开交，其实重生也好，"拔一毛而利天下，不为也"；轻生也好，谈笑赴死和闹着玩一样。这两种人都不稀罕，古已有之。我们的态度是，重人民之生，重人类之生，也轻自己之死。死得好有如泰山，死得不好有如鸿毛，甚至不如一条狗、一只猫。

鲁迅在逝世前写的文章，好几篇与死有关。如《女吊》，如《病后杂谈》，他说，别无遗憾，就是死时的裤子未拉平，躺得不舒服。

现在人们纷纷留遗嘱，有的要献遗体给医学，有的反对向遗体告别、开追悼会。鲁迅也是这个态度：死了，埋掉，拉倒！他那时还不讲究火葬，现在应改作：死了！烧了！完了！

1984 年 7 月 21 日

文艺形式的新演变

文艺的形式，决定于它的内容。

文艺的内容，是人们生活的领域、内容、活动方式、精神状态。前者即社会的思维，后者即社会的存在。

文艺的形式，从来是发展变化、流动万变的。从先秦的典诰歌行、四言古体，到六朝的五言诗、散体文，到唐、宋的大改革，文艺的形式可谓流水不腐，户枢不蠹，何尝固定在一种形式上。

到了今天，文艺的形式的大变化又是惊人的，出现了从来未有人见过的新形式。如电视剧、电视连续剧、报告文学、广播剧、新的抒情诗等等。

真是到了新的信息传导大革命时代了，文艺的内容和形式都已相应地发生了很大的变化。

选自《宋振庭杂文集》，山西人民出版社，1989 年版

永恒的主题

在我们中华民族悠久的历史上，变换过许多朝代，发生过无数历史事件，出现过各色各样的历史人物。对这些纷纭复杂的历史事件和历史人物，或肯定，或否定，或称誉，或诋毁，真真假假，是是非非，费去了多少历史学家的笔墨！就是对秦皇、汉武、唐宗、宋祖这样赫赫有名的历史人物，也是评长论短，毁誉参半。然而，有一种具有规律性的现象值得我们注意，那就是对岳飞、文天祥、戚继光、郑成功、林则徐、谭嗣同、秋瑾等等，人们几乎没有例外地都表示自己最崇高的敬仰之意。有人为夏桀、商纣、王莽、曹操这些人鸣不平，可是还不见有人为石敬瑭、秦桧、袁世凯翻案。这种现象说明，我们中华民族有一种古往今来共同、共通的心理——爱国者无上崇高，永远受人们的敬仰；卖国者、毁国者最可耻可鄙，必定遭到当代人和后代子孙永远唾弃。

过去有人问我：文学艺术究竟有没有永恒的主题？我毫不迟疑地回答：有，别的我不清楚，但有一条可以肯定——爱国主义。

爱国主义是一个历史范畴。随着历史的发展，在不同的历史条件下，爱国主义的内涵也在不断地发展变化。但就其最基本的内涵说："爱国主义就是千百年来巩固起来的对自己的祖国的一种最深厚的感情。"（列宁语）在我们由多民族组成的中华民族大家庭中，这种崇高的爱国主义感情一直是一种伟大的向心力和凝聚力，使我国各族人民在千百年的历史发展中能够不断战胜种种内忧外患，永葆青春的活力，向美好的未来行进。

在文学艺术中，爱国主义的内容是丰富多彩的，如对祖国壮美山河的歌颂，对人民苦难的同情，对腐朽势力的鞭笞，对抗暴英雄的赞美等，都可以陶冶人们的爱国主义情操，激励人们去为我们民族美好的未来作出自己的贡献。正是为了让更多的青年同志熟悉这类优秀作品，左振坤、邱莲梅、杨马胜三位同志编选并注释出这本《历代爱国诗文选》，我以为是件很有意义的工作。

在现在的青年中，读书求知的风气大开，这实在是令人兴奋的一件事。可是当我在街头踯躅，看到小书摊上摆着什么《某某女尸》、《某某凶杀案》之类的东西，并且见到一些青年围着看，掏钱买，不禁油然产生一种不快和不安的情绪。我很希望青年朋友们能提高自己的鉴赏能力，去追求一种高尚的艺术趣味。谁也否认不了文艺作品的消遣、娱乐作用，但消遣、娱乐也有雅俗高下之分的。那些"女尸"之类，多是为骗钱而胡编乱造出来的，谈不上什么艺术价值，除了刺激一下人们的神经，不会给人什么有益的启示。有见识的青年是不会在这类书中去虚耗自己宝贵的光阴的。因此，我奉劝青年朋友们读书要有个选择。我在为这本《历代爱国诗文选》写序，自然首先要向读者推荐这本书。这里选入的篇章，多为经过历史检验的精品，有些千百年来已经是脍炙人口了。多读这样的好诗文，不仅可以丰富自己的历史、文化知识，还可以使人摆脱庸俗趣味，培育美好的情操。好书不厌百回读，对此书中最优美的篇章甚至背诵下来也是必要的，这不单是加强理解的需要，据说也是锻炼记忆能力的好方法。

多读书、读好书，对一切年龄的人都是必要的。我说上面这些话，是想与青年同志们共勉。

《历代爱国诗文选》1985年由天津人民出版社出版，本文为宋振庭为该书写的序言

我和辞书的一点瓜葛

确实，我竟不知中国有《辞书研究》这样一个刊物。读了1983年第一期后，惊叹这真是愿意读书求知的人的切实可靠的知心好友。

编者让我写一点我和辞书的纠葛关系的文章。我想了想，有两点好写：一点是我这个完全靠自学才读点书的人，真是和字典辞书有分不开的关系；另外，附带说说，我曾经在战火中，抢救过沈阳的一部《四库全书》，讲一讲事情的经过，也许有点史料价值。

我主张读书要先森林后树木，先拉出全局线路的图景，找到门牌号码，然后才去分门分类地找书来读。因此，辞书、目录学、书目答问之类的工具书就是好老师，是离不开的必备书。我的经历的特点，可说一生在戎马倥偬之中，杂务缠身，难解难分，但又不甘心做个懒汉，求知之心甚为殷切，爱好又太杂。在这种条件下读书，只有靠自己用脑子记，并且得有自己的一套笨办法。我的笨办法是，主要的东西就查查辞书，尽可能记得牢靠些。别的呢，就只好请求目录学的帮助。多记住事情的发生演化过程，始末源流，按历史去排队，按历史的过程去记忆。我比较注意的是事情的前后因果联系，从大的关系中去了解书和书之间的关系。这个方法，对于专家们说来是不适合的，也是不够用的，但对于我这个好读书不求甚解的人也就算很不容易的了。

我用过的辞书很杂，买回来插架的倒不少，但使用较多的还是《新华字典》、《辞海》、《辞源》。承"文革"前中华书局辞海编辑所的盛情，此辞书一开始就和我们那一批老的省委宣传部部长有联系。"文革"中，我损失了大部分书，但那部分《辞海》试行本，我至今还用。到现在为止，我写的东西，别字仍然不少，读音不对的仍时有发生，这和自己的书底薄、根底浅有关，又是和"好读书，不求甚解"、"观其大略"的读书态度分不开的。但这已"命里注定"，只愿转变了。

再说一说，1946年4月中下旬，东北人民解放军退出长春的那一天，东北我军总司令部急令当时的东北日报社社长李常青同志，找一个懂得古书的人，去抢运被国民党"劫收"委员会、经济委员会主任张家璈劫至长春的一部原在热河的《四库全书》。李常青同志觉得我还可以完成这一任务，就介绍我去司令部见林枫同志。林枫同志在开会，郭明秋同志（林枫同志爱人）交代任务，并给了我两万元"红军票子"，并交给我八名新兵。当时国民党的军队已从两方向长春钳形推进，人心惶惶，"红军票子"已无人要；这八个新兵虽是着新衣带新枪，可是从心里时时想开小差，甚至想打死我。我到了这个原是满铁总裁的大公馆一看，真是好东西琳琅满目，但我怎么运呢？我在楼上楼下转了两趟后，掏出了驳壳枪，拉开了扳机，严肃地训话了："奉东北人民军总司令命令，必须完成这一任务，如不执行，军法从事。"到底是青年，又是新兵，他们也怕我这个"新官"。我就派两人去雇车。马车倒有一大串，赶马车的却谁也不要"红军票子"，只能"动员"他们，说明只把东西运送上火车就可以。但就这样，找来十辆跑了五辆。一共运了五六次，我在最后一车上压着车队，才运送上了火车。我当时除了把《四库全书》全部装上火车，还另外选了《清实录》、《清史稿》和一百多箱张家璈收集的德文书，也一块儿送上火车。但上车后，我就更难了，火车也和新兵一样，路上随时可以给我停车不见人，扔下跑了的。我只好一人上了火车头，和司机一起干活，帮他烧火，一边做他的工作，就这样才把书运到了蛟河新站。在那儿我找到了吉林铁路局局长蔡明远同志，才有了"救星"，他帮我找了一位同志，协助我把书运到后方的延吉市。后来这批书由吉林省委负责运到佳木斯。直到解放后，书才返回沈阳。在全国现有的《四库全书》中，此书比较完整。前几年我参观了沈阳的这个书库，虽未说出此事的经过，心中确实快慰，但也感慨得很了，在这里一并记述了，也算完成了一点历史的责任。

　　《四库全书》当然不是辞书，是《永乐大典》一类的类书或大规模的百科全书，它在文化历史上的价值不用我来说了。

选自《辞书研究》，1983年第4期

这条生命线要有新的活力

思想政治工作是一切工作的生命线。马克思主义告诉我们，作为阶级的先锋队，作为整个人类解放事业的领导者和组织者，共产党的历史使命、社会天职就是两条：一条是发动群众，鼓动群众；一条是组织群众，团结群众。先锋队所以必要，原因也就在这里。马克思主义还告诉我们，工人阶级之所以有力量，其力量足以改天换地，并非其他，就是把自己组织起来。

马克思主义告诉我们，天地间最有力量的是什么？是真理，是掌握了真理的人民大众。真理一旦被人民所掌握，人民就能改变整个世界的面貌。

思想政治工作，是共产党的任务。列宁把宣传工作科学地加以解剖，分作两大部分，一部分是宣传，即给群众以系统的理论知识的教育，也就是党所说的理论工作；另一部分是鼓动工作，即在具体斗争的全过程中，对群众的思想加以鼓动和引导。这也是我们党的群众工作、日常的政治工作。这个分法是科学的。阶级敌人所以怕共产党，怕的就是共产党的宣传，共产党是靠真理取得各项工作的胜利的。真理自身就有去愚昧通七窍的巨大威力。

正是由于这样一些原理，共产党才概括出这样一个提法，即政治工作是一切工作的生命线。可见，这句话不是任意得出的，又不是可以任意抛弃的。

十年动乱中最大的损失之一，就是思想政治工作的好传统遭受了极大的损害。它的荣誉被玷污了，使许多人是非不清，甚至轻视思想政治工作。这个教训是很大的。

经历了艰难曲折，党的十一届三中全会恢复了我们党的思想政治工作的好传统、好章程，把丧失了的东西又找了回来。更重要的是，党的十一届三中全会站在新的历史时期的前边，更新了它，使它有了新的发展，新的活力。

思想政治工作要有新的内容、新的形式、新的创造、新的风貌，以便开创思想政治工作的新局面。这个道理主要在于：历史任务变了，高度文明、高度民主的社会主义中国出现了，一代新人、一代新干部，正在成长，他们要学会做思想政治工作，同时又要同国内外腐朽思想作斗争。这一切说明，新时期的思想政治工作要有新的斗争内容，需要采取新的斗争形式。

不要忘记，思想政治工作一定要坚持党的好传统。如果能给予新的活力，它将在开创新局面中发挥更大的作用。多年来，正反两方面的经验告诉我们，任何时期都要做好思想政治工作，都要发扬我们思想政治工作的好传统。

归结到本文的题目上来，我想这就是我们在这条战线上新的努力目标：把这条生命线建设得更有活力。

选自《思想政治工作研究》，1984 年第 3 期

扬长避短，坚持下去

——"社会科学战线"五周年感言

人老了，是容易世故些，这虽不是宿命的必然，但这确是一种极有可能性的事实。比如，说话、写文章，十年动乱以后，人们都知道，假、大、空不好，那样干，良心所不容，为群众所不齿。但说点、写点套话、敷衍话，一般还是容许的，这样说和写又过得关，也平稳妥当。所以，不痛不痒的文章，新八股积习，泛泛之论就容易泛滥，这也是事实，用不着避讳的。

鲁迅还在他思想创作活动的初期，就揭破了这个恶习之痼疾。比如，人家一个孩子过满月，宾友们来祝贺，说什么话的都有。如有人说，"这孩子长大了，一定做官发财"，主人、客人都高兴地赞誉说，"说得好"，"说得对"。但有一个人说，"这孩子将来要死的"，一定要受到反对和冷遇。虽然大家心里明白，前一种话是假话、恭维话，并不可靠，而后一种话倒是真话、实话。可是结果和遭遇却完全相反。

眼前我碰到的这个题目，就是和这个场面差不多的祝贺词，因为《社会科学战线》五周岁了，要纪念纪念，庆祝庆祝，我怎么说呢？这里有三种可能，第一，说好听的，只讲成绩、优点，编辑部高兴，这是上策。

第二，说说套话，优点三条，"缺点和希望"有两点，敷衍一番也可以。

第三，说实话，"这刊物早晚会死的，会不存在的，办不好还会早点垮台、关门的"。这样说一定不受欢迎，这也是命里注定的。其实呢，这第三种话，倒是普遍真理，不但"凡人皆死"，而且"凡存在的都得不存在"，不但生物要死，地球也要死，太阳系也要死，银河系也要死。马克思主义的物质观发展观中，第一，物质是第一性，物质不灭，但还有第二，"发生的东西全要灭亡"，有新的替代它。所以，用来讲五周年的《社会科学战线》也不会说错。说《战线》的确有些特点，不算恭维话。

第一个特点，《战线》已经"五周岁"了。这个数字是事实。说明它诞生在五年前的今天。那时是刚刚粉碎四人帮，还是两年"徘徊"的时期。"两个凡是"的调子唱得很高。《战线》这个多科性的杂志就诞生在这个岁月里。使这个刊物所以能办成的政治条件，首先是中共吉林省委改组了，党中央派王恩茂、高扬同志等人来吉林省主持工作，形势有了变化。拨乱反正中，"战线"诞生了。

第二个特点（既是优点，也是缺点），就是"大而厚"，其大而厚的程度是创了中国期刊史的纪录的。我的"期刊史学"知识差，也许说得不对，但我找了找《新青年》、《东方杂志》、《国闻周报》等等，比了比，还是《战线》最厚，每一期发五十多万字。

第三个特点"杂"，杂到涉及了文科、社会科学许多栏目，比较稳定的栏目有十余个。而且也算坚持下来了。

第四个特点"手伸得长"，刊物在长春，但作者却大半在全国各地，并且搞到了不少名流大作家的稿子，如赵朴初居士的文章发在头几期里，就是一例。

第五个特点"卖得贵"，一本得一元四角钱，个人多买不起，但偏爱者，少不得忍痛买一本。我听几个读者向我叫苦说："咱们这些低工资者，订《战线》真够呛，近两块呀！"我说："那你就不买嘛！"他笑了笑说："还得买，因为看完了，还可以插架当本书保存起来。"

再订正一句，我说的这五条特点，并不都是优点，其中是互相渗透的"合二而一"的，既有优点一面，也有缺点一面。比如"厚"，"手长"，"栏目杂"，"卖得贵"，就不能说都算优点，但反过来说，说这全是缺点，甚至是错误，也不行，因为这些倒是《战线》的个性之所在。只有一条是无法说是缺点的，只能算个优点，这就是"五岁了"这是个事实。

现在的中国经济，根本问题是效益、效率问题。产品和商品的生命线是竞争力如何。有竞争力者活，无竞争力者得改，不然就得死亡。期刊呢？有领导的整顿固然是重要的，但根本上的一条还是自己办得如何，有无存在的户口权。能不能站得住脚！光靠公家补贴，大把大把地花银子，印刊物去赔累，恐怕够呛！听说《战线》也很苦于此事，因原来的定价已定死了，但物价成本高了，又不好意思涨价，也开始赔本了，但总算赔得还不算多，办好了还可以活下去！

我看，在中国的期刊之林中，《战线》的以上这些特点要"咬定青山不放松"，坚持下去。当然，有的矛盾要解决，要适当地采用一些新的补充办法改进它。

一个大型的、多样性的、多栏目的，重在学术性的并有一定连续和稳定性的社会科学杂志，在中国的当今时代，还不是很多，《战线》是其中的一个，就是这点理由，就要坚持办下去。

论者曰："《战线》对时事政策跟得不紧。"是的，这要注意，特别不能关门办刊物，为学术而学术，不关心整个大局的政治方向。这无论如何是第一位的大事。但也要注意，密切结合时事政策，各个刊物都要发挥火力，扬长避短。比如理论刊物和学术刊物，在总的方向上是一致的，但具体分工应有所不同。

论者曰："战线能否薄一些？"我看这倒不一定，因为已然厚了，而厚出一些道理来了，也算重要的特色。比如学术文章可以短，尽量应写得短一些，但有的题目不长一些势所不能。如赵朴初居士的《佛教问答》虽长，但还未发完，至今仍是遗憾，读者并不嫌其长，而觉得意犹有未尽之憾。

"本地作者的文章少了些。"这个批评对，办刊物的目的，在地方上就是要培养扶植吉林省的社会科学队伍。战线今后应力争多发一些本地的作品，手伸长一些，多拉进一些人家愿意送、刊物又需要，登了出来全国都受益，吉林省更受益的文章，为什么不要呢？

"文稿积压太多，登不了"，得罪了许多学有专长，真有内容的文章，这个矛盾的出路就在于加劲办好《战线》，本来已出了好多期，大多数很可观，坚持下去，必有好处。

中国共产党的十二大，最重大的贡献，是肯定了党的十一届三中全会以来的成就，我们已经在走出一条中国式的社会主义的道路来。我们要开创一个社会主义全面建设的新局面。《战线》五周岁了，明年就六岁。快到入学年龄了。如何走出自己的路呢？如何开创自己的新局面呢？这在论者、读者都是关心的。作为身在异地，但和《战线》有不少纠葛的一个兵，我在《战线》五周岁时就想说这么一些话。

选自《社会科学战线》，1983 年第 1 期

我欢呼《文史知识》创刊

记得列宁有一次在波兰的火车上，和一个波兰的知识分子面对面坐着谈话，他问那个波兰人关于波兰作家显克维支的事，但让列宁吃惊的是，那个波兰人竟然不知道显克维支是谁。正像美国人不知道华盛顿、林肯、富兰克林，英国人不知道莎士比亚，中国人不知道鲁迅一样。列宁对这件事非常吃惊。在十月革命后，列宁下过这样的断语："在一个文盲众多的国家里，绝不可能建成社会主义。"他在《共青团的任务》等文章中多次说，如果不了解整个历史的优秀文化成果，奢谈什么共产主义文化，那是十足的胡说八道（大意）。

人们也许马上问我，目前的中国不就是一个文盲众多的国家吗？据各处农村的统计，农村大部地区文盲占百分之六十到百分之七十，我们不一样在搞社会主义吗？那么列宁这个话是不是普遍真理呢？

我说，正因为我们在建设社会主义，正因为我们吃了偌大的苦头，才证明列宁的这句话是真说对了。

你不信吗？

你认为一个文盲占人口百分之五十以上的国家能搞社会主义么？那么我问你以下这些事情是怎么发生的？

像我们这样一个有十亿人口的大国，竟然有那么多年，天天批"唯生产力论"，天天在报刊、广播、讲话、开会中说，知识就是"罪恶"，知识就是"私有财产"，知识愈多愈"可恶"，知识分子就是"臭老九"，愈无知识愈好，交白卷的是大英雄，烧书的、打砸抢的、搞流氓活动的是"革命行动"。这一切为什么会发生？

再比如：为什么上几亿人口一下子变成了狂热的"宗教徒"，早请示，晚汇报，背语录，喊："最！最！最！"在那些日子里，我们整个民族一下子就像疯狂了一般沉浸在造神运动中。

再想一想，为什么会不分时间、地点，"全民上阵"去砍光树木，烧石头炼"铁"，甚至用大缸、土炮楼炼铁？虽然一个高小的化学教员都能明白，那炼出来的并不是铁，那是高硫的石头，但谁又能制止得住？

为什么现在求神、讨药、会道门、流氓活动这么横行泛滥？为什么不多几天，中央广播电台在一段关于人的寿命的专题讲话中，讲到全世界的人的长寿材料时（那位专家这时讲得很好），却偏把唐朝的中医师孙思邈（读"秒"）硬读成孙思帽，还说佘太君活了一百岁，他连小说人物和历史人物都分不清，我真担心他会再举出孙悟空活了几百万岁的例子哩！

这一切离开整个民族的文化水平低，离开中国的封建流毒，离开中国的小生产的汪洋大海这个根本的社会根源、历史根源，能从哪里找到解释？

这里就出来两个汪洋大海的关系了。一个是小生产的愚昧的海洋，一个是知识的海洋，反正中国大地上不是知识的海洋遍布着，就是愚昧的海洋遍布着。

前几天《人民日报》副刊上有一篇小品文讲"末将愿往"，原来是许多青年听《岳飞传》、《杨家将》入了迷，这里我不是说那位评书演员艺术水平如何，这在大劫之后，还有人如刘兰芳那样，还可以说上两套《刀马赞》、《盔甲赞》，已着实不容易的了。使我心凉的是，现在的青年的文化知识能这么一落千丈，荒凉饥渴和不管什么食物，这样拿来就大口大口地吞食的状况，多么可怕，可悲。

知识也像无边的海洋，没有什么人可以洞测它终极的、最后的奥秘。知识是人类经过漫长的生产劳动和阶级斗争的实践，不断地摸索、创造、积累、总结，才逐步发展起来的。只要地球不停止转动，人类的生命不会熄灭，各种科学文化知识，也就要随着社会的不断发展而发展。没有知识，就没有人类社会的文明和进步，用英国大哲学家培根的话说："知识就是力量。"

一个民族的文化知识水平就是这个民族最稳定的、有连续性的物质的力量。第二次世界大战后，作为法西斯的日本和德国，大半城市没有一间囫囵的房子，不过十年，他们又复苏了，为什么？就因为一个民族的科技文化水平是最大的生产力、最大的物质力量。第二次世界大战中，为什么美国的科学上去了？是希特勒迫害，大批逃亡的德国科学家在美国搞出了原子弹。

中国人民在十年浩劫之后，迎来了社会主义现代化的新时期，迎来了科学文化的春天。在青年一代如饥似渴地寻求知识、增长才干的努力中，我们看到了中国的未来和希望。

不久以前，我曾在一篇短文中满怀喜悦地表示，作为一个"科普"对象，举双手赞成自然科学界召开了科普大会。在欢呼之余，我又满怀热望地期待着社会科学界、文学艺术界，也来"科普"一下。这后一个科普大会虽然没有召开，但我感到我的希望和要求并没有落空，一个明显的事实就是普及社会科学知识、普及文学艺术知识的书籍和刊物如雨后春笋，破土而出。新创刊的《文史知识》又是一个有力的例证。

从《文史知识》这个刊名，大概就可以知道它的主要内容是讲文学（包括语文）和历史知识。我作为一个文史的爱好者，同时作为又一种"科普"对象，也举双手赞成办这样一个刊物，因为"四化"需要它，广大青年朋友需要它。

有的青年朋友可能会这样想，我既不想当文学家，也不想当历史学家，学习文史知识有啥用？

　　知识，只要是对人们的生产和生活有益的知识，都有用，而文史知识尤其有用。因为在某种意义上可以说文史知识是通向各种知识领域的桥梁，是攀登科学高峰的起点。不论学习什么知识，首先要识字，要有一定的阅读能力和写作能力。否则就不能看懂，更不能理解和接受各种专门的科学理论知识。过去曾经流行过一句话："学会数理化，走遍天下也不怕。"事实证明这句话并没有真实反映出客观事实。试问，不懂中国文史，如何研究中国数理化的历史和现状？即或外国的科学技术，不通中国语文又如何译述，取得借鉴？即或学得了数理化，如果没有一定的写作能力，也难以把学得的东西明白无误地表达出来，那研究的成果又有什么意义呢？我们在过去相当长的一个时期里，片面强调理科，轻视文科，已经造成了很不好的结果，以至于有的大学新生入学之后，不得不用一年的时间补习语文课，说明扭转重理轻文的倾向，已经刻不容缓。我觉得文史知识是人人都应该学习的，学习文史知识不一定就要成为文学家和历史学家，正像学习数学不一定就要成为数学家一样，难道我们不想当数学家，就可以不明白加减乘除吗？

　　我个人的看法是："理"固该重，"文"不可轻，文理并重，人才可兴。

　　《文史知识》强调知识的准确性，这个想法是很对的。传播知识而不准确，会贻误青年。但是准确的知识，往往需要经过辛勤的考核研究和大家共同讨论才能得到的，而不是凭哪一个天才、哪一个权威一言为定。所以，《文史知识》对许多问题同样也需要展开百家争鸣和自由讨论。认为普及性的、知识性的刊物不需争鸣、不要讨论的看法是不对的。当然，所谓争鸣和讨论，应该是讨论那些有意义而又有不同意见的问题，而不是单纯地为了热闹和好看。

　　《文史知识》创刊之际，编辑部的同志要我发表一点意见，我本来没有什么好的意见可说，只是出于对文史的爱好和深感普及文史知识的重要，才说了上面这些很不成熟的想法，以教于我的青年朋友们。

选自《文史知识》，1981 年第 1 期

梅兰芳是民族的骄傲

在纪念中国戏剧大师梅兰芳先生诞生九十周年的时候，心头万端感慨。梅先生的前半生生不逢辰，那是"风雨如晦，鸡鸣不已"的时代。当积弱腐败的国民党政府打着鸭蛋旗从奥运会回来之际，梅兰芳先生却把中国的京剧送到苏联，送到美国、日本去，给世界文化一个大的冲击波，使斯坦尼、高尔基发出深深的赞扬，使美国人发出"这才是真正的令人心神欲醉的戏剧"的评语，为中国人的民间文化国际交流博得了巨大的荣誉。

京剧的前身，并不像今天这样蔚然大观，皮黄不过是几十种或上百种地方剧种之一。但是，它经过连续的几辈人的努力，竟成为代表中国民族戏曲的主要旗帜，在这个功劳簿上，那光辉显赫的名单中，梅兰芳是它佼佼的、有权威的代表人。我们这个勤劳勇敢、历史悠长的民族，像皮黄戏这样的人类精神产品多得很，假如它的从事者全能如京剧各代传人一样，那又该是什么结果？

记得，正在最艰苦的战争年代，我们这些人还是年轻的战士的时候，毛泽东同志在一次讲话中就讲过，不要多久，解放北平，我们就可以看到梅兰芳的戏了。大家听了是那么的兴奋啊！可见，能看到梅兰芳的戏几乎成为中国人的很高的愿望，这愿望果然成为现实，全国解放了，梅先生毅然站在人民一边，为人民贡献了他晚年更加炉火纯青的艺术。

说到戏改，可以说不只是戏剧，任何一件成就大的物质产品、精神产品，如果不经常革新，就注定要灭亡。京剧又何尝不如此。反过来说，哪一位有巨大影响的京剧艺术家不同时又是改革家？其中梅先生对京剧改革的贡献更为突出。人们，特别是老年人，闭上眼睛想一想，当初的京剧是什么样儿，和今天的差别有多大！这岂是那些想贪天之功为已功的野心家可以信口雌黄涂改得了的？

十二届三中全会开完了。中国人真正的大起飞的时刻到了。在这个时刻，纪念我们热爱的戏剧大师，这思绪万千非三言两语所能倾诉，谨以几句俚言杂诗作结：

风雨如磐夜，民族屈辱时。

霜刀雪剑中，独有梅花枝。

寒夜闻梅腔，回肠并荡气。

中华文明古，不绝丝如缕。

打到北平去，要看梅君戏。

百战山河改，此志终成实。

今逢九十庆，万感难挥词。

匆匆草俚语，聊慰肠崎岖。

选自《北京日报》，1984 年 11 月 3 日

看历史剧《明镜记》有感

近来，偶尔看到一些水平不高的戏，总要想想病根在哪里。我看在于有些作者不大重视生活是艺术的源泉这一原理，不大尊重生活的真实。

关于新编历史剧，我记得有一点是大家比较一致的看法，即原有的传统剧目可少作整理剪裁，甚至有的仍存其旧；至于新编的历史剧，则要尽可能符合历史的真实。可见，对今人，胡编滥造不得；对古人，也得力求大体真实。当然，如果把写真实强调得过分，不承认艺术作品允许入情入理的虚构，对于作者提炼素材进行艺术创作也是一种束缚，问题在于如何处理得恰当。

李世民及其贞观之治，史家们简直像对《三字经》、《百家姓》一样熟悉。60年代初，党中央领导人还曾把魏徵的谏唐太宗《十思疏》发给全党作为学习材料，可见这段历史有其可借鉴之处。

马少波同志的历史剧《明镜记》写的是贞观五年时李世民和魏徵的一段故事，我看就好。好在哪里？我想；第一，它大体符合历史事实；第二，它对当前社会风气来说，很对景，现在提倡讲真理，不讲面子，掉脑袋也不出卖良心，对党风、社会风气的健康发展，很有好处；第三，它告诉人们，要学学李世民，即使不能从谏如流，起码也该有点羞恶之心。剧中长孙皇后说得好："求谏易，纳谏不易，说到做到更不易，进谏，就更难了。"她唱道："妾与陛下结发夫妇义重情笃，每进言候颜色，尚不敢轻启齿、多唐突，况在臣下礼隔情疏。"要像李世民那样，经过几个反复，发现自己的失误，终于感到魏徵不但不讨厌，反而显得"妩媚可爱"，那可不容易。当然，你也别太死心眼。李世民说这话和"殷鉴不远"很有关系。就是隋大帝国失败得那么悲惨，是他亲身所历，亲眼所见。不然，他也不会那样虚怀纳谏，把原本是对头的魏徵当作心腹，也根本谈不到"唐宗三监"。

但《明镜记》就完全拘泥于史实吗？就没有必要的艺术虚构吗？也有。比如，九成宫官人过沔川县，和大将李靖争住官舍，李世民怒责李靖、王珪的事，史书上虽有简略记载，但剧中赐笛、断笛、审笛等戏剧性情节就是作者创造。魏徵获罪于李世民，圣命见召，不敢望生还，离家之时，妻儿牵衣涕泣，襟袖尽湿。李世民知此情深受感动，史书上并无记载。作者却在这里着力刻画，写了五十句的大唱段。情真意挚，使观众为之动容。李世民在贞观十几年以后，近酒色，信神仙，崇佛道，远贤臣，当然程度比历代皇帝都轻得多。这戏写的是贞观五年的事，情况还没发展到这么严重，还能听几句触逆鳞的话，我看可以这么写。至于长孙皇后采桑养蚕这些细节，不一定要求史料根据。岂止养蚕呢，长孙皇后还曾命官人把衣下部去一截以崇尚节俭呢！清朝道光皇帝还曾提倡大官僚穿得破破烂烂像叫花子才好呢！这些事，第一，可能是事实；第二，可能修史立传时有点溢美；第三，即使如此，也无关大体。

越调，我过去听过，一听，很好听，高亢有气势。申凤梅演得老练、从容。她演王帽戏功力深，不像有些人的王帽戏，蹦蹦跳跳，没有章法。

我想说什么呢？一句老话：干文艺就得老老实实，投机取巧或以次充好不行。文艺的生命力在于合情合理、真实感人。艺术虚构是必要的，但不能随心所欲，胡编一通。我看《明镜记》是出好戏，好就好在它力求符合历史真实，对今天有教育意义，又能使人得到美的欣赏的满足。

选自《人民日报》，1982 年 2 月 21 日

为杂文写的"陈情表"

　　我是怎么开始写杂文的？这很难说清楚。但有一点是清楚的，就是我是"干什么吆喝什么"。我这个人，自身的一生也有三重身份，互相矛盾，就是做官、做事、做学问的三角之争。但无论官、事、文都是一个共产党员的义务，听党的命令去办的，并非一个任意的自由职业者。但假如我的主业是作家或教授，或主业是编辑和记者，那么我的文章还可以再多一些，再纯一些，不至于这么杂。我不行，我的主业一直是个党务行政干部，写杂文只是业余，写多了，"手伸得太长"，"不务正业"，"想得稿费"。"文化大革命"中，杂文是几乎要了我的命的罪行，是直捅心口的刀子。我为杂文是受了不能再大的祸与罪，这是实情，许多同志全可作证。

　　其实，古人（特别是一些名人）也是这三件事在一个人身上打架冲突。但说起来很好听，那要说成是"夫子的功业、道德、文章"，但大半实干家不多弄文字（或弄文字的较少），专弄文字或人以文传的文人，往往是事业上坎坷蹉跎，因而才有一些呻吟和牢骚。像王安石那样的人，又干实事，又写文章，又善于词笔的就很少，很少。韩、柳、三苏，常常慨叹自己"功业不得随"，李、杜也浩叹"文章憎命达"。看起来，文章和功业可能大多数是难得两全的，而真两全者那可是加倍的伟大人物，甚至是经典作家。这不怨别人，孔丘先生是头号圣人，但这圣就圣在他官运不通，退而讲学，因而留下了不少语录，他老先生假如也有了管仲、乐毅的功业，就没有资格以后当"文宣王"、"王者之师"、"万代师表"了。看他那样子，也只干了几个月的一个小国的司法部部长，以后就罢官，去插队落户了。当然，歪打正着，他的功业未遂，反而被捧上了天。

常言说大有大的难处，小有小的难处。比如孔夫子大概就有胃病，因此他"食不厌精、脍不厌细"。我呢，也有胃病，而且做了手术，割去大半。所以单以微躯的这点"清恙"却光彩地和夫子同病。因此"我也姓赵了"。在做官而又想做些事，还要弄弄文字，特别还要写杂文，于是我就得遭到同样的痛苦。所以，即使是我这样一个普通人也"得斯疾也"。

没有统计过，下这样的论断到底有多大的事实根据：如在一次讨论杂文的座谈会上，蓝翎同志慨叹地说："写杂文的大半没有好下场。"他是就解放后到"文化大革命"以前为下限说的。今天，情况变了，上海《解放日报》召集一个座谈会，同志们说：今天，今后，杂文可以大兴旺。这也是有事实做后盾的。但不管怎么说，我总觉得杂文既不好写，可得到的待遇和后果也是不公平的。杂文，因为它短，又要言之有物，有针对性，同时又要使人愿意看，耐人寻味，就得精辟一点，有相当的艺术感染力，这就十分不容易。但人们对杂文的一般印象如何呢？从称呼上就可以听得出来："小杂文"、"小品文"、"小文章"。这几个"小"字，就已经注定了杂文已落到"小字辈"中去，和大著作、大讲义、大文章不可能同样看待的。到现在为止，评学历、评职称，还没有一个作家、一个作者，由于一篇杂文写得好而评上的。相反地，由于一篇短文，就构成文字狱的，不但在旧社会发生过，十年动乱时期，也举不胜举。以前，我读鲁迅先生在文章中对此种事愤激的诗，虽感触很大，但那体会是很肤浅的，待到自己被关了起来后，这四句诗才显出了它落地铮铮有声的力量。这诗写道："弄文罹文网，抗世违世情。积毁可销骨，空留纸上声。"

依我看，这可以算作对古今的杂文和杂文作者一篇极好的公祭文，谈到杂文时，真是到了"千红一窟"、"万艳同悲"的地步。

比如同样论著魏晋易代之际，中国文学史、哲学史、思想史的文章很多，讲的有所发明的论著也不少。但我总觉得不如鲁迅先生的那篇杂文论魏晋时候文章和药酒的关系讲得透彻而又浅明。可是先生的这篇文章，也一直被看作"小杂文"的呀！先生的后半生，把全部身心和抗争全交给杂文这种文体了。但得到的误解是什么呢？是人们劝说先生还是写《呐喊》、《彷徨》吧，不要写小杂文打笔墨官司了；有的人还讽刺先生为"江郎才尽"，落得只能写花边文学了。这种情况，我们大家不是不知道的，但知道是一回事，对杂文的态度却很难有所改变。

我写杂文，不是"奉命文学"，而且是自己心甘情愿地奉了时代的命，奉当时社会需要之命。但有些文章，当时认为是对的，自己也理直气壮地写了。今天早已证明它站不住脚了。

我这几年写的文章，综合地看一下，大体是如下四个方面，一是思想评论，政论性的短文；二是文艺短评；三是和青年朋友的谈心；四是自己的抒情、抒怀的散文。除前面三种文章外，近几年来只是多了一些抒情性的文章。这种文章，在先前我从来未写过，主要是因为这些文章中都有一个第一人称的"我"字。本来在中国文学史和世界文学史上，即使如中国的打着"述而不作"的旗帜的作家，都并不讳言"我"字。"五四"以后，新文艺中更有的是了。但在很长一个时期里，大家对此都忌讳得很，也怕得很。道理很简单，不讲"我"，还讲"挨打"，还要引申地把你给"揪出来"，加以上纲上线，何况你自己跳了出来，明白供认不讳呢？单以中国文坛上目前已经转变到从不许写、不能写抒"我"之情的诗文，到可以写此类文字，就可以看出思想上的民主风气已到了大地花开的春天。我自己的这类文章，由于离开了自己的现实，也即老、病、牛棚岁月的叹息，反由此想到的死和死后的其他等等，所以，难免有一些近似哀伤的调子。

但我可以自信地说：这种调子虽有一些，但因我是一个"不知愁为何物"的傻而笨的人，所以其基本情绪是乐观的。这一点我可以不去多说，有文字在，读者自可评论。

常言道，没有不开张的油盐店。投石击水，大有大的波澜，小有小的水波，"萝卜青菜各有所爱"。我的文章影响很小，只不过小小的一块石子，一落水中，那水纹也就很快地平静了。也有一些偏爱的读者，常常鼓励我，要我再写一些，所以，从这一点说，我的那些文章也算是对他们的热心鼓励的回答。

1983 年 6 月 23 日

寻找真理，献身真理的榜样

——《真理的追求》序

　　把在人民中素有威望的一些重要人物怎样寻找真理、献身真理，参加中国共产党的事迹，单独编成一本书，以飨读者，这对中国的今天和明天，对我们所有的人都是一种很好的教材。这是一本好书。我读了这本书的稿本后，坚定地相信了这一点。

　　欧洲神话说，火是勇士普罗米修斯从天神宙斯那里偷来的，因此，他被绑在山峰顶上，每天让恶鹰啄食他的心肝五脏。中国第一个伟大的爱国诗人屈原写道："路漫漫其修远兮，吾将上下而求索。"人类历史之所以永远前进，绝不能倒转历史的车轮，其原因之一，就是永远有一代又一代人不惜牺牲个人的一切，坚决寻找真理，并在找到之后，把全部身心献给它。永远有各式各样的人，在自然科学、社会科学、美学上有这些称得上真正心灵美的人给人类做殉道者。正是他们，排成和连接成一串长长的人梯，让人类历史的车轮，从上面碾压过去，使历史永远前进。

　　沈裕慎同志写的这本书，材料是选自大家知道的史传。但是把这些尽管大家已经知道的史传一集中，并在一个焦点上使之发光显现，它就另有其巨大感染力。

看完稿本，给我印象最深的有四点：

第一，这是异途同归，各从不同的出身、历史环境出发，最终走到一个集体——中国共产党中来了。比如几位老帅，朱总、彭总、贺总、陈总、罗帅，是一种情况；对他们老几位，具体的分析也不尽相同，如陈总、罗帅和朱总、彭总、贺总也不一样。陈、罗二帅，还是从青年知识分子中，以精华之质，寻找真理，走上了这条路，而朱、彭、贺三位老帅完全是从旧营垒中杀了出来的，另有一番惊天动地泣鬼神的曲折遭遇。比如黄继光、雷锋、蒋筑英，这些伟大的人民儿女，是在党旗下生长的，是共产主义的乳汁哺育长大，并贡献了自己年轻的，也是重过泰山的生命的。再如，在中华民族历史上，伟大的女性光辉代表之一的宋庆龄同志，更有她自己一生特殊的品格。这种品格，是中国人最可贵的人格，也是国格的体现，在听到入党的通知后，她露出最美的一笑。杨度同志（！）的入党，是我年迈才知的一特大新闻，也是永远受教训的一例。我在"同志"二字后，括弧中写的惊叹号更是赞叹之意！这些人殊途同归，正如西谚说的"条条道路通罗马"一样。

第二，加入中国共产党，当一名党员，不能降低条件，不能拉伙，这是保障党的纯洁性的第一道关。但又绝不能把最优秀的人物推之于党门之外，不能搞宗派主义、关门主义。这个难点，也正是慧眼识英雄和有眼不识泰山的差别。陈独秀不能了解朱德，周恩来一见面就相信他会成为真正的共产党人。这个识与不识的差异，是古今人生中一大慨叹！不能说，这个问题今天已完全解决了，或今后永远不存在了。君不见一些大叫"天下无马"的人，还不正是站在骅骝之旁吗？

第三，入党有早晚，身子加入共产党，这还不算名副其实的共产党员。此书中，这些真正的共产党人，都是在入党前、入党后，以其光辉的历史证明了他们不愧于这个称号的。这里我想起了韩愈"闻道有先后"的确论。但先后早晚并非主要之点，更难的在能否一生到死，不被历史车轮甩掉。

徐特立老人五十岁入党，结果如何呢？他是真正的共产党人。毛泽东同志说："你是我二十年前的先生，你现在仍然是我的先生，你将来必定还是我的先生。"然而，那些赫赫有名的大人物，也曾一时身列党籍，到头来又如何了呢？

第四，针对当前、针对一些人，由于十年动乱的消极影响，由于一些党员干部不正之风的坏印象，对共产主义，对共产党有一些怀疑之处，甚至有人公然以不参加共产党来表白自己。读读这本书，对整党、整顿社会风气会有好处的。请看，每次革命遭到挫折之时，总会出现两种人：一种人，对革命、对党悲观失望了，灰颓；另一种人，反而更坚信了，朱德、彭德怀、贺龙、宋庆龄等同志就是其中的光辉榜样，永远让人受教育的榜样。我承认，我的同志、中共党员、党员干部中，确有极少的一些人，很不像话，确实令人值得鄙夷和心寒，但我要在这本书的前言中，再说一句，这一点不值得你那么心灰意冷！请看看这些真正的中共党员的榜样吧，请看看张志新、朱伯儒等同志们吧！

前几天，见报载华君武同志画的一张漫画，讽刺请名人给本来言之无物的书作序，我见了发笑，也小心自警起来。我虽非名人，但也给一些人写过推荐的序言，反省一番，结论是我得"活学活用"我的老战友君武同志的话，言之无物的书，即使再大的人物也不写，但言之有物的，又甘心情愿叫我写的，我又有话可说，不必说套话的我还得写，在这一点上死不改悔！

《真理的追求》由上海人民出版社 1985 年出版，这是宋振庭为该书写的序言

无限风光在中年

由于过去了的这场浩劫，无论老中青全都有伤时之感。"十年一场惊噩梦，落得三代叹息声。"前些日子，我在文汇报社和一位青年同志谈心时，提醒他注意一些小青年同志的伤时的陈腐滥调，诸如"花有重开日，人无再少时"等，这是和他们中一些人酗酒时的酒精中毒相互作用的。

这里想谈的是中年人应取的态度。因此，我写了如题的话。我知道，这个刊物叫《科学与生活》。不是《诗刊》和《童话世界》，只是说诗情画意是搪塞不过去的，得说理。那么，我想说：我有四条论据。

其一，"中年人"这个概念是人类生活中的特定的时间概念。如果说二十岁前后是青年期，那么三十、四十、五十是中年期或壮年期（当然，把五十划入是社会主义时代的新事）。中年是生理的概念，也有其不同的心理特征。中年期是人的一生中全盛之时，是最成熟发达也正好干事的时候。只从心理来说，中国人管这个时期的人叫"而立"到"不惑"之年。这话有科学性，其本质就是成熟。人到这个年纪，理解力、辨别力、悟性大增，时间的票面价值最有效，最过硬，一天等于老年、少年之几倍甚至几十倍，真是"黄河鲤鱼吃中段"，人的精华、潜力的发挥尽在此矣！

其二，中年人是时代的主演，应是生活舞台的核心，他们和她们起着承上启下的中轴作用。在舞台上看《西厢记》这出戏，主角常常是红娘，不是老夫人也不是欢郎，有时甚至也不是张生和莺莺。就国家、社会生活、政治生活各单位的连续性稳定性说，大半要取决于中年人。

其三，无论就对待昨天、今天及明天等"三时"来说，中年人全有主动权。他可以纠正昨天的不正确的东西，可以学到今天亟须的新知识、新本领，"亡羊补牢尚未晚，未渔结网正当时"。这一点老年就相形见绌了，老年可以"补牢"，至于"张网待渔"则有困难，只好多数把网交班了。

其四，更要紧的是中年人僵化少，生机勃勃的力量还多，以其时光优势、体力优势、脑力优势、经验优势、本领优势全可以从我做起，从现在做起，全身全心投入"四化"。

说了这么多，这么好，这么些个有利之后，难道就没有困难了，没有障碍了，没有思想阻力了吗？不！还有。现在不少中年人也有了"恐美人之迟暮"的哀愁，更有"一事无成早二毛"的凄苦之情。主要的惋惜是和老青两代一样，对耽误了的时光有伤时的叹息。因此，我的以上四条道理正想就此而发。我要说的只剩下一句话：

既然事实业已如此，我们中年人的责任就更加大了，别的出路没有了，只有发扬你们的优势，以十倍的勇气、百倍的决心，登场吧！

选自《科学与生活》，1994 年第 1 期

谈犟脾气

在世风不正，圆滑、市侩、关系学甚为行时的时候，在整党的时候，谈谈倔强的犟脾气，是有好处的。

虽然抽象地谈一省人的性格，是非常不准确的，正如不能抽象地谈人性一样；但如有所指，有具体内容，有分析和分寸地谈谈我国各地方人民的性格，也是可以的。

比如，这几天，湖南人的犟脾气就引起我不断的沉思。

"犟"这个中国字很有意思，由强和牛两字组成。这个牛，是孺子之牛，不知疲倦的牛。

屈原楚人，他就犟，这犟字就是"九死其未悔"。王夫之也是楚人，他犟到把孔家店的学说里里外外加以改造。谭嗣同也是楚人，他夜访法源寺，去见袁世凯，当杀身之祸已临头时，就是犟着不走，要以流血来惊醒民族，振兴中华。

但更为光辉的是中国共产党人，毛泽东、刘少奇、任弼时、彭德怀、贺龙等，这些犟脾气的人。还有让人敬佩的许许多多光辉的名字。这些人除了许多其他的特点以外，都有些犟劲。我们这些老八路爱议论湖南人的犟，也常常说笑话，说这犟劲和爱吃辣有关。如果不过多地找地理、气候、营养的因素，如果多想一想思路、学风的源流沿革，我想楚人的犟是源远流长的。当然，楚的地域疆界，远比湖南省要大得多。

世界史上，能做出大事业，有大贡献的人，都得有犟劲。这犟劲就是执着不屈，锲而不舍，九死不悔，不屈服于流俗成见，特立独行。如果形容一下，这股子劲和傻气很相像，因为"聪明人"是不为并不屑于为的；这股劲和天真也很相同，他们绝不是老于世故、两面三刀、八面使风，而是肝胆照人、光明磊落。但如果说成傻和天真也不对，因为有犟脾气的人，都是肯动脑筋、有真知的人，是一些大聪明和大天真的人，和那种耍小聪明、小天真是完全不同的。

我在瞻仰彭总故居时，就对这个"犟"字深有所感。一个很偶然的小插曲，很富有传奇性。故居院里西南角，有彭总当年手植的一棵橘子树。这棵树，"文革"时枯死了。彭总平反后，它又茂盛地开花结果了！这草木之情也很有意思，道理也并不神秘。那些年，故居无人管，橘子树无人浇水培护，当然要枯凋了。但我不由得在心里想起了屈原的《橘颂》来。彭总的人格党性，比之于屈原颂扬的橘，实在再恰当不过了。因此，这个联想也就引申到楚人的"犟"字上来。

有天晚上上演花鼓戏《五女拜寿》，我就高兴得很。戏里讲的是明朝事，以杨继盛参严嵩十大罪的案情为背景，刻画了世态的炎凉，人脸的骤变，对今天整党，对擦亮眼睛看清"三种人"有启发。明代，当时就有这类戏的，如《鸣凤记》等。剧中人大半也是真名实姓。《五女拜寿》也不全是虚构，是有所本的。当然，对邹应龙这个人，明清美化了他。其实此人是个"风派"人物。别的不说，他在给严嵩做门生、心腹人时，每次拜府之后，又掏银子在大管家严年处，把自己的名片买回来，就狡诈得很。所以，他以后察觉到嘉靖对严氏父子已宠衰时，就立刻利用徐阶、夏言和严嵩父子的矛盾，领衔参严。说明白些，此人骨气并不好，和杨继盛有天地之别。当然，在明代污浊已极的官场，他是个差强的人物。清代修明史，对他和陆炳等人不全是加以肯定的"拜寿"一剧，写得有分寸，如杨三女就疑心他投靠严党，也真疑得对。我在看到此场时，也真瞎担心过。但杨继康自己唱，悔不如老弟"继盛的骨头硬"，就写得很好。

邹应龙和今天的"风派"又有区别。和湖南人有关的"犟"字，是杨继盛。他金殿上破釜沉舟的大战，专斥严嵩的十大罪，是感天地、泣鬼神的。这与屈子、谭嗣同、彭德怀等楚人的性格，是一脉相承的，谱写的都是正气之歌！

选自《湖南日报》，1983 年 12 月 29 日

攻其所短

《孙子兵法·谋攻篇》中有两句大家熟悉的话："知彼知己，百战不殆。"可见知彼知己很重要，但也不易做到。

知彼难，知己也不易。知己之长难，知己之短更难。俗话说："人贵有自知之明。"就是说能够恰当地衡量自己的长短，是难能可贵的。因为知其长，才能固其所长；知其短，才能攻其所短，特别是攻下短处才又长出一步。吉剧目前应当认真考虑这个问题。

吉剧不满二十岁，历史清楚，但很曲折。衡量自己的长短不十分难，也并不易。二十年来听过种种评价，容易把自己搞糊涂了。且不说"四人帮"及其爪牙把吉剧贬得一团漆黑，一无是处；就是我们内部，看法也不相同，尺寸也不一致。

衡量长短的标准，也要靠实践。

不断实践，不断总结，自己总结，观众也帮助总结。

吉剧这次进京演出，最大收获，当是首都的群众、专家和领导同志帮助我们总结了这个剧种的经验教训，使我们进一步看清自己的长短。

　　大家认为吉剧的十六字方针："不离基地，采撷众华，融合提炼，自成一家"，符合中国地方戏曲的发展规律，是正确的；

　　吉剧注意古为今用，老戏不老，意义不小，这一点也是可取的；

　　吉剧注意从生活出发，有行当，破行当，有程式，破程式，不保守，不僵化；

　　吉剧有较鲜明的地方特色；

　　吉剧演出严肃认真，等等。

　　上述这些长处尽管不十分"长"，也应及时肯定，继续发扬；更应注意的，倒是下边这些短处：

　　吉剧有自己的剧目，但不多。特别是处在今天这个伟大的转变时代，要有更多更好的剧目，为四个现代化服务；

　　吉剧的唱腔有特色，还不够鲜明，有板式，还不够完整，有流派的苗头，还未形成流派，男腔弱于女腔，曲牌用得太少；

　　吉剧的表演有特点但还未形成体系，有行当但还不全，念白、武打都要有自己的一套，基本功、绝技应进一步提高；

　　吉剧的乐队以及吉剧的服装、布景、道具、灯光、效果需要不断地探讨、试验，逐步形成独特的风格。

　　总之，吉剧这个新剧种，目前仍处在实验阶段。攻其所短，十分必要。

选自《吉林戏剧》，1979 年第 3 期

京剧现代戏《梅锁情》给我的启示

——试谈改革京剧的两种方法和两种结果

　　湖北省沙市京剧团赴京汇报演出的现代戏《梅锁情》，演得很成功，这个戏是很有特色的。第一，它和传统的老京剧靠得很近，它是在真正传统京剧的基础上革新而出的现代剧目。它和那种由一些新的文艺工作者比较简单粗暴，强行肢解、硬性改造而出的京剧是完全不同的。第二，这是一出大型的以唱功吃重的戏，但人们坐得住、听得进去，一直听到完。听了戏中的唱，很能过戏瘾。第三，这出戏的主题极为普遍，是表现我们常见的婚姻恋爱、人世的悲欢离合、人情纠葛的戏，绝不是那种胡编乱造的情节，但它又是全新的，是以共产主义高度精神文明的道德标准来塑造人物的。第四，全剧只有九个人，唱功吃重的就有四个人，但是整个戏剧的结构很紧凑、很集中，没有一个可有可无的人。这个戏很发人深思的是，它为什么能够取得比较好的效果呢？我想这是由于，在京剧革新的问题上，这出现代戏至少提出或显示了一些很重要的京剧改革的道路性的问题，也是原则性的问题。

　　在一次《文艺报》由冯牧同志主持的京剧座谈的会议上，我很同意张庚同志的一段话。他说：新中国成立以来，我们京剧改革的主要领导权在新文艺工作者手中，也就是一些稍有西洋文艺的知识的领导人来进行京剧改革的。这个改革有收获、成绩不小，它去掉了京剧中的一些陈腐的、不健康的、低级的东西，确有推陈出新、化陈腐为新奇的效果，这是主要的。但同时也说明了一个问题，就是当我们这些领导人，张庚同志说包括他自己，"当年在进行京剧改革的时候，自己京剧的知识并不丰富，所知甚少。到现在为止，也深感对它所知不多。因此，现在回头看来，简单地、粗暴地强行使京剧就范、纳入我们主观想象的情况即'左'的弊病，一直存在着。（大意）"张庚同志的这段话，我认为是有道理的，是合乎历史真实的。在京剧问题上，也跟我们的文学艺术民族化的若干问题一样，也都是经历了同样的历史命运。这段话由张庚同志来说，我认为也是恰当的，他这是经过多年阅历发自肺腑的话。我记得周总理在世的时候，不断教育我们在戏剧界工作的党员负责人，在改革京剧时，要多尊重老艺人、老艺术家，即那些真正懂得京剧的人，他曾经为《霸王别姬》批评过我们一些同志的粗暴简单，他发出强烈的要求："你们要尊重梅院长的意见。"这样的例子不是一个，不是偶然的、个别的，是各地全犯过的毛病，是大量的、连续性的、长期存在的问题。笔者自己也是其中之一。

京剧《梅锁情》好在哪里呢？这里使我想起了在京剧、话剧改革的道路上，和张庚同志所说的新文艺工作者的强行改造京剧的道路不同的另一些艺术大师，如老舍改编曲艺，把小说改编成舞台剧，焦菊隐这样的艺术家对京剧和话剧改革。当然，焦菊隐是从旧知识分子过渡到新知识分子，从旧社会过渡到新社会的。从焦菊隐到梅阡，他们是一个很和谐的接力赛，他们根据老舍的原著《骆驼样子》、《茶馆》改编成新的话剧，一脉相承，所以能够取得今天这样大的成绩。正如张庚同志所说的："这是与新的文艺工作者的强行改造完全不同的一种推陈出新、古为今用的民族化的道路。"

以《梅锁情》来说，我认为它证实了张庚同志的这段话。第一，《梅锁情》的唱，不比《武家坡》、《汾河湾》、《桑园会》、《大登殿》、《二堂舍子》甚至《四郎探母》的唱功差，对这样初具规模的大型剧来说，已经很不易了。几个主要的唱功吃劲的演员也都很有功力。剧中花脸的唱腔既有金（少山）派的大气磅礴、洪钟大吕，又有裘（盛戎）派的刚柔相济、悲感苍凉，有五音俱全的表现力，而且潜力还很大，唱得很解气，演员看来是很有发展前途的。女主角陈况的唱也是这样，很有特色，很有表现力，并且能够刚柔相济、抑扬顿挫，和着情绪的发展紧密结合唱腔。陈况是一个内心戏很有厚度的演员，这在今天十分难得，老旦的唱腔也是有潜力的，嗓音很甜亮，也有一定的功力，燕南的唱也很吃重，而且也有特色。所以，这出戏是很少有的一出现代唱功大戏、真正民族式的唱剧。

第二，从表现程序、舞台调度来说，这戏和传统京剧很多手法是紧密结合的，像"追湘梅"这场戏，使人不能不联想到《武家坡》的跑坡；在母亲干预儿子婚姻的那场戏中，又仿佛像《辕门斩子》中的老旦唱；在婚变以后相见时燕南猜心事一场，又很像《坐宫》的"四猜"。但是所有这一切都没有顺手牵羊的痕迹，而是和剧情紧密联系、联系得很恰当的。在舞台上它不需要大型的布景、大型的渲染，它完全是我们传统的京剧、民族的舞美。比如男主角和湘梅只隔几米远，在同一舞台的，只隔几米远内眼睛是应该看得见的，但是它代表了很长一段距离，听到声音还见不到人，这正像中国画所谓散点透视和西洋画所谓焦点透视的不同，但是它是继承又是革新，它绝不是穿上蟒袍、道袍、褶子的新人，而是从里向外、从外向里的新人新事，使人感到，经历了这个矛盾，瓜熟蒂落、水到渠成的感觉。没有斧凿的、人工的、强制的痕迹。

第三，从戏剧的矛盾纠葛、剧情发展上说，这虽然也是一个大戏，但不是以往出现的那种现象，即只看一两场就可以一览无遗地猜测到了戏的结尾。这个戏正像大观园，迎面而来的是一条石山，然后通过曲径通幽，"山重水复疑无路"，才引出"柳暗花明又一村"。戏一开头就能抓住人，就能将观众吸引住，让他们听得下去，看得下来。在演出中，当打休息铃时，我曾经很为这出戏捏了一把汗，因为追湘梅以后，这戏的主要情节基本清楚了，基调定了，后面的戏就很不好演，怎么发展呢？我担心观众要起堂，但是我又说，会出现又一个冲突，那就是会出现燕南的高姿态、高境界、矛盾冲突会有新冲突和新解决，可能有道德标准的较高的收场。休息以后，戏不但没有减弱下来，而且矛盾冲突继续在发展，很合乎情理，果然出现了燕南的高境界，但并不是那么简单的高境界，是非常入情入理的，妈妈的干涉，燕南姐姐、姐夫的帮腔，男主角的巨大痛苦，湘梅通情达理、坚强又高贵的品质，从湘梅在第一场见母亲时亲热地叫"妈"，到告别时一声"大妈"，强抑感情接受了老人家为表示心意所馈赠的礼品，坚强地含着泪花走出门去的场面，是很感人的。这个戏的戏剧性、矛盾冲突和它的典型性是很有匠心的，处理得比较好的，演出是朴素的。这个戏更大的特点是，虽然向传统京剧靠得很紧，很能够取代传统京剧的长处，发挥它具有的魅力，但是不管怎么看，它是新的道德、新的人物、新的精神面貌，而且给人以"高"的感觉，它摆脱了陈世美式的喜新厌旧，它并不是一般的谴责，在中国革命的长期残酷斗争中婚姻情况的多变，那种合乎情理的多变，对老干部的这种正常的婚姻遭遇，不需要用谴责那种骤然发迹就忘恩负义的陈世美的方法来批判。它也不是《武家坡》、《大登殿》的一夫两妻，更不必采取其他的方法，如《四郎探母》的那种"过关见娘"、"探母回令"，当然更不必要采取《雁门关》四郎、公主一块死掉的悲剧的结局。它是合乎情理的、正常的、使人完全同情的结果，甚至燕南的姐姐、姐夫这两个形象很鲜明的、很有私心的人，也不是丑化了的人，而是生活中的人，表现得也并不过分。因此，这个戏无论从它的思想性、教育意义和高度的精神道德水平来说，都不失其为把传统京剧发展成为艺术手段和现实，为人民、为社会主义精神面貌服务，它的艺术价值融合得很紧，这个戏永远不会过时，不会失去时代的意义。

看了《梅锁情》这戏，我不由得有以下几个联想：

第一，京剧的改革可以是有两种形式的，一种是老舍、焦菊隐这种形式。另一种是比较简单粗糙的形式，十年动乱，当然那是更不同的形式，如于会泳式的改革，江青式的改造京剧，那是很特殊的情况，改革就是改革、革新就是革新，推陈出新不是强迫京剧就范、纳入我的框框，把京剧切碎，只取其一枝、一节、一段、一块，把它纳入西洋音乐、西洋演戏程序的道路。人们只要回顾一下焦菊隐式的改革和这一次《梅锁情》的导演、编剧的贡献，就会理解这个差别。顺便谈一句，我们一些同志在搞吉林的吉剧时，一开始就讲明了这一点的。这也是有过教训的。

第二，京剧确实是姓京，出在北京，无论从历史传统、研究中心、艺术代表人物、教育事业等方面来说，北京是京剧的故乡、老家、主要根据地，这是不错的，今后也会是的，但是绝不能认为，京剧姓京，北京的京剧界就可以心安理得。近来营口戏校小科班的基本功，阜新京剧团四大流派的进京汇报，直到这次沙市的大型唱功戏《梅锁情》，应该说，这是很有挑战性的，是向首都京剧界的挑战。据有的首都京剧界的同志说，现在京剧的形势有点像农村包围城市，全国来促进北京、振兴京剧。我说这个说法有一定道理。如果我们看到这一点，北京和各地、各地和北京，互相促进、互相启发，团结起来，京剧事业是大有希望的。

我还有一个感想是，相当一段时间以来，有京剧危机、京剧灭亡、走昆曲覆辙等提法，还有的说现代的青年不喜欢看京剧，我说，这种现象不能说没有，这里有它的历史原因，有深刻的教训，可是事实告诉我们并不完全是这样。《梅锁情》一剧从湖北到北京，青年观众很热情、很愿意看，欣赏这出戏的感情不亚于欣赏西洋歌剧《茶花女》、《蝴蝶夫人》、《卡门》等，而且它的民族的感情、民族的形式的魅力正在发挥作用。

第三，京剧这种艺术存在一个所谓信念问题，虽然只是一出戏，但我们可以不厌其烦地数十次地、数百次地感受到它的力量，开始你不理解，但你一进入戏里，被它迷住，有了信念，就可以结成终生的好朋友。对于这个特点，我们许多老同志是有亲身经历的。问题不在于京剧有没有人看，问题还在于质量，有好戏自然有人看，能说的不如能做的，用事实来争取广大青年观众对京剧的首肯和从一般爱好到深深的爱好，是大有希望的。《梅锁情》是京剧会演现代戏的一出，我不认为它已尽善尽美了，比如在唱腔上大有精益求精的可能，剧本、舞台调度上还可以有很多挖掘的潜力，思想、语言还有很多可以以重锤定音的手法来加强，这个戏还可以百炼成钢。但是，《梅锁情》提出的问题绝不是一出普通现代戏的问题，我认为，它给我们的启发是很值得京剧界、京剧观众和文艺界重视的。

选自《长江戏剧》，1981 年第 4 期

行动第一，自己先做一名合格的党员

党风好转，是好转的关键。我们说党风、社会风气不好，说还未根本好转，这在口头上大家都承认。说大家不关心、不着急那是不对的。但是，既然问题成堆，大家也都关心，却又没有根本好转，那么其间的要害是什么？局面怎么打开，好转的关键又在哪里呢？

我看当务之急是看行动，要抓言行一致这一环。也就是要落实新党章对党员的要求，要先使党员干部逐条地看看：自己已做到了哪条，还未做到哪条，哪条最差，哪一条自己最难，但又必须痛下决心首先做到。

在这样做的时候，首先得有三个条件。第一，每个党员确是真正动了心，能自觉地找差距，有攻己之所短的一股狠劲。要使每个党员都能认真地想一想：我们党的代表大会公开承认自己的党风还未根本好转，这句话说得多么重。自己做党员的良心能受得了吗？再不从自己做起受得了吗？党已做了自我批评，自己为什么不能做？当然，这不是说人人过关，人人检讨。但人人先动了心，人人都着了急，对自己严了，都敢作自我批评了，事情就开了个好头。第二，要明是非、论赏罚，特别是多找些好样子，宣传学习好的标兵。久已不太讲学先进了，甚至谁先进就孤立谁、打击谁。落后、衰退、干坏事、说泄气话，甚至说脏话都不脸红，反而理直气壮似的，这怎么得了！正社会之风就意味着惩处不正之风的代表人物和有代表性的行为。坏人不臭，好人就香不了，这是人尽皆知的定理。第三，当然还是思想领先，行动才能跟上。因此从现在起，要用一切形式组织党员和群众学习十二大文件。我坚信这次的学习热潮会给我们争取党风的根本好转带来绝大的好处。

《工人日报》先后发表了赵春娥和罗健夫那样，让谁读了都不能不为之落泪、不能不为之动心的报道和文章。如果像赵春娥、罗健夫这样的好党员、好事例再多报道一些，报道得更令人信服，让人人动心愿意学，那么，就会势如破竹，社会主义现代化建设事业就会全面开创一个新的局面。

选自《工人日报》，1982 年 9 月 21 日

爱情的可贵在坚贞

——第三者的看法

我是《中国妇女》杂志的老读者了，因此，有时可以看到杂志的"未定稿"，比如这一篇就是其一。

我建议发表这篇报道，也建议发表袁塞路同志的"意见"，再加上我这第三者的拙见一篇。这样有好处，可以把心灵的窗户打开得大一些，请大家看一看。

这篇报道，写了一家人的老少两代，在一个尖锐的、不幸的考验到来时，每个人都交出了自己的道德情操的答卷。小夫妻交出的是爱情的坚贞，老一辈交出的是脱俗的高尚人格。这在今天，对社会风气来说，对于和这些人物差不多的人来说，有启迪，也有好影响。

路增杰同志是个热心肠的人，他写了这个报道。当然他不甘心只客观地报道，也发出了场外的旁白。更可贵的，对这一篇热情的报道，作者和编辑把稿子交当事人看，袁塞路这个当事人的一篇"意见"，我觉得更可敬。现在，有人给捧一捧，该多舒服呀！但他不太欢迎出名，说是求是也好，谦虚也好，反正这位有优美情操的年轻人，真能如此生活下去，那可太不一般了!

作者出于好心，写了不少"将军一家"的事，好像反过来说，"将军一家"的规矩和普通人该不一样。我说作者好心是可贵的，但像这个将军，和我这样一些"三八式"，也是一个鼻子两只眼，就多数人说，我这些人的家里发生的事和"老百姓"差别不大，当然，有少数例外，也是事实。

塞路同志说："纯真的爱情事例不胜枚举，我们这件事并无特别之处。"可见，写报道者和被报道者，有了不同的看法，于是，我这个老读者就有用了! 我举手发言：

"照理说，这在老党员的家里是常规，都该这么办! 这一点我同意塞路的话。"

但在当前，道德价值浮动得很，稳定一下物价，就是叫一些人看看，坚贞和爱情、道德和良心，人们是不该忘怀的!

选自《中国妇女》，1983 年第 11 期

精神生活的丰富和贫乏

精神生活丰富，是否得有两个因素：一方面文化教养较高，知识面较广，爱好较广泛一些；另一方面道德情操高尚纯正，不带邪气，两者俱备才算精神生活丰富。

譬如文化教养虽高，甚至诗、文、论皆成一家，只是人物猥琐，品格低下，一样不为人所许。像明代的陈眉公，就是这样一种人。此种人，就像《红楼梦》中叫卜世仁、程日兴一类高级帮闲清客。反之，如元代的王冕，又号煮石山农的，就是灵魂美又文采风流的人物了。虽然他未干出多么大的功业，但人品和画却流传下来。陈叔通家传《百梅图》中那幅梅花，我什么时候看，什么时候都觉得清香四溢，加上《儒林外史》吴敬梓对他的描写，更让人折服。

精神生活贫乏，相对地说，也有两个方面，文化教育与道德情操。

在我看来，今天，道德、文化、功业三者俱备才算精神生活丰富。可怕的是在一些资本主义国家里，物质生活水平蛮高，但精神空虚贫乏，许多人溺于吸毒，搞精神麻醉以排遣时光。我在罗马、巴黎、法兰克福，在街头广场，见了不少一到深夜还牵了一条狗呆坐在那里的一些老年、中年人，实在觉得可怜、可悲。我曾问过几个人，他们说："只有狗才是好朋友，狗比人忠实！"当然这话说得太激烈了。

我的一些少数战友，到了晚年，虽然有时间了，可以多干一些精神生活丰富的事，但却对此兴趣不大，一味地为儿女卖力争房子、争待遇，东家长、西家短地庸庸碌碌地混日子，这也未免使我觉得很忧虑。我以为，我们这些"老家伙"，多半是少年失学、入伍从戎、干革命一辈子的，文化少一些并不可怕，可以补，但心灵之美却不可一日无。朱伯儒、张海迪是我们这个时代精神生活丰富的人，我们年纪大了，也应以他们自励，从中得到更大的启发。

选自《不惑集——〈人民日报〉杂文选 》，中国对外翻译出版社，1984 年版

《戏剧舞台奥秘与自由》序

摆在我面前的是一部刚刚由百花文艺出版社出版的《戏剧舞台奥秘与自由》。在这部戏剧艺术论文集中，作者曲六乙同志发表了对戏剧理论与实践问题的一些见解。文章涉猎的领域较广泛，但能结合实践，不尚空谈，不假粉饰，出言爽直，立论清晰，同时又坚持了党的实事求是的学风。这部论文集的出版，是近年来戏剧艺术理论研究和评论工作的一个可喜的收获。

当前的中国戏剧舞台，是一个充满生机、百花争艳的大好局面，但在艺术创作实践中，也提出了一些在新旧转折时期要解决的问题。戏剧正像整个社会生活一样，一方面，在拨乱反正，拨十年动乱之邪，扶新中国成立以来好的传统作风之正；另一方面，一些新的戏剧品种、样式、表现手法，美学理论，又纷呈众现，十分复杂。因此，在戏剧的实践和理论工作中，一个长长的问题的单子就应运而出，要有志于此道的专家和戏剧爱好者一一加以回答。

总的说来，戏剧方面仍是古为今用，洋为中用，百家争鸣，百花齐放，以及"两条腿走路"、"三个并举",但由于海禁大开(我们有坚定的开放政策),东西两洋的艺术借鉴比历史上任何时候都更加频繁;西洋的东西,富于生机的积极因素和没落腐朽的消极因素,同时进入中国:既有斯坦尼斯拉夫斯基的,又有布莱希特的;既有古典的戏剧美学,又有所谓现代派的种种戏剧理论。在国内,被十年浩劫拦腰折断的戏剧,如话剧、地方剧种,要重新复苏,开出新的花朵;同时又出现了像电视剧、系列片、新喜剧等等一系列新剧种、新样式,过去很少见又有很大潜能的戏剧品种。在建立这些品种时,不能不考虑广大观众的审美心理特征和一些新的精神需求。对于像新武打剧这类样式的戏剧,既不能照抄照搬洋武打和香港的那一套,更要推陈出新融入浓厚的爱国主义,以及能唤起优美情操的艺术滋养。

从鸦片战争、清末民初以来,我们这个伟大的民族是灾难深重的,斗争是可歌可泣的,历史是分外壮观、充满着色彩很浓的悲欢离合的戏剧性的,这比历史上任何一个大动乱年代都更加动乱和不安。但这个时期的中国戏剧却正在演化嬗变,新陈代谢,五彩缤纷。从四大徽班进北京,昆曲衰落,秦腔之崛起,以及种种原因,原为地方剧种,到北京后就演化成中国最大的、最综合的新剧种——京剧,它纳汇百川,一览众山小,囊括历史的流风余韵,竟然成为中国戏剧史上持久不衰、蔚然成风的"大国"。近现代的中国戏剧,始终和对京剧的研究分不开。许多问题和它有关,想绕开它不行;一脚踢开它更不行。在某种程度上说,能否回答中国京剧艺术的面面观,回答京剧的美学理论,总结它的历史经验,在建立发展中国戏剧美学上有特殊的意义。在这方面是既可喜又可惜。可喜的是已有许多的文章和专著,研究它、传播它,如田汉、欧阳予倩、梅兰芳、周信芳、张庚、周贻白、焦菊隐、阿甲、吴晓玲、刘厚生、郭汉城等诸大家的作品。也有一些脱颖而出的中青年的有志之士,如本书作者曲六乙同志就是一个潜研细心、目光敏锐的不可多得的中年戏剧理论工作者。他以洗练的、条分缕析的笔触,分门别类探讨了一些实践和理论问题。在这本论文集中,他就戏剧美学的一些问题,如,舞台艺术规律、戏剧观、时空观念的演化,谨守规程和进入化境、守矩及自由、真和美的联系，拨乱反正的规律等问题，地方剧、电视剧和剧种史研究等问题，以及对舞台上下有巨大承前启后作用的艺术大师、戏剧家的评论研究等等方面，写出了不少好的文章。我读了他的一些文章后，觉得空话少，真感多，有见识，少说教，文笔生动，不盛气凌人，不卖弄博学，不沿袭陈腐的套语话头，实事求是地与人促膝谈心。特别难能可贵的是，作者不去追求那些颓废的所谓现代派的东西，也不搞异化论的一套商品走私的歪风邪气，反倒时而指出"左"的思想干扰和右的、保守的以及资产阶级自由化倾向对社会主义戏剧事业发展的危害性。我还读过作者在 1980 年底出版的另一部论文集《艺术，真善美的结晶》以及赵寻同志为这部论文集写的热情洋溢的序。我赞成序的看法，曲六乙同志的确是一个勤奋刻苦的，在戏剧理论方面孜孜以求，并有新建树的专家。在我看来，这两部集子都称得上是坚持戏剧的民族化，探讨振兴民族戏剧，开创社会主义戏剧新局面的有力论著。

我为什么还说对祖国文化艺术的研究有可惜的一面呢？就是因为我总认为中国戏和中国画、中国手工艺、中国烹饪、中国建筑、中国园林、中国书法、中医等等是中国人的国宝。在世界文化精神宝库中，既有我们祖宗的财富，又有近现代大改变、大振兴的崭新面貌。它们可以为中华民族争光于世的。它们在积弱为"东亚病夫"的旧中国，只能作为"洋大人"、"土大人"猎奇的享受。但现在时代变化了，主人变了。因此，这些国宝，不是那悲惨时光的国粹，而是和女排、朱建华、体操队、武术队一样，是可以给中国人争得更多的金牌的。但可惜的是，在这方面，理论工作、研究工作太不相称了。到现在为止，中国绘画史、绘画美术全集、中国烹饪学等的专著还太少，太不够（前几天，画家董寿平对我说，建议成立中国烹饪大学）。在戏剧理论上也是如此，不但专著少，联系实际、引人入胜的短文也不多，甚至介绍普及的东西也很不适应需要。十年动乱之后，如地震后出现断层一样，在新一代青年的眼中，许多戏剧常识都成为难剥的坚果。才没过了几年，知道梅兰芳、周信芳的人就不多了，何况谭鑫培、杨小楼、余叔岩呢。为此，我期望有更多、更出色的研究，总结古今文化艺术，包括戏剧艺术专著与论文的不断涌现。

现在正在注意清除精神污染，这非常必要，也很及时。我想在清除中还要注意破中有立，更着眼于立。在振兴中华的大业中，各条战线的理论工作应走在前边，为开创新局面，开路搭桥，为民前驱。

我虽然酷爱戏剧，但和我的涉猎各个领域一样，只是一个浅而杂的"票友"。但野人献曝，在作者这本书前，写这样一些感想，权作代序；当与不当，幸高明教我。

《戏剧舞台奥秘与自由》于1984年由百花文艺出版社出版，这是宋振庭为此书写的序言

从这个完美的细胞所想到的……

读了关于田义忠同志的事迹报道，我想得很多，想得很远。因此，我的这篇读后感可能写得很散、很杂。但是，我的心是这么驱使我写的，因为我想说的话确实太多了。

这样一个人，田义忠，用他自己的话说，他只是一个细胞。我觉得骄傲，我骄傲的是，他是我们党的一个细胞。我也是个共产党员，我能把这样的人引作同志，是值得骄傲的，虽然我这个细胞远不如田义忠这个细胞。

十年动乱，党风和社会风气确实变坏了不少，党和党员的形象确实被一部分人给玷污了，所以要整党，要提倡五讲四美活动。但一位大诗人讲得好："最优美的和最污秽的总是同时存在的。"也有一位大诗人说过："一边是严肃的斗争，另一边是无耻和卑鄙。"我同意这两位大诗人的诗句，不仅因为这话合乎辩证法，更因为眼前的现实就明摆着。就是这样，一边有贪污党费多少万元的蛆虫，另一边却有大量的像田义忠这样的真善美的活人，活心灵！这个世界就是这样安排的！

不久前，一个青年小友因为受到的刺激，怀疑过人世间还有全心为大家活着的人，怀疑这些人是报刊吹捧出来的偶像，得出结论说："人们大半是主观为自己，客观为别人。"这样的话也确实被许多人所同意过。这个观察和结论有它的时代背景，并非全属事出无因。但现在我劝这位小友和有同样思想情绪的人，不妨去了解一下田义忠，看看像他这样的人是不是真正为了别人，几乎会忘记了自己的人？前些日子，我在《天津青年报》上一篇文章中说过这样的观点，我们眼前这个社会由四种人构成：第一种，全部为大家，已经忘记了自己的人；第二种，主要为大家，但也关心自己的利益；第三种，主要为自己，有时也为大家做些好事；第四种，一切为自己，绝不关心人，绝不为大家想一想，拔一毛以利天下不为也！不仅如此，这种人为了自己还专门害别人，害大家，什么损人利己的事他全能干，干得出来！这四种人中，第一种、第二种是这个社会的中坚、脊梁柱、先驱者、牵引者和推动者，第三种也是好公民，唯独第四种够呛！一方面有他存在，我们够呛！另一方面他也够呛！危险得很！

医乃仁术，医生（包括护士等医务人员）都是爱人的人。田义忠这个医生更有一些特别闪耀光彩的地方：第一，他本来并非什么大专家，只缘他爱同志、爱人民爱得太深了，心如炽火金石可开，因此他有了发明创造，为烧烫伤外科作出了这么大的贡献。这对于许多人特别是并无什么学位文凭的人来说是个好范例。它告诉我们，人们只要真正为人民着想，就一定能够刻苦学习，刻苦钻研，大有作为。第二，他不但治病、治伤，更治心、治灵魂。他善于打开人和人之间美好灵魂的通路，而能打开这条通路的人，首先自己就必须是精神上美好的人！第三，他给别人治病祛除苦难，但自己却承受可怕的痛苦，一次又一次，放不下病人，放不下别人的苦，却单单忘记了自己。他的爱人也是一个可敬的女性，同样为高尚的事业献上了自己的一分力量。第四，田义忠是一个力排庸俗的关系的人，力挽当前流行的某些不正之风的人，而这一点更难呀！给医生送点礼，这不是每个被治愈了病的人的共同心愿么！但人们却应从田义忠的话里惊醒过来，如果把医患关系变成买卖关系就坏了！可怕的是何止医患关系，现在对有些人来说，一切都变成买卖关系，社会和党内不正之风的可怕霉菌就是繁衍在这个温床的培养基之上。

据记者同志告诉我，凡接触过田义忠的同志无不为他的精神和事迹所感动；记者同志还有憾于自己的笔为什么不能把田义忠写得更充实、更完美！这是可以理解的。哲学里有一句话，是马克思、列宁（还有黑格尔）都强调过的一句话，即现实性是哲学范畴中最高的范畴，它孕育包藏着全部哲学的范畴。因此，最美的是最真实的，最真实的才能是最美的！

我们历来有一个遗憾的事，即最优美的，往往是已失去了的。但这一次，田义忠却不一样，他活着，还没有放下手术刀。失去的令人无限怀念，活着的令人倍感亲切，因为他就在我们中间！

我想得更多！但说的写的，总不如事实本身更为生动，更有力量。就止在这里吧！

选自《解放军报》，1984 年 5 月 4 日

我的读陶笔记

几句前言

我是酷爱陶诗的。可以说我的血液里都有陶诗的血色素。当我被放到吉林省"五七"干校编管时,偷看和默诵的诗句也是它。当然,这绝不会是"采菊东篱下,悠然望南山"那样的闲情逸致。也不到"饥来驱我去,不知竟何之"的地步,因为我可以于开饭时到食堂吃饭。但一闭上眼睛就背诵陶诗和《桃花源记》,这倒是真的。

我当时手里只有一本陶诗,还得偷着看,我想比较系统地写一篇论陶的文章,也是既无时间,没有条件,更无处可发表。按照我自己的读书做笔记的习惯,在一个笔记本里写下这些原始的资料。

近来,有几个青年同志写信问我,你行政工作忙,读书也杂读书的方法是怎么安排的?我虽回了信,但也仍然隔靴搔痒,这使我想起了把这个读陶手记的半成品寄给《社会科学战线》,如果发表出来,对青年同志在研究一事一人时起点初学时的启蒙作用,那就是我最大的心愿了。

鲁迅在论陶时有段名言是:"倘要论文,最好是顾及全篇,并且顾及作者的全人，以及他所处的社会状态，这才较为确凿，要不然，是很容易近于说梦的。"

我的这个手记，材料太狭窄，大部虽是抄书，但有我自己的抄法，当时又写在那个可怕的环境中，我虽努力于顾及全人和全篇，但说梦之讥，也很可能。但由于抄卡片是研究工作的一个必经阶段，对于科研来说，这样的手记大家多半是不愿公开的，我胆大妄为，示人以朴，更因为我并非专家，只是杂家（！！！）①，这倒是得有点勇气。而且我是癌症病人，以后不再可能回到这个题目再写论文了，因此这人笔记是否也算杯水之献呢！

1982 年 7 月中旬

一、陶渊明并不见知于其当世

陶潜和陶诗，唐宋之后，可谓炫赫起来了。但在其当世，几不被人知。

他自己说别人"虽留身后名，一生亦枯槁"，正是他一生的写照。

说起晋末诗人，当时只说殷仲文、谢琨；由晋入宋的，也只称颜、谢，也不及陶，直到钟嵘作《诗品》，把陶只列为中品。刘勰作《文心雕龙》竟然无只字道及陶。《宋书·南齐书》，只说了他是个隐逸。到了三朝之后，梁《昭明文选》才列入其中，并给陶集写了序。

为什么？就因为那也是个势利眼的时代，是大讲阀阅门第的九品中正的《世说新语》般的风气，对王、谢家哪怕一只破鞋也说得十分风雅，而对人微言轻的陶渊明呢，当然不上数了。沈约之《宋书》，距陶逝世不过六十年，说起陶来，已经用"或说"的疑问语句，可见其时的风气了。

但不多时，便"尔曹身与名俱灭，不废江河万古流"了。

到李白，竟说"清如陶谢"，杜甫竟说"宽心应是酒，遣兴莫过诗。

---

① "杂家"后有三惊叹号，人尽知也。

此意陶渊解，吾生汝后期"。

清沈德潜作《说诗晬语》时竟把名诗人来比陶，谓只能达到陶的一肢一节，一个侧面。他说："陶诗胸次浩然。"其中有一段：

渊深朴茂不可到处，唐人祖述者，王右丞有其清腴，孟山人有其闲远，储太祝有其朴实，韦左司有其冲和，柳仪曹有其峻洁，皆学陶而得其性之所近。

由此可见，对陶先生也是这个策略，先是封锁、窒息，后是小小的抑扬，然后是大捧，尤其是歪曲、利用。伟大人物命运必定如此。

鲁迅先生为了回答人们歪曲陶，一针见血地说出这样的话：

倘要论文，最好是顾及全篇，并且顾及作者的全人，以及他所处的社会状态，这才较为确凿。

二、代表陶的哲学思想之《形影神三首》

贵贱贤愚，莫不营营以惜生，斯甚惑焉；故极陈形影之苦，言神辨自然以释之。好事君子，共取其心焉。

形赠影

天地长不没，山川无改时。

草木得常理，霜露荣悴之。

谓人最灵智，独复不如兹。

适见在世中，奄去靡归期。

奚觉无一人，亲识岂相思。

但余平生物，举目情凄洏。

我无腾化术，必尔不复疑。

愿君取吾言，得酒莫苟辞。

影答形

存生不可言，卫生每苦拙。

诚愿游昆华，邈然兹道绝。

与子相遇来，未尝异悲悦。

憩荫若暂乖，止日终不别。

此同既难常，黯尔俱时灭，

身没名亦尽，念之五情热。

立善有遗爱，胡为不自竭？

酒云能消忧，方此讵不劣。

神释

大钧无私力，万里自森著。

人为三才中，岂不以我故。

与君虽异物，生而相依附。

结托既喜同，安得不相语。

三皇大圣人，今复在何处？

彭祖爱永年，欲留不得住。

老少同一死，贤愚无复数。

日醉或能忘，将非促龄具？

立善常所欣，谁当为汝誉？

甚念伤吾生，正宜委运去。

纵浪大化中，不喜亦不俱。

应尽便须尽，无复独多虑。

从这三首诗，我们可以得出如下的印象：

陶之主张为"委运大化"，并不主张享乐和立善；对于死是必而无疑，不必悲喜。

此诗是答慧远"形尽神不灭"、"佛影铭"而发的。其铭的主张是："廓矣大象，理玄无言，体神入化，落影离形。"认为大象无名，神是独立的，入于形影，形灭，影灭，唯神不灭。

陶与慧远虽为方外交，但并不同意其神不灭论，因著此诗以驳之。养形即存生，见《庄子》达生篇，惜生即伤神。委任即一任自然。见《弘明集（五）》。

三、陶之对于生和死的看法

（一）闲静少言，不慕荣利，忘怀得失，以此自终。无怀氏之民欤！葛天氏之民欤！（《五柳先生传》）

（二）善万物之得财，感吾生之行休，已矣乎，寓形宇内复几时，曷不委心任去留……聊乘化以归尽，乐夫天命复奚疑。（《归去来分辞》）

（三）陶子将辞逆旅之馆，永归于本宅……人生实难，死如之何。（《自祭文》）

（四）有生必有死，早终非命促……死去何所道，托体同山阿。（《拟挽歌辞三首》）

（五）感彼柏下人，安得不为欢！（《诸人共游周家墓柏下》）

（六）翳然乘化去，终天不复形。（《悲从弟仲德》）

（七）死去何所知，称心固为好。客养千金躯，临化消其宝。裸葬何必恶，人当解意表。（《饮酒十一首》）

（八）百年归丘垄，用此空名道。（《杂诗十二首·其四》）

（九）人生似幻化，终当归空无。（《归园田居·其四》）

四、陶对社会的理想其对理想国的描述

（一）落地为兄弟，何必骨肉亲！（《杂诗十二首·其一》）

（二）道丧向千载，人人惜其情。（《饮酒·其三》）

（三）羲农去我久，举世少复真。（《饮酒·二十》）

（四）重华去我久，贫士世相寻。（《咏贫士·其三》）

（五）仰想东户时，余粮宿中田。鼓腹无所思，朝起暮归眠。（《戊申岁六月中遇火》）

（六）春蚕收长丝，秋熟靡王税。（《桃花源诗》）

（七）遥遥沮溺心，千载乃相关。（《庚戌岁九月中于西田获早稻》）

（八）土地平旷，屋舍俨然，有良田、美池、桑竹之属。阡陌交通，鸡犬相闻。其中往来种作，男女衣着，悉如外人、黄发垂髫，并怡然自乐。（《桃花源记》）

五、陶对孔丘和儒的态度

（一）先师有遗训，忧道不忧贫。（《怀古田舍二首》）

（二）孔耽道德，樊须是鄙。（《劝农》）

（三）先师遗训，余岂云坠！四十无闻，斯不足畏。（《荣木》）

（二）颜生称为仁，荣公言有道。（《饮酒·十一》）

（五）少年罕人事，游好在六经。（《饮酒·十六》）

六、陶和酒

（一）陶诗、文和酒关系密切。以酒为题的文字，有：《连雨独饮》、《止酒》、《饮酒·二十首》、《述酒》。

（二）陶用酒的目的是复杂的。

甲，消忧，麻醉自己的作用。

试酌百情远，重觞忽忘天。（《连雨独饮》

天运苟如此，且进杯中物。（《责子》）

何以称我情，浊酒且自陶。（《己酉岁九月九日》）

愿君取吾言，得酒莫苟辞。（《形赠影》）

平生不止酒，止酒情无喜。（《止酒》）

不觉知有我，安知物为贵。悠悠迷所留，酒中有深味。（《饮酒·十四》）

虽无挥金事，浊酒聊可恃。（《饮酒·十九》）

酒能祛百虑，菊解制颓龄。（《九日闲居》）

中觞纵遥情，忘彼千载忧。（《游斜川》）

或有数斗酒，闲饮自欢然。（《答庞参军》）

但恨在世时，饮酒不得足。（《挽歌诗》）

乙，避祸作用。

性嗜酒，家贫不能常得。亲旧知其如此，或置酒而招之。造饮辄尽，期在必醉。既醉而退，曾不吝情去留。（《五柳先生传》）

江州刺史王弘欲识之，不能致也。潜尝往庐山，弘命潜故人庞通之赍酒具，于半道栗里邀之。潜有脚疾，使一门生，二儿舁篮舆，既至，欣然便共饮酌。俄顷弘至，亦无忤也。

每往，必酣饮致醉。弘欲邀延之坐，弥日不得。

贵贱造之者，有酒辄设。潜若先醉，便语客："我醉欲眠，卿可去！"其真率如此。（萧统，《陶渊明传》）

一士长独醉，一夫终年醒。醒醉还相笑，发言各不领。（《饮酒·十三》）

但恨多谬误，君当恕醉人。（《饮酒·二十》）

此作用即因袭阮籍因钟会欲罗织其罪，皆因"欲因其可否而致之罪，皆以酣醉获免"。

丙，以酒和人相交，交际作用。

春秋多佳日，登高赋新诗。过门更相呼，有酒斟酌之。农务各自归，闲暇辄相思。相思则披衣，言笑无厌时。此理将不胜，无为忽去兹。衣食当须纪，力耕不吾欺。（《移居·其二》）

清晨闻叩门，倒裳往自开。问子为谁欤？田父有好怀。壶觞远见候，疑我与时乖。蓝缕茅檐下，未足为高栖。一世皆尚同，愿君汩其泥。深感父老言，禀气寡所谐。纡辔诚可学，违己讵非迷！且共欢此饮，吾驾不可回。"（《饮酒·其九》

此一作用与前二者有所不同。

（三）陶和酒既有深切关系，因此也是后人误解陶、歪曲陶的一个关键所在。

后人只见其一，不知其二、其三，但夸大其陶醉麻木，自我滑头，并不理解其在险恶中的痛苦内心生活。

七、陶和穷

旧谷既没，新谷未登，颇为老农，而值年灾，日月尚悠，为患未已。登岁之功，既不可希，朝夕所资，烟火裁通。旬日以来，始念饥乏。岁云夕矣，慨然永怀。今我不述，后生何闻哉！

弱年逢家乏，老至更长饥。
菽麦实所羡，孰敢慕甘肥！
惄如亚九饭，当暑厌寒衣，
岁月将欲暮，如何辛苦悲。
常善粥者心，深念蒙袂非。
嗟来何足吝，徒没空自遗。
斯滥岂攸志，固穷夙所归。
馁也已矣夫，在昔余多师。

（《有会而作》）

按此诗即萧统所言之：

江州刺史檀道济往候之：偃卧瘠馁有日矣。道济谓曰："贤者处世，天下无道则隐，有道则至。今子生文明之世，奈何自苦如此？"对曰："潜也何敢望圣贤，志不及也。"道济馈以粱肉，麾而去之。

> 饥来驱我去，不知竟何之。
>
> 行行至斯里，叩门拙言辞。
>
> 主人解余意，遗赠岂虚来。
>
> 谈谐终日夕，觞至辄倾杯。
>
> 情欣新知欢，言咏遂赋诗。
>
> 感子漂母惠，愧我非韩才。
>
> 衔戢知何谢，冥报以相贻。

（《乞食》此诗也作于宋元嘉三年，时渊明六十二岁，死之前一年。）

环堵萧然，不蔽风日；短褐穿结，箪瓢屡空；晏如也。（《五柳先生传》）

自余为人，逢运之贫，箪瓢屡罄，绤绤冬陈。（《自祭文》）

夏日长抱饥，寒夜无被眠。（《怨诗楚调示庞主簿邓治中》）

由此可见，陶曾穷到相当可观的地步。这和达官贵人之隐差别很大。

八、陶和隐士问题

奴才从来无法谈隐。

钱少了也隐不起。

待到能讲究起隐来，第一要有官，第二要有钱。既富又贵才够得上隐的资格，隐起来才像个样子。

那么闹花样有啥必要？你算算看古今隐士都是什么人？

1. 唐的终南捷径，是做大官的门路。隐可以隐到皇帝跟前去。

2．晋的竹林七贤，其实是大官的反对派，如英国国会里的暂未当权的爵士们一样。

3．帮闲文士，落得个隐士头衔，以便取官取富。

"翩然一支云中鹤，飞来飞去宰相衙"，此之谓也。

4．贪秽得太多了，目标太大了，赶快巩固巩固吧，找个山水乐处享享贪污时太累了时所未享到的清福。

5．统治阶级内部相争权力，要杀头了，于是，赶快隐，因为官也好，钱也好，都得有脑袋时才有用。

隐，既护钱，又护头颅也。

隐之于陶，早就被夸张、歪曲得不像样子。

陶之够得上一隐，是因为：

1．有个官，虽不大，凑合着可以够条件了。

2．钱很少，但也"草屋八九间，榆柳罗堂前"，如一隐就租房住，月月交不上房租也难呀！

3．也有个把"奴子"、家人。还能吃得上饭。

但陶和人不同的是：

1．真隐得够呛，失了火，遭了灾，乞过食，虽是隐到后期的事，也真不容易。

2．也真躬耕过，"植技西畴"。别的大官之隐也不容易，看来参加不参加劳动，对于那时的官说也是一个杠杠！

3．不但隐，也还真作诗，并不吹牛，诗也写得真好。

难怪就成了隐逸诗人之宗了。

九、历史上关于陶的争论

陶对现实社会的基本态度如何，大体说，存在两种截然不同的见解：

一批人认为他是脱离现实，与世隔绝，高逸放浪的隐士。

隋朝王通《文中子》中就有这种看法，他说，"或问陶元亮，予曰，放人也。归去来有避地之心焉。五柳先生传则几于闲关矣！"

汪藻说："虽宇宙之大，终古之远，其间治乱兴废，是非得失，变幻万方，日陈于前者，不足以类吾（陶）之真。"

另一批人，则与此相反。认为陶之归隐是愤世嫉俗。清初顾炎武指出，陶是"有志天下"的人。

到了龚自珍，更明白地说出："陶潜酷似卧龙豪，万古浔阳松菊高。莫信诗人竟平淡，二分《梁甫》一分《骚》。"

谭嗣同说："以为陶公慷慨悲歌之士也，非无意于世者，世人唯以冲淡目之，失远矣！朱子据《箕子》、《荆轲》诸篇，识其非冲淡人，今按其诗，不仅此也。如'本不植高原'云云，似自明所以不死之故。'若不委穷达'云云，伤己感时，衷情如诉，真可以泣鬼神，裂金石！"

到了"五四"以后，上述对立意见有进一步发展，鲁迅与朱光潜之论战即其代表。

朱说："屈原、阮籍、李白、杜甫都不免有些像金刚怒目，愤愤不平的样子，陶潜浑身静穆，所以他伟大。"

鲁迅先生说："陶潜正因为并非'浑身肃穆，所以他伟大'，现在之所以往往被尊为肃穆，是因为他被选文家和摘句家所缩小了，凌迟了。"

十、对陶的为人气节问题也有争论

唐之王维讽刺地说："近有陶潜，不肯把板屈腰见督邮，解印绶弃官去。后贫，《乞食》诗云'叩门拙言辞'，是屡乞而惭也。尝一见督邮，安食公田数顷。一惭之不忍，而终身惭乎？此亦人我攻中，忘大守小，不知其后之累也。"（这位先生说这风凉话，有其内心良心有愧事也，因王维纳款过黄巢，磕过头，因有一首诗救了一条狗命，后又投靠权贵公客，做帮闲文人，和张泊等大驸马结交，弄了个清闲官，又得了个辋川别墅大园子……）

沈约在宋书中，把陶对愤世嫉俗的为人气节又大大缩小为尽臣节于晋。

《宋书》中说：

> （陶）自以曾祖晋世宰辅，耻复屈身后代（宋刘裕），自高祖王业渐隆，不复肯仕。所著文章，皆题其年月，义熙以前，则书晋氏年号，自永初以来，唯云甲子而已。

萧统在《文选》及陶渊明信，也沿用此"耻复屈身后代"的说法。

宋代韩驹、汤汉等考据过《述酒》一诗，断定此诗是悼念零陵王的哀诗，是耻事二姓，更扩大了上一说法。

和王维、沈约、萧统、汤汉等相反的人认为，陶并不单单是"耻屈身后朝"，并不仅仅为了尽晋室之臣节，而是自不肯和当时世界共居，是愤世嫉俗，自有其理想的人。

持此说的有清代的马璞，在评《拟古》一诗时说："渊明念念黄农，即宋不篡而终身世晋，岂能为晋所用乎？"在评《桃花源记》时，又说："其托避秦人之言曰'不知有汉，无论魏晋'，是露美怀确然矣。其胸中何尝有晋，论者乃以为守晋节而不仕宋，陋矣！燕雀安知鸿鹄之志哉！"

宋僧思悦更进一步怀疑《述酒》一诗及其书甲子，单及晋室年号之说。又经以后多人考据，终于推翻了这一说。

其实，把有革新思想，敢于反旧社会的大思想家，尽力的缩小、凌迟、局限在孔孟之儒家牢笼中，说某人某事只在尽臣节于其一姓一朝，强拉硬扯到忠孝儒臣传中去，这是老顽固派的老谱旧技，从来如此的，岂正对一个陶渊明。从这帮文奴眼中，别人都得跟他们一样，都是一朝一姓的家奴。不然就成为异端，必然死之而后快。

至于陶的世界观到底是儒？是老庄？是佛？是杂家？也完全不同。

1. 归之入儒的占大多数

宋陆九渊说："李白、杜甫、陶渊明皆有志于吾道。"

明安盘说："汉、魏以来，知遵孔子而有志圣贤之学者，渊明也。"

李光地根据陶"倦倦六籍"（即六经），沈德潜则说，"陶公专用《论语》"。

刘廷琛说："先生于出处，则明淡泊之志；于君国，则极悲愤之情，盖与吾夫子之旨有合焉。"

2. 不拉入儒，说陶道家。

如宋朱熹说："渊明所说者庄、老。"这类意见较少。

3. 周亚夫、葛立方等则认为陶是佛家，因诗中有"此中有真意，欲辨已忘言"等等句子。并称渊明为"第一达摩"。

4. 还说陶是杂儒、释、道各家兼而有之的杂家。有说他是"自然主义"、"享乐主义"、"乐生养性"等学，不一而足。

谈一人的世界观，给其世界观定性并不容易。

第一，看他有没有代表其言行的哲学性的概括言论。这一点多数人没有。

第二，主要看其一生行为的倾向，全部现实生活中的全部言论里的主导的脉络。

第三，看其前因后果，思想渊源。

舍此不顾，拣起一两篇作品，摘出几句诗，录其几段语录，看看后人传说的行状，就断言其世界观为某家、某派，唯物唯心，其实全是强拉硬扯。

十一、鲁迅论陶

鲁迅是第一个彻底以科学方法解答陶的人，也是彻底说清了所谓隐和隐士的人。

"据我的意思，即使是从前的人，那诗文完全超于政治的所谓'田园诗人'、'山林诗人'，是没有的。""完全超出于人间世的，也是没有的。"

"陶潜之在晋末，是和孔融于汉末与嵇康于魏末略同，又是将近易代的时候。""他的态度比嵇康、阮籍自然得多，不至于招人注意罢了。"

"陶渊明先生是我们中国赫赫有名的大隐，一名'田园诗人'……然而他有奴子。汉晋时候的奴子，是不但侍候主人，并且给主人种地、营商的，正是生财器具。所以虽是渊明先生，也还略略有些生财之道在，要不然，他老人家不但没有酒喝，而且没有饭吃，早已在东篱旁边饿死了！"

"倘有取舍，即非全人，再加抑扬，更离真实。"

"不过我总以为，倘要论文，最好是顾及全篇，并且顾及作者的全人，以及他所处的社会状态，这才较为确凿。要不然，是很容易近乎说梦的。

"自己放出眼光看过较多的作品，就知道历来的伟大的作者，是没有一个'浑身是"静穆"'的。陶潜正因为并非浑身是'静穆'，所以他伟大。"

"到东晋，风气变了。社会思想平静得多，各处都夹入了佛教的思想。再至晋末，乱也看惯了，篡也看惯了，文章便更和平。代表平和文章的人有陶潜。"

"他的态度是不容易学的。"

十二、陶的人民性的来源

陶早年未当官，但归隐之初所作的田园诗是士大夫的田园诗。

陶44岁以后，遭了火灾，家境贫困下来，参加了些劳动，此后写的诗就有了变化。和前期有所不同。

现在作一对比：

和郭主簿（节选，作于癸卯，时陶三十八）
息交游闲业，卧起弄书琴。
园蔬有余滋，旧谷犹储今。
营已良有极，过足非所钦。
春秫作美酒，酒熟吾自斟。

癸卯岁始春怀古田舍（节选）
夙晨装吾驾，启涂情已缅，

鸟哢欢新节，泠风送馀善。

刚归隐时（四十一岁）作的：

归园田居（节选）
方宅十余亩，草屋八九间，
榆柳荫后檐，桃李罗堂前。

归去来兮辞（节选）
农人告余以春及，将有事于西畴。或命巾车，或棹孤舟。既窈窕以寻壑，亦崎岖而经丘。

这时陶和士大夫官老爷的归隐完全一样，闲适，乐天，知命等。稍许不同的是，因为人老实，如实报账，几间房，几棵树，有点归谷余粮，还有巾车等等，比那些阔老爷的隐士说实话罢。

因此就成了"隐逸诗人之尊"了。

但从 44 岁起，家遭到一次火灾，以后情况大变，经济基础变了，这个隐士就得自己干活了，参加了一定的劳动，而且遭了不少的罪。生活一变，有点劳动，那诗就发生变化。请看如下的诗句：

开头是偶然参加一点劳动，如《归园田居·其三》：

种豆南山下，草盛豆苗稀。
晨兴理荒秽，带月荷锄归。
道狭草木长，夕露沾我衣。
衣沾不足惜，但使愿无违。

可是到了 46 岁，大火之后，参加劳动就多了，体会陡然发生变化。

庚戌岁九月中于西田获早稻（节选）

晨出肆微勤，日入负未还。

山中饶霜露，风气亦先寒。

田家岂不苦？弗获辞此难。

四体诚乃疲，庶无异患干。

盥濯息檐下，斗酒散襟颜，

遥遥沮溺心，千载乃相关。

但愿长如此，躬耕非所叹。

又说：

人生归有道，衣食固其端。

孰是都不营，而以求自安？

正因为陶自己参与一些劳动，这个地主阶级的小士大夫，和劳动人民之间也有了一些感情共鸣了：

时复墟曲中，披草共来往。

相见无杂言，但道桑麻长。

到了54岁时写的《怨诗楚调示庞主簿邓治中》诗中，这感情又大变了：

炎火屡焚如，螟蜮恣中田。

风雨纵横至，收敛不盈廛。

夏日长抱饥，寒夜无被眠。

造夕思鸡鸣，及晨愿乌迁。

此时，这位老先生，晚上睡觉连被子都没了，挨饿挨冻。夜里睡不着，愿意快点天亮了。

及其晚年，62岁时，在《有会而作》中说：

旧谷既没，新谷未登，颇为老农，而值年灾，日月尚悠，为患未已。登岁之功，既不可希，朝夕所资，烟火裁通。

当然，即使到了这个地步，你让陶渊明更多地理解农民的劳动、贫苦的原因，作品中更多地表现劳动者，也仍然不可能，他在这里处处讲的仍是"我"，仍是"自己"。只是同情、怜悯、感动，并不可能达到为人民的境界。这是不可能的，也不能要求陶可能达到的。

这一点对共产党员来说，归隐不可以，但可以退休。

时代不同，对于历史人物也不能一律苛求，比如，对陶先生只能讲归田、隐居，不能讲下放，讲退休。

可是，能上能下，能官能民，可以担任社会公职，也可以当一个普通公民，这在社会主义社会，对于共产党员说来，倒是起码该做得到的。

选自《社会科学战线》，1983年第3期

奏鸣出时代的最强音

——漫谈话剧创作的时代性主题

　　粉碎"四人帮"，对于我们的国家，我们的党，我们的人民，都是一个伟大的历史性转折。对于文学艺术，也是如此。推翻了文艺界遭到灭顶之灾的冤案——"文艺黑线专政"论，文艺百花园万物复苏，生机勃发。"满园春色关不住，一枝红杏出墙来"，这报春的使者，首先是话剧，是在革命征途中发挥过战斗威力的话剧。事物总是走向它的反面，压迫愈深，反抗愈烈。被"四人帮"摧残最重的话剧，今天在艺苑里成了歌颂老革命的先锋，吹响了向四个现代化进军的号角，奏出我们时代的最强音。

伟大的时代和历史的机缘

　　《西安事变》里的周恩来同志有句富于哲理性的台词："历史的机缘总是那样的耐人寻味。"我们生活和战斗的时代，是人类史上千载难逢的伟大转折的历史时代。遇上这个风云变幻、绚丽多采的时代，值得我们骄傲，我们真是历史的幸运者！

　　幸福来自战斗。最大的幸福，只有战胜最大的不幸和灾难，才能得到。

多少年来，中华民族沉沦在水深火热之中，全国人民挣扎在死亡线上。在中国共产党和毛泽东同志领导下，工农兵齐奋战，打倒了蒋介石，解放了全中国。当毛泽东同志向全世界宣告"中国人民从此站起来了"的时候，当第一面五星红旗在天安门广场冉冉升起的时候，凡是有爱国心的中国人的眼里，都满含热泪，都感到了最大的幸福。

伟大的时代产生伟大的诗篇。革命的文艺不仅反映时代，还照耀着历史的航程。欧洲文艺复兴，是在中世纪的漫长沉睡之后，新兴的资本主义力量打开了地狱之门，但丁的《神曲》应运而生，并且宣告了一个新的时代正在到来。坚冰一经打开，便一发不可抗拒地引出了几百年的历史巨变。我国五四运动，产生了以严峻的革命现实主义精神呐喊着前进的伟大鲁迅，国民党反动派十年反革命文化"围剿"，促使1935年"一二·九"青年革命运动的爆发，而共产主义者的鲁迅，却在这一"围剿"中成为中国文化革命的伟人；以鲁迅为旗手的文化新军，成为中国革命的一支重要方面军。林彪、"四人帮"带来的深重灾难，也引起了中国人民新的觉醒。在经过浩劫的中国人民面前，出现了四个现代化的无限美妙的蓝图，为了把它变成活生生的现实，我们的文艺，我们的话剧，这经过烈火洗礼的凤凰，这翱翔在暴风雨中的海燕，应当继承、发扬革命的战斗传统，更好地成为人民的喉舌，时代的战鼓。

新长征路上的进军号

新年伊始，我们党工作的着重点已经转移到社会主义现代化建设上来。摆在我们文艺战线面前的一个非常现实的问题，是怎样跟上新长征的步伐？怎样为实现四个现代化擂鼓助威？

新的历史，新的斗争，为文艺创作提供了广阔的用武之地。许多重大题材等着我们去反映，去表现。努力创作出反映毛主席、周总理、朱委员长和其他老一代无产阶级革命家光辉业绩，反映我们党领导下的人民革命斗争的战斗历程的优秀作品。毛泽东同志把中国革命分为上篇和下篇。上篇，革命先辈已经出色完成；下篇，需要我们沿着先辈的脚印，继续做下去，做得同先辈们一样出色，甚至做得更好。这才是真正地继承毛主席、周总理、朱委员长的遗志。塑造老一代革命家的光辉形象，是人民群众的强烈愿望，是具有重大时代特点的新的课题。为什么话剧《西安事变》、《杨开慧》、《报童》等那么动人心弦？因为它们把我们带到了硝烟弥漫、战火纷飞的历史年代，在舞台上我们看到了毛主席、周总理在国家、民族生死存亡的紧急关头，运筹帷幄、扭转乾坤的不朽功绩和光辉形象。这是我国戏剧史上一个划时代的开端。把老一辈无产阶级革命家的光辉形象，把我们党史、军史上的重大斗争，生动地再现在文学艺术之中，使我们子孙万代，永远铭记和缅怀他们的丰功伟绩，永远高举他们的旗帜继续长征，这是我们作家、艺术家的神圣职责，老作家、老艺术家们更是责无旁贷。

揭批"四人帮"，这场斗争责无旁贷，是在社会主义历史时期，中国两种命运、两个前途的生死搏斗。用文艺形式从各个角度、各个方面把它深刻地反映出来，是拨乱反正、肃清流毒的需要，是告慰老一辈革命家的需要，更是向广大群众特别是年轻一代进行阶级斗争、路线斗争教育的需要。"四人帮"把我们的社会主义国民经济，搞到濒临全面崩溃的边缘，人民生活不但没有改善，甚至有所下降。这是外伤，是看得见、摸得着的。还有内伤，心灵上的损害，精神上的创伤。"四人帮"推行假左真右反革命路线，搞坏了党的作风，破坏了党的传统，污染了社会风气，败坏了人们的思想品质。君不见，前几年有些人不讲原则，不讲道德，不讲正义，不讲良心，暗害同志，卖友求荣，落井下石，市侩主义横行，资产阶级关系学成风。这些坏人坏事，这些肮脏丑恶的沉渣泛起，有个总教唆犯，就是"四人帮"。医治人们心灵上的溃疡，远比恢复经济建设的创伤困难得多。这要靠道德、教育、法制等上层建筑的力量，还要靠更有广泛影响的一种社会意识形态，就是文学艺术，就是靠形象的感染，靠艺术的熏陶。文学艺术应该成为"四人帮"流毒的洗涤剂，共产主义道德、风气的还原剂，无产阶级党性、良心的复壮剂。要通过文艺的具体形象，有声有色地表现人民群众的伟大力量，也可以深刻地解剖心灵上还留着严重创伤的人物。

进行新的长征，向四个现代化进军，实现现代化宏伟蓝图，要抢时间，争速度，要在各个领域里完成前所未有的大变革、大飞跃。在这场伟大的社会变动中，有多少沸腾的生活迫切需要我们及时地去反映！毛泽东同志早就说过："我们中华民族有同自己的敌人血战到底的气概，有在自力更生的基础上光复旧物的决心，有自立于世界民族之林的能力。"我们搞文艺创作，心里要时刻装着新时期的总任务，想到2000年的灿烂前景，要努力表现为了这个宏伟目标最能战斗的集体，英勇献身的个人。表现向四个现代化的胜利进军，是文艺创作的新课题，我们的戏剧工作者一定要研究新课题，熟悉新事物，更快、更多地谱写出新长征时代的最强音！

歌颂老革命，揭批"四人帮"，反映现代化，这三个方面的题材，时代、人民都热切期待着作家、艺术家去表现。这三个方面紧密联系，不可分割。歌颂老革命，本身就是对"四人帮"、"老干部是民主派，民主派就是走资派"的反革命政治纲领的批判；在枪林弹雨中缔造新中国的老一代英雄，又必将激励人们为四个现代化而献身。总之，歌颂老革命、揭批"四人帮"、反映现代化，组成了我们时代一个总的主题，交织成我们时代的最强音，表达了我国八亿人民的共同心愿，就是为实现新时期总任务而奋斗。欧洲文艺复兴，为西方工业革命从思想上作了准备。我国四个现代化，实际上是社会主义时期的产业革命，多么需要革命舆论为它开辟道路啊！

消除余悸　鼓励独创

新的时代，新的历史，新的题材，必须在艺术上进行新的探索、新的追求、新的创造。鲁迅早就说过："没有冲破一切传统思想和手法的闯将，中国是不会有真的新文艺的。"我们高兴地看到，两年多以来，一些好的和比较好的话剧，在抓住时代性的主题的同时，艺术上也进行了可贵的创造。需要对这些作品进行认真的研究。在这里，我只想简单地谈谈这些作品在创作思想上表现出来的几个共同特点。

第一个特点，是思想解放，敢于冲破禁区，在创作中坚决拨乱反正。在"四人帮"文化专制主义统治下，文艺创作领域地地是禁区，处处有忌讳，动辄扣帽子，打棍子，直到今天一些创作人员还心有余悸。谢谢《于无声处》的作者，他发出的一声震动全国的惊雷，是思想解放的榜样。他一下子冲破了多少禁区啊！《于无声处》以火一般的革命激情，歌颂了天安门广场上的英雄人物和革命老干部，深刻地鞭挞了出卖灵魂的无耻行径。这是"暴露文学"吗？是"揭露阴暗面"吗？这要看是站在哪个阶级立场上说话。毛泽东同志早就明确指出："一切危害人民群众的黑暗势力必须暴露之，一切人民群众的革命斗争必须歌颂之，这就是革命文艺家的基本任务。"今天我们无论歌颂光明还是暴露黑暗，都不应当左顾右盼，心有余悸。足将进而趑趄，口将言而嗫嚅的精神状态，绝不可能写出好作品。一定要认真贯彻落实中央关于思想再解放一点，胆子再大一点，办法再多一点，步子再快一点的号召，造成文艺创作和评论的民主气氛。要做到这一点，关键在于肃清"四人帮"文化专制主义的流毒，按照马列主义、毛泽东文艺思想实行正确的领导。反对用"长官意志"代替党的领导、用行政命令代替艺术规律。实践是检验真理的唯一标准，群众是最权威的评论家。动不动就"枪毙"一部作品的粗暴做法应当彻底改变。当然，打棍子、扣帽子是不容易一下子"断子绝孙"的。一个禁区冲破了，还会有人设置新的禁区。我们的作家、艺术家应该向《于无声处》的作者学习，为了人民的利益，为了时代的使命，无所畏惧，闯禁区，破禁区，让思想插上翅膀，在社会主义的广阔天空自由翱翔。

第二个特点，是坚持从生活出发，真实地反映生活中的矛盾和斗争。真实是文艺的生命。一贯靠造谣撒谎过日子的"四人帮"，最忌讳"真实"二字。多年来，他们打着反对"写真实"论、反对"写真人真事"的旗号，扼杀一切真实地表现人民生活的作品，他们主张"从路线出发"，鼓吹"主题先行"，从根本上颠倒文艺和生活的关系。两年来出现的好的和比较好的话剧，都恢复了革命现实主义的战斗传统，突破了"四人帮"唯心主义创作路线的束缚，从生活出发进行艺术创造。如《于无声处》、《丹心谱》等优秀作品所反映的生活，所描写的人物，都真实可信，亲切动人。应当看到"四人帮"唯心主义创作思想的毒菌，在文艺领域还严重地存在着。在歌颂老一代、反映现代化甚至是揭批"四人帮"的作品中，也常常有"四人帮"创作思想的流毒。有些作品故事情节千篇一律，人物形象大同小异，正面人物概念化，反面人物脸谱化，看了开头，就知道结尾。群众对这类帮腔、帮味的作品，讨厌死了。肃清"四人帮"唯心主义的毒菌，要坚持实践第一的观点，弄清马列主义、毛泽东思想关于生活是文艺的唯一源泉的基本道理，更要在创作实践中坚决贯彻。创作中要勇于面对现实，正视生活，不能绕着禁区走，回避生活中的尖锐矛盾和冲突，甚至粉饰现实。鲁迅说："革命的文学家，至少必须和革命共同着生命，或深切地感受着革命的脉搏的。"在新长征的最新战斗生活中，只要我们和人民息息相通，好作品就一定会源源不断地涌现出来。

第三个特点，是艺术上的独创精神。文艺贵在独创。古往今来，一切伟大的作品都有自己的鲜明个性。没有独创性，就没有文艺。"四人帮"为了把文艺纳入他们篡党夺权的轨道，规定了"三突出"的模式，创作、评论都不许越雷池一步。用"三突出"药方一配，就是一部"作品"。简便倒是简便，可惜这样套出来的根本不是文艺。两年来出现的比较好的话剧，都突破了"三突出"的框框，横扫帮风、帮气，题材、形式、风格都开始具有自己的特点，开始呈现百花齐放的景象。同是歌颂周总理的作品，《西安事变》和《报童》的表现方法绝不相同；同是揭批"四人帮"的题材，《丹心谱》和《于无声处》的风格大不一样。在两年来的戏剧舞台上，既有正剧，又有讽刺喜剧，也出现了悲剧。有的成功的悲剧，歌颂了人民的崇高和创造历史的力量，悲剧结局并不使人消沉，更未令人沮丧，而是在悲壮的美的感受中，唤起斗争的力量。文艺是现实生活的反映。现实生活中发生的悲剧，要比舞台上的更尖锐更残酷。这个阴暗面，这个时代的疮疤，不能不在文艺作品中留下烙印。社会主义时代的悲剧，同埃斯库罗斯、莎士比亚、关汉卿时代的悲剧有根本的不同。

我们的悲剧人物以暂时的挫折结束，但他们是社会主义时代的英雄人物，代表着已经掌握历史命运的伟大人民，胜利是属于人民的，也是属于我们的悲剧人物的。

人猿相揖别才几百万年，"我们差不多处在人类历史的开端"。人类在前进，历史在发展，我们搞文艺创作，要高瞻远瞩，植根于人民之中，自觉地意识到时代赋予的重任，切莫观望，万勿迟疑，迅速地、全身心地投入为四个现代化奋斗的滚滚历史洪流中去，创造出更多更好的"使人民群众惊醒起来，感奋起来，推动人民群众走向团结和斗争，实行改造自己的环境"的作品！

选自《人民戏剧》，1979 年第 2 期

《邓小平文选》对理论工作者的教育意义

　　小平同志的《文选》是在新的历史条件下，坚持和发展毛泽东思想的结晶，包含了极其丰富、极其重要的理论原理。有些人认为，《邓小平文选》主要是讲党的方针政策。这种看法是片面的。小平同志是马克思主义理论工作的典范。我们理论工作者特别要认真领会小平同志在《文选》中阐述的理论原理，学习小平同志研究解决重大问题的科学方法论。

　　下面就五个方面谈谈我学习《邓小平文选》的初步体会。

一、正确评价伟大人物的历史作用

　　这是历史唯物主义的关键问题之一。马克思主义坚持人民创造历史的观点，但又充分肯定伟大历史人物的作用。马克思和恩格斯在他们的一些重要著作中，如《1848 年至 1850 年的法兰西阶级斗争》、《路易·波拿巴的雾月十八日》等，对杰出人物的历史作用作了具体的阐述和理论的概括。在马克思对路易·波拿巴的历史作用进行具体解剖的同时，维克多·雨果也写了《小拿破仑》，蒲鲁东写了《政变》。这两本书都是企图对这次政变作历史说明，评价路易·波拿巴的。但他们对历史人物的作用都不能作出真正科学的分析和评价。

对伟大历史人物如何进行评价，在国际共产主义运动中，有几次深刻的经验教训。其中最大的一次教训，是斯大林逝世以后，赫鲁晓夫对他鲁莽的、粗暴的全盘否定，引起了极大的混乱，西方帝国主义抓住这件事，对共产党猛攻，掀起了一次空前的反对科学社会主义的恶浪。赫鲁晓夫的这种做法给共产主义运动造成了灾难性的后果。在此同时，共产主义运动中也有人全盘肯定斯大林，不承认斯大林确实犯过严重的错误，这也是不科学的。我们党独立思考，运用历史唯物主义对斯大林作了全面的实事求是的评价。大家知道，我们发表了"一论"和"再论"无产阶级专政的历史经验的两篇重要文章，阐明了我们的观点，鲜明地指出，斯大林是伟大的马克思主义者，对他的评价应当三七开，七分成绩，三分错误。这两篇文章在当时起了很好的作用。今天看来，这两篇文章的一些基本观点还是站得住的，经受住了历史的检验。

对于毛泽东同志的评价，这是对我们一个更大的考验。当时，思想很乱，正如小平同志所说，"这不只是个理论问题，尤其是个政治问题，是国际国内的很大的政治问题"。我们必须根据历史唯物主义的原理加以论证，加以阐述，加以概括。这是一个复杂的问题，困难的问题，又是迫切需要解决的问题。小平同志正确地、全面地、令人信服地回答了这个重大问题，从而有力地捍卫了毛泽东同志的历史地位，捍卫了毛泽东思想的科学体系。这不仅表现出小平同志无产阶级革命家的魄力和勇气，而且表现出高度的马克思主义理论水平。

在对毛泽东同志的历史地位进行评价的过程中，小平同志提出了许多重要的理论观点，比如，小平同志指出，对毛泽东同志的评价，对毛泽东同志的阐述，不是仅仅涉及毛泽东同志个人的问题，这同我们党、我们国家的整个历史是分不开的；要分清毛泽东同志的功绩是第一位的，对错误要毫不含糊地进行批评，但要采取实事求是、恰如其分的态度，等等。小平同志关于起草《历史决议》的九次谈话，是光辉的历史唯物主义文献，是对历史唯物主义的新贡献，对于全党的思想工作，对于各门社会科学的研究，都有重大的指导意义。可以这样说，今天，如果不从小平同志的《文选》汲取营养，我们的历史唯物主义就寸步难行。

二、贯穿于实践中的辩证分析方法

小平同志的《文选》体现了我们党的正确领导。在《文选》涉及的这一时期，尤其是粉碎"四人帮"以后到党的十二大这几年，我们的国家情况非常特殊，矛盾交错复杂。小平同志作为党中央领导的主要决策人，对一系列重大而复杂的问题作出了正确的分析和决断，使我们党能够及时制定出总的路线和一整套方针政策，使我们各方面的工作能够循着社会主义轨道稳步地前进。整部《文选》，渗透了辩证分析的方法。比如，如何评价毛泽东同志一生的伟大功绩与晚年的错误。又比如，政治路线与思想路线的关系、政治路线与组织路线的关系、经济建设与其他方面建设的关系、物质文明与精神文明的关系、民主与集中的关系、民主与法制的关系、权利与义务的关系、解放思想与坚持四项基本原则的关系、坚持党的领导与改善党的领导的关系、自力更生与对外开放的关系、对外开放与打击经济领域中严重犯罪活动的关系，等等。还有，小平同志始终坚持两条战线的斗争，他既反对"左"，又反对右；既反对"两个凡是"，又反对全盘否定毛泽东思想的倾向；既否定"新阶段"的说法，又肯定毛泽东思想是马克思主义在中国的运用与发展；既反对"以阶级斗争为纲"，又强调阶级斗争在一定范围内还将长期存在；既反对过去那种"左"的群众运动，又强调要坚持群众路线；既反对家长作风，又反对无组织无纪律行为；既否定文艺从属于政治的提法，又指出文艺不能离开政治，等等。小平同志在着重反对一种倾向时，又注意到另一种倾向。他强调，对具体情况、具体问题，要作具体的分析，既不要肯定一切，也不要否定一切。比如，对于"三支两军"，他提出，不能只说一句话，要说两句。事实上，对于许多事情，都是这样。他非常熟练地运用辩证法分析问题，解决问题。这是十分丰富生动的、实践中的辩证法。我们学习小平同志的《文选》，要认真地学习他的辩证法思想，从根本上提高我们观察、分析、研究问题的水平。

三、科学地总结 17 年与 30 年的历史经验

在起草《决议》的过程中，小平同志对"文化大革命"前的 17 年和新中国成立以来 30 年的历史，作了客观的全面的估计。他以当事人和见证人的身份，阐明了我们党的历史和共和国的历史，对所谓的历次路线斗争和其他重大的历史事件及历史人物作出了科学的分析和公正的评价，回答了人们的疑问，澄清了许多糊涂观念。《邓小平文选》也是当前研究党史的最重要的文献。

小平同志在清算"左"倾错误时，重新肯定了我们党的八大的正确性，并在新的历史条件下，在更高的水平上，把八大提出的方针任务、工作重点、社会主要矛盾等重要问题，进一步加以论述。在党的十二大又明确提出，要走自己的道路，建设有中国特色的社会主义。小平同志强调，无论是革命还是建设，虽然要注意学习和借鉴外国的经验，但照抄照搬别国经验、别国模式，从来不能得到成功，必须走自己的道路。

走自己的道路，这是小平同志研究总结我们党的历史、社会主义实践的历史作出的一个基本论断。这个论断非常重要。

《邓小平文选》为中国共产党党史、中国革命史、中国现代史提供了基本的线索。我们研究这些历史，一个基本的要求就是要说明，必须要走自己的道路，要以各个不同的侧面、各个不同的角度总结这方面的经验教训，总结把马克思主义的普遍真理同我国的具体实际相结合的经验教训。这也是我们理论工作者科学研究的中心任务之一。

四、在前进中深思熟虑地解决党和国家得以长治久安的根本性问题

小平同志和几位老革命家，冷静地、科学地观察形势，高瞻远瞩，居

安思危，估计前进道路上可能会遇到的暗礁、出现的曲折，从国家的长治久安出发，陆续采取一系列重大的措施。比如，在党中央建立书记处，对国务院领导的调整，实现干部队伍的革命化、年轻化、知识化、专业化，进行机构改革，老干部退出第一线，建立领导班子的第三梯队，以及整党、整顿社会治安，等等。

小平同志反复强调，制度是最重要的。他指出："我们过去发生的各种错误，固然与某些领导人的思想、作风有关，但是组织制度、工作制度方面的问题更重要。"比起其他因素来说，制度是更带有根本性、全局性、稳定性和长期性的。要使我们的国家长治久安，就必须改革完善我们的各方面的制度。《邓小平文选》中的许多重要文章，都讲了这个问题。认真地学习这些文章，在这些重大的根本性的问题上提高认识，提高自觉，同党中央保持一致，是十分重要的。

要使国家长治久安，还有一个非常重要的问题，就是要有一个正确的国际战略，要处理好对外关系。小平同志亲自抓外交，抓对外关系问题，使我们的国家在复杂多变的国际形势下，有一个和平的环境进行现代化建设。

我们社会科学包含许多学科，如经济学、科学社会主义、党的建设、法学、国际政治等，要根据《邓小平文选》的精神，认真研究这些问题。如果离开了、回避了这些重大问题，专搞你那个理论体系，专搞所谓的系统性，那就是脱离实际，必然是空空洞洞，没有思想高度，没有战斗力。

五、坚持实事求是的思想路线，坚持辩证唯物主义的这个精髓

实事求是是毛泽东思想的精髓。这是小平同志反复阐述的一个重要问题。但是，实事求是说来容易，做起来却难得很。小平同志在这方面，为我们做出了榜样。首先是他敢于实事求是。大家可以读一读 1975 年的几篇文章，在"四人帮"横行的情况下，他敢于揭露我们存在的问题，提出了各方面要进行整顿的主张；在"以阶级斗争为纲"的时候，他敢于讲"全党讲大局，把国民经济搞上去"，指出，要以经济建设为中心。粉碎"四人帮"后，在他还没有恢复工作、个人迷信还很盛行的情况下，他敢于提出"两个凡是"不符合马克思主义的论断。小平同志敢于言人之不敢言、不愿言之言，表现出无产阶级革命家的勇气，以及非常坚强的党性。实事求是，除了敢不敢的问题外，还有一个准不准的问题。小平同志善于纵览全局，敏锐地发现问题，及时准确地加以解决。这几年，他首先抓了思想路线，然后又抓政治路线问题，随后又提出解决组织路线问题，使全党同志的思想认识逐步提高和深化，使形势不断向前发展。其他如反对资产阶级自由化、打击经济领域的严重犯罪活动，直至最近提出严重打击的刑事犯罪分子等，由于这些都是当时迫切需要解决的问题，所以，得到了全党和全国人民的衷心拥护。实事求是，还要有胆略和气魄，有些问题，虽然抓准了，如果不能下大决心，一抓到底，还是不能很好解决，那也不能完全符合实事求是的要求。像机构改革这样的事，大家都认为是一个迫切需要解决的重大问题，完全符合客观实际的需要，但实行起来又是阻力很大，困难重重。小平同志以无产阶级革命家的气魄和胆略，做出决断，在党中央的坚强领导下，开展了这一场深刻的革命，现在已经取得了巨大的成功。这样的例子可以举出不少。我们从事理论研究工作，能不能取得成绩，成绩大还是小，关键就在于敢不敢实事求是，会不会实事求是。在这个问题上，尤其值得我们好好学习。

《蓝河怨》和新剧种

　　一定要创造一个新剧种，一定要不辜负党和全省人民的热望，而且一定要在十周年国庆节的前夕就上演第一个实验剧目，这就是吉林省新剧种实验剧团的决心，也是这个剧团全体同志的任务。

　　经过 4 个月的努力，这个目的终于达到了！《蓝河怨》的上演，是我省戏曲艺术生活中的一件可喜可贺的大事。

　　我们理想的新剧种，应该是和人民有深刻的渊源、知己的感情，既有它一定的地方特色，又能吸收各个剧种的长处，应该是一个新颖的、有最大程度人民性的戏剧形式。

　　创造一个剧种，当然不易。因为它不会凭空想来、从天而降的，必须有所源、有所本、有所借鉴，有一定的素材和基础。有了这些以后，又不能简单地拼凑起来连接补缀而成，还必须消化、吸收，突破原有的限制，取其精华，去其糟粕，重新创造出来。可见这样的工作少数几个人是办不好的，必须吸收大家的意见；一时之间也是办不成的，必须不断地加工、修改、塑造、提炼。一个两个剧目，也建立不成一个新剧种，必须有许多剧目，成功地摸清了这个形式的各方面特点以后，才能得出结论。

《蓝河怨》的上演，是试创一个新剧种的开头。这是一个新鲜事物。它的重要意义并不只在于这出戏自身演得成功与否（由于各种各样的可以理解的原因，这出戏一定会有许多缺点，许多粗糙的地方）。重要的是找到教训，提出问题，引起大家讨论，给创造一个优美动人的新剧种铺好第一块基石。

从二人转的基础如何提高和推出一个新的剧种，这个新剧种到底怎样去创造，这是吉林戏剧界的同志们研究了六七年的题目了。经验证明，由二人转可以发出三个分支：第一是向民歌、表演歌曲的方面发展，即偏重唱的方面的艺术形式；第二是向二人舞、多人舞或群舞的方面发展，即偏重舞的方面去加以提炼；第三是向创造新的民族的地方性的歌剧、向戏的方面发展。在前两个发展形式中，几年来已有不少的经验，也创出了一些作品。最难的是第三个，即创造出一个新戏来。因为二人转还不是戏，只是戏的一种原始的源头，即秧歌式的说唱艺术。由二人转变成戏必须过三关，即人物角色化（分出剧中人物，生、旦、净、末、丑的行当）；唱腔板头化（曲调的调式能适合剧情的需要，分成慢、中、快、散板、尖板、哭头、叫头等等）；结构戏剧化（分出场次，位置、舞蹈、念白等都适于戏剧人物、情节的要求）。这当然是一件很不容易的创作活动。

二人转是一个源头，是新剧种所依托的基础和非常丰富、宝贵的素材。但是既然是创造，就不能拘泥于一种既定的格局，就必须大胆地突破，要勇于吸收民族戏曲中许多共同的精华。而且既然是戏，就要具备一般戏剧必有的特征。我们必须注意两点，才不会在剧种的形式上走大弯路。即第一是戏，第二必须有自己独具的风格、曲调特征。只有共性没有个性，算不得创造，也不能叫作新剧种；只有个性没有共性，就很难说是戏，也不能满意地回答我们自己提出的题目。

从演什么样的剧目开始呢？可以有两个方法。一个是先选一些各剧种现有的好剧目把它移植过来，另创新腔，用新剧种的演出形式去表演它，这是一个困难较小，也易于成功的办法。因为主要的工作是从唱和念白方面去创造新剧种。另一个方面是新编剧目，一切从头开始。如这次上演的《蓝河怨》就是这样。这个办法困难较多，出现缺点也必定不少。好处是独创性大，在不断的修改中，既可以锻炼演员又可摸索到新剧种的特点，又新创了剧目。看来这两个方法都可用，而且是必须用的方法。

《蓝河怨》上演之后，已经引起了很多人的关心，提出了各种各样的意见，这是非常好的现象，只有这样才能不断修改和锤炼一出为新剧种开路的剧目。

在这里，我们要感谢创作《蓝河怨》的文艺工作者，祝贺他们的勇敢的创造性的劳动，也感谢热切关怀新剧种的同志们。

选自《吉林日报》，1959 年 9 月 14 日

我们的旗帜是共产主义

自从无产阶级革命导师马克思、恩格斯在 1847 年建立共产主义者同盟，1848 年发表《共产党宣言》以来，无产阶级就在自己的革命旗帜上写上了四个金光闪闪的大字："共产主义"。一个多世纪以来，全世界千百万无产者和亿万劳动民众高举着这面旗帜前赴后继，奋斗不息。中国共产党人正是在共产主义这面旗帜的指引下，经过六十余年的英勇奋斗，取得了新民主主义革命的伟大胜利，也取得了社会主义革命和社会主义建设的重大成就。我们党的整个实践，无论过去、现在和将来都是在共产主义旗帜下，为实现共产主义社会制度而进行的运动。奇怪的是，对于这活生生的现实，却有人说什么"共产主义渺茫"，说什么"共产主义还没有经过实践的检验"。这是一种非常错误、非常有害的观点。

我们的旗帜是共产主义。那么，共产主义的科学含义是什么呢？从马克思、恩格斯、列宁、斯大林和毛泽东同志的一贯论述来看，共产主义的科学含义主要有以下三个方面的内容：一是指共产主义的思想体系，其中包括共产主义的世界观、人生观、理想、信念、精神、道德、立场、观点、方法等。二是指在共产主义思想体系指导下的共产主义运动。这里包括党领导下的各个革命阶段的政治纲领和革命活动。三是指共产主义运动的最终目标——共产主义社会制度。所谓共产主义运动，就是在共产主义思想体系指导下，以实现共产主义社会制度为最终目标的无产阶级革命运动。共产主义运动产生、形成和发展的过程，就是科学共产主义理论与无产阶级革命实践相结合的过程。科学共产主义理论的创立和第一个无产阶级政党——共产主义者同盟的诞生，标志着国际共产主义运动的开始。全人类都进入共产主义社会，是国际共产主义运动发展的最终目标，也是我们党奋斗的最终目标。

共产主义所包含的上述三个方面的内容，是一个不可分割的有机体。有的人把共产主义仅仅看成是一种社会制度，而忽视了历史的和现实生活中的共产主义，以致在思想认识上陷入"渺茫论"、"怀疑论"的泥潭。所以，全面、正确理解共产主义的科学含义是非常重要的。

我们为什么要高举共产主义的旗帜呢？因为共产主义的旗帜是社会变革的科学的旗帜。列宁说："马克思的学说所以万能，就是因为它正确。它十分完备而严整，它给予人们一个绝不同任何迷信、任何反动势力、任何为资产阶级压迫所作的辩护相妥协的完整的世界观。"共产主义学说不是离开世界文明发展大道而主观臆想的东西，而是汲取了整个人类社会发展的积极的思想成果，特别是从世界各国的无产阶级革命经验和革命思想的总和中产生出来的。马克思、恩格斯创立共产主义学说的伟大功绩就在于发现唯物史观和通过剩余价值学说揭示资本主义生产的秘密，使社会主义由空想变成了科学，使人们过去对社会历史发展所持的混乱的、错误的见解为极其完整而严密的共产主义世界观所代替。共产主义的思想体系是科学的真理。社会主义一定要代替资本主义，共产主义必胜，这是马克思、恩格斯所揭示的人类社会发展的不依人们意志为转移的客观规律。共产主义学说的真理性已经为一百多年来的共产主义运动的实践所证明。对革命先辈来说还是一种理想的共产主义第一阶段——社会主义社会，已经变为现实，同样，我们今天的理想，也必然会变成后几代人的现实，共产主义的高级阶段一定会到来。那种认为共产主义还没有经过实践检验的观点是十分错误的。这种观点从根本上抹杀和歪曲了共产主义学说的科学性，它只能模糊我们前进的道路和方向。

当然，共产主义理论又不是故步自封、僵化不变的学说，而是随着共产主义实践的发展而发展的。

关于未来的共产主义社会，马克思主义揭示了它的基本特征。至于这些基本特征在未来的共产主义社会中是怎样具体表现的，马克思主义从来不做凭空的猜想。共产主义学说仅仅是根据科学的分析指明了现代资本主义社会要转变为社会主义社会，并向将来的共产主义前进，指出这种必然性、规律性是客观存在的东西。至于未来共产主义社会的具体形态，那是要根据实践的发展来创造和决定的，并没有一个先验的不变的模式。

共产主义运动是分阶段的，但又是互相联系的，是阶段性和连续性的统一。我们的党章规定，党的最终目标，是实现共产主义的社会制度。生产资料私有制的社会主义改造基本完成，社会主义公有制确立以后，我国的共产主义运动，已经由新民主主义革命阶段，发展到建设共产主义初级阶段的社会主义阶段。

社会主义和共产主义，是剥削制度消灭以后的一种新的社会形态的两个发展程度、成熟程度不同的阶段。它们既有相同的地方，又有很大的区别。看不到相同的地方，看不到社会主义阶段已经是共产主义初级阶段的实践，就会把共产主义看作是可望而不可即的东西，就会产生"渺茫论"。共产主义好比一座宏伟的大厦，我们现在已经不是在大厦的门外，而是已经进入了大厦的内部。相反，如果看不到两个阶段的区别，把只有到了共产主义高级阶段才能实现的任务，硬要在当前阶段来完成，或把本来是社会主义性质的东西当作资本主义的东西来消灭，那就会犯"左"的错误。在新民主主义革命时期，我们党内很多同志由于不认识中国革命的长期性、艰苦性、不平衡性，多次犯了"左"的错误。进入了社会主义建设时期以后，由于不认识在中国条件下进行社会主义建设的长期性、艰苦性、不平衡性，又犯了两次大的错误，招致了很大的损失。这些教训是不应该被忘记的。

高举共产主义的旗帜，就要坚持马克思主义的普遍真理同中国革命的具体实际相结合的原则。马克思揭示了资本主义必然灭亡、共产主义必然胜利的普遍规律，但各国的情况是不同的。共产主义运动在各个国家都有自己的特点，各国具体的革命道路，要靠各国无产阶级的革命实践来开辟。"条条道路通罗马。"目标是一个——共产主义，但具体道路可以不同。科学共产主义学说不是穷尽了真理，而是为进一步认识社会发展的规律开辟了广阔的道路。毛泽东思想是马克思主义普遍真理同中国革命实践相结合的产物，是"中国共产主义"，是对科学共产主义学说的发展。今天，我们一定要坚持在共产主义思想体系指导下，从我国的实际情况出发，建设有中国特色的社会主义。在新的历史条件下，把马克思列宁主义、毛泽东思想推向前进。

共产主义是我们时代的旗帜，是胜利的旗帜。我们的时代，"唯独共产主义的思想体系和社会制度，正以排山倒海之势，雷霆万钧之力，磅礴于全世界，而葆其美妙之青春。"（《新民主主义论》）社会主义制度的存在，社会主义事业在战胜曲折和困难中不断向前发展，最雄辩地证明了科学共产主义是颠扑不破的真理。

共产主义在全世界的胜利是必然的、毫无疑问的。毛泽东同志说："我们的党的名称和我们的马克思主义的宇宙观，明确地指明了这个将来的、无限光明的、无限美妙的最高理想。每个共产党员入党的时候，心目中就悬着为现在的新民主主义革命而奋斗和为将来的社会主义和共产主义而奋斗这样两个明确的目标，而不顾那些共产主义敌人的无知的和卑劣的敌视、污蔑、谩骂或讥笑。对于这些，我们必须给以坚决的排击。对于那些善意的怀疑者，则不是给以排击而是给以善意的和耐心的解释。所有这些，都是异常清楚、异常确定和毫不含糊的。"（《论联合政府》）我们每一个共产党人，都应该树立坚定的共产主义信念，坚信共产主义一定会在全中国、全世界取得胜利。这是党性坚强的表现；丧失了共产主义信念，也就丧失了做一个共产党员的基本条件。共产主义信念不是自发产生的，而是在长期的革命实践中，不断接受共产主义思想教育，不断改造世界观的结果。因此，我们党始终把用共产主义思想教育党员放在自己工作的首位。但是，建新中国成立以后，由于党已处在执政地位，加以社会上各种非无产阶级思想都迎面向党扑来，影响党、腐蚀党。因此，党的成员中，不但有真诚接受党的指导思想和政治纲领、自愿为共产主义而奋斗的先进分子，而且也有一些为谋私利向上爬而入党的钻营之徒，甚至还有心怀异志的阴谋家、野心家。党员中有些人是不合格的。这些人之所以不合格，就是没有用共产主义精神、共产主义标准严格要求自己。他们违背了自己入党时的誓言，玷污了共产党员的光荣称号。党的十二大严肃地提出了整党的任务，强调党员要"不惜牺牲个人的一切，为实现共产主义奋斗终身"。这对于纯洁党的组织，保持党的共产主义性质，增强党的战斗力，都是十分必要的。

我们在坚持共产主义思想、共产主义精神、共产主义道路等一系列根本性问题上必须旗帜鲜明，丝毫不能含糊。如果有稍许的含糊，就会在群众中造成思想混乱，我们的社会主义社会就会失去理想和目标，失去精神的动力和战斗的意志，就不能够抵制各种腐化因素的侵袭，就不可能建设社会主义的高度物质文明和精神文明，甚至可能走向歧途。所以，共产主义思想与实践的问题，是关系到社会主义现代化建设的方向，关系到我们党的基本理论和实践的根本性问题。我们一定要坚持高举共产主义旗帜，把共产主义的伟大事业继续推向前进。

选自《宋振庭杂文集》，山西人民出版社，1989 年版